La memoria

1291

DELLA STESSA SERIE

Un Natale in giallo
Capodanno in giallo
Ferragosto in giallo
Regalo di Natale
Carnevale in giallo
Vacanze in giallo
La scuola in giallo
La crisi in giallo
Turisti in giallo
Il calcio in giallo
Viaggiare in giallo
Un anno in giallo
Una giornata in giallo
Cinquanta in blu. Otto racconti gialli
Una settimana in giallo
Una notte in giallo

Alicia Giménez-Bartlett, Marco Malvaldi,
Antonio Manzini, Santo Piazzese,
Francesco Recami, Alessandro Robecchi,
Gaetano Savatteri, Simona Tanzini

Cucina in giallo

Sellerio editore
Palermo

Traduzione di Maria Nicola

Questo volume è stato stampato su carta Arena Ivory Smooth prodotta dalle Cartiere Fedrigoni con materie prime provenienti da gestione forestale sostenibile.

Cucina in giallo / Giménez-Bartlett... [et al.]. - Palermo: Sellerio, 2023.
(La memoria ; 1291)
EAN 978-88-389-4585-4
1. Letteratura poliziesca – Antologie.
I. Giménez-Bartlett, Alicia.
808.83872 CDD-23 SBN Pal0365744

CIP - *Biblioteca centrale della Regione siciliana «Alberto Bombace»*

Cucina in giallo

Alicia Giménez-Bartlett

Il pasticcio thailandese

A Carlos, il grande amore della mia vita ora e sempre

Tutte le polizie del mondo hanno una caratteristica in comune: una reputazione spaventosa. L'unica a salvarsi, anni fa, era la polizia britannica. L'efficienza di Scotland Yard nella lotta alla criminalità e la gentilezza dei *bobbies*, capaci di mobilitare un'intera squadra per salvare un gattino salito su un albero, la ammantavano di una leggenda ricca di fascino. Poi, anche i poliziotti inglesi sono caduti in disgrazia per motivi politici e sociali, benché continuino ad accorrere in aiuto dei poveri gattini finiti nei posti più improbabili, questo nessuno intende negarlo.

Ci sono molte ragioni per le quali i cittadini giungono a farsi un'idea negativa dei loro angeli custodi. Alcune possono essere giustificate, altre no. Prendiamo l'esempio che ora ci riguarda. Spesso si sente dire che l'organizzazione interna della polizia spagnola è obsoleta: norme antiquate, abitudini che si ripetono sempre uguali, rituali che erano già vecchi nel secolo scorso... Qualcosa di tutto questo sarà anche vero, ma negli ultimi tempi sono state introdotte novità di cui nessuno parla più per ignoranza che per cattive intenzioni. Le sorelle Miralles, Berta e Marta, ebbero modo di toccarlo con mano. Entrambe ispettrici, entrambe con un solo anno di servizio alle spalle dopo il diploma all'Accademia, entrambe giovani e dinamiche, non si sarebbero mai aspettate la bella opportunità che veniva offerta a loro come a tutti i colleghi della Policía Nacional: corsi di formazione. Stiamo parlando di corsi facoltativi e perfettamente gratuiti, non dei soliti corsi obbligatori finalizzati a migliorare o aggiornare le competenze professionali. No, l'offerta era davvero ricca e inaspettata. C'erano, naturalmente, temi connessi con il lavoro: psicologia della devianza, fondamenti di medicina legale...; altri corsi davano la possibilità di approfondire materie di base: informatica, inglese, disegno...; ma non mancavano proposte stuzzicanti e di tendenza.

Le sorelle Miralles, che condividevano un piccolo appartamento nel centro di Valencia, ne parlarono mentre facevano colazione prima di andare al lavoro.

«Tu che corso hai scelto?» chiese Marta alla sorella maggiore, riempiendo la sua scodella di cereali.

«Inglese. Visto che sono già a un buon livello, vorrei approfittarne per prendere un attestato».

«Che idea banale! A inglese si iscriverà una caterva di gente. Sarete in centomila».

«E tu, che sei tanto schizzinosa, quale corso farai?».

«Cucina thailandese».

«Cosa? Ma non era nella lista!» esclamò Berta, rischiando di farsi andare di traverso il caffè.

«Come no? Era una delle ultime opzioni, forse l'ultima, non mi ricordo bene».

«E che cosa ci devi fare con la cucina thailandese?».

«Ho sempre sognato l'oriente».

«Prima volta che lo scopro».

«Mica devo parlarti sempre dei miei sogni».

«Comunque, se a inglese si iscriveranno in centomila, a quel corso ci saranno quattro gatti».

«Ci sarà gente di fuori. Credi che l'offerta sia solo per la polizia? È probabile che di sbirri ce ne siano ben pochi, per fortuna! Forse mi capiterà di conoscere qualche tipo interessante» disse, e alzò due volte le sopracciglia, alla Groucho Marx.

«A un corso di cucina?» obiettò Berta.

«Chi pensi che vada a quei corsi, oggi? Le casalinghe? Tu non sai proprio niente del mondo. Ci vanno soprattutto uomini, uomini giovani che vogliono fare bella figura, uomini interessanti, laureati, intelligenti. E più è esotica la cucina, meglio sono gli uomini».

Berta fece una faccia annoiata. Finì il suo caffè. Guardò sua sorella e le disse:

«Tu e le tue teorie, che poi, stranamente, girano sempre intorno allo stesso punto».

«A cosa ci serve il cervello se non per pensare al sesso e all'amore...?» disse Marta facendo volare le mani nell'aria come uccellini.

«E alla cucina thailandese» concluse Berta con una risata.

Il primo giorno di corso Marta osservò bene l'insegnante. Era piuttosto un bell'uomo, sulla quarantina, sorrideva di continuo e, come disse scherzando, per sua disdetta era nato a Benicarló, dato che per lui sarebbe stato meglio venire al mondo a Bangkok, considerata la piega che avevano preso i suoi interessi e la sua vita professionale. Aveva aperto un centro di «Discipline orientali», nelle cui belle sale offriva una grande varietà di servizi, dalla meditazione ai massaggi, passando per i corsi di arti marziali e Tai Chi. Il corso di cucina era stato organizzato per la prima volta, con l'intenzione di prolungarlo se avesse avuto successo. A dare una mano nelle attività culinarie c'era una bella ragazza thailandese che venne presentata come Jaidee ma che non aprì mai bocca. Forse non parla spagnolo, pensò Marta. Dopo avere esaminato il maestro con una certa soddisfazione, la giovane poliziotta diede un'occhiata ai suoi compagni di corso e qui le sue illusioni crollarono: erano tutte donne, tredici donne come tredici fiori, più un uomo che completava il canonico gruppo di quindici. Quell'unico esemplare maschile non si avvicinava neanche lontanamente al tipo d'uomo che si era augurata di incontrare. Tanto per cominciare, superava abbondantemente la sessantina, era pelato e decisamente sovrappeso. Una gran panza tondeggiante minacciava di fargli saltare i bottoni della camicia. Marta sospirò. Doveva guardarsi bene dal descrivere a sua sorella la reale composizione della classe se non voleva subire le sue crudeli frecciate fino al giorno del giudizio.

La lezione cominciò con un giro di presentazioni. Gli allievi, a turno, dissero il loro nome, che quasi tutti dimenticarono subito dopo averlo sentito, e passarono a elencare i motivi per cui erano lì. Nessuno suonava particolarmente originale. «Adoro la cucina esotica», «Mi piace scoprire cose nuove» o «Una volta ho fatto un corso sui risotti e mi è piaciuto». Solo una di quelle risposte attirò l'attenzione di Marta; una donna di mezz'età, che si era presentata come Arcadia, lasciò tutti interdetti: «So che questi corsi sono una gran presa per i fondelli, ma non avevo niente di meglio da fare». L'unico a non battere ciglio fu l'insegnante, che replicò con un ennesimo sorriso: «Siamo sinceri, questo è quello che pensa molta gente. Ma non è il caso di essere così drastici. Non uscirete di qui trasformati in cuochi provetti, ma vi porterete a casa alcune nozioni di base che vi permetteranno di scegliere con cognizione di causa sul menù di un ristorante thai o di sorprendere i vostri amici quando li inviterete a cena. E poi, ovviamente, avrete avuto il piacere di conoscere me, che non è cosa da poco». Tutti risero di gusto e il nuvolone si dissipò. Subito dopo la thailandese muta portò gli ingredienti per la preparazione di un misterioso *tom kha gai*, pollo con latte di cocco.

Quella sera, terminato il lavoro in commissariato, Marta e Berta si ritrovarono a casa per la cena.

«Quali prelibatezze hai imparato oggi al corso?» chiese Berta provocatoria.

«Un pollo con il latte di cocco da leccarsi le dita. E facilissimo, per di più! Un sabato di questi te lo preparo».

«Aspetterò che tu faccia un corso di uova sode, forse allora mi fiderò».

«E tu cos'hai imparato? *To be or not to be*? *The cat is on the table*? *My name is Bertha*, che suona come *berza*?».[1]

«Sei di un'ignoranza abissale, Marta».

«Può darsi. Che gente c'è nella tua classe?».

«Gente normale, di tutte le età. Abbiamo fatto un test e mi hanno messa al livello tre, giusto perché tu lo sappia».

«In quella di cucina ci sono un paio di tipi da far paura».

«Per quanto sono brutti?».

«No, per quanto sono fighi. Ne avrò da raccontare!».

Berta guardò sua sorella con aria scettica e si versò un po' di vino.

Dire che Marta era contenta del suo corso sarebbe stata un'esagerazione, ma sicuramente lo trovava divertente. Dopo qualche lezione aveva imparato a fare il *pad thai*, un piatto di spaghettini di riso fritti con un mucchio di ingredienti e spezie, il *som tam*, un'insalata molto piccante a base di papaya verde, e anche una specialità dal nome impronunciabile, *kuay teow lui suan*, che, con una certa delusione del gruppo, si rivelò essere nient'altro che una variante thai degli involtini primavera.

L'insegnante era molto divertente. Aveva un umorismo inesauribile, di cui dava dimostrazione prendendo in giro con garbo gli allievi e facendo il pagliaccio con

[1] Effettivamente la parola *berza*, che in spagnolo significa «verza», suona in modo molto simile al nome inglese Bertha.

vari giochetti senza mai perdere di vista la meticolosità delle preparazioni. La silenziosa assistente entrava e usciva dalla stanza sempre precisa e sempre seria. Marta trovava tutte le allieve molto simpatiche, sapevano ridere, avevano subito legato e approfittavano dei momenti di pausa per chiacchierare, si vedeva che se la godevano un mondo. L'allievo panzone, che si chiamava Ernesto, era una sagoma anche lui. Sapeva ridere della propria grassezza e divertiva tutti con commenti del tipo: «Sarò ignorante, ma per me nessuno di questi piatti è all'altezza di una buona paella». C'era una sola eccezione in tanta concordia: Arcadia. Da dove era uscita quella donna? Dava l'impressione che si fosse iscritta al corso solo per boicottarlo. Con l'insegnante era sfacciata e impertinente. A volte si prendeva gioco di lui davanti a tutti. Con i compagni non si comportava molto meglio, ma per lo più si limitava a non parlare con nessuno e a mostrare un disprezzo che non si capiva da dove venisse. Il «maestro», così lo chiamavano tutti, sopportava e disinnescava le sue cattiverie, e il resto dei presenti preferiva ignorarla, anche se poi, in privato, le critiche nei suoi confronti erano inevitabili. Un bel giorno Ernesto espresse il suo parere sulla situazione: «In ogni gruppo c'è sempre una persona un po' difficile che dà fastidio agli altri. La gente piena di rabbia si trova dappertutto e la cosa migliore che possiamo fare è ignorarla, non darle la soddisfazione di arrabbiarci anche noi». «Ma quella è una grandissima stronza!» esclamò una delle allieve. «Chi lo sa, forse avrà i suoi motivi» rispose Ernesto.

In quel momento Marta capì che quell'uomo non era forse lo strafigo che aveva sperato di incontrare ma era una gran brava persona. Da allora in poi lo elesse a suo compagno di classe preferito.

Alla lezione di metà corso, il maestro annunciò una sorpresa. Per festeggiare il giro di boa aveva preparato un misterioso «pasticcio thailandese» di cui gli allievi avrebbero dovuto indovinare gli ingredienti. La novità fu accolta da risate, battiti di mani e chiasso generale. Un attimo dopo, come seguendo una coreografia attentamente preparata, l'aiutante fece il suo ingresso con un grande vassoio sul quale erano disposti numerosi piattini dai decori orientali, contenenti una piccola porzione del misterioso pasticcio. L'aiutante stessa li porse a ciascuno degli allievi. Quando tutti furono serviti, il maestro li invitò ad assaggiare il manicaretto e a enumerare, a turno, gli ingredienti che riuscivano a identificare.

«Chi dice qualche sciocchezza sarà cacciato dal corso» annunciò.

Una delle signore alzò un dito e disse:

«Guarda che se mi cacci mi vendico. Sono un medico, posso denunciarti per aver messo degli stupefacenti nel pasticcio».

Marta Miralles si unì allo scherzo:

«La mia vendetta sarà peggiore. Sono poliziotta e ti posso mandare in galera».

Si sparse il gelo, tutti la fissarono con tanto d'occhi.

«Sei davvero della polizia?» chiese la sedicente medico.

«Certo, e non vedo che cosa ci sia di strano. Sono ispettrice della Policía Nacional e sono in servizio al commissariato di Russafa. Non guardatemi come un'extraterrestre».

Il maestro esclamò:

«È vero, ho proposto i miei corsi anche alle forze dell'ordine, ma pensavo che non si fosse iscritto nessuno. E tu, sei davvero un medico?».

«In realtà sono veterinaria».

Subito dopo accadde qualcosa di imprevisto. Il maestro chiamò la sua aiutante e le parlò in una strana lingua che doveva essere thailandese. Lei annuì, e a gran velocità raccolse tutti i piattini tra lo stupore dei presenti. Poi lui si fece serio.

«Ora che so che rischi corro, ho deciso di cambiare gioco». Scoppiò a ridere e continuò: «Era un normalissimo pasticcio di patate della gastronomia all'angolo, uno scherzo dei miei, ormai mi conoscete... Ma vedo che non è stato molto divertente. Adesso avrete il vero pasticcio thai che vi ho promesso».

La thailandese ricomparve con quello che sembrava un grande timballo di riso disposto su un piatto di portata. Ci furono esclamazioni, risate, e tutti si avvicinarono per avere la loro parte. Solo Arcadia commentò: «Infatti non è stato divertente per un cazzo».

Diverse cose sorpresero Marta, ma un particolare la colpì: il maestro non aveva mai detto di parlare thailandese. Gli si avvicinò e gli chiese se conoscesse quella lingua. La sua risposta fu: «Durante i miei viaggi in oriente ho imparato qualcosa, giusto per farmi capire».

«Non ti eri mai rivolto alla tua assistente in quel modo».

«Non voglio che nessuno pensi che io dica delle cose alle spalle degli altri. C'è sempre gente un po' troppo suscettibile» disse, e lanciò una brevissima occhiata in direzione di Arcadia.

Quella sera Marta raccontò a Berta l'accaduto.

«Mi è sembrato strano che non sapesse che sono una poliziotta. Domani chiedo a Bort, ha gestito lui tutta la questione dei corsi. Magari il Centro di Discipline Orientali non ha ancora ricevuto la mia quota».

«Lascia perdere. Bort i soldi li ha dati a me. Visto che sei stata l'unica a iscriverti a quella boiata, preferiscono che paghi direttamente tu. Il corso costa la bellezza di cinquecento euro, ma per fortuna con la convenzione per le forze dell'ordine sono solo trecento. Basta che mostri il tesserino».

«E poi mi ha colpito che il proprietario parlasse in thailandese con quella tipa».

«Marta, mi stupisci. Proprio tu che pensi sempre a queste cose non ci arrivi. È carina la tipa?».

«Sì, molto. Ha una pelle liscia e chiara, come quella delle cinesi, e poi ha un bel fisico e bei lineamenti».

«Quei due stanno insieme, te lo dico io».

«Può darsi».

«È così. Non sono mica obbligati ad annunciarlo al mondo intero. Ti pare?».

«E secondo te come mai ha fatto portare via il primo pasticcio quando ha saputo che io ero una poliziotta e che una nostra compagna era un medico?».

«Una delle tante stupidaggini che combina quel tizio. Non fai che raccontarmene. A te sembra tanto spiritoso, ma io mi sono fatta l'idea che sia un cretino integrale».

«Berta, quando me li dai i trecento euro?».

«Quando sarò sicura che tu non vada a spenderli in vestiti».

«Berta, ci sono delle volte in cui ti odio».

«Spero ce ne siano altre in cui mi sopporti».

Nessuno si stupì del fatto che Arcadia un bel giorno avesse smesso di venire a lezione. E nessuno dei suoi compagni se ne rattristò. Evidentemente si era stufata di dire cose sgradevoli o forse aveva trovato un altro pubblico più disposto ad accettarle. Solo il bravo Ernesto chiese di lei al maestro.

«Ha deciso di lasciare il corso. Ha detto che i piatti che imparava qui erano delle tali schifezze che non aveva più intenzione di perdere tempo e soldi. Come potete immaginare, i soldi del corso glieli ho restituiti».

«E non le hai detto niente?» volle ancora sapere Ernesto.

«Preferisco non discutere con persone che non vogliono ragionare».

Le allieve mostrarono sollievo per essersi liberate di quella compagna così scomoda e approvarono la saggia decisione del maestro. Le attività ripresero in un clima più disteso.

Un paio d'ore dopo, mentre usciva dal centro cercando di ripassare mentalmente le varie fasi della preparazione del *gai pad med mamuang*, ovvero pollo con anacardi, Marta scorse un ragazzo che non doveva avere più di quindici anni fermo sul marciapiede di fronte, sembrava che stesse aspettando qualcuno. Avrebbe giurato che non era la prima volta che lo vedeva lì davanti. Guardandolo fisso, attraversò la strada per raggiungerlo, ma immediatamente quello si girò e si allontanò a passo svelto. L'ispettrice non diede troppa importanza all'accaduto. Poteva essere un ragazzo che si domandava che cosa diavolo fossero quelle «discipline orientali», o che semplicemente si trovava lì per caso.

Ma Marta e Berta Miralles non erano molto inclini a credere al caso. L'ambiente contadino in cui erano cresciute aveva insegnato loro a cercare sempre una ragione per tutto. Se quell'anno un albero di arance non dava frutti, non era una buona idea alzare le spalle e dire: «È andata così». La cosa da fare era esaminarlo a fondo e cercare di capire se l'irrigazione era stata eccessiva o troppo scarsa, o se era stato aggredito da qualche parassita difficile da vedere a occhio nudo. In campagna nulla accade per caso. Inoltre, negli anni di formazione all'Accademia di Ávila, erano state istruite a non dare mai per scontato l'intervento del caso senza fare le opportune verifiche. E così, la terza volta che Marta vide il ragazzo davanti al centro al termine della lezione, decise di mettere in pratica gli insegnamenti ricevuti. Perciò andò direttamente da lui, e quando questi cercò di svignarsela come aveva già fatto, si mise a correre fino a raggiungerlo. Non fu facile, lui era leggero e velocissimo, ma alla fine, senza fiato, riuscì a prenderlo per un braccio e a mostrargli il tesserino. Contrariamente a quanto aveva immaginato, il fuggitivo non sembrava spaventato, ma piuttosto infastidito.

«Mollami!» disse a Marta. «Tanto non me ne vado. E non c'è bisogno che mi fai vedere niente, lo so che sei della polizia».

Dopo un momento di silenzio e di stupore, Marta riuscì a dire soltanto:

«Ah».

«Me l'ha detto mia madre una volta che sono venuto a prenderla e voi stavate uscendo».

Un nuovo silenzio sbigottito.

«Tua madre?».

«Arcadia López. Lo sai chi è?».

«Sì, lo so. Ha smesso di venire da un po'».

«Ha smesso di venire perché è sparita».

«Che cosa stai dicendo?».

«La verità».

«Se è così devi andare in commissariato a denunciare la scomparsa».

«Ci sono già andato a fare la denuncia, mica sono scemo. Fosse servito a qualcosa! Non hanno creduto a un bel niente di quello che ho raccontato, e mia madre non salta fuori».

«E tuo padre?».

«Non ce l'ho, e non è che sia morto o se ne sia andato, è che non ce l'ho mai avuto. Altre domande?».

«Perché vieni sempre qui?».

«Questo è troppo lungo da raccontare. Ai tuoi colleghi l'ho detto e loro non mi hanno creduto. Pensavo che almeno tu mi avresti ascoltato, ma quando ti ho vista venire con quella faccia severa mi è passata la voglia di parlarti».

«Senti, tu sei di parola?» gli chiese Marta di punto in bianco. Il ragazzo doveva leggere certi vecchi fumetti o guardare serie televisive in costume, perché rispose con solennità:

«La mia parola è d'oro, e tutti quelli che mi conoscono lo sanno perfettamente».

«Molto bene, faccio un paio di verifiche e ci rivediamo qui domani a quest'ora. Dammi la tua parola che ci sarai».

«Qui no. Non voglio che quelli del centro mi vedano con te. Meglio in quel bar laggiù» disse, indicando un baretto squallido alla confluenza di due vie.

«D'accordo. Dopo la lezione, ok? Ehi, aspetta un attimo, come ti chiami?».

«Gabriel».

Marta passò dal commissariato per andare a prendere sua sorella. Berta alzò gli occhi dal computer e si massaggiò il viso stanco.

«Ecco che arriva la grande chef! Sai cosa ti dico? Che stasera per cena vorrei proprio provare una di quelle schifezze che stai imparando a cucinare».

«Ci sarà da aspettare, non sono piatti veloci».

«Accidenti, avrai mica fretta?».

Marta raccontò a Berta l'incontro con il ragazzo misterioso. La reazione di quest'ultima fu immediata:

«Assicurati che quel tipo non sia uno dei tanti mitomani che ci sono in giro. Ultimamente non si contano più, si divertono a prendere in giro la polizia, partecipano a quelle sfide idiote su internet tra decerebrati».

«È proprio quello che voglio fare. Mi dai una mano?».

«Chiamo il servizio Persone Scomparse».

«Grazie. E visto che tu hai più autorità di me, puoi dire a chi si è occupato del caso che vorrei parlargli stasera stessa?».

«Sei ammattita? Sono le sette e un quarto. A quest'ora la gente va a casa. Neanche se fossi il capo supremo mi darebbero retta».

«Ma almeno provaci, sorellina, e se non è possibile, vedi se mi danno un appuntamento per domattina quando aprono gli uffici. Io torno subito».

«Posso sapere almeno dove vai?».

«Al bar qui dietro a prendermi un panino al prosciutto. Ho una fame che non ci vedo più. Oggi abbiamo fatto il cincin o il pum pum o come diavolo si chiama. Erano calamari crudi con una salsa infernale. Non ce l'ho proprio fatta a mangiarli».

«Vedo che cominci a rinsavire».

Dopo dieci minuti di intensa e piacevole degustazione del miglior *jamón ibérico*, Marta tornò al suo posto di lavoro. Berta si stava infilando la giacca per uscire.

«Andiamo».

«Ti hanno chiuso il telefono in faccia?».

«Domani alle nove ti riceve Juan Salvat di Persone Scomparse. E comunque è vero che quella Arcadia López è sparita».

«Sei un tesoro».

«Senti, Marta, non avrai portato un po' di quei calamari in un contenitore? Sai che mi piacerebbe provarli? Stasera mi sento molto asiatica».

«E allora se ti senti asiatica vattene in Cina!» rispose la minore delle Miralles di pessimo umore.

Juan Salvat, l'ispettore che aveva in carico la scomparsa di Arcadia, aveva più o meno la stessa età di Marta. Non si erano mai visti, ma bastò questo a creare tra loro un clima di familiarità. Lui andò subito al sodo:

«Come mai ti interessano i particolari di questa storia?».

«In realtà non ha niente a che fare con il mio lavoro, ma per puro caso quel ragazzo mi ha seguita...».

«Quel rompiscatole del figlio!» la interruppe Salvat. «Quel ragazzino ci sta ossessionando».

«È stato lui a denunciare la scomparsa della madre, no?».

«Sì, pare che la donna non abbia altri parenti. Ma il figlio non la pianta di assillarci con le sue storie inverosimili. Si è messo in testa che sua madre è stata assassinata da un suo ex, il proprietario di una palestra di arti marziali o qualcosa di simile».

«Il proprietario del Centro di Discipline Orientali».

«Sai anche questo?».

«È lì che mi ha cercata il ragazzo. Sto seguendo un corso proprio in quel centro. Lui ha saputo che ero della polizia e ha voluto parlarmi, dice che voi non gli avete dato retta...».

«Cosa? Ma certo che gli abbiamo dato retta! Abbiamo fatto degli accertamenti. La donna vive sola con il figlio. È di nazionalità colombiana e ha i documenti in regola. Lavorava per un'impresa di pulizie che ha lasciato di sua volontà. Abita in un piccolo appartamento nel Barrio del Carmen. I vicini la conoscono appena. Paga puntualmente l'affitto e ha quattromila euro sul conto, però non lavora o, almeno, non ha un'attività conosciuta. È chiaro, no?».

«È chiaro cosa?».

«Che esercita la prostituzione».

«E questo che c'entra con le indagini?».

«Non metterti idee strane in testa, Marta. L'abbiamo cercata negli ambienti giusti e nessuno sa niente di lei. E continuiamo a occuparcene. Per tranquillizzarti ti dico quali sono gli argomenti di quel Gabriel. Dopo la denuncia, un giorno si è presentato qui dicendo che Jorge Blanco, il titolare del centro di cui parli, era stato l'amante di sua madre. Di punto in bianco l'aveva lasciata per una cinese e, per di più, le deve dei soldi. Secondo il ragazzo, Blanco l'avrebbe fatta fuori perché lei reclamava i soldi che gli aveva prestato».

«Ed è stato allora che avete smesso di dargli retta».

«Ferma un attimo! Ti sbagli di nuovo. Siamo andati al centro delle cose orientali, abbiamo parlato col tipo. Ci ha detto che conosceva Arcadia López perché si era iscritta a uno dei corsi, ma che prima non l'aveva mai vista. Abbiamo indagato nel suo ambiente, e nessuno, assolutamente nessuno, aveva idea di chi fosse quella donna».

«E questo quando è stato?».
«Tre giorni fa».
«Sapeva già che sono della polizia e non mi ha detto niente della vostra visita».
«Scusa, Marta, ma che cosa doveva fare? Raccontarti di una seccatura con cui tu non c'entri affatto? Io ho una mia teoria al riguardo. Vuoi sentirla?».
«Certamente».
«Quel ragazzo, che magari è un bravissimo figliolo ma ha tutte le carte in regola per non esserlo, ha visto la possibilità di estorcere qualcosa al tipo delle arti marziali, e sta cercando di farlo, ma da vero incapace; in fondo ha solo quindici anni e non gli sarà venuto in mente niente di meglio. Semina dubbi su Blanco, la polizia si presenta nel suo centro, il tipo si spaventa e allora lui gli dice che gli ha messo gli sbirri alle calcagna e che non mollerà».
«È una teoria molto tirata per i capelli. Se vuole fare una cosa simile, allora perché è venuto a cercare me?».
«Ma non lo capisci? La tua presenza al centro gli conviene! Può far credere a Blanco che non eri lì per caso, che anche tu stai indagando su di lui, proprio come adesso stai facendo».
«Tirata per i capelli anche questa».
«Se mi viene in mente una teoria più solida, ti chiamo».
«Teoria o non teoria, tienimi informata, ti prego».
«Va bene. È stato un piacere conoscerti».
«Non me ne sto ancora andando, e spero che il favore che voglio chiederti non ti faccia passare il piacere di avermi conosciuta».

Il collega la guardò sorpreso, più che incuriosito.

«Cosa posso fare per te?».

«Voglio che tu chiami il mio commissario e gli chieda di lasciarmi qualche ora libera per collaborare a questa indagine».

«Dovrò parlarne con il mio capo. Non credo che si opporrà».

«Lo farai?».

«Lo farò. Che cosa pensi di fare, seguire l'ipotesi Blanco?».

«Può darsi».

«Mio padre ci ha sempre detto che le donne sono testarde come mule, di tenerlo sempre a mente».

«E voi gli avete dato retta?».

«Solo io, le mie sorelle sono femmine».

Gabriel fu di parola e si fece trovare dopo la lezione in quel baretto che se da fuori appariva squallido dentro era ancora peggio. Seduto a un tavolino di plastica rossa, beveva una Coca-Cola. Quel ragazzo, si disse Marta, non sembrava avere le abitudini né l'aria del giovane delinquente. Però, se i commenti del collega Salvat le erano parsi pieni di stupidi luoghi comuni, voleva evitare di dare lei stessa giudizi affrettati. Forse quindici anni non sono un'età sufficiente per architettare un piano diabolico, ma ci sono sempre stati buoni attori giovanissimi.

«Hai fatto le tue verifiche?».

«Le ho fatte, e sono servite a dimostrare che non è vero che la polizia non ti ha ascoltato».

«Me lo aspettavo! E che cosa ti hanno raccontato? Che hanno fatto le loro indagini, che hanno guardato dappertutto, anche sotto i sassi?».

«Hanno fatto tutto quello che si fa nei casi di scomparsa. E poi, se lo vuoi sapere, hanno interrogato anche Blanco, il quale ha affermato che la prima volta che ha visto tua madre è stato al corso di cucina thai».

«E loro ci hanno creduto».

«Hanno indagato nell'ambiente di Blanco e nessuno li ha mai visti insieme. Tu sì? Blanco ti conosceva?».

Il ragazzo abbassò la testa e mormorò un quasi impercettibile «no». Poi di colpo si infuriò.

«Ma mia madre mi raccontava tutto! So che sono stati insieme per un mucchio di tempo, almeno due anni. Lui le era stato dietro per un po', e poi lei, come una stupida, si è innamorata. Ma era sempre scontenta, si lamentava: "Non mi presenta mai a nessuno, non gli va che lo vedano con me, non vuole nemmeno conoscere te, mi chiede sempre soldi in prestito...". Lui la trattava malissimo».

«Ma lei non lo lasciava».

«Era molto presa, le bastava sentire il suo nome per andare fuori di testa. Io mi arrabbiavo, ma la sua risposta era sempre la stessa: ero troppo giovane per capire il vero amore. Il vero amore! Un bel giorno lui le ha detto che non la amava più. Si era innamorato di una specie di cinese molto più giovane di mia madre».

«E lei come ha reagito?».

«E me lo chiedi? All'inizio piangeva tutto il giorno e non si alzava più dal letto. Poi si è incazzata di brutto e ha cominciato a rendergli la vita impossibile».

«In che modo?».

«Non so, lo chiamava di continuo, mandava messaggi, lo minacciava di fare uno scandalo nel suo centro».

«Ma non l'ha fatto, mi riferisco allo scandalo».

«No».

«Come mai?».

«E io che ne so! Forse gli voleva ancora bene, o sperava che lui potesse tornare con lei, o aveva paura che lui la ammazzasse, qualcosa del genere».

«Lui l'aveva mai maltrattata fisicamente?».

«Che io sappia, no».

«E allora...».

«Ma se vai a rompere seriamente le palle a qualcuno sul lavoro, quello si può arrabbiare più del solito, no? Ed è questo che è successo, secondo me. Quel bastardo ha visto che mia madre si era iscritta al corso ed era decisa a metterlo nei casini davanti a tutti, e allora l'ha fatta fuori».

«Tu hai un cellulare, Gabriel?».

«Certo che ce l'ho, ma...».

«Indagherò sulla faccenda per conto mio, probabilmente con l'aiuto di mia sorella, che è ispettrice anche lei. Ma se non ho la tua fiducia, la chiudiamo qui, non se ne fa niente».

«Di me ti puoi fidare. Qui c'è il mio numero. Chiamami, così mi salvo il tuo».

«Bene, ti avviso se ci sono novità o se ho bisogno di vederti».

«Senti, tu sai che cosa ne sarà di me? Quelli dei servizi sociali sono già venuti a casa».

«Immagino che se tua madre non ricompare dovrai entrare in qualche casa famiglia o struttura per minori. In realtà non lo so».

Lui abbassò gli occhi e fece una smorfia di tristezza infinita. Marta pensò che finché fosse durato dentro di lui l'odio per Blanco, il ragazzo sarebbe stato protetto dal dolore che avrebbe pesato sulla sua vita per molti anni.

A cena, come ormai era loro abitudine negli ultimi tempi, le sorelle Miralles discussero il caso di Arcadia. Marta faceva di tutto per coinvolgere la sorella nei suoi piani. Sapeva che gli indizi su cui poteva contare per condurre un'indagine parallela erano troppo deboli e che le sue intuizioni difficilmente sarebbero state prese sul serio da un giudice. Ma l'atteggiamento di Gabriel, la sua ostinazione e la sua rabbia le erano parsi sinceri, molto più della teoria del ricatto escogitata dai colleghi del nucleo Persone Scomparse. Le spiegazioni di Salvat sembravano basarsi su una serie di pregiudizi: una donna straniera che sicuramente si prostituisce, un figlio di padre ignoto che conduce una vita ai limiti della legalità... Non si erano nemmeno presi il disturbo di chiedere informazioni su di lui alla scuola che frequentava. No, no, erano troppo prevenuti. E poi c'era quel piccolo enigma a cui Marta non riusciva a smettere di pensare: il pasticcio thailandese. Perché erano state ritirate le porzioni individuali destinate a ciascuno di loro, ed erano state sostituite da un piatto completamente diverso da cui ognuno aveva potuto servirsi? L'ennesimo racconto della vicenda davanti a sua sorella non ebbe altro scopo che arrivare a una richiesta:

«Berta, mi aiuterai?».

Berta sorbiva la sua minestra senza alzare gli occhi dal piatto. Voleva apparire come un'interlocutrice serena e distaccata che ascolta prestando un'attenzione vaga a quanto viene detto. Alla fine parlò, ma solo quando fu chiaro che sua sorella si aspettava una risposta concreta.

«Senti, Marta, tutti gli elementi di cui parli sono molto inconsistenti, non vedo come tu possa pensare di condurre un'indagine a partire da lì. E poi mi pare che tu non tenga conto della situazione reale. Né tu né io siamo state incaricate di seguire quel caso».

«Ho pregato Salvat di richiedere il mio aiuto a tempo parziale».

«Io però mi sto occupando di un caso di omicidio».

«Basterebbe che tu trovassi qualche ritaglio di tempo per darmi una mano, mi faresti un favore enorme. Abbiamo già lavorato insieme e ci intendiamo bene».

«Basta, mi stai facendo la testa come un pallone! Vedrò che cosa posso fare, ma a una condizione, altrimenti non se ne fa nulla».

«Quale?».

«Voglio interrogare il ragazzo, prima di decidere. Credo di conoscerti un pochino e ho paura della facilità con cui fai amicizia con tutti e ti lasci impietosire dal primo che passa. Tu sei fissata con l'idea che la gente è buona per natura».

«Assomiglia molto al principio che ci hanno insegnato all'Accademia: ogni indagato è innocente finché non si dimostra il contrario».

«Bravissima, vedo che hai imparato la lezione, ma le cose non vanno sempre come piace a te. Mi ricordo molto bene di quando da piccola ti portavi a casa tutti i cani pulciosi che trovavi per strada, con gran disperazione della mamma. E quando invitavi a far merenda i più pallosi della scuola perché nessuno giocava mai con loro».

«Sono animata da buoni sentimenti, è un mio difetto che non riesco a correggere».

«E che cosa dicevano sui sentimenti all'Accademia?».

«Che dovevamo metterli da parte, non importava che fossero buoni o cattivi, non dovevano entrare nelle indagini».

«Ecco, pensaci bene. E di' a quel ragazzino di farsi trovare domani alle sette al bar dove vi siete già visti. Ci andiamo insieme. Ma ti avverto, mentre gli faccio le domande, tu tieni la bocca chiusa. Hai capito?».

«Come se parlassi spagnolo».

Berta Miralles era del tutto priva dell'affabilità naturale di sua sorella. Una delusione amorosa del passato, dalla quale faticava a riprendersi, aveva fatto di lei una donna dura, nonostante la giovane età. Non era più infelice, ma viveva la vita con distacco, come se tutto quello che succedeva la sfiorasse appena e non avesse intenzione di lasciarsi coinvolgere. Sul lavoro questo si traduceva in una grande obiettività nel giudicare ogni aspetto delle indagini. Marta era più viscerale e propensa all'azione, mentre Berta preferiva un approccio strategico.

La sera in cui andarono all'appuntamento con Gabriel non avevano elaborato alcun piano comune. Berta aveva preteso che Marta lasciasse a lei l'iniziativa, e Marta non aveva potuto obiettare dopo avere insistito tanto per avere la sua collaborazione.

Sedettero tutti e tre a un tavolino appartato. Per fortuna a quell'ora nel bar non c'era quasi nessuno. Le due sorelle ordinarono un caffè e il ragazzo chiese di nuovo una Coca-Cola. Marta fece le presentazioni:

«Gabriel, questa è mia sorella Berta, ispettrice di polizia come me. Puoi fidarti ciecamente di lei. Rispondi alle sue domande in tutta sincerità. D'accordo?».

Il ragazzo si limitò ad annuire. Era chiaro che si sentiva a disagio, e lo fu ancora di più quando Berta partì come un ariete:

«Tua madre fa la prostituta?».

Gabriel la guardò con odio, e poi girò gli occhi verso Marta.

«È per questo che è venuta tua sorella?».

Marta era sconvolta da quella domanda, ma non aprì bocca. Berta continuò:

«Se davvero vuoi che ti aiutiamo, non possiamo perderci in chiacchiere. Nessuno mi ha dato l'incarico di indagare sulla scomparsa di tua madre. Sono venuta qui trascurando il mio lavoro e rischiando di rimetterci, io come tutta la mia squadra. Se vuoi che questo incontro serva a qualcosa, devi dirmi la verità».

«Mia madre non è una prostituta».

«E di cosa vive?».

«Fa l'influencer. Ha un canale YouTube di consigli di moda e bellezza, fa dei video che mette online».

«Come si chiama?».

«"Sei sempre bella"».

«Non sono mai venuti uomini a casa tua? Non ha avuto molti fidanzati, diciamo?».

«No, mai. Mia madre pensa solo a me. La sola cosa che vuole è che studi e mi costruisca un futuro».

«E Jorge Blanco?».

«Lui è l'unico di cui mi ha parlato. Mi ha detto che si era innamorata e che forse un giorno lo avrebbe sposato».

«Va bene. Sai se tua madre consuma qualche droga?».

«Ma cosa dice? La gente che si droga va in giro tutta malconcia, e mia madre è sempre perfetta. Lei non beve nemmeno».

«Gabriel, per cercare di capire qualcosa dovremmo andare a casa tua e dare un'occhiata alle cose di tua madre».

«Perché?».

«Questo riguarda noi. Ci porti a casa tua?».

L'appartamento nel Barrio del Carmen dove Gabriel abitava con sua madre non era poi così piccolo ed era completo di tutto. Il ragazzo si scusò per la polvere che si era accumulata da quando lei era scomparsa.

«Le assistenti sociali vengono a vedere come sto e a rompermi le scatole, ma mai che facciano le pulizie».

«Qual è la camera di tua madre?».

«È quella con la porta dipinta di rosa. Da quando lei non c'è più non me la sono sentita di entrarci. Ma i vostri colleghi poliziotti sono già andati a vedere».

«Puoi lasciarci un attimo sole lì dentro?».

Lui sembrava contrariato ma accettò. La camera era di un cattivo gusto spaventoso: trapunta rosa, pareti rosa, moltissimi quadri e quadretti raffiguranti angeli e paesaggi al tramonto, qualche peluche rosa buttato sul letto... Sembrava la camera di una bambina, non quella di una donna adulta. Su uno scrittoio bianco, per contrasto, c'era un computer. Ma accanto non si vedevano cosmetici, luci particolari, nessun indizio del materiale di cui, secondo le sorelle Miralles, una influencer poteva servirsi per mettere in rete i suoi consigli. Si divisero i compiti: una cominciò da destra e l'altra da sinistra. Il letto, i cassetti e l'armadio, dove i vestiti di Arcadia erano ordinatamente appesi, vennero esaminati con cura.

«Che cattivo gusto che ha questa tipa!» esclamò Berta.

«Sì, me ne ero già accorta quando veniva a lezione. Sembrava un abat-jour».

A poco a poco, con assoluta meticolosità, controllarono tutte le tasche, le maniche, perfino gli orli di ciascun indumento. Trovarono qualche biglietto dell'autobus, un campioncino di profumo e... un pezzo di carta giallognola che doveva aver avvolto qualcosa, fittamente stampato a caratteri orientali, forse cinesi, forse giapponesi. Le due sorelle si guardarono, Berta lo mise in tasca.

«Abbiamo finito» dissero quando uscirono.

«Avete trovato qualcosa di interessante?».

«Non fare troppe domande, ragazzo. Quello che scopriremo lo saprai a tempo debito».

Si salutarono sulla porta. Marta rimase leggermente indietro e Gabriel le disse sottovoce:

«Tua sorella mi sembra più poliziotta di te».

La più giovane delle Miralles scoppiò a ridere.

Una volta che furono in macchina, Berta tirò fuori lo strano involucro, stando attenta a toccarlo il meno possibile, e lo avvicinò al naso di sua sorella.

«Senti che odore ha?».

«Droga?».

«Sembra, ma non chiedermi quale».

«Andiamo a Tossicologia?».

«A tutta velocità».

Armando Pijoan le ricevette con molta cortesia. Dirigendo il laboratorio tossicologico della polizia, non aveva molte occasioni di uscire dal suo sancta sanctorum ed entrare in contatto con le nuove leve dei paladini della legge. Era un uomo affabile e cordiale.

«Carissime ispettrici, in che cosa posso esservi utile?».

Berta tirò fuori dalla borsetta il pezzo di carta incriminato. Lo specialista si scandalizzò.

«Santo cielo, e me lo porti così, senza una bustina di plastica per le prove?».

«L'abbiamo trovato in una perquisizione accidentale, diciamo. Non eravamo preparate. Vorremmo sapere se è servito per avvolgere della droga».

«Ma certo! Era un po' che di questi non ne vedevo più. Ve lo faccio analizzare per scrupolo, ma posso dirvi sin d'ora che qui dentro c'era oppio thailandese».

«Quindi i caratteri stampati lì sopra non sono cinesi né giapponesi» disse Berta. «Mi pareva».

«L'oppio thailandese» disse Pijoan «è pur sempre una varietà dell'oppio cinese, ma è ancora più potente. Questo in particolare è di grande purezza e qualità. Di solito si presenta in polvere, e viene sempre mescolato con qualche altro ingrediente perché ha un sapore molto forte. Al principio gli effetti sono di rallentamento dei movimenti e leggero intontimento, più tardi induce il ben noto sopore. È già capitato che i colleghi della Narcotici ne abbiano sequestrato piccoli quantitativi e mi abbiano portato dei campioni da analizzare».

«Dove li avevano trovati?».

Il tossicologo alzò le braccia in segno di ignoranza assoluta.

«Ragazze, questo io non lo so. Dovreste andare alla Narcotici e continuare la vostra indagine con loro. Io ho a che fare solo con la scienza, non con la triste realtà del crimine».

Mentre camminavano verso il parcheggio Marta non faceva che ripetere fra sé, come il ritornello di una canzone: «oppio thailandese, trallallà, oppio thailandese!». Non stava in sé dalla gioia. Si voltò verso la sorella e disse:

«E adesso alla Narcotici!».

Ci rimase malissimo quando Berta replicò:

«Non se ne parla nemmeno. Prima andiamo in commissariato. Il nostro capo deve sapere che qui c'è sotto qualcosa di grosso e che l'inchiesta deve essere affidata a noi. È stata una nostra iniziativa indagare, no?».

«Diciamo pure così».

«E va bene, è stata tua. Io non ero a quel corso di cucina».

«Si è rivelato parecchio più interessante di quello di inglese, devi ammetterlo».

Il commissario ci mise più di venti minuti a capire di che cosa gli stessero parlando. Cucina thailandese? Come sarebbe a dire? Quando riuscì a farsi un'idea più o meno coerente della vicenda, si affrettò a ricordare alle due giovani ispettrici l'importanza della collaborazione tra i diversi servizi. In pratica era impensabile lasciare fuori dalle indagini i colleghi di Persone Scomparse. Berta, ormai convinta che solo la forza di carattere le avrebbe permesso di sopravvivere, replicò:

«Perfettamente d'accordo, commissario, ma i colleghi di Persone Scomparse hanno trascurato questa linea investigativa, che invece ha tutta l'aria di dare i suoi frutti. Collaboreremo con loro il più possibile, ma a questo punto il caso è affidato a mia sorella e a me, non è così?».

«Caspita, Berta Miralles! Lei ha la stoffa del capo, eh? Chissà che un giorno lei non prenda il mio posto. Bene, brava, mi sembra giusto. Il caso è suo. O di tutte e due?».

«Di tutte e due».

Il commissario sorrise. Detestava i tiepidi e l'energia di Berta gli era piaciuta.

«E così sia» concluse, in tono patriarcale.

A Ricardo Soler, della Narcotici, bastò una breve ricerca d'archivio per ritrovare i dati essenziali sull'ultimo sequestro di oppio thailandese.

«Avevamo intercettato un importante quantitativo di oppio cinese, e in mezzo agli altri pacchi ce n'erano un paio che contenevano degli involucri come questo che mi mostrate in foto. C'era stata una soffiata, da parte di un tizio che ogni tanto ci passa delle informazioni, in cambio di una piccola ricompensa. Miracolosamente, credo sia ancora vivo, anche se adesso si dà meno da fare».

«Vi aveva detto a chi erano destinati i pacchettini speciali?».

«Come faceva a saperlo? Mica aveva la lista dei clienti del trafficante».

Alle due ispettrici non sfuggì il sarcasmo del collega. Era già successo, pagavano lo scotto di essere giovani e donne, chiunque si permetteva di trattarle dall'alto in basso o di fare battute stupide che loro erano sempre meno disposte a tollerare. Berta domandò:

«Avete preso qualcuno?».

«Purtroppo solo lo spacciatore a cui era diretta la spedizione. Il trafficante internazionale, come sempre, l'ha fatta franca».

«Quindi voi prendete solo i pesci piccoli» commentò la più grande delle Miralles con un sorrisetto beffardo.

«Certo che sei spiritosa, eh?».

«Cerco di non restare indietro. E dov'è adesso questo pesciolino, se si può sapere?».

«Nel carcere di Brians. Ma se pensate di interrogarlo, non ne ricaverete molto. È dentro da un paio d'anni ed è stato già sentito altre volte senza il minimo risultato».

«Ah, caro collega, tu non sai di cosa sono capaci due cervelli femminili».

«Più di due maschili?».

«Ma certo. Due cervelli maschili perdono il tempo a competere tra di loro».

Soler non poté fare a meno di sorridere. Me lo sono meritato, si disse. Lo dicono tutti che queste ragazze che entrano in servizio oggi sono dei tornado.

Juan Rozas era il nome del detenuto da interrogare. Prima dovettero capire quale giudice avesse ricevuto l'incarico di istruire il caso. Il magistrato, che era stato da poco informato della faccenda, non fece alcuna difficoltà (non aveva ancora letto un solo documento) e diede loro l'autorizzazione necessaria per entrare al Centro Penitenziario di Brians 2.

Nel tragitto per Sant Esteve Sesrovires, fu Berta a guidare. A un certo punto sua sorella disse:

«Sono preoccupata di quello che può fare Gabriel se non sa più nulla di noi».

«Che cosa potrebbe fare?».

«Non so, mettersi in azione per conto suo e combinare qualche pasticcio».

«Un pasticcio thailandese?».

«A proposito» continuò Marta, «è ovvio che Blanco aveva messo dell'oppio nella porzione di Arcadia. Forse pensava di farla sparire senza che lei opponesse resistenza».

«Chiamalo».

«Chi, Blanco?».

«No, Gabriel. Digli che stiamo lavorando e che va tutto bene».

Arrivate al carcere, le Miralles furono condotte in una saletta riservata. Qualche minuto dopo arrivò il detenuto. Juan Rozas aveva una quarantina d'anni, era un tipo insignificante, bassino, e sorrideva in modo meccanico. Apparteneva alla categoria dei delinquenti abituali, quelli che hanno alle spalle una lunga storia di reati e non hanno più paura di niente. Non dovevano ritenerlo molto pericoloso, perché la guardia rimase fuori dalla stanza. Quando vide le ispettrici, esclamò:

«Ma bene, due belle ragazze, che piacere! Almeno mi sono liberato dagli stronzi che venivano prima».

«Queste due belle ragazze sono ispettrici di polizia, e vogliono che tu risponda a qualche domanda» disse Berta senza battere ciglio.

«Venite ancora a farmi domande dopo tutto questo tempo? E su cosa?».

«Sugli ultimi affari che hai fatto prima di finire dentro».

«Ah, ma quello è il passato!».

«Hai forse dei nuovi affari per le mani, proprio qui in carcere?».

Il detenuto guardò Berta con un certo stupore.

«Ahi, ahi, attenzione, l'ispettrice fa sul serio!».

«Stiamo cercando un tizio che probabilmente ha assassinato una donna. Non conosciamo bene la tua storia ma abbiamo la sensazione che tu non sia di quelli che ammazzano la gente e si mettono il cuore in pace, mi sbaglio?».

«Per niente, a me i delitti di sangue non sono mai andati a genio. Ammazzare una persona è una dimensione in cui non voglio entrare, tantomeno se c'è di mezzo una donna. E non che non ve lo meritiate, certe volte, eh?» concluse sogghignando.

«In una delle ultime partite che hai trattato c'era dell'oppio thailandese, non è vero?».

«Scusate, ma voi da dove siete uscite? La Thailandia è il regno dell'oppio, il maggior produttore mondiale. Non avete mai sentito parlare del turismo dell'oppio a Bangkok?».

«Ehi, cerca di stare calmo, noi sappiamo quello che dobbiamo sapere» intervenne Marta, che si era innervosita. «Se ti sei fatto l'idea che solo perché siamo giovani e siamo donne non capiamo niente, sei fuori strada. Ficcatelo bene in testa. L'oppio thailandese di cui siamo venute a chiederti è di un tipo speciale, avvolto in pezzi di carta come questo».

Marta prese il cellulare, aprì la foto e gliela mise sotto il naso.

«Che caratterino! Allontanami un po' il telefono dalla faccia, che così non vedo un tubo! Vediamo... Ah, sì! Quella era una fornitura molto carina che abbiamo fatto più volte, una cosa stilosa, con tutti quei pacchettini decorativi».

«E per chi era?».

«Non ne ho idea! Se ne occupava un piccolo pusher che si chiamava Tomás. Ma è inutile che andiate a cercarlo perché è morto. Di overdose. Quando sei del mestiere è meglio che non ti vengano tentazioni, perché se no ti rovini e finisci male».

«Stai dicendo la verità?».

«Credete che io abbia qualche interesse a proteggere una mezza cartuccia? Vi giuro che quel tipo è al cimitero, chiedetelo ai vostri colleghi della Narcotici. Ve lo giurerei su qualcuno o qualcosa, ma visto che non credo in niente non vedo che senso abbia».

«E quel Tomás ti aveva detto qualcosa sul tipo che aveva richiesto questa merce speciale?» domandò Berta.

«Non lo so, fammici pensare...». Dopo un attimo gli si illuminarono gli occhi. «Sì, lui lo chiamava "il maestro", non mi ricordo di cosa fosse maestro. Una volta me lo aveva detto. Di yoga, forse? I tipi dello yoga ci danno dentro parecchio con le sostanze. Doveva averne, di soldi, perché la roba che prendeva costava molto più del normale. E a giudicare dai quantitativi non era certo per consumo personale, avrà invitato gli amici, dico io, oppure la rivendeva agli allievi».

Le due Miralles si guardarono. Berta fece un cenno verso la porta con la testa.

«Va bene, per oggi può bastare».

«Non mi ringraziate nemmeno? Ho collaborato!».

«Sì, grazie» mormorò Marta.

«Già che ho collaborato, potreste almeno dirlo al direttore di questo schifo di prigione, saranno sempre dei punti a mio favore».

«Non ti è bastato vedere due belle signorine?» domandò Berta.

«Avete un carattere troppo di merda per i miei gusti».

Una volta in strada, le due ispettrici inspirarono profondamente.

«Bene, ci siamo!» esclamò Marta, quasi felice.

«Ci siamo, dove?».

«Che altro ci serve? Quel tipo si drogava, si era messo con Arcadia e poi l'ha piantata. Lei lo perseguitava, sapeva che lui comprava oppio, forse c'è perfino una fumeria nel suo centro, magari anche lei c'era finita dentro fino al collo. Lo stronzo ha paura, decide di eliminarla. In un primo tentativo le mette una dose nella sua porzione di pasticcio thai, ma la mia presenza lo spaventa. In un secondo tentativo riesce a toglierla di mezzo. Nessuno li ha mai visti insieme, quindi può stare tranquillo».

«Benissimo. Ma tu stessa hai cominciato con una domanda. Che altro ci serve? Lo sai perfettamente. Abbiamo bisogno di prove, e non ne abbiamo».

«Le troveremo. Altrimenti mi suicido come un bonzo, per rimanere in tema con l'oriente».

Le Miralles si ritirarono nei loro quartieri d'inverno, quelli d'estate erano presso l'azienda agricola dei loro genitori a Càlig, un piccolo paese dove tornavano spesso per ricaricarsi. Nell'appartamento di Valencia ciascuna faceva la sua vita, ma quasi sempre condividevano la cena. Era quello il momento in cui commentavano le novità della giornata. Se lavoravano allo stesso caso, aspettavano di avere sparecchiato, poi si preparavano una tisana e si sedevano sul divano per scambiare le loro impressioni. Quella sera le impressioni erano così intense che cenarono in un baleno per poterne parlare al più presto. Cominciò Marta:

«Hai ancora dei dubbi sul fatto che Blanco abbia ammazzato la sua ex?».

«Io ho sempre dei dubbi, finché non c'è una sentenza. E a volte anche dopo».

«Perché tu non fai altro che pensare. Io, che penso di meno, lo vedo chiarissimo. Blanco l'ha fatta fuori».

«E dove le troviamo le prove?».

«Al Centro di Discipline Orientali. La droga dev'essere lì, poco ma sicuro».

«Una perquisizione a sorpresa? E se la tenesse a casa sua?».

«Non credo. Hai sentito quel che diceva Rozas sui quantitativi che ordinava. Avrà una fumeria in una stanza riservata. Pensi mica che se ne vada in giro portando la roba su e giù da casa al posto dove viene consumata?».

«Comunque il giudice non ci darà mai un mandato di perquisizione sulla base di una semplice ipotesi. Ti ricordo che Rozas non ha mai fatto il suo nome».

«Però l'ha chiamato "il maestro" e ha detto che aveva una scuola di yoga o qualcosa di simile».

«Rozas non poteva sapere nulla di lui!».

«Però le coincidenze sono evidenti».

«Un giudice non autorizza una perquisizione perché ci sono delle coincidenze».

«E allora farò a meno del giudice».

«Non ti capisco».

«Ho un piano. Sei disposta ad ascoltarlo senza interrompermi?».

Berta si alzò, andò alla credenza e tirò fuori una bottiglia di whisky e un bicchierino. Si rivolse a sua sorella:

«Parla! Puoi cominciare. Tu non hai bisogno di un cicchetto, vero?».

«Seguimi bene. Mancano solo due lezioni alla fine del corso, solo due. In quella di domani mi assenterò qualche minuto per cercare di capire dove sono i sensori dell'antifurto. Qualche occhiata in giro, da quando ho cominciato ad avere dei sospetti, l'ho già data. Però voglio essere sicura. Fin qui ci sei, no?».

Per tutta risposta, Berta ingollò un sorso di whisky.

«Veniamo all'ultimo giorno. Quando la lezione finisce, approfitto della confusione. C'è sempre confusione all'uscita: baci, abbracci, saluti, allievi di altri corsi che si incontrano. Io sparisco e mi nascondo da qualche parte, i bagni sono grandi, lì andrà benissimo. Quando sento che tutti se ne sono andati, cerco quello che devo cercare. L'impresa di pulizie viene di notte, di questo mi sono già accertata. Poi chiamo i colleghi ed è fatta. Che ne pensi?».

Prima di parlare, Berta finì il whisky in un colpo solo.

«Penso che sei matta da legare, e spero proprio che tu stia scherzando».

«No, non scherzo affatto. Lo so che lavoro in polizia e che ci sono delle regole, ma io sono una donna d'azione. E agendo in questo modo sono sicura di farlo arrestare per detenzione di stupefacenti, poi verranno gli interrogatori e salterà fuori il resto».

«Non spererai che ti aiuti a mettere in atto un piano del genere?».

«Sarebbe una bella cosa se tu, da fuori, mi mandassi un messaggio per avvertirmi quando sono usciti tutti».

«Non ci penso nemmeno».

«Quindi mi lasci sola?».

«Sola e abbandonata».

«Vuol dire che mi arrangerò».

Quando Marta Miralles ideava un piano, considerava un fallimento non realizzarlo. Non era sempre certa che il piano riuscisse, ma, come ripeteva spesso anche a se stessa, «era una donna d'azione», e qualche volta questo significava agire prima e pensare poi. Sì, era rischioso: poteva venire scoperta in qualunque momento. Ma se ciò fosse successo, l'ultima persona interessata a dare l'allarme sarebbe stato proprio Jorge Blanco. Su questo si fondava la sua decisione di andare avanti con il progetto: era sicurissima che Blanco fosse colpevole.

Il principale ostacolo alla riuscita dell'impresa, però, era il rifiuto di collaborare di sua sorella. Un aiuto esterno non era indispensabile, ma sarebbe stato molto utile. Ci pensò e ripensò finché trovò la soluzione. Ma era una soluzione che complicava le cose, soprattutto dal punto di vista legale. Non le venne neppure in mente di raccontarlo a Berta, non c'era il minimo dubbio che se avesse saputo una cosa simile l'avrebbe denunciata ai superiori.

Nella penultima lezione di cucina impararono a fare il famoso *pad thai*, un piatto di spaghettini con gamberi che piacque moltissimo a tutti. Marta uscì dall'aula più di una volta: andò nei bagni, osservò la porta d'ingresso, scrutò i corridoi, e per quanto le fu possibile sbirciò nelle sale vicine. Era quasi sicura che solo all'ingresso e nel corridoio adiacente ci fossero dei sensori d'allarme. Bene.

Il passo successivo poteva essere azzardato ma non ci pensò un momento di più. Prese il telefono e chiamò Gabriel. Questa volta gli chiese di trovarsi in un altro bar, lontano dal luogo dei fatti, passati e futuri.

Seduti a un tavolino, sempre con le stesse consumazioni davanti: caffè per lei, Coca-Cola per lui, Marta spiegò il suo piano a Gabriel e gli disse quale sarebbe stato il suo compito. L'adolescente sgranò gli occhi dallo stupore e li tenne così finché lei non ebbe finito di parlare. Se gli avessero detto che aveva vinto la lotteria, che aveva preso il massimo dei voti in tutte le materie o che aveva ereditato un regno magico, non si sarebbe sentito più felice. Partecipare direttamente alle indagini! Mai avrebbe osato sognare una cosa simile. Adesso sì che si sarebbe vendicato, quel bastardo l'avrebbe pagata cara, si sarebbe pentito di essere nato, avrebbe scontato tutte le sue colpe.

«Lo farai?» gli chiese Marta. «È improbabile che il tipo rientri al centro dopo la chiusura, ma non si può mai sapere».

«Se lo faccio? Certo che lo farò, figurati, non mi distrarrò per nulla al mondo, finché tu sarai dentro terrò gli occhi aperti, quel tipo non mi sfuggirà».

«C'è un'altra cosa importante che devi ricordare. Quando chiamerò i colleghi e partirà tutto il circo, tu devi sparire. Tu non sei mai stato lì e non hai mai fatto quello che hai fatto, è chiaro?».

«Non potrò raccontarlo neanche ai miei amici?».

«Se i miei superiori scoprono che ho coinvolto un minorenne, sai cosa mi succede? Mi tolgono il tesserino, mi destituiscono e se sono fortunata finisco a pulire le scale del commissariato. Quindi non fare sciocchezze».

«Dovrei essere proprio stupido per metterti nei guai. Sei stata l'unica che mi ha ascoltato. Ti prometto di non dir niente a nessuno, mai».

«Ti do il permesso di raccontarlo quando avrai dei nipoti».

«Nemmeno allora. Lo prenderemo, vero, Marta?».

«Quello finisce in galera com'è vero che mi chiamo Miralles».

La sera prima del giorno fatidico Marta avrebbe dovuto essere in ansia, incerta o dubbiosa sulla riuscita del piano. Eppure era perfettamente tranquilla. Mentre preparava una *tortilla de patatas* per la cena (era il suo turno in cucina), canticchiava tra sé come sempre. Berta, che tagliava i pomodori per l'insalata, era sempre più nervosa, ma non diceva una parola.

Durante la cena sembrava che un vulcano dovesse entrare in eruzione da un momento all'altro. Marta però si limitava a fare domande superficiali alle quali sua sorella rispondeva a monosillabi, o con piccoli grugniti che potevano essere di approvazione come di diniego.

«La trovi troppo cotta la *tortilla*?».

«No».

«Hai condito l'insalata?».

«Sì».

«Ne vuoi ancora un po'?».

«Mmh».

«Vuol dire sì o no?».

«No».

Al momento dello yogurt le ostilità non erano ancora esplose. Mangiarono in silenzio e, solo alla fine, Berta si decise a parlare.

«Voglio che tu sappia che domani ho chiesto il giorno libero. Motivi personali».

«Più è chiaro che sei lontana da me, meglio è, vero?».

«Esattamente».

«Questo si chiama tradimento».

«E quello che hai intenzione di fare tu si chiama follia».

«Molto bene, adesso abbiamo definito il vocabolario. C'è altro?».

«Buonanotte, io vado a dormire».

Detto questo, Berta si alzò e se ne andò nella sua stanza. Vedendola allontanarsi dritta e seria, Marta si disse: «Fantastico, si è fatta la sua uscita teatrale, e a me tocca sparecchiare e sistemare tutto». Ma non si alterò e non le passò nemmeno per la testa di richiamarla indietro. Meglio lasciarla perdere. La parola «follia» riecheggiò nella sua mente. E dire che sua sorella ignorava una parte del piano! Non importa, si disse, meglio essere pazzi e fare le cose giuste che essere savi e rodersi l'anima pensando a quello che si sarebbe potuto fare. Confortata da questa risoluzione si mise a caricare la lavastoviglie, solo che ora non canticchiava più.

L'ultima lezione del corso di cucina non fu propriamente tale. Non ci fu un piatto da preparare né una serie di ingredienti da scegliere. Il maestro e la sua aiutante avevano previsto un aperitivo a buffet come festa d'addio. Il lungo tavolo era già apparecchiato con vassoi colmi di vivande e aveva un aspetto splendido. I diversi cibi competevano in vistosità ed esotismo. Gli allievi furono invitati a riconoscere quelli che avevano preparato durante il corso. Non era difficile, il difficile era ricordarne il nome in thailandese. Confusi tra *gaeng kiew wan gai* e *tom kha gai* e quello che ricordavano approssimativamente, cominciarono a mettere insieme sillabe a caso e a ricorrere ai nomi più disparati: kung fu, taekwondo, fu manchu, aga khan. Le risate echeggiavano dappertutto. Per accompagnare le cibarie erano state disposte sul tavolo un buon numero di bottiglie di *cava* catalano e di un liquore fortissimo simile a una grappa che nessuno si disturbò a presentare con il suo nome in lingua thai. La presenza dell'alcol rassicurò Marta. Avrebbe aumentato l'euforia generale e la scarsa attenzione di tutti, si disse.

Poiché alcuni si trattennero alla festicciola più a lungo di altri, l'uscita non avvenne in gruppo ma alla spicciolata. Quando vide andare via Ernesto, Marta constatò che il maestro era circondato da un folto gruppo di allieve e uscì dietro di lui. Nel corridoio scambiarono qualche parola.

«Mi dispiace che il corso sia finito» disse il sessantenne. «Mi divertivo un mucchio con le ragazze».

«Puoi iscriverti a un'altra attività» gli rispose Marta.

«Finora non lo avevo mai fatto, ma forse è una buona idea. La solitudine non è bella, sai?».

All'improvviso, Marta portò una mano alla fronte come se avesse dimenticato qualcosa.

«Oh, scusa, ho lasciato la cartellina di là! È stato un piacere conoscerti, Ernesto».

Il brav'uomo rimase un po' interdetto, poi alzò le spalle rassegnato. Probabilmente pensava che una donna così giovane non avesse il tempo di stare ad ascoltare un vecchio come lui.

Marta tornò indietro, e passando davanti all'aula del corso di cucina, guardò di nuovo dentro. La situazione non era cambiata, una schiera di signore circondava il maestro ridendo delle sue spiritosaggini. Dal momento che la festa era andata per le lunghe, i partecipanti agli altri corsi se ne erano già andati. Era una fortuna. Trattenendo il fiato, Marta entrò nei bagni delle donne. Erano vuoti. Si chiuse in uno dei gabinetti e riprese a respirare normalmente. Rimase lì quasi un'ora. Sentiva in lontananza il brusio delle ultime chiacchiere, ogni tanto una voce più acuta sovrastava tutte le altre, qualche risata, e... finalmente il silenzio. Di colpo udì dei passi che venivano nella sua direzione. Ebbe giusto il tempo di aprire il chiavistello perché da fuori non si vedesse il segno rosso di «occupato», lasciò la porta socchiusa e salì sul water per non fare sporgere i piedi. Tutto era affidato alla sorte. Dalla fessura vide l'aiutante thailandese andare a un lavandino. Sentì scorrere l'acqua, e subito dopo il rumore dell'apparecchio per asciugare le mani coprì ogni altro suono. Quando tornò il silenzio ed ebbe la certezza che la misteriosa ragazza non era più lì, Marta posò di nuovo i piedi sul pavimento e si ritenne in salvo. Ma tutta l'operazione non era che all'inizio.

Le parve di udire in lontananza il suono dei tastini dell'impianto antifurto che veniva attivato. Bene, ancora un momento di immobilità e avrebbe potuto abbandonare la sua reclusione. Guardò l'ora sul cellulare. Gabriel doveva già essere nei pressi. Uscì nel corridoio, eludendo il sensore, e cominciò a muoversi nei locali del centro. Aprì le porte delle aule, pur sapendo di trovarle vuote. In cucina tutto era in ordine, ma i piatti e i bicchieri della cena erano impilati in attesa dell'impresa di pulizie. Diede un'occhiata negli armadietti ma non trovò altro che pentole o ingredienti culinari. Si diresse verso l'ufficio. Una scrivania di noce, una poltroncina, un computer... niente che attirasse la sua attenzione. Entrò e aprì tutti i cassetti a uno a uno: nient'altro che carte. Alle pareti c'erano scaffali carichi di dossier. Non si disturbò a guardare oltre, era abbastanza improbabile che Blanco conservasse la contabilità della droga che acquistava. Uscì e si incamminò verso l'unica porta che non aveva ancora varcato. Era la solita porta con su scritto «PRIVATO» che si vede in molti locali pubblici. Si suppone che dia accesso a uno spogliatoio per il personale, oppure a uno sgabuzzino per le scope, o anche a una saletta per la pausa dei dipendenti. Girò il pomello e capì subito che la porta era chiusa a chiave. Sparare alla serratura con la pistola d'ordinanza era fuori discussione, l'antifurto avrebbe captato la vibrazione sonora e sarebbe scattato l'allarme. Tornò in cucina, prese uno sgabello pesante e tornò davanti alla porta misteriosa. E adesso? Lei non aveva una preparazione da corpi speciali, nessuno le aveva insegnato a buttare giù le porte, azione piuttosto illecita, del resto. Ma doveva farcela lo stesso. Alzò lo sgabello sopra la testa, pesava come un macigno, e lo sbatté sulla maniglia con tutte le sue forze. Cercò di aprire, ma nulla era cambiato. Allora imbracciò lo sgabello a mo' di ariete e si lanciò più volte sia contro la maniglia che contro la porta. Cominciarono a saltare schegge di legno e si aprì un'apertura abbastanza grande per infilare la mano e aprire con facilità dall'interno. Ansimava, aveva un forte dolore al polso sinistro, che si era leggermente slogata, ma non si fermò a lamentarsi un solo istante, era completamente presa da ciò che vedeva. Con gli occhi fuori dalle orbite, non sapeva più che cosa esclamare. Dio mio! Bingo! Lo sapevo!? Davanti a lei c'erano cinque comode chaise-longue, qualche tavolino basso e un banco sul quale non era difficile individuare diversi utensili per la manipolazione della droga. Si avvicinò di corsa ai cassetti dietro il banco e lì trovò i pacchettini che ormai conosceva bene: l'oppio thailandese.

In strada, Gabriel montava la guardia con il cuore in gola, cuore che quasi gli si fermò quando vide Blanco che si avvicinava da una via laterale. Prese il cellulare e chiamò Marta, ma come unica risposta ottenne una registrazione: «Il cliente da lei chiamato non è al momento raggiungibile». Ci provò altre due volte, con identico risultato. Probabilmente i locali del centro erano schermati per impedire l'uso dei cellulari. Nel frattempo Blanco aprì una macchina parcheggiata proprio davanti alla porta della sua attività. Gabriel non la conosceva, non l'aveva mai visto arrivare e neppure andar via. Gli tremarono le mani. Cercò di calmarsi. Adesso sale in macchina e se ne va, si disse. Non devo far nulla. Ma poi vide con spavento che l'uomo prendeva una cartella dal sedile posteriore e tornava a chiudere l'auto. Gli sembrò, o forse la paura glielo fece pensare, che si dirigesse verso la porta del centro, e senza pensarci due volte corse fino a raggiungerlo e gli si gettò addosso gridando:

«Brutto figlio di puttana, ti ammazzo, giuro che ti ammazzo!».

Vedendosi aggredito a calci e pugni da quel ragazzo sconosciuto, Blanco rimase per un istante stupefatto e poi si difese come poté. Cercò di immobilizzare l'aggressore prendendolo per le braccia, ma Gabriel si agitava così tanto e con tanta forza che non ci riusciva. Inveì con quanto fiato aveva in gola:

«Ma cosa vuoi, imbecille? Sono cintura nera di karate, vuoi che ti faccia secco su questo marciapiede?».

Come unica reazione ricevette una testata sul naso che lo fece sanguinare. Allora perse le staffe e cominciò a pestare il ragazzo senza pietà. In quel momento, un sessantenne obeso che usciva dal bar all'angolo accorse con tutta la rapidità concessa dalle sue gambe. Altri non era che Ernesto. Gridava come un ossesso:

«Mollalo, mollalo, figlio di buona donna, non ti vergogni a prendertela con un ragazzino? Polizia, polizia!».

Uscirono alcuni clienti dal bar, ma non ebbero il tempo di avvicinarsi perché, proprio in quell'istante, l'allarme del centro cominciò a suonare a tutto spiano. Marta Miralles usciva con la pistola in pugno.

Detenzione illecita di stupefacenti e spaccio furono i motivi dell'arresto, ai quali se ne aggiunse un terzo che Marta non aveva previsto né avrebbe mai voluto: aggressione e percosse ai danni di minore. Jorge Blanco era ormai in condizioni di non nuocere, e anche la sua assistente venne fermata, per presunta complicità. Ma prima di cantar vittoria (rimaneva da chiarire il punto più importante, la scomparsa di Arcadia López), c'era da affrontare uno scoglio non da poco. Le sorelle Miralles furono entrambe convocate dal loro capo.

Il commissario era serissimo quando le due ispettrici si sedettero davanti alla sua scrivania. Al principio finse di guardare delle carte, poi alzò gli occhi e le osservò, prima una e poi l'altra.

«Vediamo... Mi risulta che lei, ispettrice Berta Miralles, ieri ha preso un giorno di permesso per "motivi personali". È così?».

«Sissignore».

«E dove ha trascorso la giornata, se si può sapere?».

«A Càlig, a casa dei nostri genitori. Sono rientrata a Valencia verso la mezzanotte».

«Un'ora molto opportuna, non c'è che dire. Ed è una bella coincidenza che lei fosse fuori città proprio il giorno in cui sua sorella è andata a ficcarsi in un pasticcio simile, non le pare?».

«Immagino di sì, commissario».

«E lei, Marta, ha qualche spiegazione per il bailamme che ha scatenato ieri sera?».

«Sì, certo che ce l'ho, commissario».

Marta parlò con tanta sfacciataggine che sua sorella e il commissario la guardarono domandandosi da dove fosse uscito un simile esemplare di donna. Così cominciò il suo racconto:

«Vede commissario, dato che ieri era l'ultimo giorno del corso di cucina thailandese, un tipo di cucina che, le confesso, non mi ha del tutto convinta...».

«Si attenga ai fatti, ispettrice».

«Sì, mi scusi. Come stavo cercando di dirle, ieri sera, invece della lezione c'è stata una festicciola durante la quale, a parte i piatti tipici della cucina in questione, è stata servita una certa quantità di vino e altri alcolici. Io non bevo molto, ma senza rendermene conto, mangiando e chiacchierando, mi sono concessa qualche bicchiere, le ricordo che non ero in servizio, commissario, finché ho cominciato a sentirmi poco bene. A quel punto mi sono recata alla toilette con l'intenzione di rinfrescarmi un po', ma quando sono stata lì... be', ho avvertito un bisogno fisiologico. Mi sono chiusa in uno dei gabinetti, mi sono seduta e... mi sono completamente addormentata con la schiena appoggiata al muro. È passato del tempo, evidentemente la festa era finita senza che io me ne accorgessi e tutti gli altri erano andati via, anche Blanco e la sua assistente. Quando mi sono svegliata ero ancora abbastanza intontita, e senza comprendere del tutto che cos'era successo sono andata a vedere se ci fosse ancora qualcuno. Solo che, trovandomi sola, commissario, e dato che sono pur sempre una poliziotta, ne ho approfittato per dare un'occhiata a un luogo che avevo fondati motivi per ritenere sospetto. Sono entrata in tutte le stanze, e a un certo punto ho trovato la porta dietro la quale si celava la fumeria-laboratorio dove i nostri colleghi hanno già effettuato un opportuno sopralluogo».

«Lei ha trovato una porta chiusa e l'ha buttata giù con la forza».

«Non lo ricordo molto bene, commissario, ero ancora sotto gli effetti dell'intossicazione. Ma subito dopo ho sentito delle grida provenienti dall'esterno, e senza pensare alla presenza di un sistema d'allarme sono corsa fuori, scatenando un putiferio. Il resto lo sa già».

«E, guarda caso, il ragazzo che gridava era il figlio della donna scomparsa».

«Non mi stupisce che fosse lì, quel ragazzo mi segue dappertutto».

Berta aveva la bocca semiaperta dallo stupore. Il commissario, che ormai aveva perso ogni espressione, tardò a ritrovare l'uso della parola.

«E lei pensa di mettere a verbale tutto questo per il giudice?».

«A dire la verità non ci avevo ancora pensato».

«Marta Miralles, non c'è alcun dubbio sul fatto che lei sia una donna coraggiosa, intuitiva e tenace, ma se continua su questa strada le dico sin d'ora che in polizia ha i giorni contati. Lei deve mettersi bene in testa una cosa: noi siamo al servizio della legge, e la legge impone delle regole, questo non è un film americano in cui un eroe si fa giustizia da sé e sconfigge le forze del male. Se ne rende conto?».

«Sì che me ne rendo conto, commissario. Verrò sospesa dal servizio?».

Il commissario fissò il soffitto per qualche istante, come se lì si concentrassero tutte le risposte alle domande più difficili dell'esistenza.

«Non credo» disse infine. «Ma dovrà promettermi di non combinare più delle sciocchezze di questa portata. Lei mi costringe ad assumere il ruolo del papà che sgrida una ragazzina, e questo è indegno di un commissariato. Qui non siamo a scuola, cerchi di capirlo, ispettrice. Il suo è un lavoro da adulti, e da adulti equilibrati, per di più. Lo tenga bene a mente. Sarà punita con una sanzione economica e, com'è ovvio, verrà esclusa dalle indagini sul caso López».

«Ma anch'io?» saltò su Berta, immediatamente.

«Di lei non ho detto nulla... per il momento».

«Mi scusi, signore».

«Lei continuerà il suo lavoro. Vediamo se riesce a venire a capo di questa scomparsa che, secondo voi, è un omicidio. Ma la avverto che se vengo a sapere che sua sorella ha ficcato il naso nelle ricerche, finisce fuori anche lei».

«Sissignore».

«E voglio che mi stenda una relazione preliminare, e intendo preliminare, di tutto quello che intende fare».

«Certamente, signore».

«Vuole smetterla di chiamarmi signore?».

«Sì, signor commissario».

Le due sorelle uscirono nel corridoio. Si avviarono verso il loro ufficio, ciascuna assorta nei propri pensieri. Marta disse a Berta sottovoce:

«Oltre che traditrice, leccaculo».

«Se non fosse stato per me, adesso saremmo tutte e due fuori dalle indagini. Almeno adesso io posso arrivare fino in fondo».

«E se non fosse stato per me, non avremmo mai scoperto un bel niente sul conto di quel tipo».

Berta non rispose, sapeva che sua sorella aveva ragione.

Il primo provvedimento dell'unica ispettrice rimasta in gioco fu una perquisizione minuziosa del domicilio di Blanco, con regolare mandato giudiziario. Una squadra numerosa invase il vasto e lussuoso appartamento dell'arrestato, scrutando in ogni angolo. Non c'era neppure un grammo di droga, ma in un cassetto della cucina chiuso a chiave gli agenti trovarono più di centomila euro in biglietti di piccolo taglio. Era già qualcosa. Del tutto inutile fu la ricerca di fotografie o oggetti personali riconducibili ad Arcadia López, la donna scomparsa. In quella casa vivevano due persone, un uomo e una donna, che chiaramente era la giovane thailandese.

Il giorno stesso Berta procedette all'interrogatorio di Blanco.

«La avverto subito che il mio stile è non farla troppo lunga. Quindi eviterò il solito discorsetto su quanto le conviene collaborare, mi risparmierò le minacce, e non permetterò che lei mi faccia perdere tempo. Farò solo domande molto precise».

Era chiaro che Jorge Blanco, per quanto assistito dal suo avvocato, era nervoso e morto di paura.

«Mi dica, signor Blanco, da dove proviene la somma in contanti che abbiamo trovato in un cassetto della sua cucina?».

«Cosa vuole, risparmi, denaro che ho messo da parte a poco a poco per crearmi un piccolo fondo di emergenza».

«Più di centomila euro non è un piccolo fondo. Le ricordo che l'evasione fiscale è un reato».

Intervenne l'avvocato:

«Il mio cliente non è qui per reati fiscali».

«Il suo cliente è qui per qualcosa di molto più grave di un reato fiscale. E se tutti gli interventi che pensa di fare sono così insulsi, credo che le convenga star zitto».

L'avvocato, un cinquantenne azzimato con un vestito molto costoso, divenne livido.

«Come osa rispondermi in questo modo?».

«Posso andare avanti, sì o no?».

Il legale tacque, ma ora le sue guance erano tinte di un rosso intenso e aveva le mandibole serrate.

«Le faccio un'altra domanda, Blanco. Lei dispone di qualche altra abitazione dove è solito recarsi?».

«Sì, la casa di famiglia a Benicarló, fuori dal paese, ma è tanto che non ci vado».

«Mi scriva qui l'indirizzo esatto, e mi favorisca le chiavi, così eviterà che la porta della casa di famiglia venga buttata giù a colpi d'ascia».

Blanco tirò fuori un mazzo di chiavi, ne estrasse un paio e le porse a Berta.

«C'è un sistema d'allarme?».

Blanco scrisse il codice sotto l'indirizzo.

«Spero che sia un procedimento legale» disse.

«Non si preoccupi della legalità. Le assicuro che io sono qui per far rispettare la legge, e se le cose stanno come penso lei ne pagherà le conseguenze».

Una nuova squadra di agenti, regolarmente munita di mandato di perquisizione, ispezionò ogni angolo della villetta a due piani poco fuori Benicarló di proprietà della famiglia Blanco. Niente, anche la terra del giardino fu esaminata, ma non si vedeva alcun indizio che fosse stata smossa. Logico, si disse Berta, quel delinquente non mi avrebbe permesso di arrivare tanto facilmente a questa casa se ci avesse nascosto un cadavere. Dovrò fare un altro interrogatorio, ma ora cambierò persona.

L'aiutante thailandese la guardò con freddezza. Lei non aveva un avvocato ad assisterla nell'interrogatorio.

Berta si augurò che riuscisse a farsi capire in spagnolo. Si sedette di fronte a lei e le disse a bruciapelo:

«Perché l'hai fatto?».

«Io non fatto niente» rispose la ragazza.

«Hai ucciso una donna».

«No».

«Dove abiti?».

«Abito con Jorge».

«Ma tu hai anche un'altra casa, vero?».

«No, non ho altra casa».

«Hai un magazzino, un posto dove tieni le spezie e gli ingredienti che usi nei piatti?».

«No».

«Hai il permesso di soggiorno in regola?».

«Sì».

«Questo non è vero. I miei colleghi dicono che sei illegalmente nel paese».

Lei rimase zitta, perse la sua calma ieratica e cominciarono a tremarle le mani. Berta continuò:

«Abbiamo una sola accusa contro di te: complicità nella detenzione di droga. Non è molto. Se ti condannano, uscirai presto. Ma un omicidio è una cosa molto diversa».

«Io non sono stata».

Berta trattenne il respiro.

«È stato lui?».

«Non so, non mi ha detto, lui non dice mai niente. Io faccio quello che lui dice, non faccio domande».

«Che cosa ti aveva detto di fare quella volta?».

Lei ci pensò un po' prima di parlare.

«Mi ha detto non lasciare casa mia».

«E l'affitto lo paga lui?».

«Sì, ma casa mia è molto piccola, molto povera. Io non posso avere altro. Non c'è contratto».

«E vai ancora in quella casa ogni tanto?».

«No, mai. Lì tutto schifo».

«Scrivimi qui l'indirizzo».

Con una grafia esitante, la ragazza scrisse l'indirizzo mentre ripeteva: «Io mai tornata lì. Mai tornata».

Quella frase ripetuta convinse Berta che il corpo di Arcadia López si trovasse in quella casa, in plaza del Mercat Vell. Era stato più facile di quanto avesse osato immaginare. Non pensava che quella poveretta fosse così sprovveduta. Evidentemente Jorge Blanco era un gran bastardo che usava le donne e le disprezzava, e ora l'avrebbe pagata cara.

La casa dove aveva vissuto la thailandese era un minuscolo tugurio dove da tempo non abitava nessuno, e dove era difficile pensare che qualcuno potesse aver pagato un affitto per passare la notte. Togliere quella ragazza da un posto simile per darle una casa lussuosa aveva permesso a Blanco di avere a disposizione una vera e propria schiava. Ma nemmeno lei doveva essere troppo sicura della protezione che poteva offrirle il suo salvatore, se guidò la polizia verso la soluzione del caso. In un grande congelatore che ronzava in un angolo, Berta Miralles trovò il cadavere di una donna. Era Arcadia López, come venne confermato più tardi. Le avevano tagliato i piedi all'altezza delle caviglie per farla entrare in quello spazio ristretto. L'ispettrice non aveva mai visto niente di simile. Fu sul punto di svenire per l'impressione. Uno degli agenti che la accompagnavano se ne accorse in tempo e la sorresse, lei riuscì solo a mormorare:

«Dio mio, che crudeltà!».

Del nuovo interrogatorio di Blanco tornò a occuparsi solo Berta, naturalmente. Non poteva essere altrimenti dopo gli ordini tassativi del commissario. Sapeva che sarebbe stato difficile, ma non perse mai il sangue freddo, le sue domande caddero una dopo l'altra come mazzate. Questa volta l'avvocato non c'era, date le complicazioni emerse aveva preferito abbandonare il cliente al suo destino. Blanco non si era neppure disturbato a chiederne uno d'ufficio, era chiaro che intendeva confessare, nella speranza di ottenere almeno uno sconto di pena. C'era il rischio, però, che accusasse la thailandese di avere ordito il piano, cosa del resto abbastanza inverosimile.

Cominciarono alle sei del pomeriggio, e alle nove di sera Berta aveva già tutte le informazioni necessarie, che confermavano punto per punto le intuizioni di sua sorella. All'anima della sorellina, pensò la maggiore delle Miralles.

Arcadia López e Jorge Blanco erano stati amanti, lei esercitava la prostituzione all'insaputa del figlio, e si era innamorata pazzamente di lui, ma non era affatto corrisposta. Nel frattempo aveva sviluppato una dipendenza dall'oppio, di cui Blanco la riforniva senza problemi. Un bel giorno lui si rese conto di avere per le mani un'altra vittima che poteva essergli più utile: una bella thailandese senza permesso di soggiorno che era andata a chiedere lavoro al centro. Sarebbe stata una docile schiava sessuale e per di più avrebbe fatto una gran bella figura ai suoi corsi, lavorando senza prendere un soldo. A quel punto Blanco comunicò ad Arcadia che la loro relazione era finita, e lei cominciò a perseguitarlo. All'inizio, nel solito modo: telefonate, messaggi, incontri apparentemente casuali. Lo amava ancora. Poi, quell'amore residuale si era trasformato in risentimento, e i tentativi di contatto erano diventati una vera e propria persecuzione: ricatti economici e minacce, la più grave delle quali era denunciarlo alla polizia. Lei non sapeva esattamente che cosa succedesse al centro, ma sapeva che il suo ex aveva una disponibilità di oppio abbondante e continua. Poteva metterlo nei guai per detenzione e spaccio di stupefacenti. Quando si iscrisse al corso di cucina thai, Blanco capì che rappresentava un pericolo serio. Adesso Arcadia si mostrava in pubblico, si faceva notare. Quella poteva essere l'anticamera di una delazione in piena regola. E l'unica soluzione che venne in mente a quel maestro di spiritualità fu ammazzarla. Fece un primo tentativo con il famoso «pasticcio»: un buon quantitativo d'oppio nella sua porzione, che le avrebbe fatto effetto soltanto dopo, avrebbe dato come esito dell'autopsia un'evidente «morte per overdose». Diversi testimoni avrebbero assicurato che quel pomeriggio la defunta si trovava a un corso di cucina ed era in piena forma fisica. Il piano andò all'aria quando Blanco scoprì che Marta era una poliziotta, una poliziotta vera. Meglio non correre rischi. E se le fosse passato per la testa di indagare? Alla fine si decise per la brutalità pura e dura: la strangolò nel tugurio della sua amante e lì la congelò sperando di trovare col tempo una «collocazione eterna» più confacente. Quando sembrava che la raccapricciante confessione fosse finita, l'uomo aggiunse un dettaglio ancora più macabro:

«I piedi glieli ha tagliati Jaidee».

«È la verità?».

«Vada nella cucina del centro e guardi l'assortimento di coltelli giapponesi di cui dispone. Come molti orientali, è un'esperta nell'usarli».

Era vero o no? Quell'uomo ripugnante poteva esserselo inventato per farla pagare alla sua amante. Non importava, era un problema che si sarebbe risolto più avanti. Forse di fronte al giudice la sua versione sarebbe cambiata, o nel frattempo sarebbe venuto fuori qualche nuovo indizio che avrebbe chiarito la questione.

Il caso era risolto, ma rimaneva un compito molto duro da affrontare: Gabriel. Comunicargli il ritrovamento del corpo di sua madre spettava ai servizi sociali, su questo le Miralles non poterono fare nulla. Però, qualche giorno dopo, Marta andò a visitarlo nella struttura dove era stato accolto.

Il ragazzo aveva gli occhi cerchiati ed era pallido e patito, ma vedendola, sorrise. Marta non sapeva bene che cosa dire.

«Mi dispiace molto, Gabriel».

«Non ti preoccupare, lo sapevo fin dall'inizio. E poi, sono quasi contento. Grazie a noi due quel brutto figlio di puttana ha avuto quello che si meritava. Gli daranno un mucchio di anni di carcere, vero?».

«Non avrà più un capello in testa quando uscirà dalla galera, se ne esce vivo».

Lui sorrise.

«E io ti ho aiutata. Che casino abbiamo combinato! Sembrava un film».

«Ti trattano bene qui?».

«Sì, non si sta male».

«Ogni tanto verrò a trovarti».

«Bene, mi farà piacere».

Marta stava per uscire quando fu raggiunta dalla voce del ragazzo:

«Marta! Mia madre non era una prostituta, vero?».

«Tua madre è stata la vittima di un gran bastardo. Il suo unico peccato è stato innamorarsi».

Si girò e se ne andò.

Quella sera la cena delle due Miralles prevedeva frittata di verdure e insalata.

«Alla fine è stato un successo, no?» chiese Marta a sua sorella. «Il commissario ti ha fatto i complimenti?».

«No».

«Secondo te come mai?».

«Lo sa benissimo che il merito è di tutte e due, e non si complimenterebbe con te neanche morto».

«Bene, la prossima volta facciamo il contrario. Tu ti occupi del lavoro sporco, e io penso a chiudere in bellezza».

«No, la prossima volta facciamo tutto come si deve, insieme. Così magari riceveremo i complimenti tutte e due. A proposito, di metà della tua sanzione pecuniaria mi faccio carico io».

«Non so se sia giusto o no; comunque mi sembra una buona idea».

Berta scoppiò a ridere.

«Sei una forza, sorella».

«Be', almeno ammetti che con me ti diverti!».

«Più che al circo».

«Però tu... un po' noiosa lo sei».

«Su, metti in tavola il dolce, e non mi far parlare».

Vinaròs, 31 luglio 2023

Francesco Recami

L'eterna lotta fra brodetto e cacciucco

1
Questioni di campanile

Margherita stava rientrando nella casa di ringhiera dove abitava assieme alle sue amiche, anche loro studentesse di moda, Sonia e Samantha. Portava con sé due grosse borse della spesa. Sul ballatoio incontrò Camilla, la nuova inquilina degli appartamenti 6-7.

«Buongiorno Margherita!».

«Buongiorno Camilla!».

«Abbiamo fatto acquisti?».

«Eh sì, pesce alla grande».

«Cosa preparate di buono?».

«Eh, la cosa migliore che c'è, il brodetto».

Margherita, Sonia e Samantha, dette Marghe, Soso e Samy, provenivano dalla Romagna, tutte e tre alte quasi un metro e ottanta, con gambe lunghissime e capelli altrettanto lunghi e lisci, sempre sorridenti e disponibili, provenivano da famiglie i cui conti in banca erano consistenti. Curatissime, vestitissime, scioltissime, avevano un nugolo di ammiratori, perlopiù truzzi e tamarri sbavanti, in arrivo da tutto l'hinterland, che le seguivano fino a casa. Loro sapevano come liberarsene, con grazia e risolutezza.

Camilla aveva una decina d'anni di più, una bella ragazza anche lei, legata sentimentalmente all'architetto Sommariva (un brillante professionista cinquantenne in corso di separazione dalla moglie), anche Camilla di solito era di buon umore. Solo che disse:

«Ah, buono il brodetto, è la zuppa di pesce, no?».

«Eh sì, come la facciamo noi».

«Dev'essere buonissimo... Be', certo, il cacciucco è un'altra cosa... Non sono paragonabili... il cacciucco è, insomma, la vera zuppa di pesce, è superiore di per sé».

Il cielo si scurì improvvisamente, si alzò un vento di burrasca e il fulmine cadde nelle vicinanze. Stessi mutamenti avvennero sul volto di Margherita, la quale aggrottò le sopracciglia, gli occhi diventarono luciferini, la bocca si aprì mostrando la bella dentatura in modo aggressivo, ci mancava solo un ruggito.

Il brodetto non è paragonabile al cacciucco? Le sembrava di aver ascoltato una gravissima eresia, degna di un anatema, il brodetto non è paragonabile al cacciucco?

Si riprese, per quanto possibile, e cercando di non alterarsi disse:

«Ma hai voglia di scherzare? Paragonare il cacciucco al brodetto! È come paragonare l'Asti Spumante allo champagne. Buoni tutti e due, ma di diversa categoria...».

Camilla da parte di madre era toscana, di Cecina, provincia di Livorno... Per lei la zuppa di pesce era il cacciucco, e basta. Pur se c'erano infinite piccole variazioni sul tema, il vero cacciucco si mangia a..., il cacciucco è quello che fa..., come succede per tutte le pietanze. Ma fare la zuppa di pesce con l'anguilla, vi rendete conto?

«Per noi l'unica vera zuppa di pesce è il cacciucco, la parola viene dal turco küçük, che vuol dire "piccolo"».

«E allora? La parola brodetto viene da brodo, ma il piatto è antichissimo, lo portarono i greci nell'Adriatico nel sesto secolo avanti Cristo. E duemila anni in più si sentono eccome».

Si creò un momento di imbarazzo e di silenzio.

«Be', io devo andare».

«Anch'io».

Se avessero continuato sarebbe finita a *male parole*. Nessuna delle due superò la frizione, per tutto il giorno entrambe non riuscirono a levarsi la questione dalla testa, ciascuna aveva bisogno di soddisfazione, non poteva finire così. Pensavano a come risolvere la situazione. Come si permette quella cretina di dire certe cose? A entrambe venne in mente questo identico pensiero.

Ah, quanto la vorrei umiliare lei e il suo cacciucco.

Ah, glielo farei vedere io a quella smorfiosa e il suo brodetto.

Le due protagoniste dello screzio non sapevano che qualcuno le aveva ascoltate. Si trattava della signora Chlorella Scemaghi, dell'appartamento 15. Questa rientrò in casa scuotendo la testa. Ma si può? pensava fra sé e sé. Si può nel terzo millennio essere così irresponsabili? Soltanto pensare a consumare pesce senza limiti e riguardi, quando le riserve ittiche stanno scomparendo e la biodiversità è gravemente, per non dire definitivamente, minacciata. E queste pensano a piatti poveri, un tempo l'unica risorsa degli indigenti, fatti con gli avanzi, gli scarti, i pesci di nessun valore, come ricette da gourmet. Roba che al ristorante ti chiedono 30 euro a porzione. Glielo farei vedere io come si prepara una vera zuppa, chiamiamola di pesce. Ne basta pochissimo, avanzi, scarti.

La signora Scemaghi non era né vegetariana né tantomeno vegana, però era a pochi centimetri da queste posizioni. In ogni caso era perfettamente al corrente che le risorse idrofaunistiche (i pesci) erano agli sgoccioli, e che se il comportamento individuale delle persone non cambiava non c'erano più speranze. Alcuni ritengono che un simile atteggiamento abbia la stessa probabilità di riuscita di una pisciata in mare, ma lasciamoli nel loro Medioevo fantastico.

Altri nuovi inquilini avevano ascoltato la piccola querelle. La signora Sapelli Vittoria in Gnutti occupava col fresco marito l'appartamento dove prima abitava il povero Luis, loro ne avevano comprato la nuda proprietà. Neanche la signorina Mattei-Ferri, la zabetta, la pettegola della casa di ringhiera, era riuscita a sapere molto sulla coppia. Erano molto riservati, non attaccavano discorso con nessuno, se ne stavano sulle loro. Comunque pareva che i due si fossero sposati dopo un lunghissimo fidanzamento e che i soldi per l'appartamento li avesse cacciati lei, o meglio i suoi genitori.

Una sera la Mattei-Ferri aveva distintamente sentito pronunciare questa frase: «Insomma, decido io! È o non è casa *mia*!». In effetti non di rado si becchettavano. Lei stava spesso in casa, evidentemente non lavorava. Lui, almeno a giudicare dagli orari, doveva essere impiegato, forse in banca, giacca e cravatta.

Possedevano una Fiat Tipo, che posteggiavano nell'apposita piazzola del Luis, un bene molto prezioso.

2
La sfida

Il giorno dopo Margherita incontrò di nuovo Camilla.

«Avresti dovuto sentire come è venuto il brodetto ieri. Una squisitezza. Un giorno lo facciamo per te, così ti ricredi. Vedrai».

«Tu mi fai assaggiare il brodetto, ma io ti preparo il cacciucco!».

«Cos'è, una sfida?».

«Chiamala come ti pare».

«Accettata».

A tutte e due bruciavano le mani.

Nei giorni successivi fu organizzata la disfida. Ognuno avrebbe preparato la sua pietanza tipica a casa sua, e nella corte si sarebbero apparecchiati dei tavoli, per gli assaggi. Emerse subito il problema della giuria: chi stabilirà qual è il piatto migliore? Non certo le concorrenti. Ci voleva una giuria esterna e si cominciò a cercare personalità al di sopra di ogni sospetto e di conclamata competenza.

Camilla si diede da fare per determinare quale fosse la ricetta perfetta del cacciucco. Provò a guardare sul web ma trovò un'infinità di varianti e di polemiche.

Ci vuole lo scorfano, e la gallinella. Bene. Ma una cosa la preoccupava più di tutte: dove la vado a trovare una tracina? Le tracine sono dei pesci che stanno fermi sul fondo sabbioso e succede spesso di camminarci sopra. Il problema è che sono dotate di un aculeo velenoso, e se lo pesti sono dolori. Per i bagnanti toscani è un classico: una volta si diceva che conveniva fare la pipì sul piede colpito, in quanto nella pipì c'è ammoniaca. Adesso pare che l'ammoniaca non vada utilizzata. La tracina si usa anche in cucina, basta togliere l'aculeo. Ma a Milano dove le trovo le tracine?

L'unica era parlare con la sua zia di Cecina, ma chissà se era disposta a condividere i suoi segreti.

Margherita intanto era in fibrillazione. Per prima cosa contattò la mamma di Samy, di professione ristoratrice, proprietaria di più di un locale sulla riviera adriatica ed esperta cuoca. Questa si mise a completa disposizione, e si impegnò a rispolverare la vecchia, originale ricetta della nonna. Era un punto d'onore.

Le tre ragazze decisero che bisognava verificare la potenza del nemico.

Andarono in una trattoria a mangiare il cacciucco. Su TripAdvisor avevano letto che era il migliore di Milano. Portarono tre strane tazze di coccio, con un gamberazzo bruciacchiato, tre anelli di calamaro, due pezzi crudi di pesce indefinito, una cicala, una cozza e una vongola, e quattro fette di pane unto e abbrustolito che aveva assorbito tutto il liquido.

E questo sarebbe il miglior cacciucco di Milano? Le tre ragazze abbandonarono i piatti praticamente senza assaggiarli. Pagarono e se ne andarono.

«C'è qualcosa che non va?» disse costernato il cameriere.

«C'è qualcosa che va?» rispose sdegnosamente la Samy. Comunque in fondo erano soddisfatte. Non c'era gara. Tornarono a casa poco dopo Camilla, la quale, stanca per una lunga giornata di lavoro, a casa aveva trovato l'architetto Sommariva intento a preparare asparagi con uova in camicia. Era appena rientrato da Monaco di Baviera, dove si era trattenuto alcuni giorni, e non sapeva niente della disfida. Si vantava di essere un ottimo cuoco ma per fare due uova sporcava cinque pentole e padelle e seguiva la ricetta come fosse un oracolo, per filo e per segno, al milligrammo. E gli ingredienti dovevano essere quelli indicati. Ma per esempio col cacciucco come si fa? Si compra il pesce che si trova, quello di stagione, in fondo è un piatto di recupero, per poveri. Camilla era nel pieno della questione del cacciucco vs brodetto.

«Lo sai cos'è successo? L'altro giorno ho incontrato una delle ragazze che stanno di sopra, le romagnole. Lo sai che cosa ha avuto il coraggio di dirmi? Che paragonare il cacciucco al brodetto è come farlo con Asti Spumante e champagne. Ti rendi conto?».

L'architetto Enzo ridacchiò, non sembrava molto interessato alla querelle.

«Abbiamo organizzato un contest: cacciucco contro brodetto. Con tanto di giuria».

«Un contest? Ma come parli?».

«Insomma, una gara, no? La schiaccerò come un verme, cacciucco, cacciucco e soltanto cacciucco!».

Sommariva la guardò con scetticismo. Cacciucco livornese? Brodetto dell'Adriatico?

Per lui il problema proprio non si poneva. Dichiarò: «L'unica zuppa di pesce degna di questo nome è quella ligure. Il resto è noia».

«Cosa? Ma noi stiamo organizzando una sfida».

«Be', parteciperò anch'io, con la zuppa alla ligure. Non c'è storia per nessuno. A costo di fare un salto a Genova per comprare l'occorrente. Assaggerete la migliore zuppa di pesce mangiabile a Milano».

«Ah, e io che pensavo che mi avresti aiutato a preparare il cacciucco! Ma vedrai, in confronto al mio cacciucco farai una figura ridicola!».

«Ridicola sarai tu, con quella specie di paella piena di crostacei, tanto per confondere le idee e attrarre gli sprovveduti. Roba da turisti».

Camilla si chiuse nello studio e non ne volle sapere di mangiare le uova in camicia. Un piccolo screzio si trasformò in un mutismo assoluto.

Fu fissata una data, la sfida si sarebbe svolta nel giro di due settimane. Non fu possibile evitare che partecipasse anche il Sommariva, ma a quanto pare altri sembravano interessati. Per esempio il commissario Ametrano, originario di San Benedetto del Tronto, appena venne a sapere della sfida si dichiarò immediatamente pronto a dimostrare che l'unico, vero, sensato, stupendo brodetto era quello che si cucinava a San Benedetto, con peperoni verdi, pomodori verdi e aceto. Avrebbe partecipato anche lui (in realtà lui sapeva benissimo che poteva contare sull'aiuto della signora Nascinbeni, sua conterranea, ma che differenza faceva? L'importante era la ricetta e Ametrano in cucina era un disastro. Volle iscriversi anche lui).

«Datemi un modulo di iscrizione».

«Ma non c'è nessun modulo di iscrizione, è una cosa informale».

«Bene, c'è da pagare una quota?»

«Mah, non so, adesso vediamo».

Sembrava assurdo parlare di quote di iscrizione, ma il problema si pose sul serio quando si dovette procedere a istituire una giuria.

Ci volevano degli esperti, e quelli si fanno pagare.

La situazione andava gonfiandosi. La signorina Mattei-Ferri si candidò a preparare la zuppa di pesce come la fanno a Trieste (ci aveva passato un anno della sua vita) e non vollero essere da meno quelli della famiglia Scemaghi, che avevano in mente una variante semi-vegana. Ma la goccia che fece traboccare il vaso fu che anche le cinesi del centro massaggi Shouyin Xing al piano terra volevano partecipare, con una zuppa tipica della parte della Cina da cui provenivano (Quin Quan? Quan Quon?). L'affare diventava sempre più grosso, l'attesa fervente e i problemi, soprattutto quello della giuria, di difficile soluzione.

Naturalmente i coniugi Sapelli, pur informati, non ci pensavano nemmeno a partecipare alla gara. «Non mischiamoci con questa gente. E poi la zuppa di pesce si mangia quando si va al mare».

3
Regolamento e giuria

Si disse che, assieme a due figure di contorno (già reperite: erano giudici di parte, uno scelto da Margherita, un suo compagno di corso che avrebbe votato quello che gli avrebbe detto lei, e una scelta da Camilla, che avrebbe fatto lo stesso), ci voleva un elemento di spicco, al di sopra delle parti: fu inevitabile pensare a MasterChef.

«Io ho il telefono di Giovanni Santoni, uno dei tre giudici di adesso. Una volta ha partecipato a un evento ai Frigoriferi. Possiamo parlare con la segretaria, che è come parlare col suo agente. Ma quello non si accontenta di poco».

In effetti il Santoni fu contattato e tramite la segretaria, la signorina Oldrini, fece sapere che la sua parcella era di 3.000 euro, si intende se al nero. Altrimenti erano 5.000 più IVA, se il cliente voleva scaricare. Si sarebbe trattenuto per un'ora, avrebbe assaggiato i piatti (anonimi) ed avrebbe espresso la sua valutazione.

Pensò che la cosa cadeva a fagiolo. In effetti nelle ultime due settimane era stato al centro di polemiche mediatiche, perché accusato di trattare i concorrenti senza rispetto, con sdegno e superiorità, tanto che a più riprese era stato definito «uno stronzo». Lui si era barcamenato, ma gli altri giudici ne avevano approfittato per dargli addosso. Questa poteva essere una interessante piccola operazione immagine, andare a fare il giudice, gratuitamente, presso degli appassionati disposti senz'altro a osannarlo per la sua semplice presenza. E dunque si organizzò con l'emittente per avere a disposizione una piccola troupe che lo avrebbe filmato quando si recava sul posto, mentre assaggiava le zuppe di pesce, chissà che schifezze, riceveva i complimenti, familiarizzava con gente semplice. Gli furono assegnati due operatori, che avrebbero cominciato a riprenderlo mentre entrava nell'androne della casa di ringhiera, e poi nelle fasi successive.

Così le trattative col Santoni alla fine non furono così lunghe, e si arrivò a 1.500 euro, anticipati. La quota di partecipazione dei concorrenti venne elevata a duecento euro. Nessuno sollevò obiezioni, tale era ormai il livello raggiunto di frenesia. Il master chef sarebbe stato pagato sull'unghia senza ricevuta, l'appuntamento era per quindici giorni dopo.

L'affare andò in porto forse anche grazie alle capacità seduttive di Sonia, che per consegnare l'ammontare in contanti si presentò dal master chef in gran tiro, con una minigonna di una fattura tale che permetteva di vedere di più di quanto visibile senza la minigonna stessa. Lasciò i 1.500 euro insieme a un bigliettino dove c'era scritto il suo numero di telefono. Lo chef parve gradire, anche se in realtà il numero non era affatto quello di Sonia, bensì della fornaia di via Porpora.

C'erano dei problemi di regolamento. Il fatto che i piatti dovessero essere anonimi, contrassegnati soltanto da un numero. Chi è che lo conosceva? Non potevano essere i concorrenti, ci voleva un notaio, o facente funzione. Fu chiesto al professore che occupava l'appartamento di Consonni, l'8, detto Landru per il suo aspetto, una barbona nera senza baffi, senz'altro considerato il più integerrimo dei condomini. Si rese necessario un regolamento e stenderlo fu più complesso del previsto.

Regola 1, la principale, era che non ci si poteva far aiutare da nessuno, in particolar modo esperti o professionisti. Regola 2, il giudizio della giuria era inappellabile e definitivo. Regola 3, i piatti non dovevano avere un aspetto particolarmente caratterizzato e riconoscibile. Quello che contava non era l'aspetto, ma il sapore. Regola proposta dal Sommariva, che era consapevole del fatto che la zuppa alla ligure era la meno appariscente del lotto, essendo anche più liquida. Camilla si oppose a questo articolo: anche l'occhio vuole la sua parte, ed è molto importante la presentazione e l'aspetto esteriore. Si addivenne a una mediazione, il piatto non doveva essere artificiosamente decorato, pur mostrandosi nel pieno della sua ricchezza anche estetica. Regola 4, non era consentito l'uso dell'aragosta o dell'astice, per motivi etici e perché ingredienti così costosi non fanno parte di piatti poveri. D'altronde nessuna delle preparazioni concorrenti prevedeva questi ingredienti. Ma gli scampi? E il granchio? Non se ne fece menzione. Forse ciascuno aveva in mente qualche furbata aggiuntiva.

Come spesso succede nel nostro paese il momento in cui vengono stabilite delle regole coincide con quello in cui si cerca il modo di eluderle. Quella di cui la maggioranza fece immediatamente carta straccia fu di non usufruire di aiuti esterni. Tutti ricorsero a consiglieri, esperti, professionisti, in possesso dei segreti del piatto. Come si è detto le ragazze dell'appartamento senza numero ricorsero alla mamma di Samy. Questa si gettò a tempo pieno nella faccenda, tanto da impegnarsi a portare fino a Milano gli ingredienti necessari, in particolare le speciali canocchie dell'Adriatico e le poverazze.

La zia di Camilla propose di venire sul posto da Cecina; in buona sostanza avrebbe cucinato lei, anche se c'erano delle difficoltà, perché in casa c'era il Sommariva, che aveva tutta l'intenzione di usare lui la cucina. E dunque dove poteva cucinare Camilla o chi per lei? Che fra l'altro il Sommariva aveva segretamente mobilitato sua cugina, da Chiavari: «Nessuno deve vederti quando arrivi, neanche Camilla, starai chiusa in casa fino alla fine delle operazioni». Di Ametrano si è detto, aveva reclutato la signora Delia, la sua conoscente di San Benedetto del Tronto. La Mattei-Ferri era in stretto contatto con una parente di Trieste. Gli unici che lavoravano in autonomia parevano essere le cinesi e gli Scemaghi.

Si entrò in una fase di frenesia della preparazione, ricette, trucchi, sabotaggi, inganni. Questi ultimi furono più immaginati che realizzati, nessuno si spinse oltre qualche tentativo di spionaggio e di corruzione del professore, quello che sarebbe stato il notaio.

Nessuno si fidava del web se non per spiare le ricette delle zuppe concorrenti.

4
Il giorno della sfida

Fin dalla mattina la corte della casa di ringhiera era immersa in un fortissimo odore di zuppa di pesce, sembrava di essere a una sagra di una località di mare, di quelle in cui in un'enorme padella di un metro e mezzo di diametro si prepara pesce per centinaia di persone. Una sinfonia intensa di odori che andavano a combinarsi meravigliosamente creando un effetto simile al suono dell'accordatura di un'orchestra. Tutto sommato gli ingredienti di base erano simili (scorfano, gallinella, rana pescatrice, cicale dette anche canocchie, qualche cozza o muscolo, qualche altro bivalve, polpo), ma le preparazioni, l'olio, le spezie, e altri segreti differivano radicalmente, almeno secondo i concorrenti.

Gli inquilini non partecipanti si affacciavano alla ringhiera curiosi, e speranzosi di poter far parte di quella festa. Nella corte furono portati e apparecchiati tre grossi tavoli, con tovaglie bianche, e due vasi di fiori.

I vini erano responsabilità dei concorrenti, ciascuno provvedeva ai suoi, massimo due etichette. Ma non era un modo di identificare la provenienza del piatto? Se veniva proposto un Albana secco non era ovvio che fossimo sull'alto Adriatico? E un Vermentino delle Marche? No, questa non era una soluzione. I vini furono disposti su un tavolo senza riferimenti, gli assaggiatori potevano servirsene a loro scelta e responsabilità.

Le zuppiere erano tutte uguali, ma se ci fossero stati segnali occulti di riconoscimento?

E se qualcuno avesse invertito i numeri? Ciò produsse uno stato d'animo di allerta, tutti fissavano le zuppiere come dei guardiani.

L'atmosfera si andava surriscaldando, era una bella mattina di primavera, il tempo fu clemente, avendo concesso una giornata tersa e soleggiata, ma nonostante ciò nella corte si bolliva per la tensione.

A mezzogiorno tutto era pronto, ma lo chef ritardava. Be', c'era da aspettarselo, un po' di ritardo da un uomo nella sua posizione, ma quello non faceva segno di comparire, neanche dopo dieci o quindici minuti.

Ma che cosa era successo? Lo chef aveva semplicemente dato buca, tenendosi i 1.500 euro? No, no. Il grande chef era arrivato in metro, non voleva si pensasse che si faceva trasportare sempre dalla macchina con autista, come accadeva normalmente. In via Accademia cercò il numero 14 e i due della troupe che dovevano riprenderlo. Li vide in lontananza che aspettavano da una mezz'oretta. Erano pronti e avviarono le riprese. Avevano messo il naso nella corte della casa di ringhiera, c'era molto fermento. Il nostro per strada salutava tutti, come se lo riconoscessero, nonostante in molti non sapessero proprio chi fosse. Gli operatori gli andarono incontro riprendendolo, lui sorrise. Ecco, proprio mentre stava sorridendo un furgone bianco gli si bloccò accanto tirando una frenata. Scesero due individui robusti che indossavano passamontagna, afferrarono lo chef, lo gettarono dentro il furgone che ripartì a tutta velocità. La troupe riprese sbalordita tutta la scena, sicuri che si trattasse di una trovata del master chef. Sarebbero presto tornati. O no?

Di fatto nella casa di ringhiera il giudice in capo non arrivava. E adesso cosa fare? Ci furono migliaia di tentativi di telefonate, allo chef, alla segretaria, alla moglie. Ma lui non rispondeva e gli altri non sapevano niente. Tutta la casa di ringhiera era scivolata nel panico. I piatti sono pronti, dove lo troviamo adesso un presidente della giuria? Proviamo con Cracco? Che ne dite di Elio e le Storie Tese?

La Mattei-Ferri lanciò una proposta più sensata, potevano provare con la signora Carmela, proprietaria e chef del ristorante La nuova Trapani, che non era molto distante. Tempo addietro si era invaghita di Consonni, la Mattei-Ferri la conosceva. Le telefonò.

«Pronto, parlo con la signora Carmela?».

«Sì, sono io».

«Signora, io sono Olga Mattei-Ferri, di via Accademia 14, coinquilina dell'Amedeo Consonni».

«Ah» disse Carmela, pensierosa, che la ferita fosse ancora aperta?

«Veda, la chiamo perché solo lei può salvarci».

«Io?».

«Sì, conosciamo le sue altissime qualità culinarie. Ed abbiamo bisogno di un giudice perché abbiamo messo in piedi una sfida sulla migliore zuppa di pesce. Avevamo reclutato un importante chef ma quello non si è fatto vivo. Ma i piatti sono pronti… Basta che faccia un salto qui, l'indirizzo lo conosce, assaggia i piatti, esprime le sue preferenze e se ne va. E troveremo il modo di ricompensarla».

«Ma c'è anche l'Amedeo?».

«No, purtroppo il Consonni non c'è».

«Meglio così. Fra dieci minuti sono lì. Certo che potevate invitare anche me, vi facevo assaggiare la famosa zuppa di pesce alla trapanese. Il segreto sono le mandorle».

«Avrebbe vinto troppo facile, se ci onora di essere giudice…».

«Ma c'è la signora Mattioli?».

«No, non c'è neanche lei».

«Arrivo».

Intanto lo chef continuava a non presentarsi. Ormai si erano perse le speranze. E le zuppe? Si andavano raffreddando? No, perché tutti i concorrenti, eccetto le cinesi e gli Scemaghi, avevano adoperato degli scaldavivande adatti a mantenere la zuppa in temperatura, che poi si sa che col tempo ci guadagna ed è meglio non mangiarla bollente.

Intorno alle una arrivò Carmela, ci fu un sospiro di sollievo. A lei si unirono gli altri due giudici e si dette inizio in fretta alla manifestazione. Ai giurati si consegnarono delle fotocopie per il verbale di valutazione, con quattro cinque voci, tipo sapore, aspetto, ingredienti, ecc.

E i vini? Carmela fu l'unica che ebbe il coraggio di chiedere di aprire un paio di bottiglie.

Ciascun giurato poteva esprimere un voto dall'uno al dieci. I voti della presidente valevano il doppio.

Vennero fornite delle piccole scodelle, con un ampio assaggio di ciascun piatto numerato. Le sette zuppiere erano identiche (Ikea). Molto scrupolosi, gli esaminatori si appuntavano i loro commenti su un quadernino, fornito anch'esso dall'organizzazione. Fra un assaggio e l'altro interrompevano con un pezzetto di pane o una galletta. Intorno, a debita distanza, concorrenti e ospiti fremevano in silenzio. Non sapevano quale fosse la loro zuppiera e quindi, anche se ci fosse stata una evidente reazione di un giurato, di approvazione o viceversa, soprattutto della Carmela, non avrebbero saputo a quale zuppa si riferisse. La tensione era al massimo.

Le ragazze romagnole si convinsero, non si sa perché, che la loro zuppiera fosse la 3... pareva loro che il contenuto fosse molto gradito.

La procedura di assaggio richiese parecchio tempo, dopo di che la giuria si ritirò nell'appartamento di Landru.

Presto qualcun altro uscì eccitato da casa.

«Ehi, lo sapete che è successo allo chef? È stato rapito da certi malviventi, non si sa che ne vogliano fare! L'hanno detto al telegiornale. L'hanno rapito proprio qui fuori, stava venendo da noi. C'è un filmato, lo hanno fatto vedere. Non hanno avuto molti riguardi».

«Cosa?» risposero in coro i presenti.

5
Responso e rapimento

I condomini si infilarono in casa propria a vedere il notiziario. Era tutto vero. Il grande e popolare chef Santoni era stato rapito a Milano, vicino a via Porpora. La vera coincidenza è che esistevano delle riprese del ratto, perché una troupe televisiva, che aspettava proprio lo chef, aveva registrato la scena. La brutalità e rapidità dei rapitori, la sorpresa, l'inspiegabilità. Da quel momento il Santoni non aveva più risposto al telefono, anche perché quello era stato gettato per strada, a pochi metri di distanza. Altrimenti sarebbe stato facile tracciarlo.

Quando la giuria uscì dalla camera di consiglio non trovò (quasi) nessuno: «Be'? E dove sono andati tutti? Non muoiono dalla voglia di sapere chi ha vinto?». Da Landru venne suonata una campana, o qualcosa del genere. Concorrenti, spettatori, amici si ributtarono nella corte, commentando il caso dello chef rapito. Ma poteva essere un caso?

Anche senza volere sia Camilla che le tre romagnole pensarono che sotto ci fossero i loro avversari: l'hanno fatto per evitare di perdere… adesso lo ritroveranno da qualche parte nelle vicinanze.

La giuria era arrivata al verdetto. Lesse Carmela, con accento violentemente trapanese.

Il responso, per quanto riguarda i primi tre posti, sarebbe stato enunciato alla rovescia, a partire dal terzo fino ad arrivare al primo. Leggerli tutti, anche quello che si era piazzato ultimo, sarebbe stato imbarazzante.

«Ed ecco il verdetto: in terza posizione si piazza il numero 6, che come da registro del notaio è stato preparato da Enzo Sommariva. Il piatto si caratterizza per una preziosa armonia di sapori, senza sfarzo e di sostanza. Una buona zuppa di stampo ligure».

Sommariva ufficialmente espresse segnali di soddisfazione, ma dentro si sentiva frustrato. Come sarebbe a dire «una buona zuppa di stampo ligure»?

«In seconda posizione abbiamo la preparazione numero 4, di Olga Mattei-Ferri. Una interessante rielaborazione sul tema che dà spicco alle vongole, le quali sono protagoniste di una zuppa gentile e robusta al tempo stesso».

La Mattei-Ferri era contenta, senza se e senza ma. Ringraziò umilmente e fu gratificata dallo splendido secondo posto.

A questo punto le romagnole e Camilla friggevano: solo uno dei loro piatti avrebbe vinto, per distacco. Incrociavano le dita, toccavano ferro, facevano le corna.

«Ed eccoci al vincitore. Si tratta del preparato numero 2, lavoro di Choung Mien Fu. Un compendio di tradizione e innovazione, sia nella cucina che negli ingredienti. Ed anche una splendida presentazione, con i gamberi a forma di rosa. Un ingentilimento dei forti sapori della zuppa, tipicamente orientali. Complimenti a Choung Mien Fu».

Tutti si guardarono smarriti, la vincitrice comparve timida da dietro, e fece un inchino di ringraziamento.

Camilla e le ragazze non riuscirono a frenare il loro disappunto... Ma non si era detto che la presentazione non contava... queste cinesi... hanno sicuramente copiato, aggiungendo qualche fiocchetto. Io faccio ricorso. Non è possibile. Mi appello alla giuria, c'è stato sicuramente un errore. E in ogni caso chi si era piazzato meglio fra cacciucco e brodetto?

La madre di Margherita uscì allo scoperto, infuriata... «Noi abbiamo vinto il campionato italiano di brodetto, noi siamo a un livello superiore, qui si è barato. Si è fatto sparire il giudice e poi, guarda caso, quella che ha suggerito la nuova presidente di giuria si è piazzata seconda! Si è barato!».

Le principali organizzatrici del contest si ritirarono sdegnate, senza neanche aiutare a mettere a posto. Misero in ordine le cinesi, la Mattei-Ferri e Landru.

«E di tutte queste zuppe adesso che ne facciamo? Mica possiamo buttarle via».

Alla fine le prese la Mattei-Ferri, riponendole in frigo in dei contenitori di plastica. Ebbe cura di scrivere il numero su tutti i preparati, non si sa mai.

E gli Scemaghi? Si avvicinarono a Carmela, chiedendo notizie della loro zuppa di pesce salutista: «Sa, quella in cui è stato utilizzato meno pesce possibile, e tutto di scarto». Carmela non capì che marito e moglie ne erano gli autori: «Ah, quella risciacquatura di piatti. Senza voto, comunque ultima». Gli Scemaghi rientrarono a casa delusi e inveleniti: «Questa gente non capisce niente. Ma come potremo mai cambiare il mondo?».

Deluso era anche Ametrano, che però non voleva farlo capire, si mostrò sportivo e divertito. Lo avvicinò Sonia (solita minigonna vertiginosa) che stava piangendo. Gli lanciò le braccia al collo singhiozzando, il commissario provò un certo piacevole imbarazzo, anche se Sonia, tacchi compresi, superava abbondantemente il metro e novanta, mentre lui non era mai andato oltre il metro e settantasei.

Ametrano dovette assentarsi, per ovvi motivi. Davanti alla sua residenza era stato rapito un noto personaggio televisivo, filò in questura.

Nessuno andò a felicitarsi con la vincitrice, che ringraziava lo stesso, cerimoniosamente.

Nel pomeriggio vi fu la prima trasmissione dei rapitori, che utilizzarono Facebook. Due uomini incappucciati dichiararono: «Bollettino numero 1. Lo chef Santoni è in mano nostra, e il suo destino è fra la vita e la morte. Comunicheremo le nostre decisioni al prossimo bollettino». Parevano avere intenzioni serie. Brandivano dei coltellacci da cucina. Poi mostrarono lo chef legato e prostrato, questo teneva in mano una copia del «Corriere» del giorno stesso. Ma a che serviva? Era tutto sudato: «Aiutatemi, fate quello che dicono loro, mi vogliono giustiziare!». Qui il collegamento fu interrotto bruscamente.

In città non si parlava che di questo.

Il commissario Ametrano naturalmente fu il primo a essere coinvolto nelle ricerche e investigazioni, trovandosi sul posto: innanzitutto, che ci faceva lo chef in via Accademia? E come facevano i rapitori a conoscere luogo e ora esatta di dove sarebbe passato? E perché lo chef stesso aveva voluto che una troupe fosse presente proprio lì, a quell'ora? I due operatori spiegarono che lo chef voleva farsi riprendere in mezzo al popolo, che lo adorava e lo riveriva. E chi poteva avere interesse al rapimento? Soldi?

Naturalmente fu vagliata l'ipotesi che di mezzo ci fosse il contest brodetto-cacciucco: loro, lui compreso, certo che sapevano che lo chef a quell'ora si sarebbe trovato lì. Ma chi, e perché, poteva essere stato? Le ragazze romagnole? Ma figuriamoci. Camilla? Neanche a pensarci. Il Sommariva? Impossibile. L'operazione era stata svolta professionalmente, e anche la strategia successiva mostrava un certo grado di competenza.

Comunque tutte queste persone furono interrogate, ma non sapevano che dire. Loro si erano limitate a contattare lo chef per fargli fare da giudice in una gara privata, pagandolo in anticipo. Da lì non venne fuori niente. In realtà le persone citate erano troppo impegnate in una serie di ricorsi e controricorsi per invalidare la prova. Anche a causa del rapimento. Ma onestamente neanche le fantasiose studentesse romagnole riuscivano a sospettare che la responsabilità del rapimento potesse essere di Camilla. E viceversa. Un caso? Una combinazione?

I bollettini dei rapitori si susseguirono con una certa frequenza. Si facevano più cruenti e minacciosi, lo chef moriva di paura. Il secondo andò in onda la sera alle 9. Era una prova di coraggio e di solidità, quella del coltello a punta sulla mano aperta sul tagliere. «Adesso signor chef faremo la prova della mano ferma: in fondo è una caratteristica che si richiede a uno chef. Appoggi la mano su questo tagliere di ulivo, e la tenga ben ferma». La mano del torturatore prese un coltellaccio a punta (un Super GOU YPSILON). Lo chef sudava, appoggiò la mano e chiuse gli occhi.

«No, mi dispiace, gli occhi li deve tenere aperti. Pronto?».

Lo chef deglutì, pareva sul punto di svenire. La mano brandente il coltello colpì il tagliere cinque volte di seguito, a fianco del pollice e poi in mezzo alle dita. Non si versò una stilla di sangue. Il video si interruppe qui.

In un altro filmato allo chef si fece scolare l'acqua bollente utilizzando presine bagnate: lo chef era destinato a ustionarsi, possibile che non conoscesse il trucchetto?

Sì che lo conosceva, la scolò con un ramaiolo. Superò la prova alla grande, ma gli rovesciarono su una mano un po' di acqua bollente. Lui urlò, poi si rese conto che l'acqua era solo tiepida, ma il video era già finito.

Presto ci fu la terza prova. «Adesso signor chef la sottoporremo a un altro esercizio, l'assaggio del peperoncino. Le diamo 5 campioni, potenza 2, 4, 6, 8 e 10. Lei li deve assaggiare e classificare. L'ordine in cui lei li assaggerà è casuale».

Lo chef all'assaggio del 10 si sentì male, diventò tutto rosso, gli venne da vomitare. Dopo un quarto d'ora si riprese e cominciò a inveire:

«Io lo so che sono stati loro, i bastardi: il napoletano e quell'altra gatta morta emiliana. Ma se riesco a uscire di qui, giuro, giuro come è vero Iddio, che li faccio pentire di aver organizzato questa cosa per liberarsi di me, perché gli oscuro il business, li rovino, li mangio a morsi».

Era veramente spossato, comunque le gradazioni del peperoncino le aveva azzeccate. Fine del video.

Un'altra sfida truculenta fu quella delle braci ardenti. Lo chef, con tecnica, si bruciò solo un po'.

6
Lo chef alla prova

Bollettino numero 6.

«Per lei ci sono due alternative, la prima è sopravvivere, la seconda no».

«Ma io, io posso pagare, quanto volete, 100, 200.000 euro, e poi comunque vi troveranno, io sono troppo famoso».

«Lei ha detto bene, è troppo famoso, per noi è soltanto uno stronzo e un millantatore, che tratta le persone come animali. E non ama gli animali».

«Posso arrivare a 300.000...».

«Non è così che se la caverà. Abbiamo pensato a qualcosa di diverso».

«E cioè?».

«E cioè lei dovrà superare un test culinario, e noi saremo i giudici, inflessibili, come lo è lei».

«Un test culinario, a me? Ma avete voglia di scherzare. Lo sapete che di stelle ne ho tre. Facciamo 400.000 e chiudiamola qui, metterò in moto il mio amministratore, non ci vorrà molto».

«Lasciamo perdere, non siamo dei ricattatori».

«E che altro siete?».

«Siamo amanti della vera cucina e lei... lei avrà a

disposizione una cucina con i fiocchi, degna di un ristorante stellato. Naturalmente non possiamo dirle dov'è, ma vedrà che lì non manca niente, e le faremo trovare ingredienti di prima qualità, quelli necessari al piatto che le chiederemo di preparare. Lei avrà tre ore a disposizione, prima di impiattare. Non sono tempi televisivi. Tre ore sono tante. Naturalmente il piatto richiesto le sarà comunicato allo scattare del cronometraggio. A quel punto lei avrà piena autonomia».

«Siete pazzi, questa è una trappola. Preferisco pagare, vi fanno schifo 500.000 euro?».

«No, per niente. Ma vedremo. L'importante è che lei sappia che se supererà la prova noi la libereremo all'istante. Se dovesse avvenire il contrario per lei sarà... be', se lo può immaginare... ma le sembra possibile che uno chef come lei abbia paura di una prova culinaria?».

«È una trappola, lo so. Chi vi paga? Quello stronzo del napoletano?».

Finalmente lo chef fu condotto, in un furgone con i vetri oscurati, nel luogo dove avrebbe sostenuto la prova di cucina. Il viaggio durò un paio d'ore, anche di più. Perlopiù pareva trattarsi di autostrada. Lo chef era incappucciato, sul sedile posteriore. A destra e a sinistra lo stringevano due robusti rapitori.

Lo scappucciarono soltanto una volta raggiunti i locali della cucina, ineccepibili. Il set televisivo era già pronto.

«Fra un quarto d'ora cominciamo. Se deve andare in bagno è in fondo a destra».

Scattò il cronometro, iniziò la prova. Lo chef ricevette una busta, dentro c'era scritto il piatto che doveva realizzare: *tagliatelle con ragù alla bolognese*.

Santoni per prima cosa si dedicò al soffritto. Tagliò, rigorosamente a mano, gli odori, cipolla, carota e sedano (senza esagerare con la carota), e li tritò, mezzaluna e tritatutto erano severamente banditi, il battuto non doveva essere una pappetta ma un battuto, con una qualche irregolarità nella dimensione dei pezzetti. Era di una rapidità impressionante. Versò una buona quantità di olio nella casseruola, poco burro, e mise a cuocere il soffritto. Nel frattempo fece a dadolini la pancetta.

Sudava ed era nervosissimo, gli tremavano un po' le mani. Non si vide bene ma forse tagliando la pancetta si era addirittura ferito a un dito.

Senza perdere tempo cominciò a lavorare all'impasto per le tagliatelle. Per fortuna gli avevano chiesto di preparare tre piccole porzioni, sarebbero bastate. Fece due pagnottelle di pasta e le mise in frigo a riposare. Ci sono infinite discussioni se sia preferibile preparare il ragù in piccole o grandi quantità. Ma in questo caso le ridotte porzioni semplificavano molte cose nei tempi e nella cottura, soprattutto quella delle macinate.

Manzo, maiale e diaframma (detto cartella), il tutto in una pentola diversa e non direttamente nel soffritto, per scottare meglio la carne, sarebbe stato meglio se fosse stata battuta a mano ma bisognava far buon viso a cattivo gioco. Solo dopo una decina di minuti ci versò un po' di brodo di carne, per iniziare la vera e propria cottura.

A quel punto lo chef, dimenticandosi il coltellaccio in mano, disse che doveva andare in bagno. Gli fu accordato. Tornò, accaldato, e si dedicò a spianare la pasta. Poi riaccese il fornello sotto il soffritto e ci mise la carne.

Aggiunse un bicchiere di vino rosso. Controllò la bottiglia, era Barbera d'Alba, ottima scelta.

Dopo un po' passata di pomodoro, triplo concentrato, sale, pepe.

Venne il momento di aggiungere il latte.

Mentre il ragù era in cottura, c'era tutto il tempo per preparare le tagliatelle: lo chef dimostrò vera maestria nello spianare, nel tagliare, nel raccogliere e preparare i nidi. Poi disse che doveva andare in bagno di nuovo, se la faceva addosso. Ah, così funzionava, per una volta che era lui sotto giudizio, alle prese con l'emozione. In questo caso aveva in mano un mestolo; quando tornò, tutto sudato, non ce l'aveva più, se n'era dimenticato. Ne prese un altro.

Come ultimo tocco al ragù aggiunse una foglia di alloro, una foglia sola, il cuoco avrebbe voluto spiegare, è un uso toscano, ma... gli intimarono di stare zitto.

Venne il momento di salare l'acqua bollente, buttò le tagliatelle, dopo poco le scolò, le inserì delicatamente nel sugo. Mescolò il tutto. Non avrebbe dovuto farlo ma assaggiò, cercando di non farsi vedere. Era soddisfatto.

Aggiunse il parmigiano e impiattò con cura.

Dopo la preparazione lo chef era spossato, tre piatti fumanti di tagliatelle alla bolognese aspettavano sul tavolo.

Giunsero tre giudici, due femmine e un maschio, a volto coperto, che si sedettero al tavolo, con le spalle alla telecamera, si tolsero la maschera, lo chef fu piazzato davanti a loro, tremebondo, in favore di inquadratura.

La solita voce fuori campo disse che la giuria adesso si sarebbe ritirata, e avrebbe poi espresso la sua valutazione. Qui si decidevano le sorti dello chef Santoni.

«Ha qualcosa da dichiarare?» gli chiesero.

«Be', no, non so, ho fatto del mio meglio. Piuttosto, potrei tornare in bagno? È una cosa seria».

Il collegamento si interruppe.

Fu ripreso un quarto d'ora dopo. «Siamo giunti al verdetto. Il piatto è venuto senz'altro bene, a regola d'arte. Le tagliatelle sono perfette, della giusta larghezza, 0,9 cm, ecc. Il ragù è perfettamente riuscito, armonico, ben cotto, profumato, della giusta consistenza, si è amalgamato con le tagliatelle. Tutto perfetto, la prova sarebbe stata superata a pieni voti, se non fosse per un piccolo, non tanto piccolo, dettaglio. L'alloro. Che cosa c'entra l'alloro? L'alloro, anche due foglie sole, spostano il sapore da tutt'altra parte, ed è inammissibile. Per questo noi condanniamo lo chef Santoni alla pena capitale, da eseguirsi in modi e tempi che saranno decisi in seguito. Andatelo a chiamare».

Lo chef era ancora in bagno.

In due andarono a prenderlo ma lui non c'era. Ci fu una certa concitazione nelle riprese, che poi vennero bruscamente interrotte, ma si sentì urlare: «Non c'è più, è riuscito a scassinare la finestra». «Ecco perché andava sempre in bagno. Presto. Usciamo. E chiudi quell'affare!» fu urlato a colui che stava riprendendo e trasmettendo la scena. Ma si capì che lo chef era riuscito a fuggire dalla finestra del bagno, che aveva scassinato col coltellaccio e col ramaiolo. Si era portato dietro anche qualcos'altro di più robusto, il matterello, che aveva messo di traverso e ad esso aveva attaccato una corda con la quale calarsi.

7
Fuga e riflettori

Notte fonda.

Lo chef si trovò fuori dal ristorante La Luna, che conosceva, sapeva dove si trovava, un locale di classe ma chiuso da qualche mese, vicino ad Assiano; non c'era nessuno, in quella mezza campagna vicina ai capannoni. Si dette a una corsa sfrenata, presto lo sarebbero venuti a cercare. Raggiunse un incrocio illuminato, c'era un bar aperto. Stava per entrare quando pensò: qui verranno abitualmente i miei rapitori, sarà meglio che non mi faccia vedere. Chiese informazioni a due camionisti che stavano uscendo. Arrancò nella direzione che gli avevano indicato, Settimo Milanese. Arrivò nel centro abitato.

Alla fine riuscì a raggiungere, spossato, la caserma dei carabinieri.

Era tutto chiuso. Suonò il campanello. Si accese un riflettore automatico.

«Aprite, presto!».

Con calma gli andarono ad aprire.

«Lei è?».

«Ma come chi sono! Non mi riconosce? Sono Giovanni Santoni, lo chef rapito!»

«Chi?».

Ci volle un po' all'agente, che probabilmente stava dormendo, a realizzare la situazione, poi, non sapendo cosa fare, telefonò in questura.

«C'è uno qui che sostiene di essere Santoni, lo chef rapito. Sembra piuttosto fuori di sé».

Nel giro di un quarto d'ora arrivarono due macchine, in una c'era anche il commissario Ametrano. Non si sa come, giunsero anche alcuni giornalisti.

Improvvisamente i riflettori si accesero su quella piccola caserma, arrivò in fretta e furia il maresciallo, e gli altri, che vedevano grane all'orizzonte.

«Dovevi chiamare me, pezzo di cretino! Me e solo me!».

«Ma io... so che lei non vuole essere disturbato...».

I riflettori si spensero presto perché lo chef Santoni fu immediatamente portato in questura e da lì cominciò l'ambaradan delle troupe televisive, delle telefonate, dei bollettini, delle ricostruzioni.

Santoni non volle neanche riposarsi per un'oretta, voleva raccontare immediatamente e nel dettaglio il suo rapimento. La sua versione coincideva con quella che abbiamo dato noi, con maggiore enfasi sul suo terrore e la sua sofferenza. Ed era sicuro che lo avrebbero ucciso.

«Ma lei ha un'idea di chi potrebbe essere stato? Ha riconosciuto qualcuno? Ha dei nemici? Ha dei sospetti?».

«Di questo ne parlerò dopo, al magistrato».

Presto in tv ci fu il boom per il Giovanni Santoni liberato. Una iniezione di celebrità, dopo la ricomparsa trionfale dello chef.

Fin dalla mattina presto sui notiziari radio e tv non si parlava d'altro, veniva mostrata a ripetizione la ripresa finale dei rapitori, quando si accorgevano della fuga e interrompevano bruscamente la trasmissione.

Nel momento in cui Santoni fu fatto uscire dalla questura, le tv lo aspettavano al varco. Nonostante gli agenti che lo scortavano cercassero di fare in fretta, lo chef si trattenne a fare dichiarazioni.

«È stata la peggiore esperienza della mia vita. Non so dove ho trovato il coraggio e la forza... Mi volevano uccidere...».

«Chi pensa possa essere stato? Ci sono state trattative per un riscatto?».

«Non posso pronunciarmi, le mie dichiarazioni sono presso gli inquirenti».

La prima versione ufficiale: un gruppo di malintenzionati aveva agito in autonomia, il loro scopo era senz'altro alzare la posta, arrivare a chiedere un enorme riscatto. Ma il coraggio e l'eroismo dello chef gli avevano permesso di fuggire e uscirne indenne. Inoltre aveva fatto una splendida figura con la preparazione impeccabile delle tagliatelle alla bolognese, un piatto che in molti pensano di saper cucinare, ma non è facile.

La popolarità dello chef Santoni si impennò in misura esponenziale. Rilasciò un paio di interviste ufficiali in esclusiva facendosi pagare cifre a quattro zeri. Inoltre volle tornare subito sul set, per sfruttare il suo notevole balzo di successo, e i suoi colleghi-nemici furono costretti ad abbracciarlo e a complimentarsi.

Era richiesto dappertutto, lui non si negava, gli inquirenti si raccomandavano di non esagerare, poteva essere pericoloso.

In effetti gli inquirenti stessi avevano di che grattarsi la testa, c'erano troppe cose che non tornavano e che aumentavano di giorno in giorno, nonostante i trionfi dello chef, congratulato da tutte le parti come un eroe.

Per prima cosa come facevano i rapitori a sapere con precisione data, ora e luogo dove si sarebbe trovato quel giorno lo chef? Perché lui aveva convocato la troupe per farsi riprendere proprio lì? Perché non aveva chiesto aiuto?

Come aveva fatto a cambiarsi durante il rapimento? In realtà si era cambiato due volte. Perché le trasmissioni si interrompevano a mezzanotte e riprendevano alle otto del mattino? Come era possibile che si fosse fatto la barba?

In più com'era possibile che tutti gli ingredienti fatti trovare allo chef per preparare le tagliatelle fossero esattamente quelli di cui lui aveva bisogno? Compresi ingredienti inusuali come la cartella e soprattutto l'alloro, pietra dello scandalo.

Inoltre, nel computer dello chef furono ritrovate delle ricerche sul dismesso ristorante La Luna, risalenti a diversi giorni prima di quello del rapimento.

Infine, e questa fu la goccia che fece traboccare il vaso, si scoprì, attraverso attente verifiche al video, che la mano sottoposta al gioco del coltello non apparteneva allo chef.

E se non fosse bastato, a completamento un'altra prova schiacciante fu fornita dalla signorina Oldrini.

Lei raccontò che il suo capo le aveva fatto contattare i proprietari del ristorante La Luna, che lui conosceva, per farsi dare le chiavi per un paio di giorni, voleva dare un'occhiata al ristorante, non era escluso che volesse rilevarlo. Le chiavi erano state consegnate alla segretaria, che a sua volta le aveva date allo chef. «Questo rimane fra me e te, segretissimo» le aveva detto lui. In effetti al ristorante non c'erano segni di scasso.

Insomma, la nuova versione era che lo chef Santoni era stato l'organizzatore del suo stesso rapimento. E perché l'aveva fatto? I motivi erano evidenti: cercava il rilancio.

Morale della favola, il magistrato avviò una procedura contro lo chef Santoni per aver organizzato il proprio falso rapimento a scopi promozionali: un reato piuttosto grave.

Lo chef passò nel giro di poche ore dal trionfo allo smacco. Venne immediatamente espulso dalla giuria di MasterChef, e sottoposto a pubblica gogna. I suoi ristoranti vennero chiusi, alla fine lo misero agli arresti domiciliari, l'uomo era caduto in disgrazia.

8
E il brodetto?

Nella casa di ringhiera si seguivano queste vicende con attenzione e senso di schifo. Fino a che punto può abbassarsi un essere umano?

Comunque in via Accademia il fervore sul caso chef Santoni aveva stemperato le polemiche sul contest brodetto-cacciucco, vinto dalle cinesi. Le conversazioni vertevano tutte sul fake-rapimento, e si dava la caccia ad Ametrano, che usciva presto e tornava tardi, per avere novità e succulenti aneddoti sull'inchiesta. In particolare si appostava Sonia, che pareva la più interessata delle tre romagnole, e che faceva in modo di incontrare il commissario la mattina alle sette e mezza e la sera alle dieci. Lei indossava, indifferente all'orario, le sue minigonne vertiginose, Ametrano cercava di guardare da un'altra parte senza riuscirci.

Insomma alla fine fu proprio Sonia a cercare la riappacificazione con Camilla, anzi fu quest'ultima a organizzare una cena, con le famose zuppe di pesce, a casa sua. C'era Sonia col brodetto romagnolo, Camilla col cacciucco, il Sommariva con la zuppa ligure e Ametrano con quella di San Benedetto del Tronto. Le preparazioni risultarono assai più semplificate rispetto a quelle del contest, ma questo fu solo un bene, sono piatti semplici e poveri. Ametrano non ebbe tempo e fece lavorare la Nascinbeni.

Tutti gradirono tutto, e ci fu una distribuzione di complimenti reciproci, si bevvero un paio di bottiglie di Albana secco. Ametrano fu avidamente interrogato sul caso dello chef, ma lui riuscì a non dire molto. Se non che «certo quella segretaria la deve sapere lunga. Non so se ci ha detto proprio tutto».

«La segretaria? Perché? Perché?».

«Solo un'impressione, non so dire altro. Ma ho dei dubbi, il Santoni non lo facevo così stupido. E se fosse lui che è finito vittima di un piano astuto? E se qualcuno avesse fatto in modo che poi ci sarebbero state le prove che lo chef aveva organizzato tutto da solo per farsi pubblicità quando non è così?».

«Come sarebbe a dire? Un fake del fake?».

«Non posso dirvi altro, sono solo sensazioni».

In una trattoria-pizzeria tutt'altro che stellata (che curiosamente si chiamava La Stella Alpina di Napoli) all'altro capo della città, a Trezzano sul Naviglio, tre persone stavano mangiando una pizza, in una specie di séparé. Una di loro era una donna, la signorina Oldrini, la segretaria, o ex segretaria, di Santoni. Davanti a lei si trovavano due famosi chef, giudici nella trasmissione televisiva MasterChef. Mangiavano senza proferire parola. In qualche maniera sembrava di essere arrivati al dunque. Finalmente fu lei a parlare.

«Le mie dichiarazioni non sono state false, semmai un pochino reticenti. È vero che ho contattato il ristoratore e mi sono fatta dare la chiave, ma non l'ho consegnata allo chef, bensì a qualcun altro. Lo chef non sapeva niente di tutto ciò. Per la verità sono stata io a fare ricerche sul web col computer del capo, giorni prima. Nessuno mi ha chiesto niente a proposito, mi sento tranquilla, e voi?».

Dai Sommariva a un certo punto Ametrano sentì che qualcosa gli toccava il piede. Temette di aver dato un pestone a qualcuno e si scusò. Di fatto dopo poco realizzò che di nuovo qualcosa gli toccava il piede. Stette zitto, imbarazzatissimo. Sonia, nel frattempo, parlava col Sommariva delle nuove architetture di Milano, con una certa competenza. E tre, un altro piede toccava il suo. Chi poteva essere stato? Camilla no, era troppo distante. Il Sommariva? Gli era accanto. E dunque?

Il bello è che mentre continuava nella conversazione Sonia si girò un paio di volte verso Ametrano facendogli l'occhiolino. Come a dire «stai tranquillo, la facciamo breve».

Ametrano divenne tutto rosso e si chiuse ancora di più a riccio.

Sonia si chiedeva se quello fosse rincretinito o cosa.

Nella pizzeria La Stella Alpina di Napoli le pizze erano state consumate. I due master chef si guardarono in faccia e quindi fecero lo stesso gesto, estrassero qualcosa di tasca. Erano due buste, bianche, piuttosto gonfie. Le consegnarono alla Oldrini, la quale le aprì distrattamente, controllandone il contenuto. Sapeva contare i soldi anche a vista.

«Povero chef, lui nulla ne sapeva della organizzazione del suo rapimento, e la paura se l'è presa davvero. E anche la soddisfazione di essere un eroe, di essere riuscito a fuggire, quando gli è stato semplicemente permesso. Ma chi semina raccoglie».

Dopo la cena e l'amaro ghiacciato i due del piedino uscirono dall'appartamento Camilla-Sommariva, abbastanza brilli.

«È stata una bellissima serata» disse Sonia.

«Eh, sì, si è fatto tardi».

«Tardi? Ma se sono le undici e mezza».

«Be', intendevo dire...».

«Perché non mi offre un drink? Ne ho proprio bisogno».

«Un drink?». Ametrano pensò a quello che aveva in casa, whisky irlandese e limoncello.

«A proposito» disse la signorina Oldrini mentre finiva il suo limoncello. «Io adesso sono disoccupata. Sapete che ho trovato nel cassetto del capo la mia lettera di licenziamento? Non è che avete bisogno di una affidabile ed esperta segretaria, fra l'altro in possesso di un enorme archivio, non solo quello del Santoni, sul settore?».

«Signorina, noi non ci conosciamo. E non ci siamo mai visti, neanche stasera. Mi raccomando».

«Be', ci devo pensare. Sapete di certo che io conservo sempre tutto, anche le registrazioni delle telefonate. Vedremo».

Giunti alle macchine si salutarono con freddezza.

La casa di Ametrano non era ancora ben sistemata, era l'appartamento dove prima abitava la ex professoressa Angela Mattioli, che aveva lasciato tutto lì, anche la sua collezione di tazzine pregiate. Purtroppo Ametrano non era abituato a vivere da solo ed era piuttosto disordinato, aveva ricoperto tutte le superfici orizzontali di documenti, faldoni, chincaglierie. Liberò il divano.

«Mia moglie mi ha praticamente sbattuto fuori di casa» fu la sua giustificazione.

«E perché? L'ha tradita?».

«Macché, le solite storie di soldi... conoscesse mia moglie».

«Non parliamo di sua moglie, parliamo di noi».

«Di noi? In che senso?».

«Come in che senso, lei mi piace, non se n'è accorto?».

Ametrano era confuso.

«Ma io potrei essere suo padre! E poi non ci sono mica abituato. Ho 48 anni».

«E a me che me ne importa. Mi piacciono gli uomini, i ragazzini della mia età non mi dicono niente, sono una massa di decerebrati. Che rimangono tali fino a tempo indeterminato. Poi vanno in crisi, perché non sono più giovani. Con le donne sarebbe più facile trovare un po' di cervello, ma che ci posso fare, non mi piacciono. La storia dell'età è una stronzata. Quando tu avrai cinquantotto anni avrai bisogno di una trentacinquenne, ed eccomi qua. Quando avrai sessantotto anni amici come prima. Sarò io che dovrò trovarmi uno più giovane. Buono questo limoncello».

Sonia si avvicinò ad Ametrano. Il resto lo saprete alla prossima puntata.

Gaetano Savatteri

Le stelle non vogliono saperne

Cento grammi di petto di pollo alla piastra corrispondono a centoventinove calorie, 94 per cento in proteine e il restante 6 per cento in lipidi, più insaturi che saturi. Duecento grammi di insalata verde fanno altre 35 calorie, una più una meno, se non vengono innaffiati con quattro cucchiai di olio extravergine di oliva che rappresentano altre cento calorie a cucchiaio, cioè la ragguardevole somma di quattrocento calorie. Insomma, fieramente sconditi - al massimo, sale e pepe - petto di pollo e insalata forniscono meno di 150 calorie. Andava meglio a Fred Bongusto quando cantava, tornando da Detroit: spaghetti, pollo, insalatina e una tazzina di caffè. Se la cavava con meno di trecento calorie, visto che a malapena riusciva a mandarle giù.

Continuo a fare i miei calcoli, ripasso la tavola periodica degli elementi, ormai diventata per me la tavola periodica degli alimenti, ripensando al mio compagno di scuola Angelo che era un asso in fisica e in chimica - cosa abbastanza rara in un liceo classico, dove la maggiore abilità, comunque riservata a pochi eletti, consisteva nel riuscire a decifrare l'aoristo debole e l'aoristo forte.

Angelo sosteneva che il corpo umano è una macchina perfetta: introducendo in essa un tot di calorie e bruciandone un altro tot, la differenza algebrica produce dimagrimento o ingrassamento. Ne aveva fatto una formula matematica che non ricordo più, anche perché a sedici anni non calcolavo né le calorie né il giro vita. Angelo non è diventato nutrizionista, lavora in banca; anche la banca è una macchina perfetta, per fare ingrassare i banchieri, almeno così la pensava Bertolt Brecht.

«Ma quanto devono cuocere ancora?» fa Suleima.

«Fino a quando imbiondiscono» rispondo.

«Saverio, la cipolla imbiondisce, il petto di pollo no».

Guardo i petti di pollo piastrati. Scruto l'insalatina mista. E comprendo cos'è la malinconia dello spleen, immagino che Baudelaire avesse la stessa dieta che Suleima mi ha consigliato dopo aver conosciuto un nutrizionista torinese a un concerto jazz di Francesco Cafiso al teatro di Segesta. Questo sdisonorato, declinando l'invito che avevo rivolto a lui e signora per un gelato – per tutto il concerto eravamo rimasti seduti vicino, diventando simpaticamente amichevoli – invece di accettare o di inventare una scusa qualsiasi (no, grazie, domattina dobbiamo svegliarci presto per risalire l'Etna in monopattino; no, grazie, abbiamo lasciato il cane in albergo e quando resta troppo tempo da solo ordina salatini, tramezzini al pollo e whisky and soda alla reception, l'ultima volta ci è arrivato un conto di tremiladuecento euro), aveva cominciato a parlare di massa corporea, fabbisogno calorico, chetogenica, macronutrienti. E fin qui, *nulla quaestio*, ma prima di andare via ha pensato bene di darmi un buon consiglio, come la vecchia mai stata moglie di Bocca di Rosa: «Saverio, comprati un plicometro».

Ora, il plicometro – l'ho saputo dopo, me l'ha spiegato quel Pico della Mirandola di Google – è il misuratore della massa grassa in una persona, attrezzo fatto come un compasso graduato, simile al calibro di un meccanico, che invece di stabilire il diametro di un bullone, misura il diametro del benessere. Voi capite che dire *ex abrupto* a uno conosciuto appena due ore prima «comprati un plicometro», è come dire a un programmatore di computer «comprati la Treccani». Non è garbato.

Il plicometro non l'ho comprato – alle medie non sapevo usare manco il compasso nell'ora di educazione tecnica, pensa il plicometro – ma da quel momento Suleima ha stabilito che mi serve una dieta povera di carboidrati, con poco sale e senza una goccia di vino, almeno per buttare giù le maniglie dell'amore che custodisco gelosamente da quando ho sedici anni.

Vedrai, vedrai
Vedrai che cambierà
Forse non sarà domani
Ma un bel giorno cambierà.

«Saverio, mettiamo qualche canzone più frizzante. Con tutta la stima per Luigi Tenco, questa è un po' depressiva».

«Suleima, mi sembra la musica adatta per accompagnare il menù degustazione post-operatoria del Policlinico. C'è anche un filo di speranza per il futuro: vedrai che cambierà».

«Sempre esagerato. Solo per quindici giorni».

«Appunto, ne sono passati due».

«Vuoi diventare un uomo di mezza età sovrappeso? Lo faccio per te».

«Pensavo lo facessi per il diletto del genere femminile».

«Il genere femminile ti ha perso quando mi hai incontrata».

«Vedrai, vedrai. Vedrai che cambierà».

«Cretino». E mi tira contro una foglia di insalata che, coerente alla sua stessa natura fisica, svolazza in aria senza colpirmi.

«Per litigare servono le melanzane fritte, la lattuga non si addice allo scontro fisico».

Si apre la porta.

«Chi ha detto melanzane? Eccole».

L'entrata in scena di Piccionello risponde alle migliori regole dello showbiz.

Tra le braccia tiene una pirofila di parmigiana per almeno dieci persone.

«La famosa parmigiana di mia comare» esulta, quasi annunciando lo scioglimento del sangue di San Gennaro.

«Gaudium magnum» intono, adeguandomi alla liturgia gastronomica.

«Peppe, grazie, ma puoi riportarla a casa» fa Suleima.

«Ma che dici, Suleima: è rimasta a riposare per tutta la notte a temperatura ambiente» dice Piccionello.

«Peppe ha ragione. È perfetta, al grado giusto di maturazione. Bisogna mangiarla subito altrimenti va a male».

«Saverio, smettila, saranno almeno duemila calorie. Hai il petto di pollo» rincara Suleima.

Osservo il petto di pollo nel piatto, pallido come un tedesco di Frankfurt am Main appena arrivato a metà agosto su una spiaggia siciliana per il suo primo giorno di vacanza. La parmigiana di melanzane della comare di Peppe al confronto scoppia di salute, di olio e di melanina.

Vedrai, vedrai
No, non son finito, sai.

«Saverio, stai male? Sei andato dal dottore? Cose gravi?».

«No, Peppe, dieta».

«Solo un po' di regime alimentare leggero» precisa Suleima.

«Giusto, Saverio. Fai bene» dice Peppe, mentre con uno sguardo di cupidigia si appresta a riprendersi la parmigiana. Il suo interesse per la mia dieta è inversamente proporzionale alla sua golosità: se ho fame, lui si sazia.

Il petto di pollo freddato nel piatto ormai è meno allettante di un'arancina isolata e sconsolata alle undici di sera nella vetrinetta di un autogrill sull'autostrada Palermo-Catania.

Penso che sia giusto accettare la dipartita, sia pur lacerante, della parmigiana; penso che sia politicamente corretto affrettarmi a consumare le mie 135 calorie. Poscia, più che il dolore poté il digiuno e così facendo i figli del conte Ugolino avrebbero raggiunto la pensione, ché c'è sempre tempo per soffrire la fame. Ma se del poeta è il fin la meraviglia, non posso limitarmi ad accettare la sorte, anche ritenendola ingiusta, come un Socrate di Màkari, solo per ossequio alla cieca regola ipocalorica. A chi mi legge devo rispetto, perché chi compra un libro sa che non è frutto dell'intelligenza artificiale, ma semmai della scemenza umana, e si aspetta un piccolo colpo di scena, foss'anche solo retorico, proprio a questo punto.

Se dovessi rispettare la scansione del marketing editoriale, dovrei far volare il petto di pollo fuori dalla finestra, declamando un breve, conciso, ma incisivo discorso, una cosa da ricordare per il resto dei giorni a venire quanto l'esclamativa *merde* di Cambronne.

«In Sicilia si sente toccar finalmente terra. Hanno termine tutte le sfumature, gli stati nebulosi, le incertezze dell'atmosfera, e subentrano i toni assoluti, essenziali. Si sa che il mare è azzurro, ma in Sicilia è proprio azzurro, senza sottintesi; come azzurro è il cielo e bianchissima la roccia calcarea. Il petto di pollo è petto di pollo, la parmigiana è parmigiana. C'è in Sicilia una chiarezza che sconvolge. L'universo è sopra di voi, implacabile».

Suleima e Peppe sbarrano gli occhi.

«Saverio, che succede?» dice Piccionello.

«Ma cosa stai dicendo?» chiede Suleima.

Non pensavo, ho parlato a voce alta.

«Dal libro di Sebastiano Aglianò, *Che cos'è questa Sicilia?*» cito, per uscire dall'impasse.

«Saverio, stai dicendo che esiste un libro sul petto di pollo e sulla parmigiana?» fa Suleima.

«Non proprio, ma il concetto è lo stesso. Suleima, in Sicilia non abbiamo mezzi termini. Tutto troppo. Troppo saporito o troppo insapore, troppo dolce o troppo amaro, troppo bello o troppo brutto. Basta, voglio altre emozioni: più moderne, più comprensibili, meno estreme: cinquanta sfumature di grigio, al massimo di grigio tortora», e mentre lo dico con una certa enfasi, scarico il petto di pollo nel lavello e mi riapproprio della pirofila di parmigiana che Peppe aveva già provveduto a riavvolgere nella carta d'alluminio.

«Saverio, bastava dire che non ti andava il pollo».

«No, Suleima, il problema è che qui in Sicilia ogni dieta, anche la più tenue, diventa fondamentalista. Da una parte ci sono le diete, tutta la gamma delle diete, dall'altra parte c'è l'assoluto gastronomico siciliano: arancine, caponata, anelletti, cassata, tonnina con la cipollata, minni di vergine, gelo di mellone, cuscus, pasta con le sarde, ravazzate con carne, sarde a beccafico, turbante di spatola. Vogliamo continuare? L'universo è sopra di noi, implacabile. L'universo in Sicilia è agrodolce, aceto e zucchero. La dieta in Sicilia è un esercizio progettuale, ipotetico ma irrealizzabile, come il ponte sullo Stretto».

«Saverio, il ponte lo stanno facendo. Mio cugino l'ha sentito in tv» fa Peppe.

«Sì, Pè, avvertimi appena lo fanno, così mi preparo: riempio il frigo di petti di pollo».

«Ma insomma, Saverio, dillo chiaro» interviene Suleima, spazientita. «Rinunci alla dieta».

«Suleima, rinuncio alla dieta, al plicometro, al calcolo calorico. Voglio diventare il più grande allevatore mondiale di maniglie dell'amore».

Devo avere sbagliato il tono o le parole. Suleima si alza d'improvviso e si chiude in camera da letto. Il suo petto di pollo è rimasto nel piatto, so che in fondo la pensa come me, ma non vuole ammetterlo.

«Saverio, l'hai fatta arrabbiare» dice Peppe.

«Meno male che ci sei tu, non lo avevo capito».

«La picciotta ha ragione, Saverio: sei veramente insopportabile».

«Resto sempre stupito dalle tue capacità di indagare le pieghe dell'animo umano».

«Io resto stupito perché ti rivolgo ancora la parola».

E se ne va anche lui, lasciando la porta aperta. Lasciando anche la pirofila di parmigiana.

Prendo la forchetta, la affondo nella superficie brunita, ne stacco un boccone che ad occhio vale almeno duecentotrentadue calorie.

Forse non sarà domani
Ma un bel giorno cambierà.

Vengo attraversato da un dubbio angosciante: meglio un calice di Insolia o di Carricante?

Affacciato sul golfo col mio calice freddo in mano – non dico quale vino ho scelto, non voglio assumermi alcuna responsabilità sulle selezioni enologiche dell'eventuale lettore – osservo il golfo di Màkari nel pomeriggio di prima estate. Una caligine leggera rende incerto il profilo di Monte Cofano.

Suleima non è ricomparsa, peggio per lei. A volte occorre essere uomini di principio, anche se non si sa bene quale sia il principio. Appartengo a una generazione ancora allevata a frasi celebri: la mia mano ha errato e ora la punisco, suonate le vostre trombe noi suoneremo le nostre campane, tiremm innanz, mirate al petto e risparmiate il volto.

Ma sono solo davanti al mare, e nemmeno uno storico dilettante pronto ad annotare le mie parole famose. Scruto tra le case di Màkari, ne vedo una con l'ingresso aperto, un via vai discreto e cauto di entrate e uscite, secondo il rito delle visite di lutto ancora in uso nei piccoli paesi. Aguzzo la vista, sul muro, accanto al portoncino, intravedo alcuni manifesti di annunci funebri. Da lontano riesco a distinguere solo il nome, in caratteri cubitali: Rosalia Vasapolli ved. Ricottone. Le morti estive mi danno una tristezza maggiore di quelle invernali, non so perché, forse memoria della strofa di Fabrizio De André: Ninetta mia a crepare di maggio ci vuole tanto, troppo coraggio. È giugno, ma il senso non cambia.

Il sole alto sul golfo, il nero in quella casa per la scomparsa di Rosalia Vasapolli vedova Ricottone. Aveva ragione Gesualdo Bufalino: la Sicilia, luce e lutto.

E mi rendo conto che il principio astratto non vale nulla di fronte ai fatti concreti e importanti della vita: la morte, l'amore, i trigliceridi.

Lascio il calice di vino, ormai vuoto, sul tavolino in terrazza.

Rientro.

La camera da letto è in penombra, l'aria pomeridiana gonfia leggermente le tende, meriggiare pallido e assorto.

Suleima è distesa a letto, la faccia verso il muro.

La comunicazione non verbale mi suggerisce di rispettare il silenzio.

Non dorme, lo sento dal suo respiro.

Mi siedo sul bordo.

Allungo una mano per accarezzarle il fianco, avverto che si scosta.

«Non ho niente contro il petto di pollo, ho un problema con l'autorità» dico.

Non risponde.

«Deve essere un retaggio infantile: rifiuto qualunque imposizione, anche se fatta a fin di bene. Credo sia la sindrome di Betta, figura mitologica che incarna in Sicilia lo spirito di contraddizione. Gli ebrei hanno la Bibbia dove c'è la storia di Giobbe, un giusto che sopporta tutte le ingiustizie. Noi siciliani non abbiamo libri sacri, perché pensiamo che la miglior parola è quella che non si dice e quindi nemmeno si scrive. Ma nella tradizione orale abbiamo la Betta contrariosa che, si rammemora, dava l'acqua alle galline quando pioveva: una che faceva cose sbagliate perché detestava le cose giuste. Ecco, io sono Betta contrariusa. Scusa».

Si gira verso di me. Ha gli occhi di tigre di quando è ancora arrabbiata, ma anche gli occhi di tigre di quando comincia a ridere.

«Saverio, io non so come fare con te».

«Chiamami Betta».

E siccome è un pomeriggio caldo e c'è una luce dorata, troviamo il modo di dimenticare il breve litigio e il calcolo delle calorie.

Il silenzio del pomeriggio è rotto solo da una Motoape smarmittata.

«Però» dico appena il respiro mi torna normale «se vuoi, il plicometro lo compro».

«Fai bene, così te lo rompo in testa» fa Suleima, acchiappandomi una maniglia dell'amore.

«Ahi, mi fai male».

«Strano, sei sempre così allenato, non dovrebbe farti male».

Suonano alla porta.

Chi sarà?

Suleima va ad aprire, leggera sulla punta dei piedi scalzi.

La voce di Piccionello.

«Suleima, ho trovato la soluzione. Saverio ha bisogno di una rieducazione alimentare attraverso un percorso emozionale».

Perché parla come il sito di una palestra di yoga?

«Peppe, cosa dici?» grido dalla camera da letto per farmi sentire.

«Lo ha detto la figlia di mia cugina. Quella è un genio».

Mi rimetto le mutande, esco dalla camera.

«Peppe, hai duecento cugine. Questa chi è?».

«Saverio, questa qui, come dici tu, si chiama Dafne ed è una grande chef».

«Chef dove?».

«Un posto qui vicino, si chiama Màkari Ouest».

«Peppe, ma è un posto stellato. Da duecento euro a persona».

Piccionello gonfia il petto.

«Siamo ospiti. Modestamente, sono il cugino famoso».

Il cugino famoso. Mi do una manata in fronte. È colpa mia. Emmanuel Carrère ha reso famoso uno scrittore semisconosciuto come Limonov, io ho reso famoso Peppe. Ergo, sono il Carrère di Piccionello. A ciascuno il suo.

Bello è bello: si deve dire.

Ci accoglie un ragazzo nero con accento spiccatamente del Nord Italia.

Ci osserva dall'alto in basso, non metaforicamente ma concretamente perché è quasi due metri e con una schiera di denti bianchi sorriso Durban's che potrebbe essere il testimonial dell'associazione mondiale ortodonzia.

Con una leggera smorfia di sofferenza del viso, si sofferma sulle infradito di Peppe, il quale deve essere stato istruito dalla cugina perché indossa pantaloni lunghi di lino color carta da zucchero, sopravvissuti a qualche vestito da cerimonia in perfetto stile anni '80, manca soltanto il refrain di un pezzo di Alan Sorrenti: noi siamo figli delle stelle, figli della notte che ci gira intorno.

Bello è bello: si deve dire. Dalla sala arriva il brusio sommesso che sottolinea il tintinnio dei piatti, le chiacchiere a voce bassa, una risata da qualche tavolo, ma discreta, tutta di naso direi, perfino i tappi di brut siciliano – ho studiato, cucina e cantina raccolgono «perle del *terroir* siciliano, attraverso ricerca e tradizione che incrociano memoria e innovazione», così sta scritto sul sito – perfino i tappi di spumante che per natura tendono a decollare sghembi come i razzi di Elon Musk, qui si staccano dalle bottiglie con una leggera e silenziosa effervescenza da Coca-Cola sgassata.

Penso alla caciara di bambini piangenti, ragazzini che gridano, audio ascoltati a vivavoce, televisori accesi sul canale YouTube Salsa Ritmo Latino, videochiamate urlate («Tanti bacioni grandi, siamo tutti qua, c'è pure Graziella, manchi solo tu, dove sei?»), cioè il soundtrack da pizzeria di qualunque sabato italiano.

Il gigante nero ci offre tre calici ghiacciati in cui volteggiano bollicine e foglie di menta.

«Notre aperò maison».

«Merci beaucoup» fa Peppe, d'un tratto incarnato nel redivivo Marcel Proust.

«Quando gradite, vi accompagno al tavolo» dice ancora il giovane parente di Barack Obama.

Suleima lo guarda in trance, travolta da una specie di sindrome di Stendhal.

«Sai il francese?» chiedo a Peppe.

«Ti ho mai raccontato quando ero gangster a Marsiglia?».

Questa frase appartiene al libro che ho intenzione di scrivere: *Autobiografia di un falsario. Vite che ho creduto di vivere.* Secondo me la pubblica perfino Sellerio, se li convinco che è uno spin-off di Peppe Piccionello.

Attraversiamo la veranda affacciata sul golfo.

La luna alta illumina il mare.

Tovaglie bianche di lino grezzo.

Bicchieri di cristallo.

Il nostro tavolo.

Barack Obama scosta la sedia, fa accomodare Suleima che ringrazia estasiata come se quello avesse appena offerto un rene per lei.

«Bene, signori. Arriva il mio collega per servirvi».

E il bronzo di Riace si allontana leggiadro nei suoi pantaloni a sigaretta.

«Au revoir» fa Piccionello.

«Non sarà lui a prendere le ordinazioni?» fa Suleima, rammaricata.

«Incontrarsi, conoscersi e dirsi subito addio. È così, Suleima».

Sollevo una forchetta, giusto per soppesarla: è il metodo messo a punto dal mio amico Momi Barugi. Dal peso specifico della posata si può calcolare il conto finale: maggiore è la massa di metallo, più salato è il conto secondo una proporzione precisa. Se ricordo bene, credo si debba moltiplicare sempre per 2,3. Per farla breve, un coltello da 20 grammi col manico di plastica, da trattoria, produce un conto da 46 euro, amaro e grappa offerti dalla casa, mancia compresa; una posata tutta in acciaio o in argento da 95 grammi produce un conto da 218 euro, vino escluso. Se la posata è di design – quelle col manico triangolare o a esse o col birignao – bisogna moltiplicare per 2,9. Non so se la formula è corretta o se sbaglio i coefficienti, ma per esperienza personale so che la posata pesante è commisurabile al totale. E infatti qui è pesante.

«Benvenuti. Ciao, zio Peppe».

Non ha bisogno di presentazioni – come si usa dire presentando gli sconosciuti – l'ennesima parente di Piccionello, anche perché ha la medesima *facies* di tutti i Piccionello che popolano il pianeta Terra, tranne per i capelli blu elettrico che però non credo siano naturali.

«Lei è Dafne, la figlia di mia cugina» dice Peppe.

Mai che si trovi nel parco cugine di Peppe una Carmela, una Concetta, una Croce, basterebbe perfino una Angela o una Stefania. Ci deve essere in famiglia una latente passione per l'esotismo antroponimico. Peppe è uno dei pochi con un nome proprio di persona che non sia un esplicito riferimento a mitologie mediterranee, culti esoterici, saghe nibelungiche o pantheon africani.

«Bel nome» dico. «Esiste anche in italiano?».

Suleima mi rimprovera con gli occhi. Peppe non ha sentito.

«Lei è la chef» dice.

«No, zio. Magari. Sono solo commis de cuisine. Non dovrei nemmeno stare qui, ma c'eravate voi e il sous chef mi ha dato il permesso di venirvi a salutare».

«Succhì?».

«Sous chef, il vice chef, zio Peppe. Praticamente fa tutto lui».

«Sempre così è. Sopra il re, c'è il viceré» dico.

«E lo chef?» chiede Suleima.

«Oggi non c'è. È a Verona. C'è il sous chef, appunto. Eccolo».

Dafne fa un passo indietro, lascia il proscenio al sous chef che si comporta esattamente come il viceprimario durante le visite in corsia. Ci scruta e ci ascolta benevolo, ma con una certa sufficienza. Risponde paziente alle nostre domande, quasi abbia a che fare con bambini di tre anni che vogliono sapere come funziona il sistema arterioso. Poi, ci affida al cameriere e se ne va di fretta. Dafne trotterella dietro come una studentessa di medicina al secondo anno di specializzazione in chirurgia vascolare.

«Brava, vero?» fa Peppe.

«Ma quanti anni ha? Dodici?».

«Saverio, ventiquattro anni. Sembra piccolina, ma sa il fatto suo».

«Sa anche cucinare?».

«Sbagli sempre a parlare. Suo padre ha una trattoria a Custonaci, quella ragazzina cucina da quando ha sette anni. È un genio».

«Peppe, ma com'è che nella tua famiglia sono tutti geniali e tu no?».

«Saverio, quanto sei scimunito» fa Suleima. «Peppe a suo modo è geniale, ma tu non puoi capirlo».

L'arrivo del cameriere ferma la conversazione che potrebbe avere conseguenze spiacevoli.

Studiamo il menù. Ne esco frastornato: è più semplice leggere e capire il Joyce di *Finnegan's Wake* in inglese. Non c'è una sola cosa che mi torni: i polipetti sono in succo di carote, la pasta con carbonara di triglia, la quaglia laccata al mosto bianco, il maiale farcito con mousse di cantalupo, il cannolo con la ricotta di mucca.

«Spaghetti allo scoglio?» chiede Peppe.

«Sì, li prepariamo con un battuto di...».

«Non dica niente» lo interrompo «è una delle poche cose dal suono familiare. Altrimenti ci confondiamo».

Il cameriere incassa impassibile quanto un professionista del poker.

Penso di averlo già scritto da qualche parte: la cucina è come la letteratura, il racconto non conta, conta come si racconta, ma in dialetto la frase suona meglio.

All'ingresso della sala capto un po' di movimento. Barack Obama sembra agitato. Il sous chef esce dalle cucine, accoglie un uomo corpulento, capelli bianchi e fisico alla Gérard Depardieu, lo accompagna a un tavolo apparecchiato con un coperto. L'uomo prende posto con le spalle al mare, lo sguardo verso la sala: nel sistemarsi fa cadere a terra una forchetta. Tre si lanciano per raccoglierla e sostituirla: l'uomo segue i movimenti del personale con occhio inesorabile. Invidio quelli che vanno a cena da soli nei ristoranti di lusso, denotano una certa impavida sicurezza, sanno sempre da che parte guardare. Sono così diversi dai solitari che incontravo nelle trattorie romane, al solito tavolino d'angolo accanto alla cassa, il tovagliolo infilato nel colletto della camicia, il giornale piegato in quattro e appoggiato alla bottiglia di Ferrarelle: lasciavano intuire camere ammobiliate, lettini singoli, frigoriferi rumorosi, televisori in bianco e nero, stipendi da ministeriali.

Il cameriere ci porta tre ciotoline microscopiche nelle quali galleggia un brodetto che ci viene presentato come minestra di tenerumi con ricci di mare.

«Il benvenuto dello chef» annuncia con grave solennità, manco avesse portato il timballo del Gattopardo, direttamente da Donnafugata.

«Peppe, devi abituarti» dico, scrutando il suo disorientamento. «Le porzioni saranno pediatriche, il buongiorno si vede dal mattino».

«Giusto: il sapore si misura in qualità, non in quantità» fa Suleima.

«Tua cugina ne avrebbe preparato una pignata da cinque litri» ripeto a Peppe, tanto per fargli capire cosa significa vivere nella civiltà metropolitana del neoconsumismo. La Sicilia è l'unico posto dove la pasta viene venduta solo in confezioni da un chilo, non certo come nei supermercati del centro di Milano, abitato da single ricchi attenti alla linea, dove i banconi sono affollati da sushi monoporzione e penne rigate di farro biologico.

«Però è buono» fa Peppe, difendendo a suo modo Dafne e tutto il dafnismo di famiglia.

Il resto della cena va avanti così. Buono è buono, ma tutto in dimensioni microscopiche.

Per fortuna siamo ospiti, perché immagino che il conto sia tutt'altro che microscopico (corollario da aggiungere al teorema del peso specifico delle posate: il rapporto tra quantità e prezzo è inversamente proporzionale) ma non ne sono sicuro perché non ho la passione del gourmand, non ho mai seguito MasterChef e non so chi siano i vincitori delle ultime edizioni.

A fine cena, dopo aver finto un cauto interessamento, rifiuto il sorbetto al finocchio e al corbezzolo, l'amaro di cannella e scorsonera, rifugiandomi in un Jefferson's con ghiaccio che a dispetto del nome stars and stripes è fatto in Calabria, a ulteriore dimostrazione che l'America è qui.

Al momento di uscire, chiediamo di Dafne. Lei esce abbastanza trafelata.

«Scusa, zio Peppe, c'è un po' di casino. Tutto bene?».

«Benissimo, gioia. È piaciuto anche a Saverio che è particolarmente stufficoso. Vero?».

«Esperienza irripetibile» dico.

Si capisce che Dafne ha la testa ad altro, ma è gentile e affettuosa.

Dietro la vetrata delle cucine intravedo il sous chef di spalle che scaraventa il cellulare a terra. La scena è muta, solo immagini, ma è evidente che c'è trambusto ai fuochi.

«Allora, ti è piaciuta la cena stellata?» mi fa Suleima, appoggiandosi alla mia spalla mentre andiamo verso l'auto.

«Ho detto che è un'esperienza irripetibile. Non la ripeterò mai più».

«Saverio, sei veramente stufficoso» dice Peppe.

«Che significa stufficoso?» chiede Suleima.

«Suleima, hai presente Saverio? Uno stufficoso è esattamente come lui. Anzi, è lui».

Stufficoso.

La luce dalle persiane.

Stufficoso.

Mi risuona in testa.

«Stufficoso».

Certo che mi risuona, Suleima lo sussurra piano nel mio orecchio.

«Ma che ore sono?» chiedo.

«Non lo so, forse le sette. Stufficoso» fa Suleima.

«Ti senti male? Indigestione? Mi sembra difficile, visto che la cena è stata solo la metafora di una cena».

«Ha ragione Peppe, sei stufficoso. Mi piace la definizione, ti si addice. Il mio Stuffi».

«Se lo ripeti ancora ti trascino davanti alla corte di Strasburgo».

«Stuffi non ti piace? Sei proprio tu, e non hai nemmeno cinquant'anni. Sei sulla buona strada per diventare un vecchio brontolone».

«Ti ricordo che brontolo da quando avevo cinque anni. Con queste premesse, posso mai diventare pacato, saggio e paziente?».

«Hai ragione, sei già un vecchio brontolone».

Cerco di soffocarla con il cuscino, fin quando la nostra lotta sul letto prende altra natura.

Bussano alla porta.

Alle sette del mattino.

Bussano con una certa prepotenza.

Mi alzo, vado ad aprire pronto a ingaggiar tenzone.

«Dobbiamo andare. Dafne ha chiamato. Prendi l'auto, rivestiti, subito» balbetta Peppe, tarantolato dall'agitazione.

«Peppe, dove dobbiamo andare? Non capisco».

«L'hanno ammazzato, ha chiamato Dafne. Disperata».

Rinuncio alla spiegazione. Il tempo di rivestirci. Saltiamo in auto: Suleima alla guida. Dalla ricostruzione confusa e sincopata di Peppe mi pare di capire che hanno ammazzato qualcuno al ristorante dove abbiamo cenato.

Lungo il percorso qualche pezzo del racconto va al posto giusto. Hanno trovato morto il sous chef, accoltellato nel parcheggio del ristorante, accanto al corpo le chiavi dell'auto che non ha fatto nemmeno in tempo ad aprire.

Arriviamo che la scena è ancora poco affollata. Sono a malapena le otto del mattino, non c'è ancora nessun giornalista, nessuna telecamera, solo Dafne con gli occhi gonfi di pianto e pochi carabinieri.

Vedo il maresciallo Guareschi: già in passato ho avuto a che fare con lui. Mi riconosce, saluta con uno sguardo, ma è impegnato al telefono, mi fa cenno di aspettare.

Peppe abbraccia Dafne che piange sulla sua spalla. Sembra una bambinetta, stretta nell'abbraccio di Peppe.

Guardo la tovaglia bianca, una del ristorante, messa a coprire il cadavere. È macchiata di sangue, in parte già asciutto, segno che l'omicidio risale a molte ore fa, alla notte appena trascorsa. Non ricordo chi ha scritto delle lenzuola che a Palermo, negli anni delle mattanze mafiose, venivano deposte sui cadaveri dei morti ammazzati: da dove venivano? Chi le portava? Erano lenzuola nate per questo scopo o rimedi casalinghi e casuali? E dopo l'uso, che fine facevano? Domande inutili e oziose davanti al mistero della morte violenta. Giusto per pensare ad altro.

«Ubiquo ai casi e onnipresente sugli affari tenebrosi, vero?» dice Guareschi avvicinandosi.

«Maresciallo, apprezzo la citazione dell'ingegner Gadda. Ma non sono don Ciccio Ingravallo».

«Lo so. Infatti, tocca a me lavorare sugli affari tenebrosi. C'è anche la sua fidanzata, da un po' che non ci si vede».

E Guareschi sfoggia la galanteria militare dell'Arma, con adeguata stretta di mano.

«Signorina, non è un bello spettacolo. Se lo eviti».

Ipnotizzata dalla vista del corpo a terra, Suleima distoglie lo sguardo.

«Che idea si è fatta, maresciallo?» chiedo.

«Troppo presto per farsi un'idea. Forse una rapina o altro».

«L'abbiamo conosciuto ieri sera, a cena. Come si chiamava?».

«Vito Scuderi, 27 anni, nato a Trapani. Non sappiamo ancora molto di più».

«Forse può aiutarvi quella ragazza, è una delle tante cugine di Piccionello. Lavora in cucina» dico indicandola a Guareschi.

«Da qualche parte bisogna cominciare. Grazie Lamanna, lei è sicuro di non essere parente di Ciccio Ingravallo?».

«Come lei è parente di Peppone e don Camillo».
Ma è una battuta vecchia e non fa ridere nessuno.

La testimonianza di Dafne si risolve velocemente. Fornisce le informazioni essenziali: Vito Scuderi aveva lavorato per qualche stagione a Pantelleria, poi a Taormina e a Milano. E qui aveva conosciuto lo chef Pino Mendolia: era nato un rapporto di stima e di amicizia. Pino Mendolia gode di una certa notorietà nel mondo dei cuochi e degli chef, compulsati continuamente su ogni argomento dello scibile umano, non solo gastronomico: dalle cozze pelose al granchio blu, dalle paghe dei rider di Glovo al mutamento climatico, dalla disoccupazione giovanile meridionale alla differenziazione dei rifiuti.

Giocano a favore di Mendolia – tanto da farne una demi-star del demi-monde a schermo piatto – una certa disponibilità verso giornalisti e cameramen, un fisico e un passato da rugbista, quel tanto di narcisismo indispensabile per diventare un personaggio televisivo, una buona favella contenuta nei due minuti concessi a una diretta tra la pubblicità e il tg, e una vecchia storia di cui era stato il protagonista filmando con una camera nascosta un estortore che gli aveva chiesto il pizzo quando gestiva a Palermo il locale Sicilian Tapas (sic, questo era il nome e non posso farci niente), diventando così d'un tratto uno chef antimafia.

Sulla serata c'era poco da dire. Mendolia era a Verona, Scuderi come altre volte aveva guidato la brigata, ma c'era un certo nervosismo perché si era presentato un cliente (il Gérard Depardieu che aveva monopolizzato il personale) con una prenotazione fissata dieci giorni prima. Tutti pensavano fosse un ispettore della Michelin o di qualche altra guida gastronomica: troppo solo, troppo grasso, troppo ghiottone, per essere un semplice avventore sprovveduto. Si muoveva col piglio di chi sa cosa cerca e cosa vuole, infine quel vecchio trucco di far cadere la posata a terra per calcolare i tempi di reazione del servizio in sala.

Capisco adesso l'ossequio con cui era stato accolto: per non sapere né leggere né scrivere tutti si erano messi a disposizione del presunto ispettore ammantato dell'aura di segretezza di un agente del Mossad, a discapito degli altri tavoli, compreso il nostro.

Tutto questo lo vengo a sapere dopo, quando Piccionello porta Dafne a casa nostra, per non lasciarla sola.

Suleima le tiene una mano tra le sue, cercando di placarne la tensione che si traduce in numerosi singulti e un pacco e mezzo di kleenex inzuppati come spugne.

Fornisco acqua minerale fredda alla povera ragazza esausta per lo choc e per essere stata in passato coinvolta in un *love affair*, breve ma intenso, con Vito, senza strascichi di ruggine. Era rimasta fra loro, come dice il principe Tomasi di Lampedusa, «quella insostituibile intimità conferita da poche ore passate fra il medesimo paio di lenzuola».

«Povero Vito, voleva aprire il suo ristorante, diventare un grande chef. E ora è tutto finito» piange Dafne.

Non so mai cosa dire, in queste situazioni.

Rimango appoggiato allo stipite della porta, raggelato, mentre ammiro Peppe che trova a istinto i gesti giusti:

una carezza, un bacio, una lacrima, un luogo comune che aiuta a sopravvivere (è la vita, non lo dimenticheremo mai, abbiamo la fortuna di essergli stati amici, vive nei nostri pensieri, cioè tutte quelle frasi da social che hanno sostituito il requiem aeternam).

Suleima mi invita con uno sguardo a fare o a dire qualcosa.

«Vado a prendere altra acqua» è ciò che riesco a formulare, «naturale o frizzante?».

Ho un futuro da banconista. Al massimo.

Suleima mi rimprovera con un'occhiata, ma che posso farci se non trovo mai le parole opportune o inopportune, malgrado sia uno che maneggia parole?

Un mio parente, di cui mio padre ricorda nome, cognome e grado di affinità, si presentò al visito di lutto di una prozia che aveva perduto il secondo marito: al momento degli abbracci e dei saluti di cordoglio, pensò di incoraggiarla: «Fatti forza, zia, andiamo per il terzo». La zia, già vedova per due volte, non la prese benissimo, ma quelle parole vengono ancora oggi ripetute a settanta anni di distanza per ricordare un certo scettico humor nero che alberga nella famiglia Lamanna. A dimostrazione che c'è del genio anche là dove uno non se lo aspetta: quel funerale grazie a queste parole restò memorabile nella nostra saga collettiva.

Ma io non trovo frasi memorabili, né opportune né inopportune. Basterebbe pure qualche banalità di senso corrente, ma il lutto non si addice a Elettra e nemmeno a me.

Torno con l'acqua.

«Frizzante, va bene?» riesco a mormorare.

Ma Dafne non mi risponde, già in piedi è decisa a tornare a casa. Peppe e Suleima la scortano alla porta con la solennità dei fedeli dietro alla madonna addolorata del Venerdì Santo.

«Riaccompagniamo Dafne a casa. Vieni?» chiede Suleima.

«Non posso, devo finire un racconto. Devo scrivere» dico.

«Saverio, ma se non scrivi da mesi».

«Appunto, Suleima. Devo superare il blocco da foglio bianco, ma se non comincio non lo supero e non posso finire».

«E devi cominciare proprio oggi?».

«Sì, è il momento giusto. Lo sento».

Peppe mette su una faccia delle sue. So cosa pensa e non è un pensiero benevolo.

Il mare di giugno è chiaro e senza vento.

Una vela bianca scivola sul filo del golfo, tra Monte Cofano e Màkari.

Un gabbiano grida da qualche parte.

Non so dove i gabbiani abbiano il nido, diceva un poeta studiato alle elementari: mi resta solo questo verso in mente, non ricordo più il resto.

No sé dónde las gaviotas tengan su nido,
dónde hallen la paz.
Como ellas soy,
en perpetuo vuelo.

Teresita ormai indaga tra i miei pensieri: non mi devo stupire, non c'è persona che non sappia che appena si pronuncia una parola – che so: tappeto, gastrite o spiaggia – il suo cellulare si riempie misteriosamente di annunci di aspirapolveri, di Maalox o di creme solari.

«Non so dove i gabbiani abbiano il nido, dove trovino pace. Questa la conosco, Teresita».

Quizás no sepas que se trata del poeta Vincenzo Cardarelli.

«Lo so, Teresita, sono italiano. A nove anni ce la facevano studiare a memoria».

Vincenzo Cardarelli, cuyo verdadero nombre era Nazareno Caldarelli, nació en Corneto Tarquinia, en la provincia de Viterbo.

«Stai diventando più petulante di Siri, la tua collega che sa tutto lei».

Cabrón.

Appena le nomini Siri si offende. E si zittisce. Infatti.

Il mare di giugno mi detta pensieri grandi e profondi. È la mia parte piccolo-borghese che mi fa esclamare: quanta acqua.

Di pensiero in pensiero, mi ricordo che è il mese della pesca dei tonni, del rais, dei tonnaroti e del canto della mattanza, quell'*aja mola* che ormai esiste solo nelle insegne dei ristoranti di pesce. E infatti sono quasi le tredici e trenta e mi scappa la voglia di andarmene da Marilù, solo soletto come faceva Montalbano, a verificare i piatti del giorno fuori menù: tempo di tonno, tempo di pranzare.

«Saverio, tutto solo soletto?» mi accoglie Marilù. «Tonno fresco?».

«Sì Saverio, arrivato stamattina».

«Tonno rosso di Favignana? Pescato all'amo?».

«No, è un tonno portoghese, si trovava qui in vacanza e ha deciso di venirsi a costituire nelle nostre cucine. Saverio, ma sei sciroccato? Qualcosa che non va? Hai litigato con Suleima?».

«Marilù, scusa, oggi ho iniziato con un morto ammazzato. E questo non fa bene all'umore».

«Il povero Vito? Ho saputo, che pena. Tanti anni fa aveva lavorato qui un'estate, era ancora un ragazzino. Aveva fantasia, era bravo. Mi dispiace tanto tanto. Si sa qualcosa?».

«Ucciso a coltellate. I carabinieri dicono una rapina».

«Ma cosa è diventato questo posto? Un inferno».

«Hai ragione, Marilù, un tempo in Sicilia si moriva solo per gli spifferi. Popolo pacifico e laborioso, ma perseguitato dai colpi d'aria. La Sicilia aveva bisogno di più finestre, non di sbirri».

«Quanto sei cretino, Saverio. Ti faccio un trancio scottato e un'insalata pantesca?».

«Sei d'accordo con Suleima? Anche tu pensi che devo perdere peso?».

«Saverio, non penso, ma è evidente: hai preso qualche chilo di troppo».

«Vi odio, siete diventati tutti plicometrici».

«Vabbè, un tonno scottato e una pantesca. Da bere? Acqua, naturalmente».

«Frizzante. Voglio viziarmi».

«Bravo Saverio. A volte hai anche qualche virtù».

In un giorno feriale di giugno non ci sono molti clienti: una coppia evidentemente clandestina in fuga dallo smart working, due anziani turisti francesi, tre surfisti senza vento.

Gérard Depardieu spunta da dietro la siepe. In giacca e cravatta prende posto da solo al tavolo con vista mare.

Mi alzo. Vado a fermarmi davanti a lui.

«Pranzare o cenare da soli è un piacere supremo» esordisco, «non crede?».

Sorride. Piega la testa di lato, annuisce.

«Montalbano docet» declamo lapidario, per far capire che ho letto i libri di Camilleri e pure i saggi dello stimato professor Salvatore Silvano Nigro.

«Già» dice con la faccia di chi si chiede: ma questo chi è?

«Mi presento, Saverio Lamanna. Ci siamo visti ieri sera al ristorante di Pino Mendolia».

«Ha saputo cos'è successo stanotte al ristorante?».

«Terribile».

«Mi presento, Eduardo Tulumello».

Arriva il cameriere con una bottiglia di Grillo.

«Si accomodi. Cameriere, per favore, porti un altro calice per il signor… come ha detto?».

«Lamanna, Saverio Lamanna» ripeto, facendo la parodia di James Bond.

«Accetta un po' di vino?».

«Non dovrei, ma come si rifiuta un Grillo?».

Arriva l'altro calice.

«Ottima cantina di Marsala. Piccola produzione, ma curata e attenta, terreni vicini al mare, gusto sapido, si avverte il sentore di salsedine. Non crede?».

Non ho memoria olfattiva, non ricordo il sentore di salsedine, nemmeno il sapore di mare e il sapore di sale. Ma il Grillo è fresco al punto giusto.

«Certo, sarà difficile per lei. Assaggiare, bere, mangiare, giudicare» dico per rompere il silenzio della degustazione.

«Passione» risponde senza sbilanciarsi.

«Come ha trovato il ristorante di Mendolia?».

«Interessante. Buon lavoro di ricerca. Già lo conoscevo».

«Tutti alla ricerca di stelle».

«Le stelle bisogna saperle meritare».

«Ma, come dice un poeta, le nostre vite rispondono a stelle che non vogliono saperne di noi».

«Chi è?».

«Il poeta? Edgar Lee Masters. *Antologia di Spoon River*».

«Bravi questi inglesi».

«Gli inglesi sono bravi, ma Lee Master è americano».

«Anche gli americani sono bravi».

«Sì, anche loro».

«Saverio!» chiama Marilù.

Saluto Tulumello, torno al mio tavolo.

«Saverio, ti lascio un momento solo e ti ritrovo davanti a un bicchiere di vino. Per questo ingrassi».

«Non ingrasso, degusto. Ero con l'ispettore della guida Michelin».

«Chi? Quello? Ma che dici?» ride Marilù.

«Tulumello. È un ispettore».

«Sì, ma un ispettore dell'agenzia delle entrate. Lo conosco, è palermitano».

«Non è della Michelin?».

«Lo fa credere, così gli fanno lo sconto e lo trattano bene».

«Che tristezza. Le stelle non vogliono veramente saperne di noi».

Mi faccio accompagnare da Marilù in caserma dai carabinieri. Lì vicino c'è una pasticceria rinomata, appena Marilù sparisce all'orizzonte mi guardo attorno: non c'è nessuno, posso entrare inosservato. Davanti al banco dei dolci, indeciso, mi gusto con gli occhi le sfince con la ricotta, le cassatelle, la torta Savoia che – a dispetto del nome – è sconosciuta in Piemonte e nel resto d'Italia.

«Desidera?» mi chiede la pasticciera bionda, florida come una cassata.

«Non posso, sono a dieta. Mi rifaccio la vista, meglio di niente».

Mi osserva con compatimento, quasi avesse appena appreso che ho una malattia incurabile e letale.

«Se non è disturbo, le offro questo» dice porgendomi un cannolicchio con la crema di ricotta.

Ora, tutti sanno, perché l'ho scritto nei miei racconti che forse la pasticciera non conosce, che il cannolo siciliano è la mia Rosebud: l'ossessione di Citizen Kane. Non mangio cannoli perché racchiudono l'esausto stereotipo: un siciliano si nutre di cannoli e di arancine, pensano in molti. Ma in Sicilia c'è gente, lo giuro, che detesta i cannoli, è intollerante al lattosio o allergica alla ricotta, eppure si sente siciliana a tutti gli effetti. Rifiutare il cannolo è quindi un atto di libertà individuale, l'affermazione della propria alterità, un gesto simbolicamente rivoluzionario (lo stesso vale per le arancine). Si può essere siciliani perfino amando il tofu, il poke, il sashimi o i pizzoccheri della Valtellina. Risultato: non mangio cannoli, soprattutto davanti a occhi estranei. Non voglio sembrare il solito isolano con la coppola, la canottiera D&G, il cannolo nel taschino della giacca, il marranzano nel borsello.

«Lo assaggi, è appena fatto» insiste la pasticciera.

Guardo attorno. Non c'è nessuno.

Addento la scorza croccante. Avverto la crema di ricotta. Son dunque siciliano, irrimediabilmente.

Addio dieta, addio legge morale dentro di me.

Qualcuno bussa alla mia spalla.

Con la coda dell'occhio intravedo la striscia rossa sul fianco del pantalone nero.

Carabinieri.

È reato mangiare cannoli durante una dieta? Forse.

«E bravo Lamanna, da buon siciliano non rinuncia al cannolo».

Il maresciallo Guareschi.

«Scoperto in flagranza di reato».

«Considerato il corpo del reato, direi in fragranza».

Mando giù il cannolicchio, violando non so quanti articoli del codice penale.

«Caffè?».

Prendiamo il caffè ascoltando in religioso silenzio il tintinnio del cucchiaino contro la ceramica della tazzina.

«Non so chi ha scritto che la cassata siciliana è un dolce fondamentalmente mafioso» dice Guareschi.

«E il cannolo?» chiedo.

«Dipende dalla legislazione vigente».

«Nel mio caso?».

«Consumo personale, modica quantità. Forse è un reato per il suo nutrizionista».

«E per Suleima. Mi trova ingrassato?».

Mi squadra, non dice niente sorseggiando il caffè.

Capisco, mi trova ingrassato ma è troppo educato per dirmelo.

«Novità sull'omicido?».

«Niente. Abbiamo sentito i soliti malacarne di zona. Non sanno nulla o non dicono nulla».

«La sera che sono stato al ristorante ho notato un po' di nervosismo».

«Lo sappiamo. C'era un ispettore della guida Michelin».

«Non è un ispettore della Michelin».

«Non cambia niente. Loro comunque lo credevano. Qualcuno ha servito un piatto sbagliato e sono entrati nel panico. Pino Mendolia era fuori, è stato avvertito e c'è stata un'accesa litigata al telefono con Vito».

«Me ne sono accorto»,

«Ma l'omicidio è ancora incomprensibile. Continuo a propendere per il tentativo di rapina, non avendo una spiegazione migliore».

«Trovata l'arma?».

«No, non l'abbiamo trovata. Sembra manchi un coltello dalle cucine, ha presente quei coltelli giapponesi che costano un occhio della testa? Nella rastrelliera non c'è. Questo significa che l'assassino è entrato in cucina e lo ha preso».

«E allora non è una rapina, ma un omicidio»

«Forse il coltello è fuori posto o manca da tempo. Lo chiederemo più tardi a Mendolia, sta arrivando adesso da Verona».

Siamo fuori dalla pasticceria, il maresciallo si accende una sigaretta. Un'auto blu scivola davanti alla caserma, si piazza nel parcheggio riservato all'Arma.

Guareschi stringe gli occhi nell'abbaglio del pomeriggio estivo per capire chi si arroga il diritto di piazzarsi in un'area riservata, privilegio che ormai vale più di un titolo nobiliare.

«Il mio colonnello. Prevedo giornata lunga».

«Dunque, la catena alimentare vige anche nell'Arma. Pesce grande mangia il pesce piccolo».

«Ma nell'Arma è più facile capire chi è il pesce grosso: basta contare le stelle sulle spalline» fa Guareschi, avviandosi incontro al colonnello.

«Tutto» dico «dipende dalle stelle».

Quando sono davanti alla porta di casa squilla il telefono.

Papà.

«Saverio, dove sei?».

«A Màkari, come sempre».

«E cosa stai facendo?».

«Sono stato a pranzo».

«Saverio, non mangiare sempre fuori casa. Spendi soldi e prendi peso».

«Sono a dieta».

«Saverio, devi nuotare, correre, camminare».

«Papà, mi spieghi cosa ti prende?».

«Ieri sono stato con Mimì a una serata del Rotary. C'era un medico bravo che diceva come bisogna mangiare per vivere bene e a lungo. È una scienza esatta. Ora aspetto Mimì, andiamo alla Favorita: dobbiamo fare cinque chilometri al giorno».

«Papà, fanne qualcuno anche per me».

«Saverio, devi muoverti di più».

«Tre giorni fa sono andato a Trapani. Appena posso vado a Catania».

«Questo non è muoversi, è viaggiare. Stai scrivendo?».

«Devo cominciare».

«Lo vedi? Stai troppo fermo, hai poche endorfine, non trovi stimoli».

«Papà, o scrivo o cammino. Le due cose non sono compatibili».

«Non è vero, Andrea Marcolongo ha scritto un libro sulla maratona. È uno scrittore che corre e scrive».

«Papà, Andrea Marcolongo non è uno scrittore. È una scrittrice».

«È una donna?».

«Sì, una grecista».

«Ah, per questo corre la maratona».

«Esatto, conosce il greco. Io non ricordo più cos'è l'aoristo forte».

«Il citofono. È Mimì. Vado. Ciao Saverio».

«Vai piano».

E così mi vendico della raccomandazione che mi è stata impartita per anni ogni volta che uscivo in moto.

In casa, lo stereo acceso manda i Gotan Project.

Suleima è qui.

I suoi vestiti sulla sedia.

Lo scroscio dell'acqua della doccia.

Quando esce ha i capelli ancora bagnati.

Bella è bella, si deve ammettere.

«Riportata a casa la vedovella?»

«Sarebbe una freddura alla Lamanna?».

Capisco quando esagero. E forse ho esagerato, ma lo capisco solo adesso, di fronte alla reazione di Suleima.

Mi alzo, vado a baciarla sui capelli bagnati.

«Saverio, non devi essere spiritoso a ogni costo».

Mi scappa da dire che ai miei lettori piaccio così, ma mi correggo in tempo.

«Suleima, ho deciso di varare una stagione di perestroika».

«Perestroika?».

«Il processo di riforma avviato dall'Unione Sovietica una quarantina di anni fa».

«Ha funzionato?».

«Benissimo. Il comunismo è morto e l'Unione Sovietica è crollata».

«Allora non funziona».

«Ma io sono meglio di Gorbaciov. Non devo riformare tutta la Russia, ma solo Saverio Lamanna».

«Dafne ci ha raccontato del soufflé».

«Vi ha dato la ricetta del soufflé?».

«Quanto sei scemo, Saverio. La sera in cui eravamo lì c'era anche l'ispettore di una guida gastronomica».

«Non è un ispettore della Michelin. È un ispettore delle tasse».

«Saverio, non fare il saccente. Sei in perestroika, ricordalo».

«Hai ragione. E quindi?».

«A quanto pare il piatto forte del ristorante è un soufflé al piacentino ennese, una ricetta francese con formaggio siciliano. È il simbolo del menù di Mendolia».

«Non l'abbiamo assaggiato».

«Forse perché era scritto in francese».

Sono pronto a rispondere che non siamo nel film della Pixar *Ratatouille*, ma ricordo che sono in piena perestroika.

«Hai ragione, Suleima, conosco meglio l'inglese».

«Il soufflé ha reso famoso Mendolia e gli ha fatto guadagnare una stella Michelin. Ma, l'altra sera, il soufflé ordinato dall'ispettore...».

«Che non è ispettore».

«Chiunque sia, il soufflé gli è arrivato sgonfio. Mendolia, che era in Nord Italia, l'ha saputo perché qualcuno del personale lo ha chiamato e c'è stata una litigata al telefono con Vito».

«Questo lo sapevamo, però non c'entra con l'uccisione di Scuderi. L'omicidio quindi si sgonfia, proprio come il soufflé».

«Già pensavi all'omicidio. Ha ragione il maresciallo, forse è una rapina finita male».

«Questo ci consola?».

«No, ma ridimensiona il tuo ego».

«Trovi che ho un ego ipertrofico?».

«No, hai un ego obeso».

«Scema».

«Anche tu mi piaci».

Il resto è strettamente personale.

Arriva qualcuno, lo sento. Davanti casa si ferma un'auto di grossa cilindrata, avverto il ronzio lussuoso di una Mercedes o di un'Audi, il tonfo sordo di chiusura delle portiere pesanti.

Bussano.

Vado alla porta.

Piccionello.

Alle sue spalle una berlina nera, lucida come un tonno appena sbucato dalle onde, un modello di cui ignoro la sigla, ma ne intuisco a spanne il prezzo in migliaia di euro.

«Peppe, sei diventato presidente di Confindustria?».

«No, l'auto è di mio cugino Cracco».

«Cracco è tuo cugino?».

«Ha una cosa da raccontarti».

Cracco scende dall'auto, ma somiglia più a Cannavacciuolo: alto e robusto è un Piccionello punto zero, allevato a steroidi anabolizzanti.

Li faccio entrare.

Suleima ha l'espressione di chi ha appena rubato la marmellata dalla credenza.

«Caffè?» chiedo.

«Moka o cialda?» chiede Cracco.

«Moka» dico.

«Marca di caffè?».

«Torrefazione Stagnitta di Palermo» dice Suleima.

«Bene, tostatura artigianale. Basta con queste cialde. Torniamo alla moka».

«Per questo lo chiamiamo Cracco, è un esperto di cucina» spiega Peppe.

«Non è cucina, Peppe, è solo caffè» dico.

«Mio cugino sa tutto di cucina e pure di caffè. Vero?» fa Peppe.

Il cugino, che ovviamente non si chiama Cracco ma Jonathan Caruso – la solita passione esotica dei Piccionello per l'onomastica –, è figlio di una cugina di Peppe. Fa il tassista, autonoleggio con conducente, e per questo ha il macchinone ministeriale.

Il profumo del caffè comincia a diffondersi per la cucina.

Jonathan ha meno di trent'anni, di cui un terzo passato seguendo le edizioni di MasterChef, i quattro ristoranti di Alessandro Borghese, le prove del cuoco della Clerici, le cucine da incubo di Cannavacciuolo. C'è chi è appassionato di calcio, chi stravede per la Formula 1, chi si esalta per il tennis, Caruso è tifoso di pentole e di tegami. Per questo è diventato il Cracco di Màkari, sa tutto della bisque di scampi come altri sanno tutto del fuorigioco.

«Lei cucina?» chiede Suleima.

«No, sono uno di quelli che va ai concerti ma non sa suonare» risponde Jonathan.

«A me non succede mai. I miei lettori hanno scritto più libri di me. In Italia quelli che scrivono sono più di quelli che leggono. Perché siete qui?» chiedo.

«Cracco, dillo tu» insiste Peppe.

«Ho saputo di Vito Scuderi. Non meritava questa fine» esordisce Jonathan Caruso.

«Forse una rapina andata male» preciso.

«Lavorava con Pino Mendolia. L'ho visto tante volte in televisione: se la tira perché ha preso una stella, ma secondo me è sopravvalutato».

«Mendolia è uno chef, non è Caravaggio. Se è sopravvalutato a noi cosa cambia?» domando, mi sto innervosendo con questa acribia enogastronomica.

«Ho letto che ieri notte Mendolia era a Verona» fa Jonathan.

«Esatto».

«Non so se è importante, ma Mendolia ieri sera non era a Verona. L'ho visto io a Trapani».

Ho capito, il solito mitomane. D'altra parte, cosa può essere uno che sogna di diventare un famoso chef televisivo, ma non sa cuocere nemmeno un uovo alla coque?

«E dove è stato visto? Per strada? Al bar?» chiedo, un po' scocciato.

«All'aeroporto. È arrivato nel pomeriggio con il volo da Bergamo. Ero lì davanti, nel taxi, aspettavo dei passeggeri. L'ho riconosciuto, d'altra parte è sempre in tv».

«Lui vede tutti i programmi di cucina» fa Peppe.

«L'ho capito, Peppe, per questo lo chiamano Cracco. Cracco, siamo sicuri?».

«Sicurissimi».

Mando un messaggio a Guareschi.

«Chiamami. Urgentissimo».

Dopo che l'ho mandato mi accorgo di avere usato il tu.

Mentre aspetto la risposta, controllo gli orari sul sito dell'aeroporto «Vincenzo Florio» di Trapani.

C'è un volo nel pomeriggio da Bergamo a Trapani.

Mendolia evidentemente ha cambiato il volo, per qualche motivo. Da Verona a Bergamo quanta strada c'è? Google Maps mi dice 115 chilometri e traccia l'itinerario dell'autostrada A4 che dritta come un fuso corre dal balcone di Giulietta all'aeroporto Orio al Serio in un'ora e undici minuti. In Sicilia, i 115 chilometri da Mazara del Vallo ad Agrigento si percorrono in quasi due ore con la statale 115 che sta compiendo cento gloriosi accidentati anni di vita e non c'è nemmeno il rischio di trovare un aeroporto.

Il telefono. Sento solo un bisbiglio.

«Cosa? Non si capisce niente» dico.

«Sono Guareschi, parlo a voce bassa, sono uscito dalla stanza. Stiamo interrogando Mendolia».

«Dov'era ieri notte?».

«Lo sappiamo, Lamanna: a Verona. Non farmi perdere tempo».

«Controlla. È rientrato ieri sera. Qualcuno dice di averlo visto».

«Ci ha mostrato la sua carta d'imbarco».

«Le carte d'imbarco non sono più una prova, si possono fare giorni prima e restano a vita nella mail. Controlla il volo Bergamo-Trapani di ieri sera. Ti faccio fare bella figura col tuo colonnello».

«Avevamo quasi finito. E adesso si ricomincia da capo».

«Non ti lamentare. Non sei uso a obbedir tacendo?».

«Se mi fai perdere tempo giuro che ti arresto».

«Il potere fa male, logora anche chi ce l'ha».

Finalmente sto scrivendo. Ho superato il blocco del foglio bianco che qualsiasi scrittore o scrivente paventa. Questa sembra una buona storia, il mio editore sarà contento. E comunque non ne ho una migliore.

«Cento grammi di petto di pollo alla piastra corrispondono a centoventinove calorie, il 94 per cento in proteine e il restante 6 per cento in lipidi, più insaturi che saturi».

Rileggo l'incipit, pare il sito ufficiale della dieta Dukan. Vedrò di migliorare.

«Posso?» mi chiede Suleima, sporgendosi sulla mia spalla.

«Lo hai già fatto».

«Stai scrivendo un libro sul digiuno intermittente? Ne avresti proprio bisogno».

«Bella battuta. Alla Lamanna, direi».

«Bello mio, cicciottello», e mi bacia sulle labbra, pizzicandomi un fianco.

Vado al sito del «Giornale di Sicilia».

«Arrestato lo chef Pino Mendolia. È accusato di avere ucciso Vito Scuderi».

C'è una sua foto con la *toque* bianca da chef in testa.

«Repubblica.it» si prepara al nuovo giallo estivo: «Morte tra i fornelli. Stelle, gelosie e rivalità in cucina».

Telefono. Guareschi.

«Lamanna, avevi ragione. Quando ha capito che il suo alibi era crollato Mendolia ha confessato. Aveva cambiato il volo perché voleva essere presente, sapeva che c'era l'ispettore della Michelin».

«Non è un ispettore della Michelin».

«Lascia perdere. Mendolia è arrivato a Trapani che già la frittata era fatta, perdonami la metafora. Si è convinto che Scuderi avesse sbagliato il piatto...»

«Il soufflé».

«Il soufflé, qualunque cosa sia, per dispetto, per fargli perdere la stella. Lo ha affrontato a tardissima sera, raggiungendolo al ristorante, quando tutti erano già andati via. La rabbia di Mendolia montava. Scuderi ha reagito, ha minacciato di licenziarsi, voleva mettersi in proprio da tempo. Per Mendolia un vero guaio, Scuderi faceva tutto e così Mendolia poteva andare in giro a mostrarsi di qua e di là: ha preso il coltello, ha bloccato Vito nel parcheggio lì vicino e l'ha accoltellato».

«Per paura di un ispettore che non è ispettore».

«Lamanna, tutti abbiamo un colonnello sopra di noi, vero o finto».

«Guareschi, i colonnelli, come le stelle, non vogliono saperne di noi».

«Magari fosse così. Le stelle vogliono sapere tutto».

«Devi dirmi altro, Guareschi?».

«Sì, grazie Lamanna».

Grazie. Rimango sempre sconvolto da chi usa grazie e prego. Sono in una stagione della vita in cui non giudico più chi è intelligente o chi è cretino, chi è geniale o chi è banale. Mi basterebbe incontrare gente educata, che dice buongiorno e buonasera. Lo so, è il galateo dei vecchi signori borghesi: temo di essere troppo borghese. O troppo vecchio.

«Perché lo fai?» mi chiede Suleima.

«Cosa?».

«Ti impicci, chiedi, interroghi. Perché?».

«Per senso di giustizia?».

«Saverio, non sei Maigret».

«Hai ragione. Per trovare un finale al mio racconto».

«Già va meglio. Oppure?».

«Per farmi bello ai tuoi occhi».

«Questa mi piace di più».

«No, Suleima. Tu mi piaci di più».

Al tramonto scendo in spiaggia con Suleima e Piccionello.

Le giornate si allungano.

È bello starsene in riva al mare, a lanciare sassi piatti che rimbalzano sul pelo dell'acqua.

«Bravo mio cugino Cracco, vero?» dice Peppe.

«Non si chiama Cracco, ma Caruso. Comunque, è bravo».

«Incredibile che si possa uccidere per una stella» fa Suleima.

«Io per una stella come te ucciderei» dico e me ne stupisco.

«Suleima, hai sentito? Sta diventando bravo anche Saverio» fa Peppe.

«Sì, a volte gli scappano anche cose belle».

«La perestroika funziona» dico.

La stazza dell'uomo sulla spiaggia prende identità. È Gérard Depardieu, cioè Tulumello.

«Aspettatemi», e mi alzo per andargli incontro.

Scalzo, i pantaloni arrotolati ai polpacci, cammina sul bagnasciuga.

«Tulumello» grido.

Fatica a mettermi a fuoco. Sorride quando arrivo più vicino.

«L'ora magica» dice.

«Inizia l'estate».

«Avevo voglia di mare. Sempre in giro, non ho mai tempo. Una passeggiata prima di ripartire per Palermo».

«Tulumello, una curiosità: lei è ispettore?».

«Sì, del catasto. Prima ero all'agenzia delle entrate».

«Lei, per caso, è anche della Michelin?».

«Sono della Masciuni».

Masciuni è il nome dialettale di piazza Magione a Palermo, dove sono nati Giovanni Falcone e Paolo Borsellino.

«La mia famiglia era della Masciuni. Sono nato lì» aggiunge Tulumello.

Miscelen, Masciuni, assonanze. Solo assonanze. Somiglianze.

Come le stelle. Da quaggiù si somigliano tutte.

Alessandro Robecchi

Umiltà Luxury Experience

1

«Era lì, glielo giuro, commissario, proprio lì» la donna ha indicato un punto sul pavimento. «Steso sulla schiena, bianco come un cadavere».

Il sovrintendente Ghezzi ha smesso da anni di correggere la gente che lo chiama commissario, senza contare che sono le sette del mattino e lui non è riuscito a buttare giù nemmeno un caffè, potrebbero anche chiamarlo generale. Ha guardato ancora il punto che quella indicava con il dito, piangendo e tremando. Piastrelle bianche, nient'altro, nessuno steso sulla schiena.

«Bianco come un cadavere non vuol dire cadavere, signora» ha detto Carella.

«Era lì, vi dico!» ha urlato.

Si sono scambiati uno di quegli sguardi da sbirri che fanno tutto il percorso, dalla notizia di reato alla Cassazione, che ci possono volere dieci anni, ma per loro basta un secondo. Una rogna. Grossa.

Ghezzi era stato svegliato un'ora prima, forse anche meno. Non aveva ancora fatto chiaro, i tram fendevano la notte anche se era mattina, ma il capo Gregori stava già abbaiando. Una tizia aveva chiamato il 113, una volante era intervenuta, tempo dieci minuti e gli agenti avevano chiamato il capo di turno, che aveva chiamato Gregori, che aveva chiamato Ghezzi, che aveva telefonato a Carella, probabilmente l'unico già sveglio, perché Carella non dorme mai.

«Dove, capo?».

Un indirizzo in centro, il nome di un ristorante famoso, la Trattoria dell'Umiltà, gli aveva spiegato da dove entrare – da dietro – e aveva buttato giù il telefono come se scottasse.

E ora eccoli, Ghezzi nel suo cappottone da lituano povero, Carella con un giubbotto pieno di tasche, probabilmente la sua seconda casa, sempre ammesso che abbia la prima.

«Ricominciamo da capo, signora. E la smetta di piangere».

Hanno dovuto seguire il racconto, cioè Ghezzi ascoltava incoraggiandola, annuendo, e Carella girellava lì intorno con l'aria di quello che perde tempo, ma in realtà guardando tutto, osservando tutto, una perquisizione con gli occhi.

«Sono arrivata presto, intorno alle sei, perché devo fare gli impasti, e...».

«Che impasti?».

«Io sono l'assistente dello chef patissier, mi occupo del pane, soprattutto, ma aiuto anche per i dolci, sono responsabile dei prodotti da forno, ho lavorato a...».

Ghezzi ha trattenuto un sospiro, non voleva il curriculum. Faceva il pane, bene, non facciamola tanto lunga, non complichiamo le cose.

Carella ha misurato la stanza: una dozzina di metri per sei, tutto bianco, pulitissimo, immacolato. Bianco e acciaio. Una cucina di quelle che vedi nei film, o come se le immagina uno che pensa ai grandi ristoranti o ai cuochi della tivù: diverse postazioni con forni, fornelli, piani di lavoro luccicanti, cappe, accessori, portacoltelli, frigoriferi, scaffali, oggetti che non riusciva a identificare. Su un lato, un'altra stanza con un grande tavolo, forse il posto dove mettono i piatti prima di servirli ai clienti, perché lì c'è una porta, di quelle che si aprono in tutti e due i sensi, tipo saloon, che dà sulla sala.

«Sono entrata e l'ho visto subito».

Aveva gridato, si ricorda, poi si era chinata e gli aveva toccato il polso. Muto. Si ricorda che era freddo, bianco come un cadavere, questo lo ha già detto ma lo dice di nuovo.

«E lei lo conosceva, questo cadavere?».

«Ma come lo conoscevo, era lui!».

Ha detto Lui, con la maiuscola, e questa volta Ghezzi il sospiro non lo ha trattenuto.

«Lui chi?».

«Lui lo chef, no? Ernesto Bottarelli, tre stelle Michelin, il più grande chef italiano». Questa volta è stata lei ad alzare gli occhi al cielo: ma chi hanno mandato, ma dove vivono, questi?

Carella non aveva smesso di girare intorno, c'era un'altra stanza, una specie di spogliatoio ordinatissimo, con armadietti chiusi a chiave e panche, tipo palestra. Poi aveva aperto una porta pesante con un maniglione rosso, una cella frigorifera piena di scaffali, con sopra pacchi chiusi, sigillati, vari contenitori con etichette precisissime, scatole, un tonno appeso a un gancio, maestoso, lucido. Un freddo porco, ma nessun cadavere.

Insomma, la donna si era chinata sul corpo steso, aveva sentito il polso, poi era corsa fuori, perché aveva lasciato il telefono in macchina, da lì aveva chiamato la polizia e aveva aspettato fuori dal locale. No, non ci era rientrata là dentro, nemmeno con gli agenti della volante, non voleva stare in cucina con un cadavere, non con quel cadavere, comunque. Era rimasta in macchina, con il riscaldamento acceso, fino al loro arrivo.

«E ha visto qualcuno entrare?».

«No, ma la macchina è dietro l'angolo e...».

Ora Carella è lì con loro. A parte il passaggio che dà sulla sala con i tavoli, la cella frigorifera e una porta che conduce a un garage sotterraneo dove ci sono quattro posti e solo due automobili, un Suv Mercedes e una Cinquecento Abarth, non ci sono altre uscite. Il garage è chiuso da una serranda per cui ci vuole la chiave.

«C'era sangue?».

«No».

«Ha toccato qualcosa? C'erano segni di colluttazione, che so, qualcosa caduto per terra che lei ha raccolto?».

«No».

«Solo il morto?».

«Sì».

«Quanto è passato da quando ha chiamato la volante a quando gli agenti sono entrati?».

La donna ha consultato il telefono: «Ho chiamato alle sei e trentasei, sono arrivati alle sette meno qualcosa, meno un quarto, forse».

Ghezzi e Carella si guardano e si dicono tutto: o la tizia qui, l'impastatrice, è matta come un cavallo, oppure in quei dieci minuti qualcuno ha spostato il cadavere.

Ora si sono messi comodi. La signora degli impasti – Federica Senzi, 39 anni – non è in grado di rispondere ad altre domande, è andata a cambiarsi nella stanza con gli armadietti, è tornata con una divisa bianchissima, immacolata, e si è messa a trafficare alla sua postazione, sarà pane alle lacrime, come minimo. Loro dovrebbero sequestrare il posto, aspettare i mandati, perquisire in modo più scientifico, anzi chiamarla, la scientifica, magari vedere se con il luminol viene fuori qualcosa. Invece hanno preso due sedie e si sono seduti nella stanza intermedia, quella tra la cucina e la sala con i tavoli, Ghezzi ha chiamato il capo Gregori.

«Che facciamo, capo?».

«Se non abbiamo un cadavere non possiamo fare molto, Ghezzi, state lì, aspettate che arrivi qualcuno e vedete se salta fuori qualcosa, poi venite qui».

Carella ha fatto un altro giro, questa volta senza riguardi. Ha aperto armadi, guardato sotto i mobili, rivoltato ripostigli, cercato nei cessi, è stato dieci minuti nella grande cella frigorifera, uscendone con brividi e bestemmie. Niente cadaveri. Ha chiamato Sannucci.

«Sannucci, fammi una ricerchina su 'sto cuoco, Ernesto Bottarelli».

«Chiamalo cuoco, sov! È una star».

Hanno aspettato, non molto a dirla tutta, perché alla spicciolata era cominciata ad arrivare gente, prima gli sguatteri, poi i pezzi grossi, il capo pasticciere per prima cosa aveva sgridato malamente la sua assistente, che era in ritardo con gli impasti, poi si era messo a disposizione.

«Lo chef? Morto? Ma figuriamoci». Aveva l'aria di uno che pensa: Magari!

Non poteva aiutarli, comunque, non arrivava mai prima di quell'ora, anche più tardi. La sua assistente? Aveva messo il dito indice accanto alla tempia, un gesto che diceva tutto.

Poi erano arrivati altri due tizi, insieme, poi altri due, a distanza di pochi minuti. La cucina senza cadavere cominciava a diventare un posto affollato.

2

Il capo Gregori era più stupito di loro.

Dunque, li avevano chiamati per un morto, ma il morto non c'era. Chef, aiuti chef, cuochi generici, sguatteri, lavapiatti si erano messi al lavoro come se nulla fosse, qualcuno aveva alzato le spalle, c'era tensione, sì, ma non era facile per due esterni come loro distinguere il nervosismo operativo per la preparazione di una cena stellata da quello per un presunto omicidio. E poi lì, in mezzo a quella agitazione controllata, loro due davano fastidio, questo si vedeva lontano un miglio. Anche per quello erano tornati in questura a fare rapporto.

«Comunque, hanno una gerarchia che noi ce la sogniamo» aveva detto Carella.

Intende la cucina della Trattoria dell'Umiltà, dove tutti ubbidivano senza discutere e se parlavano dello chef, vivo o morto che fosse, quasi si mettevano sull'attenti.

«Cioè, vuoi dire che non possono mentire al capo e fare di testa loro come fate sempre voi due teste di cazzo?» aveva replicato Gregori.

«Lei è vivo, capo, mentre il capo di quelli là potrebbe essere morto, come dice l'unica testimone, anche se tutti gli altri la trattano come una pazza».

Avevano fatto un piano, cioè, una specie. Tornare là, sentire tutti, uno a uno, un lavoraccio, vedere se qualcuno sapeva qualcosa, o ha visto, sentito... insomma fare il loro mestiere, magari trovare 'sto cadavere, se c'era, o magari lo chef sarebbe arrivato al lavoro bello bello, cascando dal pero frondoso del suo stesso omicidio.

«Un mandato per perquisire non sarebbe una cattiva idea, capo» aveva detto Carella.

«Senza una seria notizia di reato non è facile, eh!». Però ci avrebbe provato.

Mentre uscivano li aveva intercettati Sannucci.

«Allora, è morto o no, il vostro chef?».

«Non rompere i coglioni, Sannucci» aveva detto Carella, un po' per confermare la sua fama di duro, ma anche perché quella faccenda di cuochi e morti fantasma non gli piaceva per niente. Così era stato Ghezzi, come al solito, a usare il cervello, li aveva portati al bar, aveva ordinato i caffè, anche se era quasi ora di pranzo. «Dai, su, sentiamo, Sannucci» aveva detto, «non mettiamoci tutto il giorno, eh! Falla breve».

Tanto breve non poteva essere, però. Sannucci aveva cominciato dalla fama. Cioè, questo Ernesto Bottarelli era una specie di fenomeno, un guru, un profeta della cucina più raffinata che esiste, di lui parlano i giornali di tutto il mondo.

«E anche lui è uno che parla parecchio» aveva detto Sannucci.

«Cioè?».

«Cioè interviste, dichiarazioni, un po' su tutto, anche politica, economia, filosofia del cibo, tradizioni, affari, made in Italy, fisco... pensate a una cosa, qualunque cosa, e Bottarelli ha detto la sua».

«Vabbè, questo come ci aiuta?» aveva chiesto Carella. Ma aveva capito che più che aiutarli gli complicava il lavoro. Sulla cosa si sarebbero buttati i giornali, le tivù, i colleghi cuochi fintamente dispiaciuti.

Sannucci era passato alle cose serie.

«Comunque gli affari vanno alla grande. Oltre alla Trattoria dell'Umiltà, Bottarelli ha altri tre ristoranti, New York, Tokyo, Dubai, più una società di catering di alto livello, non fatevi il viaggio che porta i panini alle mense, casomai ha furgoni blindati, con la scorta, per trasportare caviale e aragoste».

«Ma come lo sai tutto questo, Sannucci?» chiede Ghezzi.

«Hanno inventato 'sta cosa nuova, sov, si chiama internet, se lei ci scrive dentro "Bottarelli" escono centinaia di articoli... dovrebbe provare». Carella ride, ma continua a fare il duro.

«Ripeto, Sannucci: qualcosa che ci aiuti?».

«Due cose. Ha fama... o aveva fama... di essere odioso, ci sono anche parecchie interviste a ex vice-chef o collaboratori che se ne sono andati per... incompatibilità di carattere, ecco. Se può servire. E poi una cosa che vi servirà di sicuro».

«Cioè?», anche Ghezzi comincia a perdere la pazienza.

«Il numero della moglie» dice il giovane agente, e tira fuori dalla tasca della giacca un bigliettino giallo con qualche cifra.

Non era una telefonata facile. E infatti l'aveva fatta Ghezzi, risalito in ufficio, perché Carella sarebbe stato capace di tutto, anche di dire: «Polizia. Parlo con la vedova Bottarelli?».

La signora aveva risposto al quarto squillo. No, del marito non sapeva niente, lei era tornata ora da Dubai per delle questioni amministrative, era in taxi, sì, in serata sarebbe passata al ristorante, forse. No, non lo aveva sentito, ma non si sentivano spesso, lo aveva chiamato appena atterrata, ma non aveva risposto.

«Un classico» ha detto la donna.

Strano matrimonio, ha pensato Ghezzi, ma non ha pronunciato parola, vai a sapere come vivono questi vip.

Però la signora era sveglia. «Come mai mi chiama la polizia per chiedermi di Ernesto?».

Ghezzi aveva dovuto mentire. «Dovremmo parlargli di una questione che non riguarda lui direttamente, signora, non si preoccupi», anche se la donna non sembrava per niente preoccupata. «Ma non riusciamo a trovarlo, al ristorante non c'è, e nessuno ci sa dire...».

La signora Bottarelli aveva riso.

«Tipico di Ernesto, ogni tanto sparisce, vedrete che si farà vivo».

Anche Carella ha fatto il suo, ha chiamato casa Bottarelli, una villa vicino Monza, ha parlato con una domestica, o governante, che però non si era fidata, così si è fatto richiamare: centralino della questura, poi chiedere dell'interno 368.

«Quindi il signore non è in casa?».

Niente da fare: lì si era visto il giorno prima, di mattina, poi basta, ma lo faceva spesso, di non tornare, o magari tornava a notte fonda, dormiva due ore e andava via prima dell'alba.

«La signora?».

«Sarà qui a momenti, credo, torna da un viaggio all'estero e...».

«Sì, questo lo sappiamo, grazie».

Avevano chiuso le conversazioni con più punti di domanda di prima.

Erano andati a pranzo in una trattoria lì vicino, non con le stelle, anzi unta e piena di sbirri, per poi tornare là, nel regno della cucina gourmet, o come cazzo si dice. Il cadavere non scappa, aveva pensato Ghezzi. E subito dopo: Macché, è già scappato.

3

Un po' se lo aspettavano, il verminaio, ma così era davvero troppo.

Tornati alla Trattoria dell'Umiltà erano stati ricevuti da un bell'uomo sui quarantacinque, leggermente brizzolato, elegantissimo nella sua tenuta immacolata da supercuoco. Il vice di Bottarelli, Manlio Marini. Anche lui, insieme alle presentazioni, aveva snocciolato una specie di curriculum: aveva lavorato a Monte Carlo, Parigi, poi aveva accettato quel ruolo in penombra, alle spalle del genio, ma ci teneva a far intuire che il genio in realtà era lui, l'altro era solo il padrone. Ghezzi gli aveva spiegato cosa volevano. Lui aveva scosso la testa, come a dire: non se ne parla nemmeno.

«Avete presente un box della Formula 1? Ecco, questa cucina è così: nessuno deve essere distratto dai suoi compiti, per nessun motivo».

Così Ghezzi si era guardato le mani e aveva lasciato fare a Carella.

«Senta, chef, qui c'era un morto, ci hanno detto, e ora non c'è più. Sa cosa vuol dire? Che se io faccio una telefonata, blocchiamo tutto, mettiamo i sigilli e cominciamo a lavorare come diciamo noi e magari, invece di sentirvi qui mentre fate le polpette, convochiamo tutti in questura».

«Vi stiamo venendo incontro» aveva aggiunto Ghezzi.

Non devono sforzarsi di fare il numero del poliziotto buono e del poliziotto cattivo, perché sono veramente un poliziotto buono e uno cattivo. Anzi, rispetto ai suoi standard, Carella è un agnellino.

Lo chef fascinoso aveva abbassato la cresta e sistemato le cose: gli avrebbe mandato tutti, uno alla volta, per dieci minuti, decidendo lui i turni e coordinandoli con quelli delle lavorazioni in cucina. Affare fatto. E già che c'erano avrebbero cominciato da lui, che per prima cosa aveva inquadrato l'ambiente.

In cucina lavorava una brigata di quindici persone, non conta gli sguatteri e i lavapiatti, che sono tre e arrivano nel pomeriggio. Quattro sezioni principali: primi e zuppe, carne, pesce, pane e dessert, due persone si occupavano di insalate e contorni, condimenti e salse, un sous chef era responsabile dell'impiattamento e del controllo prima del servizio, coordinava tutto, assaggiava, urlava, promuoveva e puniva, incoraggiava, correggeva, un generale col suo esercito, autorevole e autoritario. Per il personale ai tavoli c'erano altre cinque persone: il maestro di sala, tre camerieri e il sommelier, i tavoli erano solo dieci, per mangiare lì si prenotava mesi prima e in certi casi i clienti erano selezionati, cioè non accettavano tutti, solo la crème de la crème.

Bene, e lui?

«Copro tutto il turno, fino alla fine della cena».

«Ha idea di dove possa essere il suo capo?».

A quelle parole, «il suo capo», ha avuto come un piccolo moto di insofferenza.

«A volte viene, a volte no, ha molti impegni, la cucina funziona benissimo, c'è il suo tocco, certo, non serve la presenza. Quando c'è, gli piace andare in sala, dopo i dessert, a prendere l'applauso».

L'ha detto con disprezzo. Carella ha alzato gli occhi al cielo.

«Ieri sera l'ha visto?».

«Sì, era qui quando me ne sono andato, a mezzanotte passata».

«Stava bene?».

«Pure troppo».

A quel punto era iniziata la processione, ma si era capito subito che dieci minuti a testa non sarebbero bastati.

«Nessuno piangerebbe, se fosse vero» aveva detto il responsabile del pesce.

«Si spieghi meglio».

«Bottarelli non è famoso per la simpatia, diciamo. Ed è uno che frega le ricette».

«Cioè?».

«Il gambero di montagna, ha presente?».

«No».

Era stato come aprire le chiuse di una diga. L'uomo si era illuminato, gli brillavano gli occhi: un gambero di fiume dell'Alaska e un gambero di Mazara, di quelli rossi, intrecciati in un abbraccio – «Alla Klimt, se capite cosa intendo» – carpacciati e arrotolati, imbottiti, ma lui aveva usato altre parole, forse francesi, con scaglie di tartufo bianco e caviale Beluga, serviti in foglia d'oro su un letto di porcini crudi appena sporcati di olio e una salsa complicatissima, segreta, a base di mango.

«Ecco, è una mia ricetta».

«E allora?».

«Allora figura come sua, anzi è un piatto forte, del gambero di montagna si parla come di una rivoluzione di Bottarelli, ha vinto dei premi, e una delle tre stelle viene da lì». C'era dell'astio. Ma si può ammazzare qualcuno per un gambero?

Sui suoi movimenti della sera prima, o della mattina, niente da segnalare. Se n'era andato al momento dei dessert, quando era sicuro che di pesci non doveva cucinarne più, ed era tornato oggi, dopo mezzogiorno. Sì, gli avevano detto del cadavere, ma Bottarelli poteva anche essersi addormentato lì, sul pavimento, anzi era nel suo stile, lui al capo morto non ci credeva.

«E comunque è da qualche altra parte che dovreste guardare».

Non ai pesci, intendeva.

Il maestro zuppiere – si era presentato così, incredibile – sembrava un tipo meno incattivito. Nonostante questo, aveva sprecato tre dei suoi dieci minuti a sputare sui colleghi, senza giri di parole. «Arroganti pezzi di merda». Lui era uscito presto, la sera prima, verso le undici, non aveva visto né sentito niente. «Non più del solito» aveva aggiunto. Carella si era messo più comodo sulla sedia e aveva un po' alzato la voce, così quello si era sbottonato. Bottarelli e il suo vice erano ai ferri corti, Marini voleva il posto di chef al ristorante di New York, l'altro glielo faceva annusare ma non glielo concedeva mai, litigavano spesso, delle vere scenate.

«E poi anche cose private» aveva aggiunto.

«Tipo?».

Silenzio e sorrisi, maliziosi, malcelati, proprio da stronzo.

Due ore dopo potevano scrivere un romanzo su rancore, invidia e risentimento. Intanto si facevano dare recapiti e numeri di telefono. Il maestro delle carni odiava quello del pesce, un astio profondo e plateale. Il suo vice aveva una tresca con l'assistente delle insalate, sposata con il maestro di sala, e questo l'aveva rivelato il vice dello chef dei pesci, le ostilità tra reparti si erano allargate anche ai piani più bassi della gerarchia. La responsabile dell'accoglienza, una donna bellissima che aveva il compito di ricevere i clienti e di accompagnarli ai tavoli, di conoscere nomi e probabilmente redditi, meriti e peccati dei commensali, era l'unica che aveva versato qualche lacrima. L'unica che chiamava lo chef per nome – Ernesto – e anche l'unica stupita di non averlo più sentito dalla sera prima.

«E perché avrebbe dovuto sentirlo a fine turno?» aveva chiesto Ghezzi.

«Spesso dorme da me» aveva detto lei, singhiozzando.

Dove cazzo erano finiti, eh?

Con i camerieri avevano fatto in fretta: nessuno sapeva, nessuno aveva contatti con lo chef, e pochi anche con la cucina. Col maestro di sala ci avevano messo un po' di più. Anche lui aveva snocciolato una specie di curriculum, aveva girato il mondo, servito re e regine, poi si era accasato lì, un tre stelle gli sembrava abbastanza degno di lui. Abbastanza, ma non del tutto. Aveva l'aria di uno che sa valutare un cliente alla prima occhiata. Si era informato se avessero bisogno di qualcosa, dell'acqua, o da mangiare, e così Ghezzi, ridendo, aveva detto: «Magari ci fermiamo a cena, che ne dice?». L'uomo aveva scosso la testa con aria di sincero compatimento. Era sparito un attimo ed era tornato con una cartellina dorata, che aveva finto di compulsare.

«Gli ospiti di questa sera hanno prenotato...», scorreva sui fogli con un dito curatissimo, «... tra marzo e aprile, se fate conto che è novembre... Se volete ho due posti... a febbraio, il venti, che ne dice, commissario, potrebbe andare? Nostri ospiti, ovviamente».

Ghezzi aveva precisato che stava scherzando.

Carella stava per perdere il controllo, si è appartato e ha fatto una telefonata, poi è tornato al suo posto.

«Litigavano, sì, lo sanno tutti, qui dentro».

Finalmente c'era qualcosa.

Il sous chef impiattatore, quello che sa far stare dritti gli spaghetti e compone arabeschi di salse sui piatti, non aveva niente da nascondere. Di sé forse, degli altri senza dubbio. Se n'era andato, la sera prima, a mezzanotte meno dieci, c'erano solo lui, lo chef e il vice, la cucina era già sistemata, brillava, pronta per il giorno dopo. Aveva sentito le solite parole grosse, minacce, insulti feroci.

«Bottarelli e Marini, giusto?». Ghezzi voleva essere sicuro.

«Ma sì, lo fanno sempre. Marini vuole il posto a New York, Bottarelli è convinto che quello si scopi sua moglie, lui intanto se la fa con la responsabile dell'accoglienza... Gira una battuta qui dentro: Nascondete i coltelli, e di solito si dice quando ci sono quei due nella stessa stanza».

Carella ha guardato Ghezzi con la faccia di uno che dice: che cosa cazzo aspettiamo? Due che litigavano, uno era vivo e aveva visto per ultimo quell'altro, che forse era morto. Be'...

Ghezzi gli ha lanciato un'occhiata che invita alla prudenza, ma è una cosa che rimane in sospeso, perché intanto è arrivato Sannucci.

«Minchia, che posto, sov!».

Era entrato dalla porta principale – ora era aperta – e aveva visto delle inservienti stirare le tovaglie direttamente sui tavoli, apparecchiare, un sistema complesso di posate, bicchieri, piatti, ciotole e vassoi che accecava, da quanto brillava tutto quanto.

Poi aveva tirato fuori un mazzo di fogli, i mandati per perquisire, firmati dal gip sulla parola, su preghiera di Gregori, che aveva promesso spiegazioni in seguito.

E infine aveva sganciato la bomba, ma prima aveva fatto il prezioso.

«Ho una cosa da dirvi, mi ringrazierete».

Ghezzi ha fatto la faccia curiosa, Carella no.

«Dilla ora che hai ancora il setto nasale tutto intero, Sannucci, che dopo fai fatica a parlare».

«Non c'era nessuna signora Claudia Bottarelli, oggi, sui voli da Dubai».

«Magari viaggia col suo nome da signorina».

«Esatto, però non c'era nessuna signora Claudia Puccini sui voli da Dubai di questa mattina. C'era ieri, invece». Ha fatto la faccia del gatto col sorcio in bocca.

La signora ha mentito di ventiquattr'ore, una cosa piuttosto stupida se lo fai con la polizia, ma le avevano detto che era una faccenda senza importanza e forse ci aveva creduto. Scema.

Ora Carella ha davvero perso la pazienza. Si è alzato e ha attraversato la cucina con il passo di un ussaro incazzato, è filato nella stanza con gli armadietti, Ghezzi ha congedato Sannucci con un cenno del capo che forse conteneva anche un piccolo ringraziamento e ha seguito il collega, prima che si mettese ad affettare qualcuno alla julienne.

Lo chef in seconda Marini ha tentato di sbarrargli la strada.

«Dove va? Abbiamo un accordo, niente casino in cucina».

Carella lo ha scostato, gentile – sempre per i criteri di Carella – ma fermo. Gli ha sventolato sotto il naso i fogli portati da Sannucci e ha parlato trattenendosi un po', perché la sua natura gli avrebbe detto di sibilare minaccioso.

«Questi ci autorizzano a perquisire, li legga se vuole e poi mi rimandi tutti qui, uno a uno, e si sbrighi, per favore».

Non erano contenti. Ognuno aveva dovuto aprire il proprio armadietto davanti ai due sbirri, ed era la cosa più privata che avevano lì dentro. Ghezzi era perplesso, se cercavano un cadavere, degli armadietti alti un metro e mezzo non erano il posto dove guardare. Ma se Carella aveva un'idea sua, perché scoraggiarlo?

Infatti l'idea non si era rivelata sbagliata. In due degli armadietti, che i proprietari avevano aperto controvoglia e con facce preoccupate, c'erano delle bustine di polvere bianca, cocaina. Così Carella aveva potuto fare la faccia cattiva.

«Queste sono rogne, lo sa? Io faccio finta di non aver visto niente, ma lei mi dice cosa è successo qui ieri sera».

Uno, il sous chef delle salse, non sapeva niente, si era quasi messo a piangere, aveva parlato di stress, di turni infiniti, di pressioni, quella roba gli serviva, aveva balbettato, «come una medicina». L'altro, il vice delle carni, era stato un po' più loquace, e la sapeva più lunga, si vede che non era la prima volta. «Uso personale» aveva detto. «Al massimo una sanzione amministrativa».

«Uh, abbiamo un cuoco avvocato!» aveva fatto Carella, ma quello si era riscattato raccontando qualche dettaglio in più. Sì, lo chef Bottarelli e Marini litigavano di brutto, caratteri di merda tutti e due, ma la cosa del ristorante di New York c'entrava fino a un certo punto, il problema era la tresca di Marini con la moglie. Lei voleva divorziare, ma era cotitolare della Umiltà Food and Luxury Experience, e lui non poteva permettere che l'azienda andasse a puttane per una questione di corna. Ieri sera parlavano di quello, Marini e lo chef Bottarelli, ma dire che parlavano era un eufemismo, erano volate parole grosse, come minimo.

Poi hanno aperto altri armadietti, sempre alla presenza dei titolari. Hanno trovato una bustina di polvere più scura, eroina, ma lo chef del pesce non aveva elementi da aggiungere, solo l'imbarazzo di farsi scoprire un po' tossico da due sbirri. Forse se ti fregano la ricetta del secolo finisci a farti qualche pera, ogni tanto.

Per ultimo era arrivato lo chef Marini. Nel suo armadietto non c'era niente di compromettente, il portafogli, la chiave elettronica di una Mercedes, una foto di lui ai fornelli, una camicia pulita, piegata nel cellophane.

«Perché non ci ha detto che ieri sera avete litigato, con lo chef?».

«Perché non è una gran notizia. Una cucina di questo livello è un posto molto competitivo...».

Carella sarebbe andato avanti volentieri, e non con le buone, ma Ghezzi lo aveva dissuaso con un'occhiata delle sue. Aspettiamo, non c'è fretta, il signore non scappa, voleva dire. E poi era arrivata la donna, la responsabile delle prenotazioni, che aveva guardato tutti e tre e aveva preso da parte Ghezzi.

«Vuole davvero essere nostro ospite questa sera?» aveva chiesto.

Ghezzi l'ha guardata senza sapere cosa dire, ma lei era già ripartita.

«Abbiamo avuto una disdetta, un tavolo per due... Non capita spesso, anzi non capita mai, qui si prenota con sei mesi d'anticipo e a parte i casi di morte la gente che ha prenotato si presenta anche con quaranta di febbre. Ma stasera... se lo chef è d'accordo, ovviamente».

Lo chef Marini, guardato a vista da Carella, non aveva potuto far altro che annuire. Così la donna si era avvicinata a Ghezzi e, con un sussurro che era un soffio, gli aveva parlato piano, gentilissima e imbarazzata: «Vi consiglio di andare a cambiarvi, però».

Carella aveva riso, Ghezzi no.

«Io non ci mangio, qui, Ghezzi, diciamo che non è il mio stile».

«Gregori ci ha detto di stare in zona e di non mollare, Carella, è una specie di ordine».

«Io sto in zona lo stesso, i due gamberi abbracciati nell'oro mangiateli tu, Ghezzi».

Non aveva senso insistere, così il vecchio sovrintendente che le ha viste tutte ci ha pensato un minuto, forse un minuto e mezzo, e si è allontanato di qualche passo con il telefono in mano.

«Mettiti più elegante che puoi, Rosa, ti porto a cena in un posto da ricchi».

«Ma me lo dici adesso, Tarcisio? A parte che sto già cucinando, e poi il nostro anniversario era la settimana scorsa, ti sei scordato, ovviamente».

«Dai, non rompere, è un posto dove si prenota sei mesi prima, non è che potevo scegliere la data, si chiama Trattoria dell'Umiltà».

«Ma sei pazzo, Tarcisio, e come paghiamo, vendiamo la casa?».

«Tu preparati, dai, non farla tanto lunga».

«E a che ora devo arrivare, scusa?».

«No, ci andiamo insieme, vengo a casa a cambiarmi. Pronto? Rosa? Oh, Rosa!».

Forse era svenuta, chi lo sa, il sovrintendente Ghezzi ha riattaccato.

4

«Come stai bene con la cravatta, Tarcisio!».

«Ma piantala, Rosa, sembro un rappresentante di aspirapolveri, dai, andiamo!».

Se la signora dell'accoglienza, alla Trattoria dell'Umiltà, si era stupita nel vederlo insieme a una donna invece che con il suo collega, aveva mascherato bene la sorpresa. Donna di mondo.

Il sovrintendente Ghezzi e la sua consorte erano stati accompagnati a un tavolo apparecchiato per due, e già la Rosa valutava con occhio clinico la biancheria da tavola, l'argenteria, i bicchieri, soprattutto gli altri commensali, perfettamente a loro agio in mezzo a quel lusso severo e trattenuto, che proprio per la sua pudica sobrietà sembrava ancora più lussuoso. Un cameriere vestito come un croupier di Monte Carlo aveva portato le acque, due caraffe in cristallo, e un cestino di pane dove il pane non c'era quasi: grissini di ogni tipo, sfoglie sottilissime, palline nere di mollica al carbone vegetale e altre varietà di prodotti da forno punteggiati di semini di ogni tipo: l'impastatrice che aveva trovato il cadavere, ammesso poi che fosse vero, aveva fatto il suo lavoro, nonostante tutto.

La lettura del menù aveva preso parecchio tempo, finché Ghezzi aveva fatto una piccola risata. Spaghetti col pomodoro e la bufala, buoni, cento euro. Aveva scosso la testa. La signora Rosa aveva notato che sul suo, di menù, i prezzi non c'erano e aveva chiesto il motivo.

«Sui menù delle donne non ce li mettono, Rosa, ma dove vivi?».

Lei, offesa, aveva preteso lo scambio e aveva sgranato gli occhi. Il menu degustazione quattrocento euro? Altri duecentocinquanta per i vini da abbinare? Pensava ai suoi giri chilometrici in cerca di saldi, anche tre isolati più in là per risparmiare cinque euro, i negozi selezionati con cura, lo sport estremo della famiglia monoreddito.

«Andiamo via, Tarcisio, cosa ci facciamo qui?».

Ma poi aveva continuato a leggere.

«E cosa sarebbe 'sto gambero con la penna d'alpino, scusa?».

«Due gamberi abbracciati nel caviale, Rosa, hai presente Klimt?».

Rideva sotto i baffi. Non solo di loro due, così assurdamente fuori posto, così incongrui, ma di tutta la situazione, del grottesco che li circondava, anche del morto che non si trovava, di Carella che aveva rifiutato quell'umiliazione da povero in mezzo ai ricchi. Ghezzi invece rideva, si godeva l'imbarazzo della Rosa come un bambino che fa uno scherzo.

Carella ha finito, mette le posate sul piatto e chiede il caffè. La signorina arriva subito, è un po' intimidita da quel cliente silenzioso che ha divorato la sua pizza in cinque minuti, buttato giù la birra quasi in un sorso, e che guarda in continuazione il telefono.

«Ci mettiamo anche un amaro, insieme al caffè?».

«E mettiamocelo» ha detto Carella. Ha sorriso per la prima volta nella giornata, e sono le nove e mezza di sera.

Poi è tornato verso la Trattoria dell'Umiltà, come un passante che non sa dove andare, ha fatto tre volte il giro, ha guardato la saracinesca del garage, chiusa, si è appostato all'angolo della via e ha osservato il valletto del ristorante che apriva e chiudeva gli sportelli dei taxi, che aiutava a parcheggiare in seconda fila macchine di un certo pregio e si teneva le chiavi, intascando mance che avevano il colore dei cinquanta euro, ma da lontano non si poteva dire.

«Ottima scelta, signora» aveva detto il cameriere.

Così Rosa Ghezzi si era trovata davanti i famosi gamberi abbracciati, e poi aveva deciso per i ravioli con tartufo – nero, questa volta – e midollo aromatizzato al timo antico, e lei, fino a quel momento, non sapeva nemmeno che il timo potesse avere un'età. Aveva esitato sui secondi, ma uno sguardo di Ghezzi l'aveva spinta oltre il baratro: «Dai, Rosa, non essere timida, si vive una volta sola». E allora aveva preso anche il *Ricordo del polpettone della nonna*.

Ghezzi aveva voluto strafare, invece, e aveva scelto il menù degustazione, per cui continuavano ad arrivargli piatti minuscoli che doveva decrittare, interpretare, soppesare, e spesso nemmeno dopo averli assaggiati capiva cosa stesse mangiando. Tutto buono, buonissimo, ci mancherebbe. Il sommelier versava vini diversi a ogni portata, un viavai di bicchieri, di facce che annuivano, di assaggi concentratissimi, tipo un cardiochirurgo che controlla se il sangue scorre bene nell'aorta.

«Buonissimi, i ravioli» aveva detto la Rosa. «Però forse dovevano scrivere raviolo, anche perché è uno solo...».

Ghezzi stava mangiando la sua *Nuvola di salame*. Cioè, mangiando... Il cameriere aveva sollevato una campana di cristallo da cui si era sprigionato un fumo bianco, un vapore profumato e fragrante, lui aveva aspirato, goloso, ma quando aveva guardato il piatto, di salame nemmeno l'ombra. Però sì, il profumo era quello.

Carella ha spostato la macchina, ha fatto tre giri dell'isolato, poi il quarto, cominciando a pensare di aver fatto una fesseria, e invece ecco che si libera il posto che cercava. Un po' distante, sull'angolo, mezzo sulle strisce e lo scivolo dei disabili, in realtà, ma è un posto che gli permette di vedere i due ingressi, la porta principale della Trattoria dell'Umiltà a destra, l'ingresso posteriore e la serranda del garage a sinistra. Si mette comodo. Se pensa a tutte le ore che ha passato in quella posizione, attento come un setter che vede la lepre e al tempo stesso rilassato, c'è da farne un'altra vita. Un'altra vita di merda, probabilmente.

I clienti cominciano a uscire, il valletto ha il suo daffare tra sportelli da aprire, auto da recuperare, saluti rispettosi, piccoli inchini e altre mance. Da dietro, invece, niente. Anzi sì, ogni tanto qualcuno in divisa bianca esce di corsa, si accende una sigaretta, fa due tiri e rientra subito, come se fosse in fuga, come un soldato che si prende un minuto di tregua dalla trincea.

Ghezzi ha finito il dessert, che si chiama *Questa non è una tarte tatin*, mentre la Rosa ha scelto una Sacher destrutturata, dove la marmellata l'ha dovuta mettere lei, con un cucchiaino d'oro che probabilmente valeva come tutta la sua argenteria di casa, compreso il servizio buono che usa a Natale. Erano quasi gli ultimi, nel locale, dei dieci tavoli prenotati sei mesi prima erano rimasti in due. Poi, quando Ghezzi aveva visto gli altri commensali alzarsi, aveva deciso di muoversi anche lui. Ma il telefono aveva pigolato, e allora aveva letto il messaggio.

«Qui succede qualcosa, hai finito?». Carella.

«Arrivo, cinque minuti» ha risposto Ghezzi.

«Ora, Rosa, devo chiederti una cortesia».

«Sentiamo». Ha gli occhi più brillanti del solito, ha bevuto tutto quello che quella specie di ammiraglio le ha versato nei bicchieri, più lo champagne che accompagnava il dolce, non è abituata.

«Ti faccio chiamare un taxi, vai a casa da sola, eh. Io arrivo appena ho finito qua».

Si conoscono da una vita, Ghezzi e la Rosa, si può dire che stanno insieme da quando i faraoni progettavano le piramidi, eppure non sa come può prenderla ora. Si arrabbia? Sospira? Oppure la prende con la filosofia che ha messo insieme in tanti anni da moglie di sbirro? E invece, macché, fa un sorriso da un orecchio all'altro.

«Lo sapevo che stavi lavorando, sai, Tarcisio? Non sono mica scema».

Lo sapeva, forse, ma aveva avuto il dubbio. Ora invece sa che lui non dovrà cacciare un migliaio di euro per quella cena, che lei serviva in qualche modo da copertura, sembra addirittura contenta, come una che capisce di aver partecipato a una burla.

«Il taxi, figurati! Sono appena le undici e mezza, Tarcisio, prendo il tram».

Così Ghezzi ha salutato il direttore di sala, la signora delle prenotazioni, ed è uscito sul marciapiede, ha fatto due passi e si è infilato nella macchina di Carella.

«Buona, la cena?».

«Buonissima, Carella. Ho fame. Allora?».

«È arrivata la signora».

La signora Puccini, la presunta vedova Bottarelli – se poi era davvero lei, ma chi altri poteva essere? –, aveva azionato con il telecomando la saracinesca del garage, era entrata con la sua Mini Minor gialla e tutto aveva taciuto per qualche minuto. Poi era uscita, a piedi, sempre dal cancello dei box, agitatissima, le mani nei capelli, visibilmente sconvolta, si ricomponeva solo quando qualcuno della brigata usciva, prima lo chef del pesce, poi il suo vice, poi il reparto carni. Uno a uno, o in piccoli gruppetti, se ne erano andati quasi tutti. La signora aveva preso il telefono e parlato per pochi secondi, così era uscito sul marciapiede Manlio Marini, che l'aveva abbracciata. Lei gli aveva detto qualcosa, chissà cosa, in modo concitato, parole sporche di lacrime, e lui si era precipitato dentro, lasciandola lì sul marciapiede, dicendole di aspettare, mentre lei si disperava ancora sull'orlo di una crisi isterica, se non l'aveva già superato.

Carella ha visto tutto questo e l'ha spiegato a Ghezzi, ma ora sono in due, a guardare. Passano cinque minuti, forse otto, e lo chef esce di nuovo. Prende la donna per un braccio e intanto le parla piano, come se le spiegasse qualcosa, tentando al tempo stesso di calmarla. La accompagna per una cinquantina di metri, sulla stessa strada dove sono loro, ma dall'altro lato. Apre una macchina con il telecomando, poi lo sportello del passeggero e la fa sedere. Fa un segno come dire: aspetta qui.

Ghezzi e Carella hanno osservato la scena come al cinema, anche se il film era muto sembrava tutto chiarissimo. Lei era entrata con la Mini, era uscita agitata, disperata, l'aveva chiamato, lui l'aveva in qualche modo tranquillizzata, poi le aveva chiesto di aspettare, non sul marciapiede, ma in macchina, un Suv enorme, bianco.

«Che macchina è, Carella?».

«Direi una BMW. Perché, Ghezzi, adesso che hai mangiato con le stelle vuoi comprarti il macchinone da narcos?».

«No, sto pensando». In realtà pensava alla nuvola di salame, cazzo che voglia di un panino col salame! Però c'era qualcosa che gli si muoveva in testa.

«Non è una Mercedes, vero?».

«No, Ghezzi, è una BMW, le basi, dai!».

Non succede niente. Se ne stanno seduti senza parlare, Carella al volante e Ghezzi sul sedile del passeggero. La donna, la moglie dello chef che se la fa con l'altro chef, sta ancora lì, seduta anche lei, su un sedile migliore, di sicuro. Aspetta. Così aspettano anche loro.

Cinque minuti. Dieci. Escono altre persone, forse gli sguatteri che hanno riordinato, il maître dei dolci e la sua assistente se ne sono andati da un pezzo, i camerieri e il personale di sala non si sono visti, saranno usciti dalla porta principale. Ghezzi scende dalla macchina e va a vedere. Il ristorante è chiuso, il valletto non c'è più, tutto tace, se i loro calcoli sono giusti dentro dovrebbe essere rimasto solo Marini. Invece no, escono altre due persone. Poi basta.

«Ci siamo» dice Ghezzi.

E infatti. Passa un minuto, Marini esce dalla porta sul retro e va verso la macchina bianca, fa scendere la donna e tutti e due spariscono nel ristorante, probabilmente in cucina.

«Andiamo anche noi» dice Ghezzi. «Forse so dove sta il morto».

5

Non hanno bussato, non hanno detto: «Polizia», non hanno fatto niente. Hanno solo abbassato la maniglia, sono entrati in un piccolo ingresso e da lì in cucina. La grande cucina stellata, tecnologica, superaccessoriata, era come l'avevano vista quella mattina, linda e pinta, bianco e acciaio, le superfici lucide, unica differenza due sacchi neri accanto alla porta, potrebbe sembrare che lì dentro non sia successo niente, mentre invece sono stati impastati dolci, condite insalate, mantecati risotti al profumo di sidro e melarancia, scucchiaiato caviale, vaporizzati salami.

Lo chef Marini e la signora Bottarelli sono uno di fronte all'altra, appoggiati ai piani di lavoro, hanno l'aria di due che si stanno spiegando delle cose, raccontando. Sta parlando lui, lei scuote la testa, ma non è ostile, lo ascolta.

«Ci spiace interrompervi» dice Ghezzi.

La signora scatta per prima.

«Chi siete? Chi vi autorizza...». Ancora una volta lo chef fa per calmarla.

«Polizia, signora» dice Carella.

«Sovrintendente Ghezzi» si presenta quello in giacca e cravatta. «Ci siamo sentiti questa mattina, signora, ricorda? Le chiedevo di suo marito... Ora credo di sapere dov'è. Ci accompagna in garage, per favore?».

«Venga anche lei, cuoco» dice Carella. I fasci di nervi che ha tenuto a bada per tutto il giorno si sono come liberati, corrono senza briglie come una mandria di purosangue in un prato sconfinato.

Quando sono davanti alla Mercedes parcheggiata perfettamente nelle sue righe gialle, Ghezzi si rivolge alla signora.

«Può aprire il bagagliaio, per favore?».

La signora è sotto shock, è evidente, fa per mettere una mano nella borsetta, ma il suo uomo è più veloce.

«La macchina è del marito, perché la signora dovrebbe avere le chiavi?».

«Secondo me le ha, altrimenti non credo sia un problema, visto che l'altra chiave ce l'ha lei, Marini, no? O vuole che torniamo su insieme ad aprire di nuovo il suo armadietto?».

Carella è rimasto impassibile. Ghezzi invece pensa di aver sferrato il colpo del ko, non sorride solo perché non gli piace infierire.

Ora la donna ha il volto rigato di lacrime e la mano nella borsa la mette davvero. Ne tira fuori un telecomando e schiaccia un pulsante. Il portellone luccicante della grande Mercedes nera si apre con un movimento lento, elegante, se si può dire, senza nemmeno un sospetto di cigolio.

Ghezzi guarda dentro. Carella anche, guarda dentro.

Vuoto. Non c'è niente.

Anche la donna si sporge per sbirciare, poi le gambe le cedono e sviene senza fare un suono, va giù proprio come si legge nei libri brutti, come un sacco di patate, con la stessa grazia, a peso morto. Forse cipolle di Tropea, ecco.

«Sannucci, vieni qui con una macchina».

«Non sono mica di turno, sov».

«Tu sei di turno quando lo dico io, Sannucci, muovi il culo». Carella è stato persino gentile, data la situazione.

Ora sono in cucina, la signora è seduta su una sedia, accanto al suo chef, seduto anche lui. Niente manette, ma Ghezzi è andato a chiudere la porta che dà sulla strada, ha dato un giro di chiave.

Ghezzi e Carella si sono messi in un angolo e parlano piano.

«Era lì, ti dico».

«Come lo sai?».

«Pensaci, cazzo! Lei è entrata, ha aperto la macchina e ha visto il cadavere. È uscita sconvolta, lui l'ha fatta aspettare che se ne andassero tutti e poi è andato a riprenderla, ma prima l'ha spostato di nuovo».

«Quindi è qui».

«Sicuro».

Così il sovrintendente Ghezzi ha preso una sedia e si è seduto davanti ai due, e intanto Carella si è messo in caccia. Ha guardato prima nel bagno, poi, come a darsi del cretino, ha attraversato la cucina con passo veloce, a colpo sicuro. Ha aperto la cella frigorifera, c'è entrato dentro, incurante del gelo, e ne è uscito dopo nemmeno trenta secondi.

«È qui» ha detto.

La vedova ha singhiozzato, lo chef Marini è diventato del colore della cucina, non l'acciaio, il bianco, di colpo non sembra più un bell'uomo arrogante, sicuro di sé.

Ghezzi si è alzato ed è andato a vedere. Il grande chef Ernesto Bottarelli se ne sta in piedi, appoggiato a una parete, avvolto in due grandi tovaglie bianche ricamate con la scritta blu «Trattoria dell'Umiltà», proprio dietro il tonno appeso al gancio. Carella ha spostato un po' le tovaglie, ha scoperto il viso, cereo, la barba curatissima, gli occhi aperti, sembra più vivo il tonno. Carella ha rifatto lo stesso numero di prima.

«Sannucci, arrivi?».

«Eccheccazzo, sov! Sto in macchina, dieci minuti e sono lì».

«Bravo, allora chiama un'ambulanza e avverti che mandino una pattuglia, niente sirene, eh, non c'è bisogno».

«Allora lo avete trovato, il mort...». Ma Carella ha già attaccato.

Ora c'è un silenzio gigantesco, proprio immenso, che arriva fino alle galassie più lontane e torna indietro, ma sta sempre zitto e muto, come se l'aria fosse vuota.

«Allora. Abbiamo dieci minuti» dice Ghezzi. «Vi dico come funziona. Ora ci raccontate com'è andata. Dopo lo direte anche al nostro capo, che è una brava persona, cioè, abbastanza... e poi a un giudice, qui non garantiamo. È meglio che dite la stessa cosa a noi e a loro, sennò ci incazziamo e le cose si complicano. Il mio consiglio è di dire la verità, che almeno non bisogna abbellirla e cambiare versione. Allora chi ha ammazzato lo chef Bottarelli?».

«Nessuno» dicono tutti e due, quasi con lo stesso identico tempismo, forse lui ha vinto in volata, ma è questione di un decimo di secondo.

Carella si è acceso una sigaretta. Probabile che fumare lì dentro sia come pisciare in un'acquasantiera a San Pietro, ma se ne frega, vuole proprio vedere se due sospettati di omicidio glielo vietano. Infatti nessuno dice niente.

«Su, avanti, chi comincia? Inizi lei, Marini, che è l'ultimo che l'ha visto vivo».

«Non è vero» dice la donna. «Sono stata io a vederlo per ultima».

Carella guarda Ghezzi e l'espressione dice: non ci abbiamo proprio capito un cazzo, eh?

E così, sempre trattenendo le lacrime, la donna ha parlato. Non era vero che era tornata da Dubai oggi, era tornata ieri, invece, per fare una cosa che rimandava da troppo tempo, cioè parlare chiaro con suo marito, non per chiedere, questa volta, ma per comunicare la sua decisione. Avrebbero divorziato, punto. Avrebbe portato anche delle garanzie: l'azienda, la Umiltà Food and Luxury Experience, di cui lei aveva il cinquanta per cento, non sarebbe cambiata, lui sarebbe rimasto il capo, Marini avrebbe finalmente avuto il suo trono a New York e lei sarebbe andata con lui. Gli offriva una pace ragionevole, anzi conveniente: sugli alimenti non c'era nulla da discutere, poteva anche tenersi quella villa da parvenu che avevano a Monza, lei ci stava il meno possibile.

«Avete litigato?».

«No, credevo peggio».

«L'ha ammazzato? Non dica cazzate, signora, le autopsie sono una cosa abbastanza precisa, al giorno d'oggi».

«Macché ammazzato! Quando sono andata via stava benissimo, forse nervoso, certo, non gli era piaciuta, la discussione, ma...».

«Che ora era?».

«Non so... l'una e mezza, le due meno un quarto».

Torna il silenzio di prima e Ghezzi decide di non romperlo. Si limita a chiedere con un'occhiata, questa volta allo chef Marini.

«Sono venuto qui alle cinque, questa mattina...».

«Perché?».

«Ero agitato, ieri, dopo il servizio, sapevo che Claudia doveva fare quel discorso a Ernesto, sono andato a mangiare qualcosa dai colleghi dell'Executive, l'hotel, ha presente? Possono confermare...».

Un cuoco che finisce il lavoro e va a mangiare da altri cuochi.

«Ho bevuto, più che altro, poi credo di aver dormito un paio d'ore, in macchina. Claudia mi aveva telefonato, dicendo che l'incontro era andato abbastanza bene, lui non aveva dato di matto, non aveva urlato, allora sono venuto qui come faccio di solito, se non sto a casa... Ernesto era sul pavimento, steso, morto. Aveva un ematoma sopra la tempia... la destra».

La donna singhiozza ancora, ma pare meno contrita. Il sollievo di dire a qualcuno quello che è successo le ha fatto bene, si vede.

«Mi lasci indovinare... ha pensato che la signora lo avesse ammazzato».

«Sì, sono stato qui quasi un'ora per decidere cosa fare... poi sono andato di là a prendere due tovaglie, volevo avvolgere il corpo e... non so, portarlo via, credo».

«Ma intanto è arrivata la signora degli impasti... come si chiama, la Senzi, giusto?, e l'ha trovato lei».

«Sì, poi però è uscita subito, gridando, credo sia andata a chiamarvi, non so perché non l'ha fatto da qui».

«Aveva lasciato il telefono in macchina, e non voleva stare qui dentro con un morto, c'è da capirla».

Lo chef Marini annuisce. Anche per lui vanno a posto un po' di tessere del mosaico, anche se di chiedersi perché quella non tornava non aveva avuto tempo.

«Mi è venuta l'idea di metterlo in macchina, il tempo di capire cosa fare, se Claudia l'aveva ucciso crollava tutto...».

«Tutto cosa? Tutto 'sto romanticismo da due soldi, o il posto a New York con la bella vedova?». Carella è proprio uno stronzo.

«Le chiavi della macchina le aveva in tasca, l'ho sollevato, ma era pesante...».

«Sì, succede coi morti, sembra che pesino più che da vivi».

«Ho usato quello», indica un carrellino, quelli che si adoperano per le consegne. «Poi ho deciso che ci avrei... anzi, ci avremmo pensato questa sera».

«E alla signora non ha detto niente?».

«No, non ci siamo sentiti... non mi pareva il caso di lasciare tracce o di parlarne per telefono».

«Quindi...», ora Ghezzi si rivolge alla donna, «... quindi lei non sapeva che suo marito... il cadavere, intendo, stava nel bagagliaio della Mercedes... Come mai lo ha aperto?».

«Ernesto mi aveva chiesto di portargli delle cose, dei documenti, di farglieli avere al più presto, una scatola di cartone da consegnare ai commercialisti. L'ho portata qui in macchina, e una volta parcheggiato in garage ho aperto la Mercedes per metterceli dentro... ho la seconda chiave...».

Ghezzi annuisce. Questo spiega l'aria sconvolta della donna, la sua disperazione sul marciapiede.

«Ho pensato che l'avesse ucciso lui» dice indicando Marini. «Ma lui mi ha detto di averlo trovato così, di averlo solo nascosto, che pensava che l'avessi ucciso io, invece».

«Mado', quante cazzate». Carella se ne accende un'altra. Fa la faccia come se la cosa non lo riguardasse più. Intanto hanno bussato alla porta. Ghezzi si è alzato ed è andato ad aprire, un agente in divisa, la volante è lì poco lontana.

«Aspettate qui, dite di aspettare anche all'ambulanza e all'agente Sannucci, quando arriva, vi chiamiamo noi». Poi è tornato alla sua sedia, davanti ai due innamorati aspiranti newyorkesi.

«Va bene, è tutto un po' folle ma può stare in piedi... naturalmente vedremo i risultati dell'autopsia, se il colpo alla tempia può essere mortale e se è compatibile con qualcosa che c'è qua dentro. Però... perché l'ha spostato di nuovo?».

«Sapevo che eravate qui intorno... nella ghiacciaia avevate già guardato, mi sembrava più sicura della macchina... l'idea era sempre quella di prendere tempo, magari di portarlo a casa, nel suo letto... nella doccia, non so, in un posto dove uno può cascare e rompersi la testa».

«Mado', che coglioni» dice Carella, ed è una specie di sentenza che chiude tutto.

L'ambulanza ha caricato lo chef morto, senza tovaglie addosso. Lo chef vivo e la donna sono saliti sulla volante, invece, e Sannucci li ha scortati con la sua macchina fino in questura. Poi deve andare dal gip di turno e farsi rilasciare al volo un decreto di sequestro, tornare lì e mettere i sigilli. Per questa notte è tutto.

Ghezzi è salito sulla macchina di Carella, invece.

«Ti porto a casa, Ghezzi, che la giornata è stata lunga».

Ha guidato calmo e tranquillo, una rarità per Carella, e nessuno ha detto niente, finché Ghezzi ha visto un baracchino illuminato, uno di quei posti dove si scaldano le puttane, fanno sosta quelli che tornano dai locali, i balordi della notte, le guardie giurate e altra umanità dolente.

«Fermati qui, ti spiace?».

Ci sono solo loro, in piedi davanti al bancone, anche se più in là c'è qualcuno che confabula, forse passa di mano qualcosa, ma a loro non interessa.

«Cosa vi faccio, signori?».

«Io un caffè» dice Carella.

«Io prendo un panino... ce l'hai il salame?».

«Come no, ci metto anche i peperoni?».

«E metticeli, dai... e una birra».

Carella ha riso di gusto, questa volta. Ghezzi in giacca e cravatta che mangia un panino salame e peperoni al freddo, alle due di notte, dopo averlo solo annusato, un salame da cento euro, è uno spettacolo.

«Cazzo, che buono!».

«Cosa dici, Ghezzi, lo svegliamo il capo Gregori o ci pensiamo domani mattina?».

«Io dico che quelli stanno dentro finché i dottori non ci dicono com'è morto lo chef, ci vorrà qualche giorno, quindi non c'è fretta. Se hanno ragione loro e gli è venuto un coccolone, lei esce pulita e più ricca di prima, lui si becca occultamento di cadavere e intralcio alla giustizia, poca roba, se è incensurato dovrà firmare ogni tanto e basta, forse i domiciliari per qualche mese».

«Insomma abbiamo un morto, ma non un assassino».

«Be', tua moglie viene a dirti che ti molla e va a fare la regina della Fifth Avenue con il suo amante, e devi pure dirle grazie che non ti smonta la ditta, può anche darsi che il cuore non regga, caschi, batti la testa... banale, vero?».

«Io dico che è andata proprio così, quei due mi sembrano troppo scemi anche per ammazzare un cuoco».

«Vabbè, Carella, ci penseremo, eh! Non adesso, che sto mangiando».

Simona Tanzini

Il timballo di Monsù

1

Non sono una nativa digitale. Appartengo a quella terra di mezzo che, in un crescendo da brevissima fine di breve secolo, ha usato le cabine telefoniche; addirittura, nell'infanzia, con i gettoni. Che era in grado di utilizzare i telefoni neri a disco a casa dei nonni. Che non dava per scontato che in ogni famiglia ci fosse almeno un computer. Che ricorda i fischi e i bip che accompagnavano la connessione di un modem 14.4K, ammesso che la connessione riuscisse. E che poi scoprì la magia della combinazione di due tasti, di cui il primo dipendeva dal sistema, poteva essere ctrl o mela, e il secondo era zeta. L'incantesimo che eliminava l'ultimo errore fatto, e che in tanti avremmo voluto anche nella vita.

Osservo la signora giustamente indignata che, in un palermitano sempre più stretto, sta spiegando al mio collega torinese cosa pensa di lui e dell'idea che lei possa cucinare carne di cane. Oltretutto, del *suo* cane. Sospiro. Che lo rampogni così va anche bene, è quell'agitare il coltello a pochi centimetri dalla sua faccia che un po' mi preoccupa. Ogni volta che Roberto e io ci troviamo a condividere qualcosa di più o di diverso da una pausa caffè, un pranzo veloce o un aperitivo da single in una città che ci ospita con una calorosa diffidenza, regolarmente o qualcuno è appena stato ucciso, o sta per esserlo. E finora non avevo mai preso in considerazione che il qualcuno potesse essere uno di noi due; almeno, prima di vedere la signora e il coltello.

Che poi, io della combinazione dei tasti con la zeta parlavo tanto, ma nella vita reale non l'avrei mai usata. Col fiero orgoglio di chi una cosa sa fare, una sola, ma meglio di chiunque. Sbagliare. E sa farlo a livelli così elevati, tra l'artistico e il professionale, che non ci rinuncerebbe mai. Ma alcuni errori di poco conto, ecco, magari non sarebbe male riuscire a correggerli, soprattutto in un posto pieno di coltelli.

Roberto cerca di spiegare che c'è stato un equivoco, e mi lancia un'occhiata allarmata. Io fisso Monsù, che mi restituisce uno sguardo vitreo. Cavatela da solo, sabaudo, non sono mica qui a farmi accoltellare per te. Che poi peraltro *qui* mi ci hai trascinata tu.

La zeta nel mio immaginario ha resistito finché ho lavorato nella carta stampata, quindi finché ho scritto. Poi ho accettato un'offerta di lavoro come giornalista televisiva da un broadcaster internazionale, per una nobile causa: mi pagavano meglio. Così ho più o meno quasi smesso di scrivere, ho iniziato a dire, e soprattutto a mandare avanti e indietro le immagini. Ho scoperto che da sola come cronista non bastavo più a me stessa: serviva altro, qualcosa che si vedesse e si sentisse. E che nell'immaginare la correzione degli errori, mandare indietro veloce era più pratico del premere due tasti.

Potevi posizionarti un po' dove volevi. Con una manopola prima, poi un mouse. Il passaggio al digitale ha tolto un po' di poesia ma ha semplificato parecchio.

La signora sbatte il coltello sul tavolo. Gli altri ci fissano con un misto di commiserazione, imbarazzo e curiosità. Diciamo, non tutti in quest'ordine. Roberto opta per la tattica, non sono cattivo, sono solo un idiota, e spiega che non ha mai pensato quello che la signora pensa che lui abbia pensato, ha solo fatto una battuta stupida, da quel piciu che è. Perplessità della signora. La capisco. Per un non piemontese, è un buffo accostamento di lettere, che può sembrare quasi un vezzeggiativo. Il che rischia di provocare delle figure veramente molto ma molto infelici. Decido che, da romana, è ora che io intervenga facendo da ponte tra nord e sud, sfoderando la mia cultura, la mia straordinaria conoscenza delle lingue e soprattutto la mia innata eleganza.

«Lo perdoni, ha capito il suo sbaglio, si è appena dato della testa di cazzo da solo».

La signora non è convinta. Insisto.

«Davvero. Lo so che sembra il nomignolo che darebbe a un chihuahua, ma per loro è proprio una parola bella forte, sa».

La signora alza le sopracciglia e mi guarda dubbiosa.

«Signora, che ne sa di timballi di pasta palermitani, è torinese. Porti pazienza».

Mormorio tra gli astanti. Qualcuno esala un "mischinu". La signora scuote la testa e si allontana. Roberto, invece di ringraziarmi, cosa non è l'ingratitudine signora mia, mi sussurra indignato:

«Il nomignolo che darebbe a un chihuahua?».

«A cuccia».

I tasti dei videoregistratori avevano quella strana sigla, rew. Da piccoli non sapevamo cosa significasse. A lavoro invece una volta per montare i servizi si usava una manopola; verso sinistra per andare indietro con le immagini, verso destra per andare avanti. Erano supporti diversi, ma poi, alla fine, il concetto era quello. Giro la manopola verso sinistra. Un anno e tre mesi fa, più o meno. Quando l'Adi, il broadcaster internazionale con tre sedi in Italia, che mi dà soldi in cambio di parole in un canale all news, mi ha comunicato che se volevo potevo trasferirmi dalla redazione di Roma a quella di Palermo. E io, che il trasferimento l'avevo chiesto a Milano per curarmi una diagnosi appena sfornata di malattia neurodegenerativa, con estremo senso pratico e sfavillante istinto di sopravvivenza, ho fatto l'esatto contrario di ciò che avrebbe fatto una persona sensata. Ho accettato.

Manopola un po' verso destra. Lo scorso agosto. Il primo caso che ho davvero seguito con Roberto. Lui lavorava, io ero in ferie e gli finivo sempre tra i piedi. Ancora verso destra. Due mesi fa, ottobre. Noi due e Turi, l'operatore più bravo e cinico di questa parte della galassia, bloccati su un'isoletta a scalettare di arte e omicidi. Ancora a destra. Fermo immagine.

Un concetto che sto assimilando, da quando conosco Roberto, è che sulla flemma sabauda ci si può fare affidamento fino a un certo punto. Siccome viviamo a Palermo, e siccome tra pochi giorni è Natale e voleva farmi un regalo, e siccome in città sono l'unica persona con cui ha instaurato un rapporto che con molta cautela potremmo definire di preamicizia, allora ha deciso di iscrivere entrambi a un corso di cucina, partendo dalla lezione sul timballo di pasta. Che è come se alla prima lezione di fisica al liceo a uno studente chiedessero di riscrivere da capo la teoria della relatività. Quando me l'ha annunciato, ho mostrato sincero entusiasmo:

«Ma sei fuori?».

«Ma dai, Viola, ci divertiremo tantissimo».

«Robe', a parte che io non azzecco mai neanche il punto di cottura di un uovo sodo, ma 'sta città è piena di rosticcerie che ti riempiono di anelletti al forno e arancine e miliardi di altre cose a qualsiasi ora del giorno e della notte, mi spieghi perché devo seguire un corso su una ricetta che non imparerò mai e poi mai e di cui non sento minimamente la mancanza e che in caso mi rileggo *Il Gattopardo* mangiando cosi coi würstel?».

Continuo a essere affascinata dalla passione locale nei confronti dei würstel.

«Perché è ora che diventiamo palermitani».

E qui ho rinunciato a rispondergli, perché a un torinese che vuole diventare palermitano non gli rispondi, gli dai ragione e poi ti allontani sperando che gli passi. Non gli è passata.

E così stasera e domani sera, invece di viverci appieno l'atmosfera natalizia andando a spasso in una città in cui in questi giorni di dicembre si stanno registrando venti gradi e le strade sono piene di palme, resteremo bloccati in questo laboratorio di cucina in centro, a non imparare a fare il timballo del monsù. Di Monsù, in realtà. Qui, sull'abisso che c'è tra una preposizione semplice e una articolata, è iniziato il disastro con la signora con il coltello.

Manopola leggermente verso sinistra, indietro di pochissimo. Roberto ha passato il tragitto in macchina a spiegarmi che si trattava di una famiglia storica della tradizione storica della cucina storica e altre tre o quattro parole accompagnate da "storica". Io fumavo e guardavo le palme. Come si fa a sentirsi a Natale quando si è circondati da palme? E non è che l'abete davanti al Politeama aiuti. Cioè, aiuterebbe. Se non fosse per le palme intorno e davanti e ovunque. Un ristorante, due sorelle anziane, spiegava lui, una sui settanta e l'altra poco meno, l'anima della cucina, insieme a due ragazze, due nipoti giovani molto in gamba da formare e a cui lasciare tutto, ristorante e tradizione. Finché un anno fa si era aggiunto un altro nipote che era la parte finanziaria e più al passo coi tempi.

«Il nipote di chi?».

«Non lo so, credo il figlio di un cugino».

«Cugino di chi?».

«Mi pare del padre».

«Del padre di chi?».

«Viola!».

«Eh?».

«È un corso di cucina, non di genealogia palermitana! Avevano storicamente questo ristorante e le cuoche della tradizione sono le sorelle, ma c'erano problemi di soldi, è entrato in società il nipote – di non so chi – che ha ammodernato un po' il tutto, ha preso un altro locale e di soldi ne ha trovati tanti».

«E d'unni venunu 'sti piccioli?».

«Prego?».

Ho gongolato, da vera poliglotta. In realtà su venunu non sono sicura. Neanche molto su d'unni. Ma tanto lui è torinese, mica se ne accorge.

«I soldi, questo nipote del cugino di non si sa chi, da dove li ha presi?».

«Non lo so. Ma non è questo il punto. Il punto è che nella sua filosofia per rilanciare l'azienda di famiglia, oltre all'attività del ristorante, ci sono queste serate a tema in cui si riscopre la cucina della tradizione, seguite da altre serate in cui la si reinterpreta in chiave contemporanea».

«Robe', ti avverto, se ora te ne esci con qualsiasi frase che si regga su "tradizione e innovazione", scendo e me ne vado».

«Dobbiamo solo imparare a fare il timballo di pasta, Viola, nient'altro».

«Solo? Nient'altro? Ma tu l'hai letto *Il Gattopardo*? Lo sai cosa pretendi di imparare a fare in due sere?».

«Ma ci insegnano».

E così siamo entrati nel laboratorio ampio, bianco e ordinato, insieme agli altri aspiranti timballisti, accolti dalle due sorelle, senza le due nipoti giovani perché in quanto giovani non fanno abbastanza tradizione, suppongo; una, la sorella maggiore, magrissima e color rosa antico, l'altra, la minore, paffuta e rosa ciclamino. Non l'ho ancora detto a Roberto, che vedo il colore delle persone. Presumo sarebbe più facile prenderla alla larga e parlargli del colore della musica: la sinestesia in fondo non sarà diffusissima ma è comprensibile, non è così clamoroso dire che una nota, un *la*, possa essere lilla, o che la *Quinta* di Beethoven inizi con un deciso rosso bordeaux. Il problema è il resto. Cioè, da quando ho iniziato a vedere anche il colore delle persone, e mi sono convinta che sia perché ognuno ha una sua musica, vibra a modo suo. Ok, non tutti. Il nipote del cugino di non si è capito chi, ci ha accolti subito dopo le sorelle, venendo verso di noi con un sorriso splendente e una assoluta, totale mancanza di colore. E io mi sono irrigidita, perché una persona senza colore in genere significa guai. Però poi mi ha fatto simpatia, durante il discorso di benvenuto. A tutti noi aspiranti timballisti era stata regalata una bottiglietta di latte di mandorla, con la raccomandazione di non aprirlo e berlo subito, per non alterare troppo il senso del gusto in vista della lezione che ci aspettava. Lui per accoglierci ha alzato il bicchiere che aveva in mano, dicendo che quella era la vera essenza della Sicilia, il meraviglioso latte di mandorla che lui stesso preparava. E ne ha dato un lungo sorso. E subito dopo sulla sua faccia si è dipinta un'espressione che, neanche se qualcuno ci avesse messo dentro del cianuro.

Noi pubblico entusiasta siamo rimasti un po' interdetti per la sua reazione al meraviglioso latte di mandorla, quindi lui ha sfoderato un altrettanto meraviglioso sorriso, si è fatto forza e ha finito di bere. Poi ha lasciato alle due sorelle l'incarico di spiegarci gli ingredienti della ricetta e le fasi della preparazione e si è allontanato.

Monsù è entrato in gioco in quel momento. Perché mentre Roberto riceveva dalla sorella più anziana, rosa antico, tutte le istruzioni, io mi sono avvicinata al bicchiere che il nipote aveva abbandonato su una scaffalatura dall'altro lato della sala, per farmi un'idea almeno di che odore avesse. Fino a quel momento la scaffalatura per me era troppo lontana, per capire cosa ospitasse al centro. Siccome ho dei danni al nervo ottico e alla retina, ci sono cose, dettagli, oggetti, che noto solo da vicino, soprattutto se sono chiari su sfondo chiaro. Per esempio, un cane maltese è chiaro.

Anche un cane maltese impagliato è chiaro.

Ma, più che chiaro, è impagliato.

Cioè. Non è che da impagliato sia più chiaro. È che in un laboratorio di cucina in cui devono insegnarti a fare il timballo di pasta non ti aspetti di trovare un cane impagliato. No, in realtà io non mi aspetto da nessuna parte di trovare un cane impagliato. Maltese.

Comunque, mi sono fermata davanti al maltese impagliato, e sono stata intercettata dalla sorella più giovane, quella rosa ciclamino, che con un misto di orgoglio e commozione nella voce mi ha annunciato, lui è Monsù. Io ho pensato, "al limite era", ma in un sussulto di autotutela non l'ho detto. La sorella Ciclamina mi ha spiegato che la ricetta che ci avrebbero insegnato quella sera e la sera dopo era la versione del timballo preferita da Monsù, perché lei ogni variazione gliela faceva assaggiare per controllare che approvasse, e infatti l'avevano chiamata Il timballo di Monsù. Non *del*, ha sottolineato. *Di*. Così io sono tornata accanto a Roberto, che si è avvicinato festante con lista degli ingredienti e ricetta e ha annunciato:

«Stiamo per imparare a fare il timballo del monsù!».

«Non del. Di».

«In che senso?».

«Nel senso che è di uno specifico Monsù».

«E chi sarebbe lo specifico Monsù?».

Gli ho indicato Monsù. Lui si è voltato, lo ha osservato a lungo, poi ha guardato me, ha inarcato le sopracciglia e, mentre passava la sorella Ciclamina, ha avuto la brillante idea di dire ad alta voce:

«Non ho capito, cosa sarebbe, timballo di cane?».

Apriti cielo.

Rileggo per la terza volta la lista degli ingredienti. Li osservo sistemati ordinatamente sul tavolo davanti a noi. C'è più o meno qualsiasi cosa si possa trovare in una dispensa o in un frigorifero. Da quello che serve per preparare la sfoglia ai maccheroni, ai fegatini, al prosciutto, pomodoro e odori, olio e piselli, formaggio e altre mille cose che non so nemmeno riconoscere. E io dovrei imparare a trasformare tutto questo in un timballo, nel giro di due sere. Certo, come no.

Lancio un'occhiata veloce a Monsù, che resta impassibile. E agli altri aspiranti timballisti, circa una decina, che invece iniziano a mostrare segni di disagio. Ci sono due uomini che ho scoperto, durante il giro di presentazioni iniziale, essere turisti olandesi, e dal loro inglese non ho capito altro. Fortunatamente sono accompagnati da una signora di circa sessant'anni che fa la guida turistica e, per l'occasione, anche l'aspirante timballista e l'interprete. C'è una donna giovane, sui trenta, dall'aria parecchio nervosa e sul rosso ciliegia, che ha annunciato di chiamarsi Vale e di essere lì perché la suocera ogni anno a Natale la rimprovera per il timballo; ho avuto l'impressione che quando pronuncia la parola "suocera" il rosso ciliegia viri un po' sul borgogna. Due ventenni che scattano foto a qualsiasi ingrediente. Una donna più grande, sarà sui quaranta come me, che si chiama Rosi, dà sul marrone e fa la farmacista. Un'altra donna, giallo arancio sui cinquanta, Sara, che è portiera del palazzo dove si tiene il laboratorio di cucina, dietro al ristorante, e ha sentito la necessità di sussurrarmi all'orecchio che il marito di Rosi fa il farmacista, non lei; lei fa l'amante di Calò. Ho chiesto chi è Calò; la custode mi ha risposto, il nipote delle sorelle, quello che ci ha accolto con il latte di mandorla che gli è venuto male. E questo è il punto. Non si può iniziare senza Calò, ma Calò è scomparso da mezz'ora.

All'inizio non ci ha fatto caso nessuno perché ci siamo presentati, abbiamo letto gli ingredienti e le fasi della ricetta, Rosa Antico e Ciclamina ci hanno indicato tutte le meraviglie che avevamo davanti, e solo la parte preparatoria ha preso un bel po' di tempo. Dopodiché, però, la sparizione di Calò è risultata evidente. Cinque minuti fa Rosa Antico è andata a cercarlo nelle stanze oltre il corridoio, dove credo ci siano dispensa e uffici, ma non lo ha trovato. Ha sorriso imbarazzata e ha spiegato, si sarà dovuto assentare un momento, ora sicuro arriva.

Mi avvicino alle sorelle. Quanto Rosa Antico sembra pacata e stanca, tanto Ciclamina sembra piena di vita e di cose da fare. Controllo che quest'ultima non abbia coltelli in mano, poi le dico:

«Scusi ancora per il mio amico, davvero non voleva offendere nessuno».

Lei mi risponde con un'occhiata dura e un sorriso morbido, ben steso su un volto largo e liscio.

«Il nostro lavoro per noi è importante. E va difeso. Anche dalle battute. Dalla superficialità. Da chi non ha rispetto».

Inizio a vedermi accoltellata in un angolo. Annuisco convinta.

«Ha ragione. Mi rendo conto».

Lei decide di chiuderla lì.

«Ma alla fine niente è successo. Andiamo avanti».

Annuisco ancora più convinta.

«Giustissimo».

Si allontana, e sulla strada dà una carezza a Monsù. Rosa Antico la osserva con tenerezza. A guardarla più da vicino non è solo magra, è come se fosse consumata. Percepisco la forza che arriva da un'energia nervosa, più che fisica.

«Era tanto affezionata a quel cane, sa?».

«L'avevo intuito».

«Le dicono tutti di prenderne un altro. Deve decidere».

«Magari le fa bene».

«Non lo so. Forse ancora sì, ma non deve aspettare troppo. Quando si diventa anziani e la vita si accorcia, bisogna sistemare e mettere in sicurezza le cose vecchie, non lanciarsi in quelle nuove».

La osservo in silenzio, lei sorride e va verso la sorella.

Torno al tavolo. Di Calò ancora nessuna traccia. In compenso ricompare Roberto, che aveva approfittato della pausa per andare in bagno. Mi si avvicina e sussurra, vieni con me.

«Mh?».

«Seguimi».

«Dove?».

«In bagno».

«Robe', con tutto l'affetto, ma proprio...».

«Viola, sono serio».

Lo guardo. È serio. Ha messo su la faccia da cronista di nera, e il suo color mogano sembra scurirsi un po'. Roberto, a parte tutto, è forse il miglior nerista che conosco. Quando segue la cronaca si trasforma, niente più gaffe su maltesi timballati o cose così. È bravo. E sa trattare i casi con il lucido distacco che serve. Soprattutto quando si tratta di omicidi. E ora così si mostra, lucido e consapevole, di non so cosa. Penso, brutta aria, e lo seguo. Mi fa entrare nell'antibagno degli uomini. Apre una porta. C'è un corpo riverso a terra. Lo osservo. Inspiro. Ok. La buona notizia è che abbiamo trovato Calò. Quella un po' meno buona è che sembra morto, e morto male. Roberto conferma, gli ha controllato il polso, poi chiede:

«Lo puoi chiamare il tuo amico poliziotto?».

Lo sapevo io. Mai andare in giro con Roberto. Mai fare cose che prevedano la presenza di gente senza colore. E soprattutto mai mettersi nella situazione di dover chiamare Zelig.

«Vedo che posso fare. E gli altri?».

«Per ora aspettano, non gli diciamo niente e speriamo che a nessuno serva il bagno».

Attraverso il laboratorio, dispenso sorrisi falsi a tutti, esco, accendo una sigaretta. Manopola verso sinistra. Come ho conosciuto Zelig, il mio contatto in questura che in questura non si sa cosa faccia a parte ridere di me. Rivedo il suo ufficio, lui fuori da una chiesa, lui che telefona sempre quando dormo, lui che cambia colore. Perché il mio problema principale con Zelig è questo: che gli altri hanno sempre lo stesso colore, al limite un po' più chiaro o scuro. Lui no. In linea di massima, almeno la voce al telefono tende al verde bottiglia. Lo chiamo. Squilla. Poi, il verde bottiglia irrompe nel cellulare. Sul chiaro, però. Devo capire se quando è rilassato e non è infiltrato da qualche parte dia sul verde mare.

«Buonasera, cronista d'assalto. Mi chiami in modalità Viola o Miss Purple?».

«Ancora con questa storia di Miss Purple?».

«Abituati, lo userò per sempre. Quindi?».

«Quindi che?».

«Quindi ti servono informazioni su qualcosa, o ti sei trovata davanti un cadavere?».

Resto in silenzio e, visto che ho una sigaretta nell'altra mano, ne approfitto e la fumo. Lui interpreta correttamente.

«Andiamo, Viola, davvero?».

«Eh».

Sospira. Diventa verde bottiglia scuro. Ohi, mica lo faccio apposta.

«Dove sei?».

«A un corso di cucina tradizionale con Roberto. Dovevamo imparare a fare il timballo di pasta, ma in bagno c'è uno dei proprietari morto».

Rielabora. Coglie l'essenziale.

«Tu, a un corso di cucina?».

«Scusa, ti ho appena detto che c'è un cadavere in bagno. Facevi il poliziotto una volta, mi pare».

«E perché con Roberto?».

«Ca-da-ve-re. Morto. Presumibilmente ammazzato. Se ho colto bene l'espressione che ha fatto quando ha bevuto il latte di mandorla, avvelenato».

«Ok. Sono fuori città, rientro dopodomani. Scrivimi l'indirizzo e vi mando qualcuno. Nel frattempo fate le cose per bene e chiamate il 112. Non fate avvicinare nessuno al corpo. Gli altri lo sanno?».

«No, l'abbiamo trovato noi, Roberto fa la guardia».

«Il timballo di pasta? Viola, ma tu la sai far bollire l'acqua?».

Stupido.

E così le cose vanno come vanno sempre. Con le specifiche del caso, ovviamente. Per cui Roberto prende prima da parte Rosa Antico e Ciclamina e le avverte che Calò è morto, e loro reagiscono con lo stesso trasporto dimostrato alla notizia da Monsù. Poi, con estrema cautela, si avvertono gli altri timballisti, con gli olandesi che non capiscono bene se sia una performance compresa nel corso di cucina e la loro guida che più di tanto non si sbilancia; le ventenni che cercano di sgattaiolare in bagno per fotografare il cadavere, placcate da Roberto che le sgrida pure; la portiera che sembra apprezzare finalmente un po' di movimento. Ma le reazioni più interessanti sono quelle di Rosi e Vale.

La moglie del farmacista, presunta amante di Calò, evidentemente metabolizza il dolore con la rabbia, perché più che in lutto sembra livida e mormora parole in dialetto che non riesco a capire.

Vale, la trentenne con problemi con la suocera, invece ha un vero crollo emotivo. Scoppia a piangere e, mentre gli olandesi cercano di consolarla, fortunatamente senza capire cosa stia dicendo, esclama a piena voce, in un lago di borgogna, tutto il suo dolore. Riassumibile con, e io ora come faccio a Natale con mia suocera?

Non c'è dubbio che la tragica dipartita di Calò abbia fortemente colpito i presenti. Roberto e io ci guardiamo e alziamo le spalle. Ogni volta che qualcuno viene ucciso noi veniamo spediti a parlare con l'umanità che ruotava a qualsiasi titolo intorno a quel qualcuno. Siamo abituati a tutte le reazioni, compresa la non reazione. Che può essere da shock, come da totale indifferenza. Io ormai raramente giudico. La morte, ognuno, la vive come può.

Poi iniziano a sentirsi le sirene, a vedersi i lampeggianti, entrano i poliziotti, il 118, aspettiamo il medico legale, la scientifica, la mortuaria, noi veniamo identificati e spostati in una stanza accanto, per evitare di inquinare ancora di più quello che abbiamo già inquinato; si prendono i primi racconti dei testimoni, l'anatomopatologo parlotta con qualcuno, dopo il suo parlottare veniamo guardati con molta più severità. Basta uno sguardo per sapere che siamo passati dal malore all'omicidio, ma Roberto e io lo sospettavamo già. E sospettiamo, a larghe linee, anche il come.

Ci mancano il chi e il perché, che in genere sono strettamente correlati: quando capisci uno, quasi sempre hai anche l'altro. Ma per ora qui c'è solo un morto. E un operatore, fuori in strada, che non è Turi. Roberto ovviamente a un certo punto ha chiamato anche in redazione, e Turi oggi ha il giorno libero. Ma il vero problema è che l'operatore è insieme a un altro cronista, uno arrivato da poco che sembra convinto che la nera l'abbiano inventata apposta a sua misura. E mentre tutti ruotano attorno al dramma principale, io assisto, in disparte, a quello secondario: Roberto che si sente defraudato del suo pezzo e chiama i capi per sapere perché. Se sul luogo del delitto c'era lui, il morto l'ha trovato lui, la notizia l'ha data lui, che ci fa quello, qui. Quando inizia ad alzare la voce un poliziotto lo guarda male e gli fa segno di piantarla. Roberto riattacca. Mi fissa indignato. Mi dice che gli hanno risposto che la notizia ai capi non era arrivata solo da lui, l'aveva segnalata anche il collega che avrà una fonte che chissà chi è, e lo avevano comunicato quasi contemporaneamente, ma figuriamoci, come è possibile. E che non sapevano se lui sarebbe rimasto bloccato tra deposizione e questura e tutto, e quindi hanno mandato il collega per essere certi che qualcuno coprisse il fatto. Io faccio presente con cautela che, messa così, suona abbastanza ragionevole. Lui chiede a un credo commissario se può uscire, gli si risponde di sì, lo osservo dalla finestra mentre punta il cronista rampante. Meno male che io sono fuori dai giochi. Più o meno consapevolmente.

Vengo distratta da qualcuno che sta rimproverando le due ventenni, sorprese a filmare di nascosto la scena. Non so che provvedimenti verranno presi, mi distraggo di nuovo, perché noto che ci stanno sequestrando tutte le bottigliette di latte di mandorla.

Quando ci danno il liberi tutti, raggiungiamo Roberto che ha smesso di discutere col collega, è rientrato e se ne sta in un angolo, accigliato. Tutti, tranne le ventenni che sono ancora di là a farsi rimproverare. Le due sorelle si scusano molto per l'orribile incidente che purtroppo non ci permetterà di portare avanti il corso, ci assicurano che ci ridaranno indietro tutti i soldi, ma vengono interrotte dalla forza della disperazione. Vale. La donna che sta dando un nuovo senso agli stereotipi sulle suocere.

«E no, però, questo voi non lo potete fare».

La guardiamo in silenzio. Il borgogna ormai ha assunto una sfumatura che non so definire.

«Non potete bloccare tutto così. Io adesso un nuovo corso prima di Natale non lo trovo più e a mia suocera cosa le dico? Noi questo timballo lo dobbiamo fare per forza».

Sguardi imbarazzati. Roberto cerca di spiegarle, con delicatezza, che i locali verranno messi sotto sequestro. Non c'è modo di continuare un corso di cucina lì dentro. Interviene Sara, la portiera, che ha tra le mani il caso migliore di tutta una vita passata in portineria e non vuole farselo sfuggire:

«Ma il ristorante è separato, è dall'altro lato del cortile, lì ci si può andare. Domani comunque sarebbe giorno di chiusura. Si può tenere un corso».

E, a sorpresa, rincara Rosi:

«Eh sì, hanno ragione loro. Che poi, la fate facile a dire che i piccioli ce li ridate. E quando ce li ridate?».

Io sento qualcosa che stona ma non riesco a mettere a fuoco, guardo Roberto che ha l'espressione allibita del nerista che proprio a tutto, ancora, non era abituato. I turisti olandesi parlottano con la guida che cerca di spiegare l'inspiegabile. A chiudere il discorso, con una durezza inaspettata, ci pensa la sorella più anziana, Rosa Antico:

«Avete ragione. Sia mai. Coi piccioli non si scherza, è cosa seria. Ci vediamo tutti domani alle 19 al ristorante».

Si volta e se ne torna verso il laboratorio, seguita da Ciclamina che però si ferma a parlare con un poliziotto per sapere se può mettere in salvo Monsù.

Guardo Roberto:

«Tutti? Domani alle 19?».

Lui sorride:

«Hai altri impegni?».

Sbuffo. Ho fame. Chiedo a Sara se c'è un'altra uscita, perché nelle immagini degli operatori qua fuori, che ora si sono moltiplicati, non ci voglio finire; preferisco che il mio posto sia dietro la camera, non davanti e tantomeno dentro. Sara ci porta lungo il corridoio verso il cortile e ci fa uscire nella strada sul retro.

Con Roberto ci fermiamo alla rosticceria davanti casa sua dove, senza problemi di cadaveri, prendiamo pacificamente due porzioni di anelletti da asporto. Arancine e birre. E qualcosa coi würstel. Abbiamo optato per casa sua perché da me il temibile felino difficilmente ci avrebbe lasciato mangiare senza pretendere la sua parte. Ogni volta che esco, anche solo per mezz'ora, lascio al gatto una quantità di cibo che sfamerebbe una colonia felina per una settimana; ma vuoi mettere con la pasta al forno?

Come primo argomento, mi tocca sorbirmi uno sfogo di venti minuti, che era iniziato già in macchina e che durerà almeno per il resto della settimana, sulla rapina a mano armata subita da Roberto.

«Il servizio era mio».

«Ma non eri in turno».

«Ma ero lì! L'ho trovato io! Li ho chiamati io!».

«E te l'hanno detto, hanno pensato che avresti avuto problemi con la polizia e le indagini ed era meglio mandarci un altro».

«Ma sei seria?».

«Ma che altro ti posso dire? Io non lo so. Ora possiamo mangiare in pace?».

«No».

«No?».

«No, dobbiamo analizzare il caso. Voglio la rivincita».

A posto. Siamo passati dal reporter d'assalto all'investigatore.

«Guarda, Robe', a larghe linee direi che è morto e che l'hanno avvelenato. Sarà scontato, ma avranno usato qualcosa a base di cianuro, e quello avrà pensato che nel latte c'era un problema di mandorle amare».

«Amare parecchio. Ma come ha fatto a non accorgersene?».

«Eh, si vede che di cucina non era tanto esperto. Poi chiaro che c'è una questione di soldi. Vai a capire i rapporti con le sorelle, e quelli con Rosi sembrano ancora più strani. L'unica che mi sentirei di depennare dalla lista dei sospettati è la tizia terrorizzata dalla suocera».

Roberto ride. Io attacco gli anelletti. Il timballo vero non l'ho mai mangiato, ma gli anelletti al forno di Palermo non temono il confronto con nessuno.

2

In redazione stamattina hanno optato per la strada diplomatica, chiedendo a entrambi, Roberto e cronista rampante, di fare un servizio sul fatto, con due tagli diversi. Roberto ha detto che rispetto al servizio del collega non aveva niente da aggiungere, e che per il momento preferiva raccogliere più informazioni. Poi è rimasto tutta la mattina alla sua scrivania, inavvicinabile e inavvicinato, salvo scomparire a pranzo per non riapparire più. Alle 19 ci siamo ritrovati davanti al ristorante, aperto apposta per noi. Mi guardo intorno e ci siamo quasi tutti, anche gli olandesi. Con una certa sorpresa noto che mancano le ventenni. Sara mi spiega che ai genitori la questione non è piaciuta un granché. Soprattutto lo show che hanno fatto quando sono uscite, da sole, dall'ingresso principale, davanti a operatori e fotografi. Mi rendo conto.

Rosa Antico e Ciclamina aprono il portone e ci conducono verso le cucine. Che sono enormi, tutte lucide di un metallo perfetto e, evidentemente, nuovissime. E piene di strumenti e utensili vecchissimi. Sento Rosi che dice qualcosa in dialetto stretto ma non la capisco. Le sorelle si scusano ma sono state in questura tutto il giorno, quindi devono ancora organizzare il tavolo degli ingredienti e delle lavorazioni, ci chiedono dieci minuti di pazienza e ci invitano, se vogliamo, a farci una passeggiata nel frattempo. Io esco a fumare e Roberto mi segue. Sembra di umore migliore, il che non è detto sia un buon segno.

«Che hai combinato?».

«Ho preso informazioni».

«Su?».

«Su tutto».

«E?».

«E. Storicamente il ristorante apparteneva alla famiglia delle due signore, che un giorno lasceranno tutto alle figlie di una terza sorella, morta pare di tumore da giovane. Loro negli ultimi anni si sono ritrovate in difficoltà economiche, e allora si è fatto vivo questo Calò, che è un cugino di secondo o terzo grado».

«E fin qui lo sapevamo».

«Ha immesso molto denaro. Che però lui non aveva».

«Cioè?».

«Cioè, Calò ha sempre avuto fama di, come dicono qua, fimminaro, e morto di fame. Qualche anno fa per una donna sposata era scoppiato pure un mezzo casino e lui infatti se n'era andato al nord».

«Questa cosa che andare al nord risolva i problemi andrebbe ridiscussa».

«Poi tempo fa è tornato, si è aggiornato sulle varie situazioni in corso, qualcuno gli ha detto che le cugine avevano problemi di soldi, le ha contattate e ha promesso che avrebbe trovato lui il modo di sistemare i loro guai».

«E come?».

«Appunto. Loro lì per lì non gli hanno dato un minimo di fiducia, e quindi gli hanno risposto che prima trovava i soldi e poi se ne parlava. E lui tempo due mesi i soldi li ha trovati. Ma questa cosa non risulta da nessuna parte».

Spengo la sigaretta nel mio posacenere portatile.

«In che senso?».

«Che non risulta abbia chiesto prestiti né mutui né finanziamenti né nulla, e del resto non aveva per garanzia niente e nessuno. Ma soprattutto, non risulta nemmeno che abbia fatto un prestito alle due sorelle».

Mi limito a guardarlo interrogativa.

«La mia fonte dice che è andata così: loro si sono prese i soldi e a lui hanno concesso di farsi un nome, di giocare a fare il padrone di tutto, accogliere i clienti, inventarsi i corsi sui timballi, ma da nessuna parte doveva risultare che fossero in debito. E soprattutto, lui poteva *giocare* a fare il padrone, ma non poteva farlo davvero. Più di tanto non avrebbe dovuto mettere bocca. Formalmente, da un pezzo di carta, risultava un incarico a nome suo con determinate mansioni, ma in pratica certe iniziative non avrebbe potuto prenderle».

La sua fonte. Che poi sarà la portiera. Sorrido.

«La forma *versus* la sostanza?».

«Una specie».

«E lui comunque i soldi dove li ha presi?».

«E questo non si sa. Ma qui entra in gioco la farmacista: dicono che non c'entrano i soldi del marito, ma che sia proprio ricca di famiglia, di suo».

«In che modo entra in gioco?».

«Non ne ho idea, è un'ipotesi mia. Ma secondo me è stata lei».

«A dargli i soldi?».

«Ad ammazzarlo. Sangue, soldi, sesso».

«Bravo Robe'. Aggiungici lo sport e possiamo mandare in stampa la prima pagina».

Ride. Ma con l'espressione di uno che ha capito tutto. Che magari è pure vero.

«Però la parte più interessante è il passato».

«Il passato?».

«Sì, perché a guardarle adesso ti sembrano due signore anziane con una certa fissazione per i cani impagliati e per la tradizione. La mia fonte mi ha detto che soprattutto la maggiore è proprio legatissima al passato, non ha mai cambiato secolo, forse nemmeno decennio. Solo che il suo risale ad almeno cinquant'anni fa».

Sì, rifletto, ci sono persone così. Alcuni non riescono ad andare avanti. Altri, per qualche motivo, a un certo punto tornano indietro. Tipo quelli che proprio non possono intravedere un futuro.

«Le si sarà incastrata la manopola sulla sinistra».

«Eh?».

«No, niente. E quindi?».

«E quindi, cucinare l'hanno sempre fatto, ma prima di iniziare a occuparsi del ristorante avevano anche delle altre passioni pure parecchio particolari».

Si ferma. La vanità di quello che sa e vuole che chiedi. Che pazienza.

«Ad esempio?».

«Ad esempio, la maggiore era una fotografa. E anche brava. E addirittura si sapeva sviluppare le foto da sé».

«Addirittura. Robe', guarda che prima che diventassimo tutti dipendenti dal digitale, per un fotografo vero era il minimo sindacale».

«E la minore, quella che ha cercato di accoltellarmi, era apprendista da un gioielliere».

«Non ha cercato di accoltellarti. Ti ha espresso la sua legittima opinione rispetto alla tua idea che facesse timballi di cane».

«Agitandomi un coltello a un centimetro dal naso?».

«Ce l'hai ancora attaccato alla faccia. Avesse fatto sul serio, non avresti mai più avuto problemi di naso chiuso per il raffreddore. Saranno pronte?».

«Andiamo a vedere».

Rientriamo per cercare di imparare finalmente a fare questo timballo dedicato a un cane impagliato. Alla fine a Ciclamina non è stato consentito di portare via Monsù dalla scena del delitto, ma le è stato assicurato che sarebbe stato trattato con ogni riguardo e nessuno gli avrebbe fatto del male.

Rispetto a ieri, il tutto ha un aspetto più professionale. Abbiamo delle postazioni singole, a parte i turisti olandesi e la guida che evidentemente sono considerati un'entità unica, e davanti a noi c'è il necessario per un timballo. Non siamo ancora rientrati tutti, quindi Roberto e io possiamo scegliere due postazioni vicine.

Noto che a lui manca un tegame e glielo faccio presente. Lui avverte Ciclamina, che lo fissa come uno che non è stato perdonato affatto. Però sembra sorpresa, osserva il tavolo, si guarda intorno, poi si scusa, gli mostra le mani infarinate e gli chiede se può andare a prenderselo da solo, corridoio a destra seconda porta sulla sinistra. Roberto le sorride, poi mi chiede a bassa voce come dovrebbe essere fatto un tegame. Andiamo bene. Gli indico il mio. Lui parte fiducioso alla ricerca del tegame. Dopo nemmeno un minuto mi squilla il telefono. È lui. Questo non è per niente un buon segno. Rispondo a bassa voce.

«Chi è morto?».

«La farmacista. Rosi».

What the fuck.

«Veramente io stavo scherzando».

«Evidentemente l'assassino no».

«Vengo lì».

Vado lì. Corridoio a destra, seconda porta a sinistra. Oltrepassata la soglia, ci sono un Roberto in piedi con l'aria molto seria, una moglie di farmacista stesa a terra con l'aria molto morta, e il tegame presumo destinato alla postazione di Roberto anch'esso a terra.

«Sicuro che è morta?».

«Niente polso. Niente respiro. E dall'ammaccatura sul tegame come minimo le hanno sfondato il cranio. Anche da come è ridotta la testa. È meglio se non guardi da vicino».

«Non guardo, mi fido».

«Io pensavo fosse stata lei».

«Eh, pare di no».
«Ma si può ammazzare qualcuno con un tegame?».
«Scherzi? Questi sono professionali, pesantissimi, fondo spessissimo, e manico perfetto per essere usati come arma».
«Viola, era una domanda retorica».
«Ah. Scusa. Ero calata nella parte di quella che inizia a capirne di cucina».
«Chiamo il 112 e tu chiami il poliziotto?».
Sospiro. Esco a fumare e lascio Roberto a guardia del cadavere. Attraverso la cucina nell'indifferenza e nel caos generale, perché le postazioni sono ancora in fase di allestimento. Accendo una paglia, chiamo. Mi risponde una voce verde bottiglia, con tono scherzoso.
«Viola. Chi è morto?».
Déjà-vu.
«La moglie del farmacista».
Intravedo una pausa di silenzio verde scuro.
«Veramente io stavo scherzando».
«Evidentemente l'assassino no».
Festival del déjà-vu.
«Ma che ci facevi con lei? Che state combinando? I locali sono sotto sequestro».
«Sì, ma una degli aspiranti timballisti ha un problema con la suocera che deve essere una stronza come poche e si è deciso di tenere la seconda serata del corso nelle cucine del ristorante. E Roberto ha trovato la farmacista ammazzata a colpi di tegame. Il suo. Cioè, il suo di Roberto. Ma escluderei sia stato lui».
Sospiro di un verde tendente al quasi nero.

«Chiamate il 112. Vi mando qualcuno».
«Ok».
«Viola?».
«Sì?».
«Ti faccio avere l'indirizzo di una buona rosticceria, ok?».
«Stupido».

E lo fa davvero. Il copione è simile a quello di ieri. Roberto avverte con cautela le sorelle, che reagirebbero con la stessa espressione di Monsù se lui fosse presente, ma lo imitano comunque abbastanza bene lo stesso. Gli olandesi sono assolutamente convinti che tutto questo non possa essere reale e si tratti di uno spettacolo compreso nel prezzo. Sara visualizza i prossimi vent'anni a raccontare questa storia in portineria, arricchendola ogni volta di dettagli sempre più affascinanti. Vale ha una crisi isterica. Le è ormai chiaro che nulla la potrà salvare dall'ennesima cazziata della suocera per il timballo. Gli olandesi la portano fuori a prendere aria mentre singhiozza così forte che quasi non riesce a respirare.

Poi le sirene, le luci delle volanti, l'anatomopatologo che non è che si debba sforzare più di tanto. E uno dei poliziotti, in borghese, che a un certo punto mi si avvicina con un sorriso sardonico e mi allunga un foglietto.

«Da parte di un collega. È l'indirizzo di una rosticceria. Le consiglia domani sera di andare lì».

Ma tu guarda che cretino, sibilo, mettendo il foglietto in tasca.

Quello che manca è l'operatore Adi. Osservo perplessa Roberto.

«Non hai avvertito».

Mi fissa in silenzio. Insisto.

«Ma io ti conosco. Tu questa cosa di non avere avvertito la stai soffrendo».

«Tu la soffri?».

«Sì».

«E allora avvertili tu».

«No».

Mi guarda. Sorride.

«Li ho chiamati cinque minuti fa, Viola. Andiamo a mangiare».

Quant'è complicato decodificare la gente onesta. Molto più che i criminali.

«Mi sembra un'ottima idea».

Dopo le solite prime dichiarazioni veniamo di nuovo lasciati liberi di andare a cercarci una cena in un qualche posto che non abbia cadaveri in cucina, o che almeno non ci siano noti. È stato piuttosto complicato, stavolta, convincere Vale che non ci sarebbero state altre possibilità. Le sorelle hanno allargato le braccia e hanno spiegato che, a parte tutto, non c'erano altri luoghi dove poter continuare. E che ci avrebbero restituito i soldi tramite bonifico. Anche Sara è sembrata d'accordo. Quanto agli olandesi, sono apparsi sobriamente soddisfatti. Non sapremo mai di cosa, presumo, né che impressione della cucina di Palermo restituiranno ai connazionali al loro ritorno in patria. Ma, come ha sintetizzato la guida che li accompagna, a questo punto, anche chi se ne importa. Cioè, ha usato un sinonimo, in effetti.

Con Roberto stavolta ci sediamo nel dehors di un locale in centro aperto fino a tardi. Lui si guarda intorno con aria soddisfatta e ispirata, mentre sorseggia beato un rosso dell'Etna.

«Sai in cosa Palermo è decisamente meglio di Torino?».

«Non oso avanzare ipotesi».

«Che a dicembre, a pochi giorni da Natale, puoi bere e mangiare seduto fuori senza morire di freddo».

Annuisco. In realtà Palermo è la città più umida che esista, e i palermitani potranno negare, ma è così. Vivi con le ossa a mollo da gennaio a luglio a dicembre. Ma, oggettivamente, in inverno puoi anche stare seduto fuori, per la maggior parte del tempo. Soffrendo e destinandoti a una vita di reumatismi, ma puoi. Solo che, non lo so.

«Mi manca Natale».

Roberto mi guarda sorpreso.

«Non ti facevo tipa natalizia».

«Neanche io mi facevo tipa natalizia. Ma il Natale ha una sua, diciamo, scenografia. Stare seduti all'aperto dopo le dieci di sera, le palme, be', è troppo anche per me».

«Ma sono giornate anomale. In genere fa più freddo. E comunque anche stasera fa freschetto».

«Robe'. Tu a Torino a metà dicembre a quest'ora stai seduto fuori dicendo che fa freschetto?».

«No, non mi sfiora proprio l'idea».
«E sotto Natale girate in mezzo alle palme?».
«Guarda che a Torino ci sono delle palme».
«Immagino quanto si sentiranno a loro agio».
Rovista con la forchetta tra le sarde della sua pasta. Io ho preso l'anciova. Non ho mai capito esattamente tutto quello che c'è dentro, ma mi va bene così. Mi guarda dubbioso.
«Puntavo sulla farmacista».
«Lo so».
«A questo punto devono essere state le sorelle».
Annuisco. Lo so, ma mi dispiace. Lui riflette.
«Insieme o una delle due?».
Osservo il mio bicchiere di Insolia. Ci gioco un po'.
«Questo dipenderà molto dalla strategia difensiva, credo».
«Dici che le inchiodano?».
«Robe', si va a esclusione. Il che ti dovrebbe anche rassicurare, visto che due cadaveri su due li hai trovati tu. Che pensi di fare in redazione?».
«Niente. O azzecco il gioco giusto e sbanco o faccio finta di nulla».
Resto con il bicchiere sospeso a metà, tra il tavolo e la mia faccia.
«Guarda che il banco vince sempre».
Sorride.
«Dipende in certi momenti chi riesce a comandare il gioco».
Sospiro, poi torno a mangiare la pasta all'anciova. Ma in effetti, in questo inverno caldo con le palme e

l'acqua nelle ossa e il mare da una parte e le montagne dall'altra, in questa città che ci sorride sospettosa e che le porte davvero non ce le aprirà mai, ma cosa importa, chi comanda il gioco in una redazione ai confini dell'impero?

«Non siamo niente, Robe'».

«Dipende» ribadisce lui. «Lo prendiamo il dolce?».

E certo. Che a Palermo, che fai, non prendi il dolce? Non scherziamo, per favore.

3

Mi sveglio verso le dieci. Oggi è il mio giorno di riposo. Mi sarei svegliata anche più tardi, in effetti, se il famelico felino non avesse deciso di farmi presente, a zampate in faccia, che si stava verificando uno dei fenomeni più inquietanti conosciuti nell'universo, il buco al centro della ciotola dei croccantini. Alla terza zampata mi arrendo, apro un occhio e dico, mh? Mi risponde, mh! Mi alzo. Vado in cucina. Osservo la ciotola dei croccantini. La prendo, la scuoto. Risolto il dramma del buco al centro. Gli spiego, per l'ennesima volta, che basta mangiare anche ai lati. Lui osserva la ciotola, me, la ciotola, me, e ribadisce, mh. Rifiutandosi di mangiare. Tutte le volte così. Se provo a mettere croccantini nuovi sopra quelli vecchi si offende, già lo so. Svuoto la ciotola nell'umido, la metto a lavare e in un piattino gli apro la scatoletta del suo tonno, che oltre ad essere quasi più costoso del mio, ha anche molto più l'aspetto del tonno. Finalmente pacificato coi misteri dell'universo, il gatto mangia. Finalmente pacificata coi misteri dei felini, io me ne torno a letto.

Mi rialzo circa due ore dopo. Preparo il caffè, guardo l'ora e affronto il solito dilemma delle giornate in cui mi sveglio tardi. Vado al bar e mi prendo due cornetti, o vado in rosticceria e mi prendo direttamente il pranzo? Opto per il bar. Un altro dei grandi misteri dell'universo è come sia possibile che da quando sono a Palermo io non sia ingrassata nemmeno di un etto, visto che mangio più o meno il triplo rispetto a quando vivevo a Roma. Esco, e con una certa sorpresa noto che c'è una leggera pioggia. Questa città non ama le mezze misure; in genere, se piove, piove parecchio. La pioggerellina non è nelle sue corde. Si vede che stavolta le serviva solo per correggere ulteriormente al rialzo il tasso di umidità. Dovessimo mai sentirci asciutti. Mi siedo a un tavolino e ordino un caffè che so già che non mi piacerà moltissimo, anche se sto iniziando faticosamente ad abituarmi, e un cornetto alla crema, più uno al cioccolato da portare via. Se mai me ne andrò da qui, cornetti così non ne mangerò più, lo so.

Torno a casa. Pranzo con il cornetto al cioccolato. Leggo. Guardo sciocchezze in tv.

Verso le sei decido che ho poltrito abbastanza ed esco. Passeggio verso il centro. Mentre attraverso una strada ho l'impressione di vedere la macchina di Turi con Roberto dentro, ma mi sfrecciano davanti velocissimi e non ne sono certa. Chissà che staranno combinando.

Non è che Palermo proprio non sia natalizia. Lo è, a modo suo, soprattutto di sera. Un modo anche piuttosto festoso e pieno di luci nelle strade, e grandi alberi di Natale, e vetrine dei negozi, e palermitani che vagano pieni di pacchetti. E forse la grande spesa per le grandi cene e i grandi pranzi per le feste è ancora più sentita. Penso a quella povera donna e alla suocera. Io al posto suo lo ordinerei in un ristorante a portar via, 'sto timballo.

È, però, sempre questa sensazione che ho su Palermo, il suo essere perennemente il contrario, anzi, l'opposizione di se stessa, in ogni aspetto. Per cui questa città ci mette tutto l'impegno a essere natalizia sotto Natale, ma la sua essenza non è natalizia. Almeno, io la vedo così.

Ciondolo per via Maqueda, comunque la si voglia pronunciare. Invece i Quattro Canti li percepisco natalizi anche in piena estate. Mi sa che il problema non è Palermo, sono io.

Sento il suono di un messaggio, poi altri due. Controllo. È Roberto. Un'altra intervista esclusiva nel suo ricco paniere. Leggo tutto con attenzione. Sospiro. È davvero bravo, a ricostruire e spiegare. Roberto ha l'apertura e la storia è andata più o meno come doveva andare, con qualcosa che non sapevamo ma che forse si poteva leggere tra le righe, o forse no.

Torno indietro, verso casa. Mentre rimetto il cellulare nella tasca della giacca mi accorgo del foglietto con l'indirizzo della rosticceria che mi ha fatto avere Zelig. È abbastanza vicina a dove mi trovo ed è quasi ora di cena. E proviamola.

Quando entro, lo vedo seduto a un tavolino in un angolo, con una birra davanti a sé, un color verde bottiglia sul chiaro e un'espressione ironica stampata in faccia. Quanto sa essere fastidioso, anche se resta in silenzio, quando vuole. Mi avvicino e mi siedo di fronte a lui senza salutarlo. Lui fa un cenno verso il bancone, una signora annuisce e mi porta una birra. Io ringrazio e lo guardo. Lui sfodera la versione del sorriso con mille denti, tutti bianchissimi e perfetti.

«Il tuo collega ci è arrivato prima degli altri, pare».

«E sai come ha fatto?».

Alza le spalle.

«Si era appostato davanti alla questura. Aveva capito che era l'unico epilogo possibile. Quando l'ha vista arrivare, l'ha placcata prima che entrasse. Il resto è storia».

«Ma come l'aveva capito?».

«Spiegamelo tu, Viola. Io so cos'è l'istinto del poliziotto, mica quello del cronista».

Resto in silenzio.

«Perché ti piace la cronaca nera, Miss Purple?».

«Chi ha mai detto che mi piaccia?».

«Ok. Perché te ne occupi».

Fisso il bicchiere. Sbuffo.

«Quindi, in finale, era una storia di tradizioni e orgoglio e soldi e malattia?».

Gioca un po' con un tovagliolino.

«Voleva salvare la tradizione della famiglia, lasciare tutto alla sorella più giovane che a sua volta poi la lascerà alle nipoti che stanno formando. Le servivano i soldi. All'inizio i patti con Calò erano chiari, lui poteva giocare a fare il proprietario, ma con una data di scadenza. Una sorta di leasing. L'accordo vero era che lui il capo in realtà non l'avrebbe fatto, e tutto si sarebbe mantenuto nel solco della tradizione, nel rispetto della storia della famiglia e dell'attività. Poi però lui ci ha preso gusto e ha deciso che di lasciare il gioco non gli andava più, e anche di giocare da gregario quando poteva essere protagonista. E aveva cominciato a risultare pericoloso. Per il buon nome, la tradizione, ma anche la tenuta di tutto, visto che in vita sua aveva sempre e solo combinato guai».

«E quindi era arrivato il momento di farlo fuori dal gioco in modo definitivo. E Rosi?».

«Qui probabilmente c'entrano i soldi. La signora ha dichiarato di averli ricevuti da Calò, sotto forma di pura donazione, e di non conoscerne l'origine. Se la ricostruzione di Roberto è corretta, ma non si può provare, quello era un prestito di Rosi. Che magari avrà preteso di riaverli indietro. La sua versione è che Rosi l'aveva minacciata di sapere, e poter dire a tutti, chissà che».

«Fuori due».

«In fondo non aveva niente da perdere. È malata, un tumore appena diagnosticato di quelli che ti lasciano al massimo tre mesi di vita. Con la confessione probabilmente ha pensato che tutto si sistemerà, la sorella potrà riaprire il ristorante e i conti risulteranno a posto».

Rifletto per qualche secondo.

«Strano come le malattie a volte aiutino a prendere decisioni drastiche, vero?».

Fissa lo sguardo attraverso me, sullo sfondo.

«Dipende».

Già.

«Il cianuro come l'ha avuto?».

«Non sappiamo ancora se fosse cianuro».

«Perché lei faceva la fotografa, da giovane».

«Sono secoli che non si usano più quelle sostanze per sviluppare le lastre fotografiche, Viola».

«Ma la sorella giovane invece aveva lavorato in una gioielleria».

Assimila. Ragiona. Rielabora. E, per la prima volta da quando lo conosco, lo vedo interdetto. Viola in vantaggio su Zelig. Ovazione del pubblico sugli spalti. Gli sorrido. Forse ora deve prendere una decisione. Gli rispondo.

«La cronaca nera».

Pausa.

«Perché è il capolinea dell'umanità».

Birra.

«Non come insieme. Il piccolo buio di ognuno, non la grande oscurità di tutti».

Lui accarezza il suo bicchiere. E poi dice una cosa strana. Umana e buia e luminosa, in opposizione a se stesso. Una sorta di Palermo natalizia.

«Credo che vada bene così».

C'è un'ultima cosa da chiarire, però.

«Che fine ha fatto Monsù?».

Ride. E diventa verde mare. Sì, forse lui alla fine è davvero così.

«È stato rilasciato».

Alziamo i bicchieri di birra. A Monsù.

Marco Malvaldi

Concorrenza sleale

«Seggiole 'un ce n'è più?» chiese il Rimediotti, entrando senza salutare.

«No, sono io che sto in piedi per vedere se cresco ancora un po'» rispose Aldo, le mani sui fianchi, accanto ad Ampelio che invece era già bello piazzato su una sedia di legno e ferro da scuola elementare.

Il Rimediotti si guardò intorno poco convinto. Nella stanza le sedie, in totale, erano sette. Su una c'era Ampelio, e questo s'è già detto. Su un'altra c'era un cinquantenne in giacca e cravatta, e su quella accanto una signora anche lei cinquantenne appena uscita dal parrucchiere. Accanto ai due, un tizio più o meno coetaneo con i capelli grigi lunghissimi, raccolti in una treccia. Le rimanenti due sedute occupate erano state prese da un ragazzo rasato a zero, con la barba nerissima, gli occhi inquieti e le mani tatuate, e da un ulteriore cinquantenne dall'aria squinternata, con una testa a forma di fagiolo, completamente pelato a parte un ciuffo sporadico in cima. La settima sedia, in fondo alla stanza, era vuota, ma era chiaro a tutti che non poteva essere occupata da chicchessia, essendo dietro una cattedra.

«Magari provo a chiede' ar custode...» propose il Rimediotti, cercando appoggio almeno da un punto di vista organizzativo.

«Auguri» disse Ampelio. «Prima è passato e voleva questa vì».

«Buongiorno...» disse Pilade, entrando con un grosso bastone sottobraccio.

«Seggiole 'un ce n'è più» lo informò il Rimediotti con un goccio di Schadenfreude, quella sottile e umanissima sensazione di piacere che deriva dalle disgrazie altrui, oltretutto resa più efficace dalla consapevolezza che lo stare in piedi, per Pilade, aveva tutto un altro peso.

«Eh, alle vòrte succede...» replicò il Del Tacca serafico, estraendo da sotto il braccio il bastone e trasformandolo in due rapide mosse prima in treppiede e poi in seggiolino.

«Boia quante ne sai» disse Ampelio.

«Bravo» approvò Aldo. «Per quanto durano i processi in Italia, facevi meglio a portarti direttamente la bara».

«'Un c'entrava mìa. La stanza è piccina».

Pilade, nel frattempo, aveva trovato la posizione di equilibrio, il podice sulla seduta e le mani intrecciate davanti, talmente largo che il seggiolino sotto non si vedeva, più che un pensionato sembrava uno di quei fachiri da strada che fanno finta di levitare appoggiati a un bastone.

«Credevo fosse già cominciato» li ignorò Pilade, guardandosi intorno.

«Aspettavano te» disse Aldo. Proprio in quel momento, infatti, entrò una donnina tutta scarmigliata, con una cartella sottobraccio più grossa di lei e un paio di occhiali scuri.

«Buongiorno a tutti» disse con voce roca, di quelle da due pacchetti a mattinata.

«Dottoressa Gollini...» disse il cinquantenne squinternato, alzandosi, imitato dagli altri presenti tranne Ampelio.

«Di solito ci si alza quando entra il giudice» disse la dottoressa Gollini con voce affumicata, mentre si avvicinava alla cattedra.

«Se mi vole vede' arzato ni tocca dammi fòo alla sedia» bofonchiò Ampelio.

«Come?».

«Ha detto che è molto anziano e preferirebbe restare sulla sedia».

«Facciamo finta d'aver sentito male» sospirò la giudice. «Ma da adesso in poi il pubblico faccia silenzio o faccio sgombrare la sala. Allora, signori, iniziamo dando lettura dei capi di imputazione».

La voce della giudice cambiò in maniera impercettibile, trasformandosi in un virgolettato indistinto nel quale ogni parola rotolava nella successiva, come una vecchia automobile dal cambio catarroso.

«"Il signor Centofanti Loris, nato a Pisa il ventisette gennaio millenovecentonovantacinque" – qui la Gollini mise la quarta – "è imputato di reato ai sensi dell'articolo 473 capo 1 del codice penale perché" – un attimo di pausa per mettere la terza – "essendo a conoscenza del titolo di proprietà intellettuale proponeva, nel ristorante Tutto su una ruota, nel quale riveste il ruolo di executive chef, un piatto indicato come 'Maiale con gli occhi a mandorla' che risultava ricalcare un piatto dalla identica denominazione" – seconda – "presentato in precedenza dallo chef Gianfranco Bertolacci nel proprio ristorante Flò" – prima – "e di aver quindi sfruttato le caratteristiche distintive di tale opera dell'ingegno a fini commerciali volti al proprio guadagno personale"».

La giudice Gollini, dopo aver parcheggiato l'imputazione, si tolse gli occhiali scuri ma continuò a tenere il naso sulle carte.

«Allora, andiamo con ordine. Sulle eccezioni della difesa in relazione alla tardività della costituzione di parte civile, la questione è infondata e va respinta...».

«Cosa vor di' parte civile?» chiese Ampelio (secondo lui) sottovoce. «O 'un era penale?».

«Gianfranco si è costituito parte civile per poter chiedere i danni materiali» mormorò Aldo.

«Mi sembra sagrosanto. E 'un glielo fanno fa'?».

«Come no» rassicurò il Del Tacca. «Sta dicendo proprio questo».

«... le eccezioni sono quindi tutte infondate e respingo» concluse la giudice dando prova di una riserva di fiato quantomeno inaspettata. «Ammetto la costituzione di parte civile e dispongo di procedere oltre. A questo punto, dichiarerei aperto il dibattimento e darei la parola a lei per illustrare le richieste di prova».

«Siamo qua, signora giudice» rispose il pubblico ministero.

«Allora, esame della parte civile, esame dei menù dei due ristoranti, esame della composizione delle preparazioni reperite nel computer noto come "dispositivo 1", è giusto?».

«E inoltre ci sarebbe il testimone...».

«Sì, il testimone. È presente?».

Viene introdotto il teste Brondi Otello, il quale, avvertito dell'obbligo di dire la verità e delle conseguenze in caso di dichiarazioni false o reticenti, rende la dichiarazione di impegno e riferisce le proprie generalità: «Sono Otello Brondi, nato a Pisa il dodici luglio 1957, residente a Pineta, di professione cuoco». Alla domanda se ha rapporti di parentela, affinità, affiliazione, dipendenza con alcuna delle parti o comunque interesse nella causa, risponde: «No no».

E questo era vero, ma al tempo stesso questionabile. Otello Brondi, meglio conosciuto come Tavolone, non era parente né dipendente di alcuna delle due parti: era però collega sia di Gianfranco Bertolacci che di Loris Centofanti. Da decenni, ormai, Tavolone era il cuoco di Aldo.

Ci scusiamo con i lettori più sensibili e politicamente corretti per questa definizione che potrebbe far pensare allo schiavismo, ma è la maniera più veloce per raccontare come stanno le cose: il fatto è che, in tutti i ristoranti che Aldo aveva posseduto o gestito, il cuoco era sempre stato Tavolone. Gli anni erano passati, i ristoranti erano cambiati di nome, di sede o di stato fisico (da solido a gassoso, quando venne bruciato dalla malavita russa, in un caso), ma alcune cose non erano cambiate: tutti i giorni Aldo trovava Tavolone nella cucina del suo ristorante, tutti i giorni Aldo andava al BarLume a giocare a carte con Ampelio, Pilade e il Rimediotti.

I quali, siccome erano amici di Aldo, che era sodale di lunga data oltre che datore di stipendio di Tavolone, quella mattina avevano trovato naturale andare ad assistere all'udienza in cui Tavolone stesso deponeva come testimone. Primo, perché senza Aldo manca il quarto per giocare a briscola, e secondo perché, nonostante il florilegio di lavori edili a seguito dei megabonus di varia natura, ai quattro pensionati in questione i cantieri non sono mai piaciuti.

Il dottor Aldo Cercignani, pubblico ministero, si alzò in piedi, dando un'occhiata sghemba ai vecchietti mentre si sistemava la toga. Se non ci fosse stato pubblico, con quel caldo, l'avrebbe lasciata appesa allo schienale della sedia e la giudice non avrebbe fatto notare quella mancanza, ma con altre persone presenti la Gollini non avrebbe fatto sconti, e andare sulle scatole alla giudice all'inizio del dibattimento non sarebbe stato saggio. (Chiediamo scusa ai lettori per aver usato la scialba espressione "andare sulle scatole": la dottoressa Gollini avrebbe detto "badate a non andarmi sui coglioni", ma lei se lo può permettere).

«Allora, signor Brondi, lei è cuoco nel ristorante Bocacito da quanto?».

«Guasi tredici anni, più o meno».

«E prima era sempre cuoco?».

«Dio bòno. Al Boccaccio, dal millenovecentonovanta».

«Quindi sono più di trent'anni che lei fa il cuoco».

«Io fosse per me andrei anche in penzione, ma quell'inutili der governo hanno cambiato le regole mentre ci stavo per anda'».

«Il teste si limiti a rispondere sì o no».

«Mi scusi, signora giudice. È che 'un ne posso più. Comunque sì, più di trent'anni».

«Ha mai mangiato nel ristorante Flò, di proprietà del qui presente Gianfranco Bertolacci?».

«Dio bòno».

«Significa sì?».

«Dio bòno, sì».

«Si ricorda di aver mai ordinato in detto ristorante il piatto denominato "maiale con gli occhi a mandorla"?».

«Ha voglia lei».

«Quante volte?».

«Due. È un po' diventato il simbolo del ristorante. Ero curioso».

«Come mai dice che questo piatto attualmente è il simbolo del ristorante?».

«Eh, è andato in copertina sulla "Cucina Italiana", n'hanno parlato in quarche sito specializzato... inzomma, s'è fatto riconosce... e sicché ero curioso d'assaggiallo».

«Ho capito. Si sentirebbe, signor Brondi, di provare a indovinare gli ingredienti del detto piatto?».

«Indovinare...». Quasi tutti i presenti, giudice compresa, ebbero la netta impressione che il teste stesse per esclamare "indovinare una sega", ma dopo un attimo di silenzio continuò: «Ne li posso elencare».

«Ma lei non ha mai lavorato nel ristorante del Bertolacci, giusto?».

«Lei cià mai lavorato a bottega dar Caravaggio?».

«Il teste dovrebbe rispondere alle domande, non farle al magistrato».

«Mi scusi, volevo dire che anche se uno non è pittore i colori sur un quadro li sa distinguere».

«Insomma, me li saprebbe elencare?».

«Allora, ir piatto è un filetto di maiale in crosta di pasta lievitata. All'interno, ortre al maiale c'è una salsa di pomodoro aromatizzata e un burro di mandorle».

«Potrebbe elencarci gli ingredienti non banali necessari secondo lei per realizzare questo piatto?».

«In questo piatto vì di banale 'un c'è nemmeno l'acqua. Per fa' una pasta esterna così bisogna ave' usato un'acqua vulcanica e ci vòle una lievitazione di cinque o sei giorni, sennò diventa pesante come una sòcera a un battesimo. Il maiale è marinato in gin, acqua tonica e olio di sesamo. Ni direi anche la marca di gin se vòle, è uno di velli che mi garba parecchio. La riduzione di pomodoro è una pomarola classica, carota cipolla sedano, ma aromatizzata con altre spezie».

«Potrebbe elencarci queste altre spezie?».

«Peperoncino, scorza di mandarino, semi di papavero, alga nori, zenzero. C'è anche un gocciolino d'amaro che ripulisce bene tutto in fondo, lì mi posso sbaglia' ma secondo me è falasco».

«Falasco?» chiese Ampelio, nelle retrovie.

«Falasco» confermò Aldo. «Quelle canne che ci si fanno le palizzate delle docce nei campeggi».

«E si mangia?»

«È amaro come il veleno. Bisogna saperlo usare».

Due colpi di tosse, di quelli da giudice che fuma un numero pari di pacchetti al giorno, interruppero la lezione di fisiologia del gusto.

«Come può vedere dalla prova numero due, signora giudice...» continuò il pubblico ministero.

«La prova numero due...» scartabellò la dottoressa Gollini scatarrando.

«Le preparazioni preliminari necessarie alla cucina per realizzare il piatto».

«Lei dice le ricette».

«Le ricette, signora giudice».

«E le chiami ricette, per favore. Trovate. Allora, si diceva...».

«Si diceva che gli ingredienti elencati dal signor Brondi sono tutti presenti nelle preparazioni approntate dal mio cliente per cucinare il piatto».

Il pm fece una pausa, guardandosi intorno. Un qualsiasi oratore è tanto più efficace quanto più riesce a far sì che chi lo ascolta tragga da solo le conclusioni a cui l'oratore stesso desidera portarlo, e i magistrati non fanno eccezione. Il teste ha indovinato degli ingredienti allucinanti, tipo la canna di falasco. Ne consegue, stava dicendo l'inquirente senza nemmeno aprire bocca, che la capacità del signor Brondi di valutare la composizione di un piatto è altamente affidabile.

«Prendo atto» lo seguì la giudice. «Prego, prosegua».

«Allora, signor Brondi, lei in data ventidue giugno è stato ospite del ristorante Tutto su una ruota, in cui lavora come chef il qui presente signor Centofanti».

«Ospite una sega. Centoventi euri ho pagato».

«Senza dubbio soldi spesi bene, visto che è poi tornato una seconda volta, si ricorda?».

«Mi cianno invitato».

«Invitato o di sua iniziativa, lei il giorno dieci luglio era nuovamente nel ristorante di cui sopra. Si ricorda che cosa ha preso?».

Tavolone sospirò.

Si diceva prima che Tavolone era collega di entrambi i cuochi coinvolti nella causa, sia Bertolacci Gianfranco (querelante e parte civile) che Centofanti Loris (imputato). Conosceva Gianfranco da tempo, come del resto lo conosceva Aldo, in quanto collega, e Pilade, in quanto Gianfranco era figlio di un suo vecchio amico; Loris, invece, lo aveva visto un paio di volte nella cucina del ristorante di Gianfranco, il Flò. Poi, un giorno di marzo, non lo aveva visto più. Il ragazzo era arrivato nella cucina del Flò sulla scia di un programma di cucina nel quale, pur senza vincere, si era distinto notevolmente, e in seguito al quale Gianfranco lo aveva assunto con il ruolo di secondo di partita. A detta di Gianfranco, il Centofanti era sicuramente talentuoso e dotato di notevole competenza; a detta degli altri componenti della brigata, era convinto di essere lui lo chef. Impartiva ordini, faceva uscire piatti senza prima farli vedere allo chef de partie, correggeva gli altri cuochi, cambiava le ricette improvvisando e causando disastri. Insomma, dopo un anno non lo sopportava più nemmeno il gatto. Bertolacci si era destreggiato per qualche mese tra il malcontento della brigata di cucina e la speranza che prima o poi l'ego del ragazzo si sgonfiasse, e un paio di volte gli aveva fatto dei cazziatoni solenni; risultato, nulla. Anzi, no: oltre a fare quello che faceva prima, ogni tanto il Centofanti spariva per dei quarti d'ora e non si sapeva dove fosse. Finché una volta, entrando in cucina poco prima del solito, Gianfranco non lo aveva trovato che giocava a Guild Wars online col computer del ristorante. Pare che fosse lì da quasi tre ore: tre ore durante le quali, siccome il computer a un certo punto era quasi scarico, aveva staccato la prima presa che aveva visto e ci aveva collegato il caricabatterie. La presa, fra l'altro, era quella del frigo con i crostacei.

Inutile girarci intorno: lo chef aveva colto la palla al balzo e aveva licenziato il suo dipendente su due piedi per utilizzo improprio di materiale lavorativo. Ci furono un paio di brindisi, tra la brigata: il primo per essersi liberati di un terrificante rompicoglioni, il secondo quando il Centofanti venne assunto da un altro ristorante. A nessuno si dovrebbe negare una seconda possibilità.

«Ho preso il piatto che si diceva prima» rispose Tavolone, dopo aver aperto le mani. «Il maiale in crosta».

«Tutte e due le volte?».

«Tutte e due le volte».

«Mi perdoni, signor Brondi, come era indicato il maiale sul menù?».

«Maiale con gli occhi a mandorla».

«Esattamente come sul menù del ristorante Flò?».

Tavolone annuì, lentamente, mentre il Bertolacci prendeva un respiro profondo.

A nessuno dovrebbe essere negata una seconda possibilità, si diceva prima. Poi però capita che, una volta avuta la seconda possibilità, questo ragazzotto prenda di sana pianta un tuo piatto, un piatto altamente rappresentativo, quello più riuscito della stagione, e lo riproponga nel suo nuovo ristorante, per giunta con lo stesso nome. I tuoi amici, tra cui Aldo e Tavolone, te lo dicono, e tu sulle prime ti incazzi: ma poi la ragione prevale e vai dal tuo ex dipendente, gli dici educatamente che sei contento che lui trovi quel piatto così significativo da riproporlo, ma che siccome non è una ricetta sua ti avrebbe fatto piacere perlomeno una telefonata, capisci che magari non te la sentivi di telefonare perché vi siete lasciati male ma magari un messaggio, una richiesta di qualche tipo sarebbe stata gradita. E quello, in tutta risposta, nemmeno ti vuole vedere: poi però ti manda un messaggino nel quale ti dice che quel piatto lo ha sempre cucinato il sottoscritto Loris, che siccome lo ha sempre preparato lui era normale che il sottoscritto Loris lo servisse anche nel suo nuovo ristorante e che tu Gianfranco Bertolacci in cucina non ci entri nemmeno più e a fare quel piatto non sapresti da che parte iniziare, e che fra l'altro lui lo ha migliorato facendo dei cambiamenti che tu non gli hai mai permesso di fare perché sei, testualmente, «un vecchio rintronato che è bravo solo a discorsi».

A quel punto ti incazzi di nuovo, e stavolta lo denunci.

«Opposizione, signora giudice. La dicitura è diversa. Sul menù del ristorante del mio cliente c'è riportato chiaramente: "Il mio maiale con gli occhi a mandorla"».

Cercignani, il pm, si voltò lentamente verso il cinquantenne dalla testa a fagiolo che seduto alla scrivania sventolava in alto un foglio. Filippo Maria Felici, avvocato di difesa, aveva il colorito terreo di chi fuma troppo e l'aria triste di chi non beve abbastanza. A Cercignani, al di là della differenza di ruoli, era sempre risultato fastidioso. Una di quelle persone vittimiste, lamentose, puntigliose sui dettagli e miopi sul quadro generale. Si conoscevano fin da studenti, anni Novanta, entrambi tifosi della Fiorentina, quando il Felici sosteneva che Baggio fosse scarso «perché non sa colpire di testa».

«Prendo atto, signora giudice» allargò le braccia il pm. «La prossima volta che preparerò una crema di nocciola e cacao la chiamerò "la mia Nutella", e il signor Ferrero non avrà sicuramente nulla in contrario se proverò a venderla con quel nome».

«Dottor Cercignani, si limiti a fare domande al teste e non faccia del sarcasmo».

«Mi scusi, signora giudice. Insomma, lei ha ordinato in data ventidue giugno dal menù un piatto che era indicato come "il mio maiale con gli occhi a mandorla", giusto?».

«Giusto».

«E cosa le è arrivato? Mi descriverebbe il piatto che le è stato servito?».

«Era un filetto di maiale in crosta di pasta lievitata, con una riduzione di pomodoro. E burro di mandorle».

«Secondo lei, c'erano tutti gli ingredienti che lei ha elencato prima?».

«Sì».

«Anche la canna di falasco?».

«Anche».

«Secondo lei, c'erano in aggiunta degli ingredienti che nel piatto da lei assaggiato al Flò mancavano?».

«No, secondo me no».

«Non ho altre domande».

«La parte civile ha delle domande da rivolgere al teste?».

La signora dal capello fattissimo, che aveva ascoltato la testimonianza prendendo appunti su un'agendina grossa più o meno come un telecomando, alzò la testa e poi la scosse. Cinzia Maggiori, avvocato di parte civile: non sempre presente in un processo penale, a meno che la parte lesa non si costituisca parte civile, cioè chieda un risarcimento, abbiate pazienza per la prolissità ma gran parte del linguaggio legale consiste nello spiegare ciò che a tutti sembra ovvio finché non dobbiamo convincere qualcun altro.

«Nessuna domanda, signora giudice» disse la Maggiori, posando l'agendina.

«Bene. Allora si passi alla difesa. Avvocato, prego».

Filippo Maria Felici, alias l'avvocato della difesa, alias l'uomo dalla testa a fagiolo, si alzò. Non aveva appunti in mano, ma la scrivania era costellata di foglietti sparsi, che il tipo aveva disposto con gran cura fermandoli con tutto quello che gli capitava per le mani, telefonino, penna, accendino e così via.

«Allora, signor Brondi, lei ha assaggiato il piatto denominato "Il mio maiale con gli occhi a mandorla" presso il ristorante dove lavora il signor Centofanti. Posso chiederle quante volte è stato nel ristorante del mio cliente?».

«Due».

«Ed entrambe le volte ha ordinato il piatto indicato sul menù come "Il mio maiale con gli occhi a mandorla"?».

«Sì».

«Come mai?».

«Perché era bòno».

«Silenzio laggiù in fondo» eruttò la giudice Gollini, mentre il Rimediotti e Aldo tentavano di soffocare una risata. «Avvocato, vada avanti ma senza perdersi troppo, è già mezzogiorno e venti».

«Come vuole, signora giudice. Tenga conto però che stiamo giudicando una causa di contraffazione proprio di una ricetta, e quindi in quanto segue dovrò andare nel dettaglio proprio della ricetta. Allora, signor Brondi, lei sostiene che gli ingredienti presenti nel piatto cucinato dal mio cliente siano corrispondenti a quelli presenti nel piatto presente nel menù del signor Bertolacci?».

«Sì, certo».

«Ma le chiedo: il piatto che lei ha mangiato presso il ristorante del mio cliente, è lo stesso piatto che ha mangiato dal signor Bertolacci?».

«Non proprio».

Brusìo.

«In che senso?».

«Ner senzo che la riduzione di pomodoro era parecchio diverza. Molto più ristretta, dimorto più sapida. Credo che sia stata sul fuoco parecchio di più, e difatti anche ir colore era diverzo. Era un rosso scuro, quasi violaceo. Me n'è cascato un gocciolino su' pantaloni, non va più via nemmeno a chiama' l'esorcista».

«Allora?» chiese a brutto fiato la giudice Gollini, rivolta verso le risate in fondo all'aula. «Mi scusi, avvocato, ma non sempre i piatti con la stessa ricetta vengono identici. Non potrebbe essere semplicemente che il piatto è stato eseguito da una mano diversa?».

«Alquanto improbabile, signora giudice» rispose l'avvocato. «Anche nel ristorante Flò, dove il mio cliente lavorava come demi chef de partie fino all'aprile di quest'anno, era lui stesso a eseguire il piatto, a partire dalle preparazioni base che l'executive chef, il signor Bertolacci, lasciava sulla postazione».

L'avvocato lasciò che questa consapevolezza entrasse nei processi cognitivi della giudice, la quale a vederla sembrava potenzialmente ben disposta verso qualcuno che lasciava qualcosa sul fuoco più del necessario, poi si rivolse nuovamente a Tavolone:

«Dunque, signor Brondi, lei sostiene che questa riduzione di pomodoro era stata lasciata sul fuoco per più tempo. Non potrebbe essere stata semplicemente una distrazione, secondo lei?».

«Ma bella grossa. Tipo una partita di pallone. Però devano esse' arrivati a' rigori».

«Ed entrambe le volte lei ha apprezzato questa differenza?».

«Cioè, m'è piaciuto di più o di meno?».

«Lei si è reso conto di una qualche differenza?».

«Dio bòno».

«Il teste si limiti a risponde di sì o di no».

«Sì».

«Avvocato» disse la Gollini con la voce che scalava una marcia verso il basso «non capisco questa insistenza sulla cottura di una salsa».

L'avvocato, voltandosi direttamente verso il pubblico, cominciò:

«Vede, signora giudice, la riduzione di pomodoro in questione è proprio uno dei punti cardine di questa vicenda. Come è stato ricordato in apertura, l'imputazione in capo al mio cliente è quella di violazione del diritto d'autore. Una ricetta è infatti assimilabile a un'opera dell'ingegno, e quindi se una persona inventa un piatto nuovo ed originale, il diritto d'autore ne tutela l'originalità. Ma il piatto nuovo viene sempre formulato a partire da preparazioni già esistenti».

«Avvocato, se parla a me guardi me, per cortesia. Grazie. Mi diceva che si parte sempre da ricette già esistenti».

«Eh sì. Cioè, scusi, giudice, ma il qui presente signor Bertolacci non ha certo inventato la salsa di pomodoro: l'ha modificata, aggiungendo degli ingredienti che solitamente in una pomarola non si trovano. Il mio cliente ha a sua volta modificato una salsa di pomodoro cambiando la procedura, cioè il tempo di cottura, e ottenendo quindi un risultato diverso. Non contano solo gli ingredienti, conta anche la procedura».

«Va bene. Prosegua».

«Io ho finito, signora giudice».

«Bene. Allora, adesso tocca al signor Gianfranco Bertolacci, cioè il querelante».

Mentre Tavolone si alzava per lasciare il posto allo chef, il pubblico ministero mise in ordine la propria cartellina. Poi, quando il querelante si fu accomodato, si alzò in piedi.

«Dunque, signor Bertolacci, che ruolo ha all'interno del ristorante Flò?».

«Sono socio di maggioranza ed executive chef».

«Che cosa fa, esattamente, un executive chef?».

«Due cose. Da una parte segue il menù, cioè crea piatti nuovi e stila le ricette. Da quell'altra sovrintende al servizio, cioè istruisce la brigata di cucina e segue il servizio per assicurarsi che tutto venga svolto, e approva i piatti prima che escano».

«Quindi lei durante il servizio non cucina direttamente».

«No. Mi divido, diciamo così, tra la cucina, dove sorveglio, e la sala, dove in qualche modo tengo relazioni con la clientela».

Aldo e Tavolone si guardarono, ridacchiando entrambi.

Sotto il generico comportamento "relazioni con la clientela" Gianfranco Bertolacci era capace di performance di qualsiasi tipo, specialmente quando la serata progrediva; una delle cose che il Bertolacci aveva omesso di dire era che, oltre a sovrintendere alle preparazioni e a relazionarsi con i commensali, nel corso del servizio era solito sgonfiarsi una bottiglia di rosso, che unita al paio di gin tonic con cui l'executive chef inaugurava la serata dava a ogni cena un certo margine di imprevedibilità. Memorabile la sera in cui, accostandosi al tavolo dove due neofidanzatini avevano appena finito il dessert, aveva abbracciato il maschio con aria complice e aveva detto: «Ò, se dopo una cena così 'un te la dà, mi raccomando mollala»; di gran livello anche le spiegazioni dettagliate dei piatti in diretta («questo va a fuoco vivissimo, il fuoco di un vulcano, il fuoco dell'inferno in cui dovrebbero esse' messi i preti che toccano il culo ai bimbi») o le massime di gastronomia impartite in maniera estemporanea («il pane è il contrario della fava, diventa duro invecchiando»).

«Quindi lei è l'inventore della ricetta fin qui individuata come "maiale con gli occhi a mandorla"?».

«Sono io».

«Il signor Centofanti ha avuto parte, in qualche modo, al processo creativo che ha portato alla realizzazione della ricetta? Non del piatto, ma della ricetta?».

«No. Questa ricetta in particolare è stata pensata senza l'intervento di altre persone».

«E poi da lei trascritta sul computer insieme con la procedura per realizzarla?».

«Esatto».

«Signora giudice, io avrei finito».

«Bene. Allora adesso tocca all'avvocato di parte civile».

«Grazie, signora giudice». La donna col capello scolpito si alzò, rendendo così noto al pubblico che anche altre parti del corpo erano state scolpite, oppure restaurate di recente. Cinzia Maggiori, di professione avvocatessa, in quel processo ricopriva il ruolo di avvocato di parte civile: era quindi, contemporaneamente, sia maschio che femmina. La giudice Gollini chiamava tutti «avvocato» indistintamente, ma dubbi sul genere della Maggiori oggettivamente non ce n'erano.

«Allora, signor Bertolacci, da quanto tempo lei conosce il signor Centofanti?».

«Da quando l'ho assunto nel ristorante, due anni fa».

«Come giudicherebbe le capacità professionali del signor Centofanti?».

«Opposizione, signora giudice» disse il difensore.

«Accolta» commentò la Gollini scalando in terza. «Avvocato, non può chiedere un giudizio di merito alla parte civile».

«Riformulo: è vero o non è vero che lei disse in pubblico più volte che il Centofanti era un cuoco di capacità eccellenti e dalla gran voglia di imparare?».

«È vero».

«Purtuttavia, sei mesi fa è stato licenziato. Chi ha preso la decisione di licenziarlo?».

«Io, a malincuore».

«La parte civile si astenga da giudizi sentimentali».

«La motivazione per il licenziamento è contenuta agli atti, ma può ricordarla alla corte?» riprse l'avvocatessa Maggiori dopo l'interruzione della Gollini.

«Numerose volte il Centofanti ha fatto uso improprio delle dotazioni informatiche della cucina».

«Quindi il Centofanti aveva accesso al computer indicato come "dispositivo 1"?».

«Certo».

«Questo computer è di proprietà del ristorante?».

«Sì, l'ho acquistato con i soldi del ristorante».

«E ogni cuoco ha il suo account?».

«Sì, per tracciare ogni richiesta e modifica che viene fatta. In pratica, il computer serve per tenere un diario di quello che succede ogni giorno in cucina. Se un piatto è venuto particolarmente bene o male, eventuali modifiche che possono venire proposte o cambiamenti dell'ultimo minuto, una fornitura che secondo la cucina ha dei problemi. Cose così».

«Al momento di preparare i piatti, al momento del servizio, i cuochi cucinano tutto da soli, partendo dalle materie prime?».

«Non sempre. Per alcuni piatti, partono da delle preparazioni base che appronto io stesso durante il giorno e che vengono lasciate debitamente imbustate e indicate».

«Il cosiddetto "maiale con gli occhi a mandorla" è uno dei piatti che richiede queste preparazioni preliminari?».

«Sì».

«I cuochi sanno come sono ottenute queste preparazioni?».

«A volte sì, a volte no».

«Il cosiddetto "maiale con gli occhi a mandorla" è uno dei piatti di cui le preparazioni sono note?».

«No».

«Ma le ricette sono contenute nel computer di cui sopra?».

«Sì, certo».

«E chiunque potrebbe accedervi?».

«Conoscendo le mie credenziali, certo».

«Lei potrebbe all'occorrenza provare che qualcuno si è introdotto nel computer usando le sue credenziali in modo fraudolento?».

Lo chef guardò l'avvocatessa come a chiederle se era proprio sicura di fargli quella domanda.

È un trucco da avvocati, aveva detto l'avvocatessa al proprio assistito nei giorni precedenti. Noi siamo sicuri che la tua ricetta il Centofanti l'abbia copiata direttamente dai tuoi file, ma non possiamo provarlo. Però un conto è la contraffazione e un conto è l'indebita introduzione in un computer. Se noi facciamo aleggiare il sospetto di un reato connesso e ci mostriamo disposti a lasciar perdere, è molto probabile che la giudice ci dia ragione su tutta la linea per quello che è l'imputazione vera e propria, la contraffazione. Mi sembra una puttanata, aveva replicato lo chef. Senti, bello, te pensa a fare la maionese che a farti avere il risarcimento ci penso io, aveva risposto l'avvocatessa.

«No, assolutamente no».

«L'uso improprio a cui si riferiva prima quindi non era attività di spionaggio o fraudolenta?».

«No. In pratica, abbiamo scoperto che Centofanti usava il computer che serviva alla brigata di cucina per giocare a giochi di ruolo online. Questo anche in momenti, diciamo così, cruciali per l'organizzazione. Un paio di volte il computer si è piantato e abbiamo perso delle mezz'ore a...».

«Hai visto un ber mondo!» sbottò una voce dal fondo dell'aula. «Se c'era ancora de' sindacalisti come ero io, artro che licenzia' uno perché giòa ar compiuter».

«Come si chiama lei?» chiese la giudice, al di sopra degli occhiali.

«Viviani Ampelio» disse Ampelio con orgoglio, prima il cognome poi il nome.

«Grazie».

La giudice premette un tasto sull'interfono.

«Portineriaa...» rispose una voce strascicata.

«Buongiorno Bertelloni. Per cortesia, potrebbe venire qui un attimo?».

Ci vollero tre o quattro minuti al portiere Bertelloni Eugenio per identificare, raddrizzare e accompagnare fuori dall'aula il signor Viviani Ampelio, ma tutto sommato la scena si svolse senza incidenti. Dopo di che, mentre la porta si chiudeva, il Rimediotti fece un passetto di lato e, sistematosi i pantaloni, prese posto bello tranquillo sullo scranno rimasto vuoto.

«Scusa Gino, c'ero prima io» disse Aldo, con tono risentito.

«Sì, in fila alle pompe funebri. A me mi sente la schiena quando sto troppo in piedi».

«E a me mi girano i coglioni quando qualcuno fa il furbo».

«Allora? Cosa c'è ancora laggiù in fondo?».

«Mi scusi, signora giudice, ma questo vecchio s'è seduto prima di me che ero qui presente in attesa da ben prima. Se lei potesse dirgli qualcosa...».

«Lei vorrebbe che lo facessi alzare da quella seggiola?».

«Se lei potesse convincerlo...».

La giudice Gollini mostrò i denti in un sorriso giallo e nero che ricordava vagamente un pianoforte d'antiquariato.

«Niente di più facile. Bertelloni, per favore».

«Oh, armeno ora si starà un attimo tranquilli» disse quasi a se stesso Pilade, mentre Tavolone si adagiava sul seggio rimasto vacante dopo che i due precedenti candidati, ovvero Aldo e Gino, erano stati accompagnati fuori in maniera educata ma ferma dall'usciere Bertelloni. Nel frattempo, di fronte a loro, l'avvocato della difesa si disponeva a interrogare a sua volta lo chef Bertolacci.

«In che modo, signor Bertolacci, lei trova gli abbinamenti tra cibi diversi? Che criteri segue per decidere se una data spezia sta bene con una determinata carne?».

«Quanto tempo ho per rispondere?» chiese lo chef, guardando la giudice con l'aria ironica di chi tenta di suggerire che meno male ci siamo noi due, che siamo gli unici a capire qualcosa.

«Di meno» rispose a brutto muso la dottoressa Gollini.

«Dunque, c'è molto studio, alla base» ricominciò lo chef guardando l'avvocato. «Tenga conto che uno chef si evolve in continuazione, e si continua a studiare per tutta la vita».

«Quindi l'abbinamento è parte essenziale del processo creativo, giusto?».

«Certo. Conta molto l'esperienza, la sensibilità, ma soprattutto la conoscenza pregressa. Niente si improvvisa in cucina. Lo studio è fondamentale. Ci sono dei testi che parlano espressamente di abbinamenti».

«Ce ne potrebbe citare uno?».

«Mi viene in mente *La grammatica dei sapori*, di Niki Segnit».

«Non gliene viene in mente nessun altro?».

«Così sul momento no».

«Ci sono dei testi» ripeté distrattamente l'uomo dalla testa a fagiolo. «Dei testi e anche degli ipertesti, ritengo».

«Non la seguo» disse lo chef, con un dente di meno nel sorriso.

«Mi spiego meglio. Signora giudice, le chiederei di andare alla prova numero quattro, ovvero le risultanze dell'ispezione del computer del signor Bertolacci». L'avvocato Felici, che fino a due ore prima si era vantato con il suo collega di vederci ancora benissimo da vicino nonostante avesse appena festeggiato i cinquant'anni, si infilò un paio di occhiali da lettura tondi con una montatura nera spessa un dito, diventando così praticamente identico al minion Kevin. «In seguito all'ispezione del computer portatile di proprietà del ristorante» cominciò l'avvocato «risulta che in data sei gennaio ventiventitré qualcuno si è loggato con username e password del querelante. All'interno di tale sessione, qualcuno si è collegato al seguente indirizzo internet».

La giudice Gollini guardò l'intestazione in cima alla pagina.

«23.102.140.120. Ventitré, punto, centodue, punto, centoquaranta, punto, centoventi. È un sito porno?».

«Non proprio, vostro onore. È l'indirizzo di ChatGPT».

C'è silenzio e silenzio. Per la prima volta, quella mattina, nell'aula 6 del tribunale ci fu un lungo momento di vuoto acustico pressoché totale. Avendo un attimo di tempo, probabilmente si sarebbe potuto sentire il battito cardiaco di ognuno dei presenti, e anche accorgersi che il cuore del querelante ne aveva mancato uno. Ma un lungo silenzio e un avvocato nella stessa stanza sono due concetti incompatibili.

«ChatGPT» ricominciò l'avvocato rivolto alla giudice «ovvero un sistema di intelligenza artificiale che è in grado di dialogare in linguaggio naturale con l'utente tramite...».

«Avvocato, sono vecchia ma non vivo in uno scantinato. Lo sappiamo tutti cosa è ChatGPT. Vada avanti».

L'avvocato, sorridendo, si voltò verso Bertolacci che pochi istanti prima aveva smesso di sorridere.

«Allora, signor Bertolacci, è vero o non è vero che in data sei gennaio ventiventitré lei si collegava a ChatGPT?».

Mugugno.

«Potrebbe ripetere? Non ho sentito».

«È vero».

«Le leggerei adesso le domande che sono state poste al chatbot. È vero o non è vero che lei chiedeva tramite prompt: "Potresti suggerire una spezia che si abbini a maiale, pomodoro e mandorle?"».

«È vero».

«È vero o non è vero che il chatbot le suggeriva di usare una spezia giapponese nota come shichimi togarashi?».

«È vero».

«Le dispiacerebbe dire a questa corte di che cosa è composto questo ingrediente?».

«Peperoncino, scorza di mandarini, semi di sesamo, semi di papavero, alga nori, zenzero».

«Lei aveva mai usato questa spezia in precedenza?».

«Ne conosco i componenti».

«Questo non equivale a saperla preparare o conoscerla. Anche io so che la pizza margherita è fatta da farina, lievito, pomodoro, mozzarella e basilico. Basterebbe mescolarli insieme per ottenere una pizza? Non ridacchi, dica sì o no».

«A quale domanda devo rispondere? Alla prima o alla seconda?».

«Lei aveva mai usato questa miscela di ingredienti in precedenza, nel suo ristorante?»

Bertolacci prese fiato come se si preparasse a restare per qualche minuto in apnea. E forse era quello che avrebbe voluto fare veramente. Poi, con molto meno fiato di quello che aveva inserito, rispose:

«No, mai».

«Signora giudice, abbia pazienza, ma vorrei riesaminare il teste» disse la voce dell'avvocatessa Cinzia Maggiori.

La giudice Gollini, che era già con le mani sui braccioli della poltroncina, si risedette. Erano le dodici e cinquanta, e tutti gli elementi di prova erano stati esaminati. Detto in altri termini, il dibattimento era finito.

«Eh... vuole riesaminare il teste...».

«Avrei bisogno di riesaminare il teste» disse con voce ferma l'avvocatessa Maggiori «per chiarire un aspetto fondamentale».

La dottoressa Gollini guardò un attimo l'orologio, e l'avvocatessa per un attimo si maledisse.

In Italia i giudici, tutti i giudici, hanno fretta. Hanno fretta per un motivo sensato: devono giudicare troppe cause. Ma la fretta della dottoressa Gollini aveva un'altra causa principale, e l'avvocatessa Maggiori la conosceva benissimo. La dottoressa Gollini aveva fame. La Gollini all'una si metteva a tavola, cascasse il mondo, e qualsiasi cosa si interponesse fra lei e l'unico piacere della vita che fosse contemporaneamente anche un dovere le causava un immediato, inevitabile e duraturo giramento di coglioni. Sì, di coglioni. E, quasi inevitabilmente, la parte che aveva procurato quel ritardo da quel momento in poi, nel corso del dibattimento, era nel casino. Si sospettava, non senza fondamento, che più d'un processo praticamente già vinto si fosse sconfitto da solo dopo aver impedito di testimoniare allo stomaco della giudice Gollini, e questo l'avvocatessa Maggiori lo sapeva.

«Vorrebbe farlo adesso?»

La Maggiori guardò l'orologio e alzò un sopracciglio.

«Forse sarebbe meglio farlo dopo pranzo...».

«Sono d'accordo» disse la Gollini, che nel frattempo era già in piedi. «Aggiorniamo alle 14:30. A dopo».

«Allora? Com'è andata?».

Tavolone scosse la testa.

«Aggiornato. Se ne ragiona dopo le due e mezzo. Ma è successa una cosa da cinema».

«Cos'è successo? Pilade è decollato?»

«No, hanno messo forilegge li stupidi. Sbrigati a anda' a casa, sennò t'arrestano».

«Comunque, che qualcosa sia successo mi sembra abbastanza chiaro» disse Aldo, guardando attraverso la parte superiore degli occhiali, e cioè in lontananza. «Guardalì com'è incazzata l'avvocata di parte civile».

«Ma non me la potevi dire questa cosa di ChatGPT?».

«Non credevo che fosse importante...».

«Ma come, non credevi che fosse importante? Ma secondo te? È stata chiesta l'ispezione del computer, ti ho chiesto se nel computer c'era qualcos'altro che riguardasse la ricetta e te mi hai detto di no. E devo venire a saperlo in dibattimento che hai fatto la ricetta con l'intelligenza artificiale?».

«Ma non credevo che lo sapessero».

«Porca vacca, Gianni, lasciatelo dire: cucini meglio di come credi. E non è un complimento».

«Va bene, va bene, ho capito. Sono stato un coglione. E adesso?».

«E adesso procediamo col riesame. Cioè cerchiamo di capire se in qualche modo, facendoti di nuovo parlare e facendoti le domande giuste, riusciamo a dimostrare il tuo essenziale contributo alla ricetta in questione. Sono le una e un quarto, abbiamo un'ora e un quarto di tempo a partire da adesso».

«Uno spaghettino, mentre ci pensiamo? Io da digiuno non ragiono».

E invece a stomaco pieno, disse la faccia dell'avvocatessa Maggiori.

«Qui vicino c'è il Tegame, sono veloci e...».

«Ci va la giudice Gollini a pranzo tutti i giorni dal lunedì al venerdì. Andiamo a prenderci un panino al bar, si fa prima».

«Non distraiamoci e ascoltami. Quindi, se io ti chiedessi: quanto è importante questa spezia giapponese, questo shichimi togarashi?».

Gianfranco Bertolacci finì di masticare il boccone, deglutì e appoggiò il panino ormai quasi alla fine. Quello dell'avvocatessa, invece, era praticamente intatto.

«Eh. È fondamentale».

«Cioè, è la cosa più originale della ricetta?».

«Eh, cioè, sì».

«Sì?».

«Sì».

«E questa canna di falasco, che non l'avevo mai sentita rammentare?».

«Avevo bisogno di qualcosa di amaro, che pulisse la bocca dopo ogni morso, sennò dopo due bocconi ti asfalta la bocca e viene a noia».

«E te l'ha detta anche quella ChatGPT?».

«Sì, alla nona volta. Prima mi ha proposto cose banali, tipo la marinatura con il cacao amaro o la liquirizia, o il caffè. Il caffè in polvere, figurati. La cosa più difficile da adoprare in cucina. Ce ne metti uno zinzino di troppo e non senti più una sega di nulla».

«Mh. Te hai fatto qualcosa, oltre a trovare il nome, o...».

«Mettere il prezzo sul menù? Passare sedici ore al giorno al ristorante? Cercare qualcosa di nuovo ogni tre settimane, perché ormai la gente mangia per divertimento e non per sfamarsi e quindi se proponi lo stesso menù della stagione precedente ti danno per fallito o per morto? Mettermi a sfrucugliare ogni tipo di ingrediente esotico perché il pomodoro ormai fa schifo a tutti, se non lo aromatizzi alla polpa di durian o con una grattatina di fava tonka la gente ti dice che sei superato? Accidenti a MasterChef, accidenti ai programmi di cucina e accidenti a chi cuoce il pane a quelli che l'hanno pensati. Oramai siamo nella pornografia culinaria. Peggio, oltre la pornografia. Alla gente gli garba di più guardare degli stronzi che cucinano invece di sedersi a tavola e mangiare. Siamo nella perversione, siamo. Oh, Aldo. Come stai?».

«Da vecchietto, mi contento» disse Aldo, mettendo la sinistra sulla spalla dello chef, come un vero amico, e porgendo la destra all'avvocatessa, come un vero galantuomo. «Piacere, Aldo».

«Piacere, signor Aldo. Le chiedo scusa, ma il suo amico e io abbiamo poco tempo e dobbiamo discutere una faccenda di una certa importanza».

«Lo so, lo so. Ero in aula fino a poco fa, quando la giudice mi ha fatto allontanare in maniera piuttosto proditoria».

«Ah, sì. Ecco, le cose in seguito sono precipitate, per cui se ci perdona...».

«Chiedo venia per l'intrusione, ma sono qui proprio per questo. Non ho potuto fare a meno di sentire quello che stavate dicendo, e credo di poter suggerire una possibile linea di interrogatorio».

Se fosse stata un pochino meno stanca, o un pochino meno educata, l'avvocatessa Cinzia Maggiori avrebbe messo a propria volta una mano sulla spalla di Aldo e gli avrebbe chiesto, in modo inequivocabilmente retorico, per quale motivo tutti i maschi che incontrava intorno a quel caso cercavano di fare il suo lavoro. A molti di noi, quando subiamo una piccola angheria, viene in mente esattamente la risposta che il tanghero in questione si meriterebbe: una risposta secca, precisa e lapidaria. Purtroppo, alla maggior parte di noi viene in mente esattamente mezz'ora dopo rispetto a quando succede il fatto, e l'avvocatessa Maggiori non faceva eccezione.

«Dunque, avvocatessa, lei conosce Beaumarchais?».

«Non credo di averlo studiato...».

«Non è un giurista, era un commediografo del Settecento. L'autore delle commedie su Figaro barbiere di Siviglia, per intendersi».

«Sì, ma cosa c'entra...».

«Non era solo un commediografo, era anche un orologiaio, cioè fabbricante e inventore di orologi. Non ancora ventenne, aveva inventato un meccanismo di scappamento del tutto originale ed innovativo, ma un orologiaio rivale, approfittando della giovane età di Beaumarchais, se ne attribuì la paternità. In pratica, lo fregò. Ne nacque una disputa per il brevetto, e per risolverla il giovane inviò all'Accademia delle Scienze di Parigi una scatola chiusa con un lucchetto. I membri dell'accademia, esaminato il contenuto della scatola, decisero all'unanimità che l'invenzione era sua, del giovane commediografo, e non del rivale».

«E che cosa c'era nella scatola?» chiese lo chef.

«E cosa ce ne dovrebbe fregare?» chiese l'avvocatessa.

Aldo sorrise.

«Posso rispondere a entrambe le domande».

«Vorrei che lei mi dicesse, signor Bertolacci, qual è lo strumento più avanzato della sua cucina. Quello tecnologicamente più complicato».

Gianfranco Bertolacci fece finta di pensare, anche se in realtà la risposta era stata concordata con l'avvocatessa. Di fianco, con gli occhi semichiusi e l'aria del pitone poco dopo che ha finito di ingollare il topo, la giudice Gollini ascoltava picchiettando il cappuccio della penna sul bracciolo.

«Be', direi che è il Rotavapor. L'evaporatore rotante».

«A che cosa serve?».

«Opposizione, giudice. Non è chiaro quale sia lo scopo di queste domande...».

«Stia zitto, avvocato. Prego, la parte civile risponda».

«A distillare e concentrare delle soluzioni a temperature basse, facendo il vuoto. Il principio è quello della cottura a bassa temperatura, più bassa è la temperatura e più si preservano gli aromi».

«Lei sa come funziona?».

«Lo so usare e ne conosco i principi».

«Che dimensioni ha questo oggetto?» chiese la giudice Gollini.

«Più o meno, quelle di una friggitrice con accanto una macchina espresso».

«Ah. E costa molto?» continuò con aria interessata la giudice Gollini.

«Intorno al migliaio di euro».

«Mh. Vabbè. Mi scusi, avvocatessa, continui pure».

«Lei lo utilizza, e costa molto. Ne saprebbe costruire uno?».

«Nemmeno per idea».

«Non lo saprebbe costruire, però lo utilizza, giusto?».

«Certo».

«Opposizione, giudice. Ci sembra che la parte civile stia semplicemente prendendo tempo».

«Accolta. Vada al punto, avvocato».

«Lei saprebbe programmare un algoritmo come ChatGPT?».

«Nemmeno se studiassi cent'anni».

«Eppure lo utilizza. Esattamente come l'evaporatore rotante».

«Opposizione, signora giudice...».

«Non rompa, avvocato. L'avvocato di parte civile non ha nemmeno fatto la domanda. Prego».

«La domanda è: lei ha utilizzato tutto quello che le

ha suggerito ChatGPT nel corso della vostra conversazione riguardo al piatto in questione?».

«No».

«Come mai?».

«Perché alcuni degli ingredienti suggeriti erano a mio parere sbagliati».

«Come mai sbagliati?».

«Ho chiesto un elemento amaro per ripulire la bocca a ogni boccone, e il primo suggerimento è stato il caffè in polvere».

La smorfia della giudice non sfuggì all'avvocatessa Maggiori.

«Non andava bene?».

«Faceva proprio schifo».

«Opposizione, signora giudice. Si chiedono al teste opinioni personali...».

La giudice Gollini non si raschiò nemmeno la gola prima di rispondere.

«Se lei o il suo cliente mettete del caffè in polvere in una salsa di pomodoro, avvocato, c'è da chiamare l'ONU, non da andare a processo. Vada avanti».

«Quali altri ingredienti ha suggerito il chatbot che lei ha scartato?».

«Ha suggerito cacao amaro, liquirizia...».

«Come mai ha scartato la liquirizia?».

«La radice di liquirizia non è il tipo di amaro che mi serviva. È troppo complessa e in più ha una nota di mandorla. Mi serviva qualcosa che staccasse».

«Mi scusi, la interrompo: quanti ingredienti secondo lei inutilizzabili le ha proposto il chatbot?».

«Sei, in tutto».

«E a un certo punto però le ha suggerito la canna di falasco, che lei ha utilizzato, giusto?».

«Esatto».

L'avvocatessa, voltandosi verso il pubblico, sorrise. Se quel signore anziano dai modi eleganti fosse stato nello stesso posto in cui si trovava la mattina, avrebbe sorriso anche a lui.

Nella scatola consegnata da Beaumarchais all'Accademia delle Scienze di Parigi erano conservati tutti gli errori. Tutti i tentativi andati a vuoto, i meccanismi costruiti ma non funzionanti. Il suo rivale, invece, non aveva potuto produrre nessun errore, perché non aveva mai realmente lavorato su quel progetto. Mostrando i propri errori, Beaumarchais aveva qualificato il proprio lavoro. Questo era quello che le aveva raccontato quel signore anziano.

Purtroppo, il signore anziano al momento di iniziare l'udienza pomeridiana era stato fermato dall'usciere, insieme ai suoi amici, e avvisato che secondo precise disposizioni della dottoressa Gollini non poteva accedere all'aula. Ma l'avvocatessa Maggiori gli sorrise lo stesso.

«Oggi sono venuto qui in automobile. Cosa ce ne importa, direte voi. Invece dovrebbe. Perché io ignoro completamente come funziona un'automobile. Mio nonno, se l'automobile si fermava, apriva il cofano e sentenziava: c'è una biella che è andata. Mio padre, se l'automobile si fermava, chiamava il carro attrezzi. Io, se l'automobile si ferma, chiamo un centro assistenza che chiama un centro servizi che, dopo aver chiamato una società di assicurazioni, preleva la mia automobile, le fa una diagnosi elettronica computerizzata più accurata di quella che farebbero a me se avessi un infarto, e me la riparano».

Il pubblico ministero aprì le mani, le allargò – forse a mostrare l'entità del conto che avrebbe dovuto pagare all'autofficina – e le richiuse. Era il suo momento preferito da sempre, l'arringa finale. Anche se sapeva che di rado serviva a qualcosa.

«Il punto è che ognuno di noi utilizza quotidianamente oggetti di cui ignora la fabbricazione o i principi di funzionamento. Io sono venuto qui in automobile, e anche se non saprei mai costruirne una so come utilizzarla. Conosco le regole per utilizzarla, ho la patente ed applico il codice della strada. Sono in grado di servirmene in maniera cosciente, il che significa evitare errori che andrebbero a detrimento delle altre persone. Sarebbe fisicamente possibile, per me, alla guida di una automobile, salire sul marciapiede e travolgere delle persone, ma non lo faccio. Sarebbe possibile ugualmente per me partire se uno dei sensori mi avvisa che i fari sono guasti, o che uno degli pneumatici ha un problema, o uno dei passeggeri non indossa la cintura, ma non lo faccio. Metterei le vite degli altri a repentaglio. Certo, l'automobile mi dà delle possibilità che altrimenti non avrei».

Il dottor Cercignani fece una piccola pausa e accennò allo chef Bertolacci con la mano.

«Anche i sistemi di intelligenza artificiale danno delle possibilità che altrimenti uno non avrebbe. Al tempo stesso, come ci ha fatto mirabilmente notare l'avvocato di parte civile, commettere degli errori fa parte del processo creativo. E correggere quegli errori fa parte del processo creativo».

Il pm, dopo essersi sistemato la toga sulle spalle, appoggiò le mani sulla scrivania:

«Nel corso del dibattimento, sono sorti degli elementi che potrebbero far pensare che, dato l'utilizzo di un sistema come ChatGPT, un sistema di intelligenza artificiale, la ricetta del piatto denominato "maiale con gli occhi a mandorla" non sarebbe frutto della creatività umana. Niente di più sbagliato, signora giudice. È vero, senza ChatGPT questo piatto denominato "maiale con gli occhi a mandorla" non sarebbe mai stato realizzato. Ma è necessario riconoscere che anche senza la competenza e la volontà di Gianfranco Bertolacci, questo piatto non sarebbe mai stato realizzato. Entrambi questi enti sono necessari, ma nessuno è di per sé sufficiente alla realizzazione della ricetta. Questo piatto è frutto di un processo creativo e contiene elementi originali, quindi esso è un'opera originale, e come tale protetto *de facto* dal diritto d'autore».

Terminata l'arringa del pubblico ministero, l'avvocato della difesa si alzò, con calma e quasi di malavoglia, come se pensasse che in un paese civile non ci sarebbe stato bisogno nemmeno di dire quello che stava per dire.

«Signora giudice, riassumo brevemente quello che è stato detto finora, e che conferma la assoluta insussistenza della causa nella sua stessa genesi. Nelle parole del signor pubblico ministero, implicitamente, si afferma che la causa stessa è priva di fondamento. Infatti, come è stato detto e come è vero, il piatto del mio cliente è un'opera originale al pari di quella del querelante, lo chef Gianfranco Bertolacci. L'errore fa parte della procedura creativa, è stato detto. Quindi, si ammette che la procedura fa parte della realizzazione. In soldoni, se io ho gli stessi ingredienti di partenza ma li tratto in modo diverso, non ottengo lo stesso piatto. Ci vogliono le materie prime, ma ci vuole anche un processo che le modifichi: un processo fatto di quantità, di temperature, di tempi. Modificando il tempo di cottura di una salsa, il mio cliente ha ottenuto un piatto che, come riconosciuto in sede testimoniale, era diverso, nettamente diverso da quello di partenza».

Filippo Maria Felici fece una pausa, mica solo i magistrati hanno diritto a essere teatrali, e continuando a parlare verso la giudice appoggiò anche lui le mani sulla scrivania.

«È pacifico, e non abbiamo problemi ad ammetterlo: senza ChatGPT quel piatto non sarebbe nato, ma nonostante questo è un'opera originale». L'avvocato cominciò a battere una mano sul piano di legno. «Ma allora è pacifico, e questa corte non avrà problemi ad ammetterlo, che si può estendere il ragionamento, per induzione: senza il piatto originale dello chef Bertolacci non sarebbe nato nemmeno quello del mio cliente, ma nonostante questo il piatto del mio cliente è un'opera originale. Pertanto l'accusa di contraffazione deve essere respinta, in quanto trattasi di vendita di un prodotto diverso, e non di una pedissequa imitazione».

«Ma vai in culo...».

La giudice Gollini, che stava ascoltando ad occhi chiusi, cullata dall'affetto della propria glicemia, aprì gli occhi e guardò verso il pubblico, cioè verso Pilade, l'unico rimasto ad assistere visto che Tavolone dopo pranzo aveva detto io il mio dovere l'ho fatto, non so voi ma io ciò da lavora'. Certo, va detto che Pilade era a bocca chiusa. Ma va anche detto che la frase veniva inequivocabilmente da dentro l'aula.

«Cosa succede? Lei, cosa sta facendo?».

«Chi, io?» disse Pilade, cercando di mettere una mano sopra al telefonone che aveva appoggiato al ginocchio.

«Chi c'è a quel cellulare?».

«No, mi dev'esse' rimasto acceso...».

«Cioè, mi spieghi, lei ha lasciato il telefono in vivavoce per far sentire il procedimento ai suoi amici qui fuori?».

«No, me ne devo esse' dimenticato... cioè, capita...».

«Stia tranquillo che non capita più» disse la giudice, premendo con l'indice sul pulsante dell'interfono. «Bertelloni?».

«Te sei un cretino».

«Ma so una sega io che mi poteva senti'».

«Ascolta, ber mi' Ampelio, ir telefono l'hanno inventato che eri già nato. Quello che dici di vì lo sentano di là, e viceversa». Pilade scosse la testa. «Proprio ar momento bòno».

«Eh, non è chiaro ora come va a finire» disse Aldo, levandosi gli occhiali e pulendoli con il lembo della giacca. «Anche quello della difesa è stato bravo a sfruttare la situazione. Dipende dalla giudice».

«Dipende dar giudice. Certo, è vergogna».

«Che cosa?».

«Che queste situazioni vì dipendano da una perzona».

«Sì, anche a me mi ha un po' ghiacciato quello che diceva l'avvocatessa, che con quella giudice lì dipende se il dibattimento finisce prima o dopo pranzo. Cioè, te magari sei lì che decidono se sei colpevole o innocente, e la sentenza cambia dalle dieci di mattina alle sei di sera, senza che tu nel frattempo abbia sparato a qualcuno».

«Aldo, ti ronza la tasca».

«Eh...». Il vegliardo trovò la tasca non senza una certa difficoltà, ormai quello che dieci anni fa era un automatismo stava diventando un tiro da tre punti, e ne estrasse con mano grifagna il cellulare. «Sconosciuto».

«Come minimo è la Vodafòn. Oramai a me mi telefanano tre vòrte ar giorno».

«Zitti un attimo» disse Aldo, cercando inutilmente di abbassare il volume dei compagni con la mano.

«Ardo, chi è?»

Aldo coprì il microfono con la mano.

«È la tu' mamma. Dice che stasera torna a casa presto perché s'è fulminato il lampione».

Ampelio gli dette un'occhiataccia. Aldo si levò il cellulare dall'orecchio, ammutolì il microfono con una ditata concentrata e lo mise in mezzo, così che tutti potessero sentire, ma senza il viceversa.

«La mi' mamma questa voce roca 'un ce l'aveva» ne approfittò Ampelio.

«No, ma questa vì è...».

I vecchietti ammutolirono tutti e quattro, contemporaneamente. Dopo un attimo di silenzio, si sentì di nuovo una voce gracchiante che rimbombava.

«"... nel processo penale non possono assurgere al rango di prova le valutazioni di merito del tutto personali di uno chef, anche se di comprovata perizia"».

«Cosa ha detto?».

«Ha detto che la testimonianza di Tavolone non conta un cazzo».

«"Anche laddove la testimonianza venisse accolta, l'elemento probatorio fondamentale è la presenza, in entrambi i menù dei ristoranti in questione, della medesima denominazione per un piatto di analoga struttura. La dicitura 'maiale con gli occhi a mandorla' è infatti da ritenersi originale, in quanto non compare in letteratura culinaria né è risultata nota in data anteriore a quella della pubblicazione del menù del Bertolacci"».

«Cosa vor di'?».

«Che in tutti e due i menù c'è scritto "maiale con gli occhi a mandorla"».

«De', per forza. È un maiale colle mandorle. Come lo dovevano chiama', torta sacher?».

«"La corte riconosce la possibilità, peraltro non valutabile oggettivamente sulla base delle prove testimoniali, che entrambi i piatti siano piatti originali. Ma il diritto d'autore non tutela il prodotto, bensì tutela la forma espressiva. Ai sensi della legge sul diritto d'autore numero 633 del 22/04/1941, tale branca del diritto offre tutela alle opere dell'ingegno di carattere creativo che appartengono alla letteratura, alla musica, alle arti figurative, all'architettura, al teatro ed alla cinematografia, in qualsivoglia modalità di espressione, e i menù di un ristorante in quanto forma espressiva vi sono soggetti. Sono quindi tutelate la ricetta, l'impiattamento laddove documentabile da progetto, e la sua denominazione. E non si ha notizia di un piatto noto come 'maiale con gli occhi a mandorla' precedente al menù del querelante, il quale ha pubblicato tale documento in data palesemente anteriore a quella dell'imputato"».

Ci fu un lungo silenzio, comprensibile visto che dopo una frase così lunga probabilmente la giudice Gollini aveva avuto bisogno del ricorso alla tenda a ossigeno. Ampelio guardò Aldo con aria interrogativa.

«In pratica, sta dicendo che quello che conta è il nome del piatto, e non il piatto».

«O che discorso è? Ma se il piatto è lo stesso?».

«Zitto un attimo».

«"Aver usato da parte dell'imputato lo stesso nome, altresì originale, implica il riconoscimento del valore intrinseco di tale nome; averlo fatto senza chiedere il permesso, né aver corrisposto una quota di qualunque entità, né aver segnalato in alcun modo la paternità del nome, costituisce palese violazione del diritto d'autore"».

Colpevole, disse lo sguardo di Aldo.

Colpevole, annuì soddisfatto il Rimediotti.

Fin quando 'un c'è la sentenza io 'un mi chino, ricordò la faccia di Ampelio.

«"Per quanto manifestato, ai sensi dell'articolo cinquecentotrentatré del codice di procedura penale..."».

«Colpevole!» disse Pilade.

«Ma chetati, 'un ha ancora detto nulla!».

«Ha detto articolo cinquecentotrentatré» rispose Pilade sdegnoso. «Se fosse stato assolto avrebbe detto articolo cinquecentotrenta».

«"... colpevole del reato di contraffazione, e lo condanna..."».

«Esattamente» disse Gianfranco Bertolacci, alzando quello che prometteva essere il primo di una lunga serie di bicchieri di champagne. «Condannato a una multa, alle spese processuali e a un congruo risarcimento».

«Congruo quanto?».

«Congruo. Il giusto, non lo voglio rovinare. Non sarei mai voluto andare a processo, mi sarei contentato di un accordo. Mi sarebbe bastato che mettesse il mio nome. Lui mi ha voluto prendere per il culo, è andata come è andata».

«Per lui male, e per te bene».

«Per lui male, e per me meglio. Guarda, te lo ripeto, del processo ne avrei anche fatto a meno. E a un certo punto me ne sono anche pentito. Meno male che c'era quell'uomo lì».

«Troppo buono» si schermì Aldo.

Bertolacci sorrise, girando intorno al tavolo, uno dei pochi che oltre ad essere apparecchiato aveva anche dei commensali. Il martedì era giorno di apertura, ma il ristorante era semivuoto: il giorno migliore, per invitare il tuo amico a cena per ringraziarlo.

«Guarda, l'avvocatessa è rimasta veramente colpita».

«Me lo immagino».

«Fidati. Cioè, lei è una integerrima. Telefonarti e mettere il vivavoce per farti sentire la sentenza in diretta... è una roba eccezionale».

«Per te» disse Ampelio. «Ardo fino a una sessantina d'anni fa c'era abituato, a senti' le donne che ansimavano ar telefono».

Eh certo. Tu inviti il tuo amico, e si palesano in quattro più Tavolone. E che fai, li butti fuori?

«Comunque alla fine, se guardi, non è stato merito mio. Le motivazioni della sentenza le hai sentite, girava tutto intorno al nome. Alla fin fine è quello che ti ha salvato».

«To', davvero. Io 'un me ne capacito. Se lo chiamavi maiale in crosta t'arrivava un cetriolo in culo».

«Ma cosa te ne frega?» chiese il Rimediotti. «L'ha vinta, la causa. Mica l'ha perza».

«L'ha vinta e son contento per lui. Però l'ha vinta per ir motivo sbagliato».

«Sì, quello lascia un po' di amaro in bocca...» disse Bertolacci, cercando subito dopo di addolcirla con un sorsetto di champagne.

«Cioè, voglio di', se ti condannavano te per ir motivo sbagliato ti girerebbero parecchio i coglioni, no?» si infervorò Ampelio. «Ma ti sembra giustizia, a te, questa?».

«Il giudice non è lì per fare giustizia» disse Pilade. «Il giudice è lì per applicare la legge».

«Bravo Pilade» commentò Bertolacci. «E voi invece siete qui per mangiare. Allora, oggi fuori carta se vi interessa...».

E di giustizia non se ne parlò più.

Santo Piazzese

La vendetta dell'aglio cinese

«... la cucina era tutta gialla. Soffitto, mattonelle, armadietti... persino la macchina del gas era di un colore giallo curcuma, sai, quella polvere che mettono nel risotto perché va di moda, al posto dello zafferano, e a parte che costa meno dello zafferano, dicono pure che fa tanto bene... che combatte l'infiammazione allo stomaco e alle 'ncinaglie, e i radicali liberi... sa che ne pensa Pannella. Lo dicono i calciatori, i cantanti, gli onorevoli, e altri illustri sconosciuti che ci atturrano alla televisione ogni santa domenica pomeriggio, e magari pure nei giorni feriali, anche se io non lo posso sapere, perché di pomeriggio la televisione la guardo solo la domenica e nelle feste comandate. E magari si limitassero ad atturrarci con la teoria e con le loro fisime personali... che so, se il prezzemolo si mette all'inizio, alla fine, o a metà cottura... Ma si piazzano pure di persona ai fornelli per farci vedere come si fa a rovinare una porzione di onesto riso».

La vecchia Virginia fece una pausa per riprendere fiato, dopo quel vaniloquio un po' sgangherato. E non poteva essere altrimenti, data la situazione. Ne approfittai per sganciare la mia prima e forse ultima perla di saggezza della giornata. Saggezza a mia volta sgangherata, a dirla tutta. Ma, a differenza della vecchia Virginia, il sottoscritto non aveva alcuna giustificazione, se non l'azzerarsi del picco di adrenalina.

«Saranno sconosciuti per noi» enunciai «ma di chiara fama per altri. Lo sa cosa diceva Andy Warhol? Sosteneva che, in futuro, a ogni essere umano sarebbe toccato in sorte un quarto d'ora di celebrità. È l'unica cosa che tutti ricordano di lui, a parte le serigrafie con Marilyn Monroe. Ma quello che non diceva e che forse si limitava a pensare è che solo ai più fessi tra gli esseri umani sarebbe toccato quel dubbio privilegio. Deve essersi auto-censurato perché ci teneva alla sua fama di icona pop, qualunque cosa significhi».

Per evocare un antico detto panormita, fu come se avesse parlato il paracquaro di passaggio. La vecchia Virginia, infatti, riattaccò da dove aveva lasciato. Come se io non avessi aperto bocca.

«Persino la bombola del gas era gialla, e c'era quest'altra cosa stramba che tutto appariva modernissimo e passato col Sidol, come se l'avessero appena inaugurato; e però c'era la bombola del gas, con tutto che oramai il metano te lo portano posto casa col tubo, tant'è vero che ce l'ho persino io, che vivo nel centro storico».

Altra pausa, stavolta usata come ecoscandaglio della memoria, come quel tale delle madeleine.

«Ma la cosa più stramba di tutte era che lui se ne stava là, bello tranquillo, come se fosse stato a casa sua... ma ora che ci penso, doveva essere proprio casa sua... comunque aveva l'aria placida e dimessa di un piccolo burocrate di mezz'età, mettiamo di Bruxelles, seduto nel tinello domestico, ad aspettare che la moglie mettesse a tavola la zuppiera con la polenta o chi sa quale altra sbobba mangiano i belgi, a parte le cozze con le patate fritte e il vrustel di porco con il cavolo cappuccio».

«Lui chi?» riuscii a interloquire. Lei, di nuovo, mi ignorò.

«Continuava a starsene seduto sopra una di quelle sedie di legno con lo schienale alto e il fondo rigido e duro, che dopo un poco che ci stai seduto ti fa accanzare un fior di mal di schiena e i calli sul cu... sul sedere. E indovina di che colore era?».

«Chi, l'uomo?».

«Quando mai, Lore', la sedia».

Domanda retorica.

«Gialla» dissi, a botta sicura.

«Come hai fatto a indovinare?».

«Ho un'immaginazione fervida» sussurrai con finta modestia.

«Era proprio una cucina in giallo. E quando io sono arrivata, lui era già lì».

Una cucina in giallo. Quasi una citazione sherlockiana. Rinunciai a chiederle di nuovo chi fosse quel *lui*.

«E lei, quando l'ha visto, che ha fatto?» dissi invece.

«La prima cosa che gli ho detto è stata: possiamo darci del tu?».

«E lui?».

«Certo che possiamo, aveva risposto. Non sarebbe la prima volta. Non mi dai sempre del tu quando mi parli? Tutti mi danno del tu».

Mi venne un selvaggio sospetto, e riesumai certe nozioni di vecchia data, che sono di pubblico dominio tra il personale del nostro Dipartimento di Biochimica applicata, del quale la vecchia Virginia è la decana.

«Stiamo parlando di Padre Pio?» insinuai, mellifluo.

Mi ignorò ancora una volta. Il ritorno del paracquaro. Ritentai con un'altra domanda, meno compromettente:

«Ricorda com'era vestito?».

Era evidente che si sforzava di concentrarsi, per ripescare le immagini.

«Che ti posso dire... ecco, di sicuro, portava un pullover di almeno due misure più grande della sua taglia, tutto sformato e con i gomiti un poco lisi, lavorato all'uncinetto... no, anzi a maglia, con ferri, minimo minimo, numero nove... il colore...».

«Giallo?».

«No, una specie di bianco smorto, sopra una camicia di flanella a scacchi verdi e viola; e un paio di calzoni di fustagno, colore caramella accarrubba. Alla prima occhiata, mi era parso un poco strano che con il caldo che fa oggi si era messo un maglione di lana, la camicia di flanella e calzoni così pesanti. In compenso, ai piedi aveva un paio di tappine... anzi no, erano sandali, sai, quel tipo di sandali con le strisce di cuoio intrecciate, un poco tasci... e lui li portava con i calzini bianchi, corti, ancora più tasci. No come te che le calzette le porti sempre lunghe, estate e inverno. Ah, aveva il codino. Però, in faccia era rasato alla perfezione».

Mi domandai oziosamente come faceva la vecchia Virginia a essere così edotta sulla lunghezza delle mie calze. A mia memoria, non mi aveva mai visto in desabbigliè. Che avesse spie che passavano il tempo a indagare sul guardaroba del sottoscritto, e magari pure dell'intera classe docente dipartimentale? Devo ammettere, però, che mostrava un grande spirito di osservazione, a giudicare dal suo racconto. Parlava lentamente, la voce era ancora flebile, ma andava prendendo corpo man mano che procedeva con il suo racconto. E pure in viso le si andava attenuando il pallore e riprendeva il colorito usuale. Ovvero, giallastro. Per coerenza cromatica. Meglio il pallore, pensai.

Decisi di darle coccio:

«E poi che è successo?».

Pausa di riflessione. Che impiegò, immaginai, a riavvolgere la pellicola nella sua bobina mentale.

«È successo che lui si è voltato verso la cucina e mi ha chiesto se volevo una tazza di caffè. E io mi sono accorta che c'era una caffettiera gialla da due tazze, posata sul ripiano, ancora non assemblata. "Stavo per preparare la moka" ha detto. Poi si è alzato, ha aperto un armadietto, ha tirato fuori il barattolo con il caffè macinato e si è messo a riempire il filtro. Dopo, mentre avvitava la caffettiera, si è fermato di colpo e mi fa: "Non è che prima vuoi mangiare? Hai fame?". Come se mi avesse letto nel cervello. Perché io, con tutto che avevo fatto colazione da poco, stavo sconocchiando dalla fame, e mi era venuto uno spinno che non ti dico per un bel pezzo di sfincione della Baarìa».

Ora, magari, veniva fuori che invece dello sfincione le aveva offerto pane e pesci. Pesci del mare di Galilea, ofcors. O chi sa quale altro ben di Dio.

«E lui me l'ha pure detto che certo che lo sapeva cosa stavo pensando».

«E lei l'ha messo alla prova?».

«Vuole Dio! E coincideva tutto, sillaba di pensiero per sillaba di pensiero. L'ultima cosa che mi era passata per la testa, prima di accorgermi che avevo fame, era quella che ti ho appena detto, e cioè che era strano che fosse vestito pesante, nonostante il caldo. E lui mi fa che è insensibile alle escursioni termiche».

«E lei che ha detto, a quel punto?».

«Ancora non ero spaventata. Solo un filino inquieta, perché non sapevo come sarebbe andata a finire. Ma ero pure incuriosita. "Come fai?" gli ho chiesto. "Dimentichi che io so tutto di tutti" fa lui. E io, allora: "ma siamo miliardi...". E pensavo a tutto il tempo che sarebbe occorso per dedicare anche solo qualche minuto a ogni persona vivente. Secoli, forse millenni».

Si interruppe e sembrò sprofondare negli abissi del tempo. Poi si riscosse:

«Allora, lui mi dice che noi sappiamo misurare il tempo, e infatti abbiamo inventato l'orologio, ma non sappiamo che cosa è. Ma sarebbe stato inutile spiegarmelo ora perché non l'avrei capito. Ma l'avrei capito quando sarebbe arrivato il momento. E io a poco non assintumavo, perché gli era spuntato un ghigno malintenzionato, come a farmi capire che eravamo nell'imminenza del... del fatto, va'. Poi però il ghigno gli si è spianato, e mi ha spiegato che per lui il tempo non era un problema, perché lui viveva – se così si può dire – in un eterno presente, dove tra mai e sempre non c'era differenza, perché il tempo scorre per noi ma non per lui, e che questo dilatava all'infinito le sue capacità di occuparsi di ciascuno di noi».

«Fatto salvo il libero arbitrio, voglio sperare» mormorai.

«Ci puoi mettere la firma. D'altra parte, è così perché è come l'ha voluto lui. E non ha mancato di farmelo notare».

Ripensai al suo commento iniziale, quando aveva detto che il tizio, a prima impressione, le aveva ricordato un piccolo burocrate belga. Dio esiste e vive a Bruxelles? Sarebbe stato un bel titolo per un film. Magari prima o poi a qualche regista verrà la pensata.

Se questa fosse una storia normale, uno di quei racconti gialli che finiscono nelle antologie estive, questo sarebbe il momento in cui l'io narrante di turno, specie se è un tipo ansioso, si sveglia tutto sudato e con il respiro in affanno, accende la luce del comodino, si guarda intorno e, fatta mente locale, si batte una mano sulla fronte e dice qualcosa come:

«Ah, meno male, era un sogno...».

Poi si alza, fila al cesso o in cucina a bere un bicchiere d'acqua o, con l'alibi dell'ansia, si fa un grappino doppio, poi torna a letto e cerca di riaddormentarsi. Però, nella circostanza – e nonostante le apparenze – all'io narrante rappresentato dal sottoscritto, si sovrappone un secondo io narrante – diciamo così – *primario* incarnato dalla vecchia Virginia. Infatti fu lei a pronunciare, più o meno, la fatidica frase:

«Non sgrillare così gli occhi, Lorenzo: era solo un sogno».

Ma le uscì un tono ambiguo, in cui non si distingueva una netta linea di demarcazione, un confine tra il sollievo e il rimpianto.

«Ci hai riflettuto mai, Lore', che basta un cambio di vocale, una "e" al posto di una "o", e il sogno si trasforma in un segno? E questo agevola chi crede che i sogni sono sopra tutto segni di qualcosa. Ma che segno sarà, quello che mi è arrivato stamattina?».

La cosa rischiava di farsi troppo impegnativa. Meglio cambiare discorso, pensai. E volare basso.

«Mi sembra che stia meglio» dissi. «Vuole che l'aiuti a mettersi seduta?».

«No, sono ancora sotto la botta, sto un poco meglio, ma mi sento ancora ammartucata».

Era sdraiata sul divanetto del suo studio, all'ultimo piano del dipartimento. Il divanetto era parte di un trittico, un salottino rivestito di un tessuto chintz, che comprendeva pure un paio di poltroncine e mostrava l'usura del tempo. Stempiature appena visibili sugli spigoli e cuciture non più impeccabili. Aveva lo stesso colore del mefitico limoncello al retrogusto di succo di palude, che la vecchia Virginia prepara personalmente e infligge in giro per il mondo a chi le fa simpatia. Categoria che comprende il sottoscritto. Io però lo giro sistematicamente ad Armando, il mio unico cognato, nonché marito di Maruzza, la mia unica sorella, che lo apprezza in maniera indecorosa. Il salottino era parte dell'antico arredamento di casa sua, in zona Fieravecchia: il cuore e altre frattaglie nobili del mandamento Tribunali.

Un giorno, accettando ex abrupto il suggerimento dell'amato nipote Peppuccio, aveva deciso di disfarsi del vecchio arredamento che doveva risalire all'epoca dei suoi nonni, verso la fine del Pleistocene, e l'aveva sostituito con mobili moderni, di design. Il salottino l'aveva sistemato nella sua stanza, insieme con altre anticaglie. Aveva pure fatto trasferire nella biblioteca del dipartimento un suo esemplare dell'Enciclopedia Universale Rizzoli-Larousse, in 15 volumi, uno dei quali aveva poi avuto una particina nella soluzione di una vicenda ingarbugliata assai.

«Lo sai, Lore'» disse dopo un poco, «lo so bene che era un sogno. Però mi è rimasto un allammico».

«Quale?».

«Quello di essermi riavuta prima di potergli chiedere se poteva fare una cosa per me».

«Cioè?».

«Le voci le avrai sentite pure tu, Lore'; tu pare che non ci colpi, però le orecchie le tieni sempre belle aperte e non ti sfugge niente dell'aria che tira al dipartimento».

Non avevo idea di cosa stesse parlando, non mi era arrivata nessuna voce. Ma decisi di assecondarla.

«Qualcosa ho sentito» dissi, rimanendo nel vago.

«Allora lo sai che mi vogliono combinare. Gli ordinari di tutta la via Medina-Sidonia hanno cominciato le manovre con il Rettore e con il Prorettore alla ricerca, per farmi nominare professore emerito dal Senato Accademico. E a me non mi cala per niente. Pure se era un sogno, a *Lui* glielo avrei chiesto lo stesso: levaglielo dalla testa, fammi 'sta carità, non voglio diventare emerita».

«Perché? È una bella cosa. Il coronamento di una vita dedicata alla ricerca».

Avevo tentato di censurarmi, ma l'occasione di pronunciare una banalità così compiuta era davvero imperdibile. Infatti, non l'avevo perduta.

«Lore', non sfottere, per piacere. Io ti conosco, e lo so che il *coronamento* e il resto ti è scappato. E, a parte ogni altra valutazione sulla sostanza, non ci hai pensato che il termine *emerito* di solito viene associato ai peggiori insulti? Tipo *emerita stronza*, per esempio?».

«Professoressa!».

Mi fingevo scandalizzato, ma invece ero divertito. Era la prima volta che sentivo la vecchia Virginia pronunciare quel vocabolo o altri della stessa portata semantica. Quello che le era capitato al mattino doveva averle allentato i freni inibitori.

«Facciamo così, Lore': data la situazione, questo favore me lo fai tu».

«Io? Scherza? A parte che non sono un ordinario, lo sa che ho un tropismo negativo verso le alte sfere accademiche. Atmosfere troppo rarefatte, per il sottoscritto. Sarei la persona meno indicata».

Quel giorno ero arrivato più presto del solito, in via Medina-Sidonia, e invece di andare come sempre a caccia di un buco per la mia stagionatissima Golf, avevo deciso di tentare la sorte nel garage dipartimentale. Che ha una ventina di posti macchina, democraticamente riservati ai primi che arrivano, senza badare al livello che ricoprono nella scala gerarchica. Infatti, sono quasi sempre occupati a tappeto dal personale tecnico e amministrativo, che tende a svegliarsi prima dei docenti. Alcuni dei quali, magari, si alzano *prima* del resto del mondo, ma si svegliano sempre *dopo*.

Il garage si trova nei sotterranei del dipartimento, e vi si accede da uno scivolo che parte dalla strada. Ero assorto in me stesso, in piena sindrome da lunedì, dato che era proprio un lunedì, e per poco non entravo in rotta di collisione con una motocicletta che sfrecciava a pieni motori per la via Medina-Sidonia. Imboccata la discesa, avevo azionato il telecomando per aprire il cancello. C'erano due posti liberi. Mi ero infilato tra l'auto della decana, che è una gloriosa Fiat Cinquecento celestina degli anni '60, e la macchina di Mauro de Gregori, un Suv che sembra pompato con gli anabolizzanti, e che è la prova più evidente della sindrome che affligge il suo proprietario: una sofisticata forma di criptorchidismo cerebrale. Che tradotto in semplici, calibrate parole, vuol dire solo che un mattino, al risveglio da sogni inquieti, lui si trovò trasformato in un mezzo coglione.

Il Suv di Mauro si chiama Navara. Che in siciliano vuol dire *una bara*. E siccome c'è un destino nei nomi, ha esattamente la forma di una cassa da morto, con l'aggravante che è di un colore nero cimiteriale. A occhio, potrebbe allocare comodamente fino a quindici uomini. E una bottiglia di rhum.

Al garage arriva anche uno dei due ascensori dell'edificio, verso il quale mi ero diretto appena sceso dalla Golf. Di lato all'ascensore c'è la cambusa. Che non ha niente di nautico. È un locale con pavimento e pareti ricoperti di piastrelle del classico colore bianco ospedaliero, ed è adibito in parte a deposito di attrezzature da laboratorio dismesse, ma non ancora scaricate dall'inventario, e di prodotti chimici in confezioni di grande formato, e solventi in bidoni e bottiglioni. I prodotti chimici sono custoditi in armadi spaziosi, forniti di serrature robuste. Ruggero Montalbani, il fondatore del nostro dipartimento, al primo sguardo aveva battezzato cambusa il locale. E il nome era passato agli annali.

Non so se sia tutto a norma o se invece contravveniamo a un paio di migliaia di regolamenti europei, nazionali, regionali, comunali, di quartiere, parrocchiali e condominiali. Ogni tanto, in Consiglio di dipartimento, quando si arriva alla voce Varie & eventuali, qualche neofita tira fuori la questione. Seguono discussioni fumose, che servono, più che altro, a disperdere i presenti e a rimandare il problema alle puntate successive. È una di quelle classiche questioni accademiche le cui soluzioni sono ardue, perché incompatibili con il Primo e con il Secondo Principio della Termodinamica.

In un angolo del locale c'è una cappa chimica con un potente aspiratore, che serve a risucchiare i vapori che si liberano quando si travasano i liquidi volatili dai grandi recipienti alle bottiglie più piccole che poi vengono portate su nei laboratori. Operazione che è obbligatorio eseguire «sotto cappa», come si dice.

Il locale è sbarrato da una saracinesca che si può fare alzare e abbassare con un telecomando o ruotando una piccola chiave che entra nell'alloggiamento di lato all'ingresso. La saracinesca era alzata. Segno che qualcuno si trovava all'interno. Tanto più che i tubi al neon che illuminano la cambusa erano tutti accesi.

Mentre aspettavo che arrivasse l'ascensore, avevo dato un'occhiata di default all'interno, giusto per verificare se ci fosse qualche rappresentante della fauna locale con il quale ero più in amicizia, e magari dirottarlo al Florìda Bar di via Medina-Sidonia, per un caffè verosimilmente bruciaticcio, come da tradizione del Florìda. Nessuno in vista. In compenso, mi era arrivata alle narici la zaffata di un'essenza che avevo riconosciuto subito. E, nello stesso istante, avevo avvistato tracce di un liquido che si era allargato sulle piastrelle del pavimento.

Avevo fatto un passo di lato, in modo da ampliare la visuale fino all'angolo con la cappa.

Due corpi proni, uno sopra l'altro. Accanto, rovesciato sul pavimento, un bidone di plastica che aveva smesso di disperdere il contenuto.

I corpi li avevo riconosciuti all'istante, a dispetto della miopia, che mi obbliga a portare gli occhiali, che per me sono un vero e proprio indumento: il primo che indosso quando mi vesto, e l'ultimo che mi tolgo quando mi spoglio per qualsivoglia congiuntura.

Nel vano portaoggetti della Golf c'era una sciarpa di seta, dimenticata tempo prima da Michelle, che poi aveva deciso di lasciarla lì come pronto soccorso occasionale, tipo una botta imprevista di freddo o un'incursione in un locale con il termostato del condizionatore piazzato sulla tacca Antartide. Mi precipitai a recuperarla. Quello *era* un pronto soccorso occasionale.

Peccato non avere uno specchio, perché dovevo fare la mia figura, con la sciarpa multicolore di Michelle drappeggiata a più strati intorno alla bocca e al naso, prima di scattare dentro la cambusa, e dopo avere preso un bel respiro profondo.

Avevo recuperato per prima la decana, sia perché era, per così dire, il corpo più in superficie, sia perché – data l'età – era la più a rischio, sia perché non pesava niente. Riuscivo a tenerla in braccio facilmente, senza fatica.

Una volta fuori dalla cambusa, l'avevo adagiata delicatamente sul pavimento. Poi avevo preso un altro respiro profondo, ed ero entrato di nuovo per occuparmi di Mauro de Gregori. La vecchia Virginia gli era crollata addosso.

Con Mauro fu più difficile, perché è di costituzione grassoccia e, per di più, in sovrappeso. Lo afferrai per le caviglie e lo trascinai fuori il più in fretta possibile.

Superata la soglia della cambusa captai una sorta di gorgoglio che gli usciva di bocca, e che somigliava al glu-glu-glu dei piccioni o al verso dei bambini quando simulano di bere. Mi sforzai di afferrare meglio i suoni, per tentare di decrittarli e capire se avessero un senso compiuto.

Il glu-glu-glu si convertì in gue-gue-gue. Come un pianto di neonato. Almeno, così mi parve. Non era un grande passo avanti. Invece riconobbi quasi distintamente altre parole:

«Centodiciotto-ambulanza-centodiciotto-ambulanza».

E poi di nuovo: gue-gue-gue. Stavolta seguito da: ari-ari-ari.

Che diamine voleva dire? Avevo avuto a che fare con un tale Ari, in Israele, che in realtà si chiamava Ariel. Ma dubitavo che Mauro lo stesse invocando. Anche perché, per quanto ne sapevo, nemmeno lo conosceva. Comunque, era sciroccato forte. Per il momento, rinunciai a capire. Però l'idea di chiamare l'ambulanza mi pareva un po' esagerata, e pure melodrammatica, ma forse non era una cattiva pensata, per via della decana.

Tirai fuori il telefono di tasca, digitai 1-1-8, spiegai concisamente la situazione alla voce maschile che mi rispose, e fornii le coordinate dei luoghi.

Poi chiamai Santuzza, la segretaria del dipartimento, le spiegai la faccenda e le dissi di mandare giù Rosario, il nostro portiere di giorno, con un po' delle mascherine di protezione che usiamo nei laboratori quando abbiamo a che fare con sostanze tossiche, anche sotto cappa.

La pregai di non diffondere la notizia, per evitare che tutto il dipartimento si precipitasse giù «per dare aiuto», ma in realtà per tifare silenziosamente *pro* o *contro* una soluzione dell'emergenza senza morti e feriti. Nella percentuale rispettiva del 50&50 per cento. Le ineludibili complicanze dell'esistenza, in questa valle di lacrime e di cime abissali.

Mi fidavo ciecamente di Santuzza. Le piace recitare la parte della casinista confusionaria, sommersa da incombenze che toccherebbe ad altri sbrigare, ma in realtà è una tosta, efficientissima, e ha nervi di acciaio temperato. Ed è pure simpatica. Infatti, detestiamo le stesse persone. Almeno, nell'area-Università.

Chiusa la rapida conversazione con Santuzza, dopo altri respiri profondi, rientrai per due volte nella cambusa. La prima, per tirare su e rimettere il tappo al bidone rovesciato. A giudicare dal peso, prima di rovesciarsi doveva essere pieno per non più di un terzo, anche perché il liquido uscito non era gran cosa, al netto della parte già evaporata. Giusto la quantità necessaria e sufficiente ad abbattere al suolo la vecchia Virginia e il mio collega-non-amico Mauro de Gregori.

Poi entrai una seconda volta, per mettere in moto l'aspiratore della cappa, dopo avere sollevato il vetro a ghigliottina che chiude la camera interna. Così speravo di eliminare buona parte dei vapori di cloroformio che saturavano il locale, e che avevo riconosciuto alla prima sniffata. Dentro il lavandino di acciaio nel vano della cappa, c'era una bottiglia di vetro scuro, con un imbuto Pyrex infilato nel collo. Doveva essere la bottiglia destinata a ricevere il cloroformio, che è bene non veda troppa luce. Per questo, prima di uscire, spensi i neon. Poi, per maggiore sicurezza, tirai fuori il mio mazzo di chiavi del dipartimento, cercai quella giusta, e la usai per attivare la chiusura automatica della saracinesca.

Il gruppo di Mauro è notoriamente l'unico che, con le dovute precauzioni, fa un discreto uso del cloroformio, che gli serve sopra tutto per purificare per ricristallizzazione certi prodotti chimici che poi sperpera per i suoi esperimenti del piffero. Quando finisce quello che tiene in laboratorio, manda uno dei suoi interni da battaglia a fare rifornimento in cambusa. Chi sa perché, quella mattina, aveva deciso di fare tutto da sé. Decisione del cavolo, a giudicare dall'esito dell'impresa. Ben gli stava. Anche se ci era andata di mezzo pure la vecchia Virginia, con le sue visioni celesti. Anzi, gialle.

Mentre aspettavo l'arrivo di Rosario e delle ambulanze cercai di capire lo stato dell'arte dei due non-belli addormentati.

I toraci si alzavano e si abbassavano, segno che la respirazione non era impedita. Quindi mi potevo risparmiare la disgustosa pratica di cacciar loro le dita in bocca per tirare fuori le lingue. Passai all'attività cardiaca. Dita ai lati della trachea. C'era polso. I cuori battevano. Anche se non all'unisono, per fortuna. Il che mi evitava le famigerate compressioni toraciche rese popolari dalle serie tv infestate di medici, con il rischio di sfondare il costato della decana, con le sue scarne appendici quasi del tutto estinte.

Forse, però, avrei dovuto fare lo stesso qualcosa per cercare di tirarli un po' su. Ma niente respirazione bocca a bocca, plis. A tutto c'è un limite. E, in fondo, nessuno dei due sembrava in pericolo di vita. Mauro continuava a farfugliare le sue sillabe stravaganti, e la decana sbatteva le palpebre. Cominciai da lei. Le mollai qualche leggero schiaffetto sulle guance. Poi ne mollai qualcuno anche a Mauro, tenendo a freno la tentazione di andarci con la mano pesante.

Pochi secondi e si aprirono le porte dell'ascensore; ne uscì Rosario, con le mascherine. Gli spiegai la situazione e ci dividemmo pariteticamente gli schiaffi: lui a Mauro, io alla vecchia Virginia. Quasi contemporaneamente, arrivarono le due ambulanze. Azionai il telecomando, per aprire il cancello di ingresso. Spiegai la situazione anche ai parasanitari, che si misero subito all'opera. Trafficarono intorno agli svenuti, che nel frattempo si erano riavuti un po', sopra tutto la vecchia Virginia. Che non ne voleva sapere di salire sull'ambulanza, e aveva avviato una serie di tentativi di strilli, abortiti sul nascere, perché non aveva ancora recuperato energie vocali a sufficienza. Però compensava con i gesti e con il linguaggio del corpo.

Mauro, nel frattempo, riuscì a introdurre una nuova variante nei suoi balbettii incomprensibili. Stavolta era il turno di «daaa-fen-daaa-fen».

Poi, sempre a forza di farfugliamenti, riuscì a far capire ai parasanitari, che dimostravano un certo allenamento nel settore, che esigeva di essere portato di subito al Pronto Soccorso.

La cosa non mi stupiva. Non è mai stato un cuor di leone, Mauro. Semmai, per restare nel regno animale, dava più l'idea della pecora zoppa. Se era cosciente di avere respirato vapori di cloroformio, doveva essergli venuto l'incubo di avere già sviluppato una mezza dozzina di tumori, tutti potenzialmente fatali, in varî distretti anatomici di fascia alta. Come che fosse, fu accontentato, e partì con la prima ambulanza.

I parasanitari della seconda dovevano appartenere alla rara tipologia di umani consapevoli che, talvolta, soccombere con dignità è segno di saggezza. Infatti, preso atto che la decana non voleva saperne di finire al Pronto Soccorso, la convinsero a farsi portare almeno sull'ambulanza per farsi misurare la pressione e la saturazione dell'ossigeno nel sangue.

Era tutto nei limiti, anche se di poco. Alla fine, riuscirono a farle firmare un foglio da bassa burocrazia sanitaria, nel quale dichiarava di avere rifiutato il trasferimento in un'area di emergenza e, nella sostanza, si impegnava a non fare causa al Sistema Sanitario Nazionale. Prima di tornare alla base raccomandarono a me e a Rosario di accompagnare l'inferma in un luogo nel quale potesse restare distesa a riposare per recuperare le forze.

Li pregai di rimanere ancora per qualche minuto, per evitare alla decana un altro soggiorno in orizzontale sul pavimento del garage. Prima di portarla su, volevo sistemare con Rosario la situazione della cambusa.

Indossammo le mascherine e azionai la chiavetta per rialzare la saracinesca. C'erano ancora tracce di liquido sul pavimento. Rosario usò il tubo di gomma attaccato al rubinetto di un buttatoio sistemato in un angolo poco oltre l'ingresso, per lavare via tutto e convogliarlo verso il chiusino che si apriva al centro del locale. Io, per accelerare le operazioni, spingevo l'acqua con una scopa.

Ci vollero un paio di minuti. Alla fine, il sentore di cloroformio era quasi del tutto sparito. Spensi l'aspiratore e azionai la chiusura della saracinesca.

Stavolta, fu Rosario a recuperare la vecchia Virginia dalle mani dei parasanitari. Andammo su tutti e tre, con l'ascensore, dopo avere ringraziato gli addetti dell'ambulanza.

Depositammo la decana sul divanetto del suo studio. Poi Rosario tornò a presidiare la sua postazione. Il resto è storia. Con l'iniziale minuscola, nonostante il Mammasantissima presente nel sogno della vecchia Virginia. Sempre che sia corretto qualificare come attività onirica quello che passa per la testa delle persone quando svengono. C'è chi definisce i sogni «pensiero notturno». Ma, al momento dell'incidente, non erano ancora le otto del mattino.

Che diamine era accaduto, nella cambusa? Un doppio raptus erotico, prematuramente abortito per merito del cloroformio?

Inverosimile? Senz'altro. Ma come disse quel tale nativo di un paesotto sull'Avon, *Ci sono più cose in cielo e in terra, Orazio, di quante ne sogni la tua filosofia*. Sostituite Orazio con chi volete, e vualà, le-dge-sonfè. E avete perso.

Per non parlare di quell'altro tale che abita dentro uno dei miei film di culto, e che sosteneva di avere visto cose che noi umani non potremmo immaginare. Facile ribattere che nemmeno lui avrebbe potuto immaginare una cosa come un tentativo di connubio tra la decana e Mauro, anche solo come ipotesi di lavoro.

Lei, dopo alcuni minuti, si era ripresa a sufficienza. Tanto da iniziare il racconto del suo sogno in giallo, con dentro il Padreterno. Fino alla stravagante richiesta di bloccare la sua nomina a professore emerito. Sotto l'influsso residuo del sogno, o quel che era, doveva avermi scambiato per domineddìo.

Mi riproposi di venire a capo di tutta la faccenda. Tutto sommato, mi aveva impegnato un bel po'.

«Se la sente di raccontarmi cos'è successo a lei e a Mauro de Gregori, stamattina, dentro la cambusa?» attaccai.

Fece segno di sì con la testa.

«Ricorda bene tutto?».

«Sì, però ti posso raccontare solo la mia parte. E, per dirti la verità, è una parte assai piccola. Il resto te lo fai raccontare da Mauro, appena riesci a parlargli».

Stavolta fui io ad annuire. Lei, nel frattempo, stava raccogliendo le idee. E un po' di fiato in più.

«Saranno state le otto meno un quarto... meno dieci al massimo, quando sono scesa dalla Cinquecento, dopo avere posteggiato. E ho visto che la saracinesca della cambusa era alzata e le luci accese. Prima di chiamare l'ascensore, ho dato un'occhiata dentro, ma non sembrava che ci fosse qualcuno. Però si sentiva odore di cloroformio, odore forte. Allora mi sono coperta naso e bocca con una mano, e sono entrata. E ho visto de Gregori buttato per lungo, di faccia, sul pavimento. Però, non è che l'ho riconosciuto subito a Mauro. Che era lui ne sono stata sicura solo quando gli sono arrivata davvero vicina».

«E poi che ha fatto?».

«Parliamoci chiaro, Lore', a me Mauro non mi ha mai fatto sangue, e certe volte mi fa smuovere i nervi. Però, che facevo, lo abbandonavo là a fare la muffa? Che razza di cristiana credente e praticante sarei stata? Nel Vangelo non è che c'è scritto che devi fare la buona samaritana solo con quelli che ti fanno simpatia... Istintivamente, mi sono avvicinata, e mi sono chinata per toccarlo e vedere se era vivo o morto, e per dare aiuto. Ma ho confidato troppo nelle mie forze. Sono vecchia, Lore', oramai, come diresti tu, sono una vera catramola. Che ti pare che non lo so? E così, quando non ce l'ho fatta più a trattenere il fiato, ho respirato il cloroformio e devo essere svenuta addosso a Mauro. Dopo, la prima cosa che ricordo è che ero sdraiata sopra il pavimento del garage e che tu mi prendevi a ceffoni».

«Schiaffetti, prego. Per farla rinvenire. È la procedura standard».

«Sarà. Ma mi pare che ci prendevi gusto...».

«Forse, però, facendola rinvenire troppo presto, le ho fatto perdere un'occasione unica: mangiare come Dio comanda. Capace che glielo faceva davvero lo sfincione baarioto. Tanto era un sogno, no?».

«Non mi fare ridere, Lore', ché mi tornano i dolori. Ma tu, piuttosto, non ne hai da fare, stamattina, ché perdi ancora tempo qua? Già hai fatto assai. Però mi raccomando, non dire a nessuno che sono nella mia stanza, se no comincia la processione... specialmente al Peruzzi: quello mi fa addormentare peggio del cloroformio».

Il Peruzzi è il direttore del dipartimento. Siccome quando si presenta al telefono dice sempre *sono il Peruzzi*, tra noi, abbiamo preso tutti a chiamarlo *il Peruzzi*.

«D'accordo, al Peruzzi non dico niente, però ora chiedo a una delle sue ragazze di venire a farle compagnia: non è prudente che rimanga sola».

«Se è per farti stare tranquillo, va bene. Mandami a Graziella, se la trovi».

Figurarsi se il Peruzzi non era già al corrente di tutto. Come il resto del personale. Infatti, trovai un bel po' della nostra fauna dipartimentale, appena fuori dalla porta. Compreso il Peruzzi. Diramai le poche informazioni che avevo, rassicurai tutti sulle condizioni della decana, e raccomandai che la lasciassero in pace. Nel gruppo delle sue «ragazze», cioè, delle sue collaboratrici, alcune delle quali, per la verità, sono un po' stagionate, individuai Graziella. Una delle più giovani e promettenti ricercatrici, una ragazza all'apparenza tranquilla, che stava nel cuore di mezzo della vecchia Virginia. La presi in disparte, le esposi più in dettaglio la situazione, e le raccomandai di chiamarmi subito in caso di emergenza. Ma l'emergenza principale, pensai, era che la decana chiedesse di essere accompagnata al cesso. Non invidiavo Graziella.

Poi scesi nel mio studio.
E fu la fine del primo tempo.

Il resto della mattinata trascorse come da routine. Quando fu l'ora del mio pasto raccogliticcio al Florìda, prima di scendere chiamai Graziella per aggiornamenti e per chiederle se lei e la decana volessero qualcosa dal bar. Le due femmine si consultarono e poi mi comunicarono il verdetto: due briosc con il gelato di fragola, che è una delle poche cose decenti del Florìda.

Al bar, con l'appoggio tattico di una rossa alla spina, divorai uno sfilatino di mezzo metro imbottito di alici marinate e fettine di limone. Seguito dal solito caffè di fine pasto. Poi mi feci preparare le briosc per le due femmine e le portai su di corsa perché, come aveva detto la vecchia Virginia, quel giorno c'era davvero caldo, anche se era solo un mese di marzo non troppo avanzato.

Le due femmine consumarono voluttuosamente le briosc. La vecchia Virginia sembrava da capo semi-nuova, come se le avessero appena fatto il primo tagliando.

«Hai avuto notizie di Mauro?» disse.

«No. Non ho il numero del suo telefono di tasca e ho dimenticato di chiedere in quale ospedale lo portavano».

«A Milly hai chiesto?».

Milly, cioè Milly Clemente, è la fidanzata a lunga conservazione di Mauro. Chi sa perché, non mi era passato per la testa di chiamarla per informarla dell'accaduto. E avrei pure giurato che non era tra le persone che ciondolavano appena fuori dallo studio della decana. Non avrei potuto fare a meno di notarla, se ci fosse stata, perché si era da poco fatta tingere i capelli di un biondo svizzero che doveva essere il biondo residuale di un fondo di bottiglia stagionato.

«No, non l'ho vista né cercata» dissi. «Ora scendo e la chiamo».

Prima passai dalla postazione di Santuzza, per chiederle il numero di Mauro. La trovai che faceva un esercizio di stretching, in piedi, col busto piegato in avanti e le braccia in caduta libera.

«Che succede, Santuzza?».

«Il mio solito mal di schiena».

«È colpa della posizione del cobra. Devi assolutamente evitarla».

«Cos'è la posizione del cobra?».

«Una delle posizioni classiche del Kamasutra».

«Maimarìa, Lore', nel Kamasutra non c'è la posizione del cobra. Quella è nello yoga. Nel Kamasutra, semmai, c'è la posizione del serpente. Però non è cosa mia perché è troppo vastasa» disse, con aria falsamente virtuosa.

Per poco non ci restavo secco.

Entrai nel mio studio al terzo piano, tenendo tra le dita il bigliettino sul quale Santuzza mi aveva annotato sia il numero di Mauro che quello di Milly.

Chiamai Mauro per primo. Una voce registrata mi informò che l'utente non era raggiungibile, e mi invitò a riprovare più tardi. Allora chiamai Milly, all'interno corrispondente alla stanza che ha in comune con Mauro, al settimo piano del dipartimento. Nessuna risposta. Pensai che Milly doveva essere accorsa al capezzale di Mauro, dove che fosse.

La chiamai al telefono di tasca, al numero che mi aveva fornito Santuzza. Dopo qualche squillo rispose.

«Sono Lorenzo» dissi; «Lorenzo La Marca».

Un attacco quasi alla James Bond. Rimase interdetta per qualche istante. Poi:

«Sì, dimmi».

«Sei con Mauro? Come sta?».

«Ora meglio. Ma non sono con lui. Sono a Catania per un seminario di aggiornamento, organizzato dalla Pharmacia, sulle tecniche di gel filtrazione. Mi ha chiamato una mezz'ora fa e mi ha raccontato in modo confuso quello che gli è successo. Ci ho capito poco perché era ancora preso dalla botta. Tu ne sai qualcosa di più?».

«Veramente speravo che me lo dicesse lui, quello che gli è successo. A lui e alla decana. Quando l'hanno caricato sull'ambulanza non era ancora in grado di parlare in modo comprensibile».

«Ah, c'entrava pure la decana? Questo non me l'ha detto».

La cosa non mi stupiva. Mauro era troppo preso da quello che era successo a lui, per riuscire a prendere in considerazione il resto del mondo.

«Comunque, mi ha detto che tra poco lo dimettono. Lo hanno tenuto in osservazione per qualche ora e non ci sono problemi. Mi ha salutato di fretta perché gli si era scaricato il telefono. Ho fatto in tempo a chiedergli se voleva che tornassi subito, ma mi ha detto che non era necessario, e che pensava di rientrare direttamente in dipartimento. Io torno domani sera, alla fine del seminario. Ora scusami, ma è finito il coffee break del pomeriggio e si ricomincia con i lavori».

Ci salutammo e riattaccammo in sincrono. Forse l'unico sincrono della nostra rinunciabile conoscenza reciproca. Non avevamo mai fatto pane insieme, con Milly. Né tanto meno con Mauro.

Tornai a occuparmi delle mie faccende dipartimentali. Dopo un poco, provai a chiamare di nuovo l'interno della stanza di Mauro. Ancora nessuna risposta. Nello stesso istante in cui avevo riagganciato, il telefono sul mio tavolo attaccò a squillare.

«Pronto?».

Mi rispose un silenzio all'altro capo del filo. Un silenzio attivo, un silenzio abitato. Un silenzio sonoro (ed ecco riaffiorare il mio antico vizio degli ossimori).

«Pronto?» ripetei più forte.

Stavolta il silenzio si animò.

«Lorenzo?» disse una voce da pecora zoppa.

«Mauro, dove sei?».

«Qua, al settimo piano, nel mio studio».

Lunga pausa di silenzio. Poi:

«Lorenzo... Ce l'hai una mezz'ora da dedicarmi? Sei solo? Posso scendere da te?».

Mauro che mi chiedeva di incontrarci nel mio territorio? Per la seconda volta nel giro di un'ora rischiai di rimanerci secco.

«Ma solo se non c'è nessun altro e se non hai cose urgenti da fare».

«Ti aspetto» dissi.

Arrivò nel giro di qualche minuto.

«Entra e siediti» dissi, indicando una delle due sedie di là dal mio tavolo.

«Ti dispiace se chiudo la porta?» chiese, dopo avere varcato la soglia.

«Fai pure».

Aveva recuperato in pieno, all'apparenza. Gli chiesi come si sentiva.

«Ora, quasi bene» disse. «Mi è rimasto solo un mal di testa cane».

«Vuoi un'aspirina?» una concessione alla civiltà delle buone maniere, senza sconfinare nella doppiezza.

«No, grazie» disse. «Non faccio complimenti: al Pronto Soccorso mi hanno fatto una flebo; forse il mal di testa mi è venuto per questo».

«Riesci a ricostruire quello che è successo stamattina? La decana mi ha raccontato di averti trovato sul pavimento della cambusa, addormentato dal cloroformio. Poi è caduta addormentata pure lei, perché si era avvicinata per darti aiuto. Ma tu questo non puoi saperlo. Allora, cosa ricordi esattamente? E come mai eri sceso tu, per prendere il cloroformio, e non uno dei vostri interni?».

Lo chiesi perché era così che facevano di solito, lui e Milly. Era troppo un lavoro da bassa manovalanza, per loro. Sembrò raccogliere le idee.

«Era presto» disse, «di sicuro non c'era ancora nessuno dei nostri, e avevo fretta. Così, per guadagnare tempo, dopo avere posteggiato sono entrato nella cambusa, ho aperto gli armadi e ho preso il bidone, un imbuto e una bottiglia per il travaso. Avevo già sistemato la bottiglia con l'imbuto in uno dei lavelli sotto cappa, e avevo pure svitato il tappo dal bidone...».

Si portò la mano alla fronte. Non so se per il mal di testa o nel tentativo di rinfrescarsi la memoria.

«Tutto bene?» dissi.

«A posto. Poi avevo sollevato il bidone per cominciare il travaso. È stato allora che ho sentito un rumore alle mie spalle. Mi sono voltato e ho visto...».

Annaspò, forse in cerca delle parole.

«Che hai visto?».

«Io te lo dico, tu però cerca di non sfottere...».

Accennai un gesto con la mano. Come a dire che stesse tranquillo.

«Hai presente *Guerre stellari*?».

«La trilogia? Anzi, le trilogie?».

«Quelle».

Fu in quel momento che mi venne una specie di illuminazione, un corto circuito neuronale. I blateramenti di Mauro quando lo tiravo fuori dalla cambusa: gue-gue-gue, seguito da ari-ari-ari. Ovvero, *Guerre stellari*.

Nel frattempo lui aveva continuato a raccontare.

«Insomma, mi sono voltato e mi sono trovato davanti...».

«Dart Fener» finii per lui.

Mi guardò a mandibola allentata:

«E tu come lo sai?».

Gli dissi che, mentre si riprendeva dallo svenimento, gli avevo sentito pronunciare quelle strane sillabe. Le ultime delle quali erano daaa-fen-daaa-fen. Ovvero, Dart Fener, il «cattivo» della saga. Stavo per chiedergli se il tizio l'aveva colpito con la famosa spada-laser, ma sarei venuto meno alla mia promessa gestuale di non sfotterlo.

«E allora che è successo?».

«È successo che mi sono preso un bello spavento. Mettiti nei miei panni, Lore'... nemmeno tu saresti rimasto impassibile a trovarti improvvisamente davanti, in un garage sotterraneo poco illuminato, un pezzo di cristiano che non finiva più, tutto vestito di nero dalla testa ai piedi. Pareva davvero l'elmo di Dart Fener... Fu così che mi cadde di mano il bidone, si rovesciò sul fianco, e cominciò a buttare cloroformio. Io, istintivamente, ho girato le spalle al tizio, e stavo per chinarmi per raddrizzare il bidone prima che facesse danni».

«E...».

«E a quel punto mi sento abbrancare da dietro, con le braccia bloccate in una morsa. Poi quello avvicina la bocca al mio orecchio e mi fa: "Tu a Marinella non la devi nemmeno guardare, se no ti faccio nuovo". È stato in quel momento che devo essere svenuto per il cloroformio che svaporava, perché non ricordo niente di quello che è successo da quella frase a quando mi sono risvegliato. Hai capito, Lore'?».

«Fino a ora ho capito che il cattivo di *Guerre stellari* ti ha minacciato di morte, o qualcosa di assimilabile alla morte, se non la finivi di dare fastidio alla sua... alla sua cosa? Moglie... fidanzata... amante? Insomma, chi è questa Marinella?».

Prima di rispondere, Mauro mi fissò a lungo, con espressione indecifrabile.

«Lore'» disse alla fine, «niente ipocrisie: noi non siamo amici, non lo siamo mai stati, e dubito che lo saremo mai. Forse non mi puoi vedere, anzi sono sicuro che non mi puoi vedere. D'altra parte, ammetto che neanche tu mi fai tanta simpatia. Però ti riconosco un certo grado di obbiettività e di onestà intellettuale. E siccome un po' di onestà intellettuale penso di possederla pure io, sono perfettamente consapevole di non avere né il fisico, né l'allure di un tombeur de femmes».

Ero esterrefatto. Mauro che entrava nel personale con il sottoscritto. E che, addirittura, si buttava sul francese. Mai accaduto prima, almeno davanti a me. Quell'*allure*, poi... Insospettabile. Quasi traumatico.

«Ma tu da quand'è che sai il francese?» indagai.

Alzò le spalle con fare modesto e ignorò la domanda. Come la vecchia Virginia, poche ore prima, sull'Ospite del suo sogno.

«Allora, dimmi» riprese, «ti sembro il tipo che tenta di allungare le mani sopra una donna senza essere autorizzato esplicitamente?».

Altra pausa di riflessione.

«Senza contare Milly» aggiunse poi. «Hai presente Milly? Finirei di campare, lo sai pure tu».

Su quello non avevo dubbî. Milly è una specie di pupara occulta di Mauro. Lui è in attesa di divorzio, ma quando gli avvocati della sua legittima avranno finito di spolparlo per bene, di lui rischierà di rimanere ben poco. E chi sa se interesserebbe ancora a Milly.

«Secondo te, perché ti ho chiesto se potevamo vederci subito?» continuò. «Milly torna domani sera, e finché non riesco a capire questa cosa che mi è successa stamattina è meglio che lei non ne sappia niente, a parte l'indispensabile che sa già. E cioè la cosa del cloroformio. Al telefono le ho detto che non ricordo niente».

«Ecco, veniamo al punto: capisco e condivido che per ora te la vuoi quartiare con Milly. Quello che non capisco è perché hai voluto parlare proprio con me».

Altra lunga pausa che impiegò, presumo, a trovare le parole giuste.

«Ho pensato che tu sei l'unico tra i miei conoscenti che ha avuto esperienze investigative. A parte le ammazzatine che sai, sia qua in dipartimento che per quell'altra faccenda per la quale avevano accusato il padre della tua donna francese».

«Michelle non è francese, è più palermitana di te e di me».

«E poi le altre cose qua e là. Le voci girano. E sei pure amico di un commissario di polizia».

«Vicequestore, Vittorio Spotorno ora è vicequestore».

«Come sia sia, io voglio arrivare a capire questa cosa che mi è successa senza immischiarci polizia, carabinieri e magistratura. Così ho pensato che tu, forse, nonostante tra noi due la situazione sia quella che ho detto prima...».

«Insomma, vuoi che io ti tolga le castagne dal fuoco prima che Milly venga a sapere che ci potrebbe essere di mezzo un'altra femmina. Tu però poco fa non mi hai risposto: chi è questa Marinella?».

«Mi credi se ti dico che non ne ho la più pallida idea?».

Lo studiai per bene.

«Ti credo. Però questo vuol dire che non possiamo risalire a... a Dart Fener tramite lei. Ma se troviamo Dart Fener, forse possiamo risalire a questa Marinella e capire il perché e il percome di quello che è successo stamattina».

«Ci ho pensato per tutto il giorno, dal momento in cui sono rinvenuto fino a quando ti ho chiamato poco fa».

«Ti è venuta qualche idea?».

«No. Però mi sono ricordato che stamattina, mentre aprivo il cancello del garage con il telecomando, ho sentito il rombo di un motore potente. Era la classica "stappata", il rombo che certi motociclisti provocano prima di togliere il contatto, dando gas al massimo con il cambio in folle e il motore imballato. Il rumore proveniva dal marciapiede di via Medina-Sidonia».

«Quindi possiamo ipotizzare che Dart Fener fosse il motociclista, ed era tutto nero perché, nonostante il caldo di oggi, indossava la tuta».

«E l'elmo da Dart Fener era solo...».

«... un casco integrale. Ed è per questo che non è caduto anche lui addormentato dal cloroformio, come te e poi la decana».

«Esatto».

«Ma tu, dopo essere entrato nella cambusa, hai sentito il rumore del cancello che si apriva di nuovo?».

«No. Dev'essere sceso con l'ascensore».

«Se in questo hai ragione, vuol dire che il tizio non ha la chiave o il telecomando del cancello. Quindi è un frequentatore "esterno" del dipartimento. Oppure, qualcuno l'ha informato».

In quel momento bussarono alla porta. Mauro si irrigidì. Io mi alzai per andare a vedere chi fosse, coprendo la visuale su Mauro. Era uno studente al quale avevo dato un appuntamento che poi mi era uscito di mente. Gli dissi di darmi un paio di minuti, richiusi la porta e mi fermai in piedi davanti a Mauro.

«Fammici pensare su fino a domani» gli dissi.

«Grazie. Però promettimi di non dire a nessuno quello che è successo oggi».

Mi limitai ad annuire.

Mi dibattevo in un sentimento ambiguo. Da una parte ero scocciato per l'impegno che avrebbe comportato la richiesta di Mauro, dato che nei giorni a seguire si delineava un periodo di ingorgo lavorativo. Dall'altra sentivo montare l'adrenalina per la prospettiva della caccia a Dart Fener. L'ambiguità derivava dalla consapevolezza che, mio malgrado, a dispetto delle premesse che lui stesso aveva messo in chiaro, mi sentivo lusingato per la richiesta di Mauro. Era una di quelle circostanze – sempre più frequenti – nelle quali non condividevo le mie idee. Poi pensai che, tutto sommato, aveva ragione la decana a dire che non ci si può limitare a fare i buoni samaritani solo con quelli che ci fanno simpatia. Il che, oltre che per le fan di Padre Pio come la vecchia Virginia, dovrebbe valere pure per gli atei, gli agnostici, i miscredenti, e per i figli di puttana in genere.

Con lo studente, fu questione di un'ora scarsa. Poi cercai di assegnare una cronologia ai fatti del mattino, mettendo insieme le mie informazioni dirette e quelle ricevute dalla vecchia Virginia e da Mauro. Prima di azzardare una ricostruzione, però, chiamai Mauro.

«Ricordi che ora fosse, più o meno, quando sei entrato nella cambusa?».

«Quando ho parcheggiato ho dato un'occhiata all'orologio del cruscotto: le sette e trentacinque. Metti che avrò impiegato un paio di minuti per scendere dalla macchina e alzare la saracinesca della cambusa».

Poi ancora qualche minuto per aprire l'armadio e tirare fuori il bidone con il cloroformio e la bottiglia, e portare tutto sotto cappa. Diciamo le sette e quaranta. Dart Fener gli si era manifestato prima che Mauro cominciasse a travasare il cloroformio. La bottiglia era ancora vuota e il bidone rovesciato sul pavimento. Quindi l'uomo in nero era apparso verosimilmente a quell'ora: le sette e quaranta.

La decana aveva detto di essere arrivata tra le sette e quarantacinque e le sette e cinquanta. Alle sette e cinquanta ero arrivato io e li avevo trovati già in balìa dei loro sogni. Che erano durati più o meno una decina di minuti.

Poi pensai a quello che aveva detto Mauro sul rombo di un motore in fase di spegnimento, che aveva sentito prima del suo incontro con Dart Fener. E ricordai il motociclista contro il quale avevo rischiato di impattare mentre imboccavo lo scivolo del garage. Difficile pensare a una coincidenza. Tanto più che un'occhiata ero riuscito a dargliela. Fugace, ma sufficiente a riesumarne ora un'istantanea mentale abbastanza precisa: a) era un colosso; b) era tutto nero, testa compresa. Corrispondeva alla descrizione di Mauro. Di mio potevo aggiungere che cavalcava una grossa moto lanciata a tutta, piena di cromature, e di un rosso motociclistico spietato. E avevo avuto il tempo di vedere che, dopo una brusca frenata, si era infilato di colpo oltre l'ingresso della stradina che circumnaviga il Dipartimento di Scienze farmaceutiche, a un centinaio di metri dallo scivolo del nostro garage.

Si imponeva una perlustrazione dei luoghi. Ruotai la poltroncina e guardai fuori dalla finestra. Era già buio. Da un pezzo. Infatti, già da un pezzo avevo acceso la lampada sulla mia scrivania. Le chiome delle Washingtonie dei Giardini Botanici Comunali si intuivano appena, grazie al riflesso delle luci dipartimentali.

Mi toccava rinviare al giorno dopo la mia ricognizione. I farmacisti tendono a chiudere i boccaporti prima degli altri dipartimenti di via Medina-Sidonia.

Prima di scendere chiamai Michelle. Non ci eravamo sentiti per tutto il giorno. Fu una conversazione lampo. Sapevo che aveva un impegno a cena con certi colleghi, tutti medici dei morti ammazzati, per festeggiare o commemorare un pensionamento. Era a casa, quasi pronta a uscire. Non le dissi niente della storia del cloroformio.

Fuori, data l'ora, la temperatura si era abbassata. Per scrupolo, allungai un po' il giro per passare con la Golf davanti al Dipartimento di Scienze farmaceutiche, per il caso improbabile che il cancello fosse aperto. Non lo era.

Innestai il pilota automatico e guidai verso casa ad andatura meditabonda, sulle balate della vecchia Palermo. Nel frattempo riflettevo sulla sorprendente conversione di Mauro de Gregori il quale, nel corso del nostro colloquio pomeridiano, aveva tirato fuori una grinta fino a quel momento insospettata. Il che lo innalzava dallo stato giuridico di mezzo coglione a quello di persona quasi normale.

Ma non ci cascavo. Ci voleva altro, per farmi cambiare idea su di lui. L'idiosincrasia nei confronti di Mauro era per me una specie di ultima Thule, qualcosa di irrinunciabile.

Arrivato a casa, realizzai che non avevo niente da mangiare. Classica serata da spaghetti aglio, olio e peperoncino. Un'altra ultima Thule. Abbondai con l'aglio e il peperoncino. Era stata una giornata lunga e impegnativa. Meritavo un incentivo. Anzi, un premio di produzione.

La mattina dopo, verso le dieci, scesi per la mia ispezione, consapevole che il mio era un colpo alla cieca. Non avevo alcuna certezza che il motociclista fosse un frequentatore abituale del dipartimento dei farmacisti.

Oltre il cancello di ingresso, che di giorno è spalancato, comincia un vialetto a senso unico, che gira in senso antiorario tutto intorno all'edificio. Se lo si imbocca sulla destra, dopo una ventina di metri c'è una sbarra che si solleva avvicinando una scheda magnetica al sensore. Ai due lati della sbarra c'è spazio sufficiente per passare a piedi. Alle spalle dell'edificio si apre un piccolo piazzale riservato ad auto e moto del personale, delimitato da un muro che lo separa dai Giardini Botanici Comunali.

La riconobbi subito, la moto. Grazie sopra tutto al connubio tra le cromature e il particolare colore rosso che avevo notato la mattina precedente. Mi limitai a dettare il numero di targa al mio microregistratore digitale, cercando di non farmi notare. Non badai alla marca. Non serviva. E non ho mai perso le bave appresso ai motori. Mi lasciano termicamente inalterato.

Durante il tragitto da casa fino alla via Medina-Sidonia avevo ragionato sul come procedere se fossi riuscito a trovare la moto. Volevo evitare di chiedere in giro, col rischio di mettere in allarme Dart Fener o chi per lui. Ma avevo a disposizione una vera e propria risorsa naturale: mio cognato Armando. Ci avrebbe pensato lui perché, a differenza del sottoscritto, mio cognato è uno che sa sempre dove e come mettere le mani in caso di necessità. Quella, a rigore, non era una vera e propria necessità, ma non avevo intenzione di dirglielo.

Per chiamarlo, aspettai che fosse ora di pranzo, con la speranza che Armando avesse già abbandonato provvisoriamente le zolle. Chiamai sul fisso del baglio e fu proprio lui a rispondere.

«Ah, Lore', tu sei... Quale buon tempo?».

«Sei a tavola? Sarò rapidissimo: ho bisogno di risalire al proprietario di una motocicletta. Ho il numero di targa: come si fa? Tu conosci qualcuno alla Motorizzazione o all'Aci?».

«Il Pubblico Registro Automobilistico è quello che ti serve. E sei fortunato, ho un amico che lavora all'Aci».

«O impareggiabile cognato!».

«Dettami la targa così me ne torno a mangiare. I ringraziamenti dopo, a cose fatte».

«Ti aspetta una bottiglia del limoncello ben temperato che sai tu».

Mi promise che mi avrebbe chiamato non appena avesse avuto il nome.

Chiamò la mattina dopo.

«Lore', hai da scrivere? Segnati questo nome: Caracausi Giandomenico, residente a Palermo, in via Filippo Parlatore 62/C. Poi mi racconti che ti ha fatto costui. La moto è una Norton Commando 850. Immatricolata nel 1977. Tu di motociclette non ne capisci una mazza, questa però merita rispetto».

«Sono commosso, cognato. Quante leggi hai dovuto infrangere, per ottenere queste informazioni?».

«Se mi catafottono in galera, ricordati di portarmi le arance... anzi, no: assegni circolari. O, meglio ancora, contanti».

«Perché, ci fu cosa?».

«Si è rotto il gommato. Saranno cavoli amari. Ottocento-novecentomila lire di danno. Ora devo chiudere perché è arrivato il meccanico».

Cavoli amari, in effetti. E motivo di future geremiadi di Armando. Lo ringraziai sobriamente e gli lasciai saluti per il popolo del baglio.

Breve riflessione. Poi mi alzai, marciai fino allo scaffale dove tengo varie scartoffie, e agguantai l'Annuario Accademico dell'anno precedente, il più aggiornato. In fondo al volume c'era l'elenco di tutto il personale dell'ateneo, in ordine alfabetico. Andai alla lettera C. Magari mi capitava un colpo di fortuna.

Ed eccolo là: Caracausi Giandomenico. Cercai la pagina corrispondente. Dipartimento di Scienze farmaceutiche. Qualifica: ricercatore non confermato. Dalla data di nascita risalii all'età: trentadue anni.

E ora?

Altra breve riflessione. Seguita da soluzione. Avevo sottomano un'altra risorsa naturale: il mio amico e collega Giovanni Di Maria.

Mentre Armando sa trovare collegamenti tra funzioni e persone, Giovanni invece è un consumato navigatore nell'arcipelago del personale universitario di ogni ordine, grado e risma, sopra tutto quello degli istituti e dipartimenti di via Medina-Sidonia. Con una preferenza per le femmine della specie.

La verità è che Giovanni incarna alla perfezione un ruolo che, tradotto in «italianese», suonerebbe *cortilaio*. Traduzione apocrifa del palermitano curtigghiaru. Ovvero, usufruttuario dei cortili, i veri luoghi della conoscenza interpersonale nella Felicissima nostra città di Palermo.

Lo studio di Giovanni è al mio stesso piano, all'estremo opposto del corridoio. Un'occhiata all'orologio. Le dieci e mezza. Lui, nei giorni dispari, fa lezione alle dieci. Meglio aspettare ancora una mezz'ora abbondante. Nel frattempo, decisi di salire dalla vecchia Virginia, giusto per vedere se era uscita definitivamente dal tunnel del cloroformio, come direbbero certi fessi da talk show.

La porta del suo studio era socchiusa. Mollai un colpo con la nocca.

«Si può?» dissi.

«Entra, Lore', proprio a te pensavo...».

«E a che devo l'onore?».

Era vispa e arzilla, come se il cloroformio le avesse fatto risvegliare ormoni sopiti.

«Te lo ricordi il mio sogno di lunedì?».

«Come potrei dimenticarlo?».

«Devi sapere che la domenica sera la parrocchia aveva organizzato una cosa per i poveri del quartiere. Molti sono immigrati. Lo facciamo ogni tanto, prepariamo da mangiare e io cerco di dare una mano come posso. Però erano venute più persone di quelle che ci aspettavamo. E così il mangiare finì in dieci minuti. E allora che facevamo? Mandavamo via la gente digiuna?».

«Non sia mai. E allora?».

«Allora mi è venuta la pensata di fare la pasta con l'aglio e l'olio. Una cosa sbrigativa, che sazia a tutti.

Il parroco ha messo a disposizione la cucina della canonica. Però mancava l'aglio».

«Mancanza esiziale, data la ricetta...».

«Però eravamo a due passi dalla via Lincon...».

«Giusto. La nostra Chinatown, se ci mettiamo anche i dintorni. Ci sono gli empori aperti pure di domenica sera».

Noi panormiti doc siamo costituzionalmente inabili a pronunciare il gruppo *ln* in fine di vocabolo. Così, le classi medio-alte convertono in via Lincon la via Lincoln. Che, per le classi medio-basse, invece, diventa via Lincolin.

«Ho mandato un picciottello della parrocchia a comprare l'aglio. Così abbiamo risolto».

«Ma questo che c'entra con il suo sogno?».

«C'entra, c'entra. Perché pure io me ne sono calata uno spillungo, di quegli spaghetti. E l'hai visto, mi hanno fatto danno».

«Il suo sogno in giallo?».

Non mi era sembrato chi sa quale guaio. Forse però, più che il monocromatismo, doveva averle fatto impressione l'Ospite. Il pezzo da novanta, insomma. Forse, a rielaborare l'evento ex post, doveva esserle sembrato più vicino a un incubo che a un sogno... va' a saperlo...

«L'aglio era cinese. E lo sai meglio di me che noi tendiamo ad associare ai cinesi il colore giallo. Tant'è vero che nel mio vecchio sussidiario delle elementari li includevano nella razza gialla. Perché, lo sai, fino a poco tempo fa si credeva che esistevano le razze... razza bianca... razza nera... razza gialla... Ora, dico io, ammesso e non concesso che sia vero, come si fa a mettere sotto lo stesso cappello la nostra benemerita razza sicula bastarda e, mettiamo, i finlandesi della Carelia, che devono appartenere pure loro a un'altra bella razza bastarda? Noi alle cinque del pomeriggio ci caliamo la granita di caffè con la brioscina appena sfornata, mentre loro già stanno masticando gli ultimi bocconi di una bistecca di renna con l'osso, dura come il cuoio».

Mi chiesi se non ero stato troppo ottimista a considerare superato l'effetto-cloroformio sulla vecchia Virginia. Le era tornato lo scilinguagnolo.

«Lo sai» continuò, «quella che mi è successa mi pare una di quelle cose pissicanalitiche che ti appassionavano quand'eri studente... quel libro che ti portavi sempre appresso per fare pomata, come dicevate all'epoca... com'è che si chiamava... Pissicopato...».

«*Psicopatologia della vita quotidiana*. Un classico».

Non che c'entrasse molto, secondo me. Ma lasciai cadere il discorso. Tirai in ballo impegni impellenti e presi congedo. Ma fu lei ad avere l'ultima parola, mentre stavo per varcare la soglia del suo studio:

«Lore'» disse, «lo sai cos'è stata? È stata la vendetta dell'aglio cinese».

E giù una risatina stridula.

Giovanni era nella sua stanza, semi-abbandonato sulla poltroncina, dietro il tavolo.

«Sono disfatto» fu il suo saluto. «Queste lezioni mi uccidono. Troppi studenti».

Giovanni è sempre stato un poco tragediatore. Però doveva esserci qualcosa di vero nel suo dichiararsi disfatto, perché il suo saluto mattutino standard è: *Lore', a femmine come stiamo?*

Entrai subito in argomento.

«Conosci un tale Giandomenico Caracausi?».

Rifletté per qualche secondo.

«Uno di Farmacia? Ma perché lo vuoi sapere?».

«Poi te lo dico. Allora, lo conosci?».

«Di vista. E so chi è. E so pure che sta con una femmina che fa cadere le cantonate. E ne è gelosissimo, dicono».

«Una tale Marinella, per caso?».

«E tu come lo sai?».

Stesso commento di Mauro, quando avevo individuato Dart Fener come suo aggressore. E pure a Giovanni si era allentata la mandibola.

«Lore', su quanti tavoli giochi? Non è cosa tua, e Michelle ti...».

«Michelle non c'entra. E nemmeno i tavoli. Ma dimmi, se lo sai: che intrighi può avere, questa Marinella, con il nostro dipartimento?».

Si grattò la testa. È un suo tic quando riflette, o vuole dare a bere che sta riflettendo.

«È una studentessa di Farmacia. E questo conferma che a Farmacia ci sono le più belle ragazze di tutta la via Medina-Sidonia. Però ha infilato nel piano di studi una complementare che si fa qua da noi, l'ecologia».

«Sei sicuro? Sei sicuro che non segue uno dei corsi di de Gregori?».

«Escluso al cento per cento. Ma perché? Che c'entra Mauro?».

«Poi te lo dico».

«E sono due. Ma che hai, stamattina? Perché fai tanto il misterioso? Ti è andato il caffè di traverso?».

«Non c'è due senza tre: poi te lo dico».

«Mi hai fatto ricordare che la settimana scorsa questa Marinella era qua in dipartimento, proprio per gli esami di ecologia. Lo so con certezza perché ero sceso a prendere un caffè al Florìda, e quando sono tornato ci siamo incrociati alla porta dell'ascensore, io entravo, lei usciva. Non mi sembrava tanto in forma. Aveva le lacrime in pizzo. L'esame deve esserle andato male».

«Sai se c'era Mauro in commissione?».

«Lo escluderei. Neanche Totò Grasso lo può vedere, a Mauro. Figurati se gli propone di metterlo in commissione d'esami».

Totò Grasso è il titolare del corso di ecologia.

«E, per caso, questo suo uomo, Caracausi, era con lei?».

«No. Almeno, io non l'ho visto. Ed è uno che si fa notare, perché è un bello picciotto, alto, atletico... impostato, insomma. Devo ammettere che lui e Marinella sono una gran bella coppia».

«Lo sai come si chiama di cognome, questa Marinella?».

«Canepa è il cognome. Marinella Canepa. Lo so perché l'ho sentita chiamare quando l'altro giorno Grasso ha fatto l'appello degli iscritti all'esame. Passavo per caso per il corridoio e lei era là fuori».

«Vedo che ti tieni informato. Passavi per caso? A chi la racconti... Che altro sai?».

«Nient'altro. Però, per il poco che l'ho vista, ti posso dire che ne ho avuto un'impressione di fragilità. Lo sai che di femmine me ne intendo, Lore'...».

«Vabbè, Giovanni, grazie, saluti e abbracci».

«Come sarebbe a dire? Ora mi devi dire...».

«Un'altra volta. Ora devo scappare...».

Nel mio studio cercai di pensare al da farsi per la faccenda di Mauro.

L'alternativa era: trovare qualcuno che fosse tanto in confidenza con Caracausi da poterlo sondare sul perché dell'aggressione a Mauro; oppure, saltare gli intermediari e affrontarlo direttamente. Più ci pensavo, più mi appariva inevitabile la seconda soluzione. Tanto più che mi ero impegnato con Mauro a non parlare con nessuno dell'accaduto. Lo chiamai nella sua stanza.

«Sono io».

«Ci sono novità?».

«Qualcuna. Ma ne parliamo dopo. Se hai dieci minuti salgo».

«No, scendo io».

Pensai che volesse evitare possibili irruzioni di Milly, con le inevitabili spiegazioni che avrebbe dovuto fornire. Evenienza non improbabile, data la stanza in comune.

Dopo qualche minuto, entrò e chiuse la porta.

«Non mi dire che hai scoperto chi è».

«Sì. Ma ti racconto tutto quando avrò finito. Ci sono altre cose da capire. E a questo proposito sarebbe molto di aiuto una tua promessa, come si dice, *solenne*».

«Parla».

«Mi devi promettere che non cercherai nessuna rivalsa e non inizierai nessuna azione, né di tipo giudiziario, né di tipo accademico, nei confronti di Dart Fener.... insomma, della persona che ti ha aggredito. E che la cosa rimarrà tra noi due. Cioè tra te e me. Ora come ora, siamo gli unici a sapere cos'è successo lunedì mattina. Neanche la decana ha visto niente, a parte che c'eri tu addormentato sul pavimento della cambusa».

Ci pensò su per un po'.

«Per me va bene» disse alla fine. «Anzi, se la cosa rimane tra noi non mi dispiace. Per me l'importante è capire perché l'ha fatto e fare capire a lui che non deve provarci più».

«Ho la tua parola?».

«Sì. Ma non puoi anticiparmi niente?».

«Porta pazienza. Se le cose vanno come spero, entro un paio di giorni saprai tutto».

In realtà speravo di chiuderla prima.

Mauro tornò alla base. Cercai sull'annuario il numero del Dipartimento di Scienze farmaceutiche.

«Vorrei parlare con il dottor Giandomenico Caracausi» dissi alla voce maschile che rispose.

Non mi chiese nemmeno chi fossi e mi passò l'interno.

«Dottore Caracausi? Sono Lorenzo La Marca, un collega del Dipartimento di Biochimica applicata. Avrei bisogno di parlarle».

Lungo silenzio.

«So chi è lei» disse alla fine. «Dopo quello che è successo tempo fa al suo dipartimento, il suo amico impiccato e quegli altri, lei è famoso in tutta la via Medina-Sidonia».

«Caso mai, famigerato. Allora... possiamo vederci? Prima è, meglio è. Però in privato, lontano da occhi e orecchie di altre persone».

Non mi chiese il perché di quella richiesta che sarebbe suonata insolita a chiunque. Ne dedussi che, grazie alla mia provenienza dallo stesso dipartimento di Mauro e alla mia richiesta di riservatezza, doveva avere intuito l'ordine del giorno del nostro eventuale colloquio.

Ci fu un altro silenzio. Poi mi propose di vederci nell'intervallo del pranzo in un locale della Kalsa, un bar che proponeva primi piatti espressi. Disse che avevano un cortile interno, appartato, e protetto da una vetrata, dove non andava mai nessuno.

Mi feci spiegare dov'era e concordammo di vederci sul posto di lì a un'ora.

Scesi con un quarto d'ora di anticipo e mi avviai. Parcheggiai la Golf di lato a Porta dei Greci e proseguii a piedi verso il bar, non lontano dall'Oratorio dei Bianchi, in zona Spasimo. Non era ancora arrivato. Lo aspettai in piedi, davanti all'ingresso.

Dopo un paio di minuti si sentì il rombo di un motore, ed ecco Dart Fener, stavolta in borghese, senza il suo completino nero, a parte il casco integrale. Issò la moto sulla forcella, si tolse il casco, trafficò con una grossa catena e mi raggiunse.

Ci stringemmo la mano. Stretta decisa. Ma non da macho aggressivo che vuole impressionare la controparte stritolandogli la mano.

«Oggi niente tuta nera?» dissi.

Sollevò le spalle con un pizzico di rassegnazione, che prolungò in uno scarno sorriso timido. Entrammo.

«Qua fanno una pasta con l'anciova spettacolare» disse; «con la pasta margherita».

Ne ordinammo due porzioni e prendemmo posto nel cortile, dove in effetti non c'era nessuno. Di passaggio al bancone del bar ci eravamo fatti versare due calici di Insolia.

«Alla tua» dissi, sollevando il bicchiere.

«Alla nostra» replicò.

Mi era venuto spontaneo passare al tu, perché mi aveva fatto un'istintiva simpatia. Ma non perché avesse malmenato Mauro. Era per un'aura di timidezza che l'avvolgeva e che faceva uno strano contrasto con l'imponenza del fisico. Sguardo vivo e occhi intelligenti. Chi sa se gli era costato uno sforzo trattare Mauro in quel modo. Doveva davvero tenerci molto, a quella sua donna.

All'inizio, incerto tra il tu e il lei, aveva girato le frasi in modo da schivare la necessità di un pronome diretto.

«Il tu dev'essere reciproco. Se no, torno al lei» dissi.

Assentì. Entrai in argomento senza perdere altro tempo.

«Credo che tu ti sia fatto un'idea del perché ti ho chiesto di incontrarci...».

Assentì ancora.

«Visto che sei del Dipartimento di Biochimica applicata, dev'essere per la mia sbrasata di lunedì mattina. Non so neanche il nome di quello che è svenuto».

«Ah, no? Quindi l'hai scelto a caso? Non credo...».

«Non ho detto questo».

«Allora perché non mi racconti ogni cosa, cominciando dall'inizio? Ti posso garantire che tutto quello che mi dirai non avrà nessuna conseguenza per te: niente denunce, niente ritorsioni accademiche. Rimarrà una cosa tra te, me e il collega Mauro de Gregori».

«Si chiama così, quello stronzo? Scusa se è amico tuo».

«Non lo è. Per niente».

Sembrò chiedersi perché diamine mi fossi immischiato in quella storia, ma non convertì il pensiero in una richiesta di spiegazioni.

«Venerdì scorso Marinella, la mia ragazza, doveva dare l'esame di ecologia al tuo dipartimento. È una brava, ed era preparatissima; lei ha quasi la media del trenta. Però ogni esame ha la sua storia... Marinella è un poco emotiva... forse non ha trovato un feeling con il titolare della materia».

Questa del feeling non era male, me la dovevo segnare.

«Per farla breve, è stata bocciata di mala maniera. Per lei era la prima volta».

«Capita. E poi?».

«Era proprio stravolta. Mi ha detto che a un certo punto ha avuto pure la sensazione di svenire, al punto che si è dovuta appoggiare con una mano alla parete. Allora le si è avvicinato un tizio, uno che girellava già da un pezzo per il corridoio, tanto che lei aveva pensato che fosse un altro studente in elenco per l'esame, anche se era più anziano degli altri».

«Ti ha fatto una descrizione?».

«Sì. L'aveva notato prima dell'esame, quando ancora stava bene. Ti ripeto le sue parole: capelli biondastri, slavati, occhio celestino, scialbo, grassottello».

Sembrava la descrizione sputata di Mauro.

«Poi che è successo?».

«Il tizio ha preso una delle sedie che erano nel corridoio e l'ha aiutata a sedersi. Poi si è offerto di portarle un bicchiere d'acqua, ma lei ha detto di no. Allora le ha chiesto se era sola o se c'era qualcuno che potesse accompagnala. E lei di nuovo ha detto di no. A quanto pare, in quei momenti non c'era nessun altro, nel corridoio, tutti gli studenti erano nell'auletta in cui si tenevano gli esami. Quel tale allora si è offerto di accompagnarla in macchina dove voleva, perché lei non sembrava in condizione di reggersi in piedi. Insomma, questo tizio, tanto ha fatto, tanto ha detto, che Marinella, anche per levarselo di torno, ha accettato di farsi accompagnare giù in ascensore».

Fece una pausa.

«Una volta giù, però, si era sentita svenire da capo... lei ci va soggetta, non era la prima volta. Si era appoggiata di nuovo con una mano alla parete dell'ascensore. Lui allora le ha detto che si rifiutava di lasciarla andare da sola in quelle condizioni. E che aveva la macchina nel garage e le ha ripetuto che poteva accompagnarla dove voleva».

«Ma lei non poteva chiamarti al tuo dipartimento e chiederti di andarla a prendere?».

«Io, a quell'ora, avevo un impegno al policlinico, dove ho una collaborazione scientifica con un gruppo di lavoro interdipartimentale. Lei lo sapeva e non ha voluto disturbarmi. A quel punto, ha deciso di accettare il passaggio in macchina, però solo fino al mio dipartimento. Un tragitto di un centinaio di metri in tutto. Al mattino eravamo rimasti d'accordo che dopo l'esame mi avrebbe aspettato là».

In quel momento arrivò un ragazzo con i nostri primi. Ordinammo altri due calici di Insolia.

«Sospendiamo momentaneamente le operazioni?» proposi.

«Sì, sarebbe un peccato lasciarla raffreddare».

Aveva ragione lui: la pasta margherita con l'anciova era davvero spettacolare.

Poi riprese il racconto.

«In garage la fece salire in macchina: un Suv nero, enorme...».

«Una Navara?».

«Non lo so. Marinella non se ne intende di macchine. Però aveva notato un adesivo appiccicato sul portellone del bagagliaio, con la scritta *Amo i vigili*, circondata da cuoricini».

La Navara di Mauro. Lo conosciamo tutti, in dipartimento, quell'adesivo. Cominciavo a intuire il seguito.

«Poi è successo il fattaccio. Il tizio, invece di mettere in moto, attacca a parlare con voce suadente e comincia a farle complimenti sul quanto è bella, e che occhi meravigliosi che ha, e che bel collo, e via discorrendo. Lei si irrigidisce, ma lui le prende una mano. Lei cerca di divincolarsi, e lui parte a cercare di baciarle il collo. In quel momento a Marinella deve essere arrivata una bella scarica di adrenalina che l'ha rimessa completamente in sesto: gli ha mollato una gomitata, è scesa dalla macchina ed è entrata nell'ascensore, che era ancora al piano del garage. Il resto lo puoi immaginare».

«Sì. Ma a te com'è venuto in mente di organizzare l'agguato a Mauro? Se mi posso permettere, non è stata una gran bella mossa».

«No, non lo è stata. A mia giustificazione c'è il fatto che è stata una cosa estemporanea, non meditata. Un colpo di testa».

«Spiegati».

«È successo che lunedì mattina, appena ho imboccato la via Medina-Sidonia per andare in dipartimento, mi sono trovato davanti un Suv nero con un adesivo uguale a quello descritto da Marinella, attaccato al bagagliaio. E ho capito che era la macchina di quello stronzo. L'ho seguito fino a quando l'ho visto prendere lo scivolo che porta al vostro garage. Mi era tornato un rigurgito di incazzatura per quello che mi aveva raccontato Marinella. Allora ho mollato il Norton sul marciapiede, sono entrato dal vostro ingresso principale e mi sono precipitato verso l'ascensore. Il resto lo sai».

«Perché sei scappato lasciandolo svenuto? E se ci lasciava le penne?».

«Infatti, stavo per trascinarlo fuori dal vostro laboratorio sotterraneo. Però, in quel momento, ho sentito il rumore di una macchina che entrava. E ho pensato che il nuovo arrivato non avrebbe potuto fare a meno di trovare quello stronzo addormentato, perché l'ascensore è proprio accanto alla porta, e se ne sarebbe occupato lui o avrebbe chiesto aiuto».

Coincideva. La macchina era la Cinquecento della vecchia Virginia. E subito dopo ero arrivato io. E mi ero quasi scontrato con lui in fuga sulla sua moto. E non sapeva che gli svenuti, nel frattempo, erano diventati due. Glielo dissi io. Ci meditò su per un pezzo.

«Quindi, ho rischiato pure di assassinare una povera vecchia...».

«Vecchia sì, povera no. E non solo in senso patrimoniale. Comunque, per fortuna è finita bene e nessuno si è fatto troppo male».

Dopo un paio di caffè, chiudemmo la seduta. Mi impossessai dello scontrino con il conto. Friggevo sulla sedia. Ero incazzato nero e non vedevo l'ora di trovarmi a tu per tu con Mauro. Gli avevo creduto. E questo non potevo perdonarlo né a me, né a lui.

Lo chiamai dal mio studio. Non rispose né al fisso, né al telefono di tasca. Stavo per chiamare Milly, ma riagganciai prima di finire di comporre il numero del suo telefono di tasca. Era una cosa tra me e Mauro.

Mi era venuta voglia di una Camel. Tirai fuori il pacchetto. Vuoto. Cercai nel cassetto dove ne tengo uno per i tempi di carestia. Niente. Me l'ero già fumato e avevo dimenticato di sostituirlo. Il Florìda ha pure un settore tabacchi.

Scesi a fare rifornimento. Al ritorno, mentre attraversavo via Medina-Sidonia, avvistai da lontano una macchina che somigliava alla Navara di Mauro. A quell'ora si erano già liberati alcuni posti all'altezza del dipartimento, e lui fece manovra per infilarsi in quello più spazioso. Scese proprio davanti a me e chiuse lo sportello sbattendolo quasi con violenza. Doveva essere incazzato pure lui. Prometteva bene.

Mi passò davanti ignorandomi e marciò verso il dipartimento. Capelli biondastri, slavati, occhio celestino, scialbo, grassottello. Ma non era Mauro.

Quando sparì oltre l'ingresso, mi avvicinai al retrotreno dell'auto. Mi era venuto il dubbio che in via Medina-Sidonia potesse circolare un'altra Navara nera, oltre a quella di Mauro. Invece, ecco l'adesivo appiccicato al portellone del bagagliaio. *Amo i vigili*, e i cuoricini rossi tutto attorno. Un'idea di Milly, verosimilmente. Ma chi era il tizio, e perché guidava il Suv di Mauro?

Visto che era entrato nel dipartimento, era evidente che con de Gregori dovevano conoscersi tanto da giustificare il prestito della macchina. Sopra tutto, considerato quanto Mauro tenesse a quella sua cassa da morto semovente.

Dal mio studio chiamai di nuovo il suo numero. Stavolta rispose.

«Sei solo?» indagai.

«No» disse, guardingo. Non aggiunse altro. Lo interpretai come un invito a non fare domande sulla faccenda del cloroformio. Doveva esserci il tizio. O Milly.

«Puoi scendere da me?».

«Dammi dieci minuti».

Il tempo di congedare il tizio, pensai. Ce ne mise cinque. Entrò, chiuse la porta come la volta precedente, e prese posto sulla sedia. Mi guardava con aria interrogativa.

«Solo una domanda: nei giorni scorsi ti è capitato di prestare la macchina a qualcuno?».

«Sì. Per ora ho ospite per una settimana un mio cugino che vive a Roma, figlio del fratello di mio padre. Ma perché me lo chiedi?».

Un cugino. Ed ecco spiegata la somiglianza.

«Fammi un piacere: chiedigli in camera caritatis che cosa ha combinato venerdì scorso con una certa ragazza bocciata all'esame di ecologia. Vi è costata, a te e alla decana, una bella insufflata di cloroformio».

Capì al volo. Il che non era frequente. Gli spiegai lo stesso ogni cosa. Per sicurezza. Poi uscì. Con la faccia livida. Non mi disse nemmeno *grazie*. Ma non me la presi.

Verso la fine del pomeriggio squillò il telefono sul mio tavolo. Appena sollevai il ricevitore la vecchia Virginia, senza darmi nemmeno il tempo di dire *pronto*, mi strillò il suo messaggio a giro per tutta la coclea:

«Lore', stanotte mi è venuta una pensata. Che dici, mi faccio pittare di giallo tutta la cucina? Una bella cucina in giallo. E la inauguro con un bel piatto di spaghetti aglio e olio. Stavolta però, per sicurezza, ci metto pure la curcuma. Giallo su giallo. Capace che così l'aglio cinese non mi fa di nuovo danno. Che dici, eh, Lore'?».

Mise giù sull'abbrivio di una delle sue risatelle stridule, senza darmi modo di pronunciare una sillaba.

Antonio Manzini

Killing food

«È inutile che adesso le attacchi un discorso prolisso e noioso, ma il nemico è lo zucchero. Provi ad entrare in un supermercato, dottor Schiavone. A parte carne e verdura, sa cosa c'è sugli scaffali? Zucchero! Zucchero non solo nei biscotti e nei dolciumi, ma nelle farine, nelle fette biscottate, nelle paste e nel riso raffinati, zucchero nelle merendine con cui rimpinziamo i bambini facendone dei futuri obesi, zucchero nelle bevande, vino compreso, zucchero zucchero zucchero. Provi a controllare gli ingredienti presenti nei cibi industriali, e vedrà che il 90 per cento delle volte troverà lo zucchero. Si guardi in giro... siamo tutti sovralimentati. Osservi una fotografia di una spiaggia degli anni '70. Vedrà gente magra. Ma non perché si moriva di fame, carissimo, no. Perché lo zucchero non era ancora utilizzato come ricatto, come droga. Sì, ha sentito bene, droga. Sa perché? Perché lo zucchero soddisfa, subito, dà la certezza di essere sfamato. Ma dura poco o niente perché il cervello ne chiede ancora e le invia una sensazione di fame. Ma lei non ha fame, o meglio ce l'ha ma è una fame chimica perché in realtà cos'è che vuole? Lo zucchero. E questo le industrie alimentari lo sanno, e lo sanno bene. Come assicurarsi il consumatore per sempre? Con una droga legale, appunto, lo zucchero! Vuole che le elenchi i danni che fa al corpo umano, a parte quelli estetici di cui però ce ne potremmo fregare? Mi ascolti: prediabete e diabete, ipertensione, e quindi ictus, aneurismi, infarti, aumento delle possibilità di depressione, per non parlare dei danni alle ossa, ai denti. Lo zucchero andrebbe bandito come una droga pericolosa. E invece...».

Quando Rocco Schiavone uscì dallo studio del nutrizionista aveva con sé una dieta da cominciare e un sacco di consigli da seguire, mancava la voglia di applicarsi. Gli era rimasto impresso il discorso sullo zucchero. Ragionava accorgendosi che di zucchero lui ne mangiava troppo, il cornetto al bar, la pizza alla rosticceria, per non parlare del vino. Poteva fare a meno di pizza e brioche, ma agli alcolici non avrebbe rinunciato. Ma la visita non era stata inutile. Aveva fatto felice Sandra Buccellato che gli aveva suggerito insistendo quel medico nutrizionista, e aveva fatto felice anche il luminare con 200 euro.

«Mangerà sano» aveva concluso Pallini Eugenio, medico nutrizionista. «Vede? Qui le ho scritto tutto. 100 grammi di pesce o carne bianca, insalata e una verdura cotta a scelta e due fette di pane abbrustolito, la sera 80 grammi di pasta con pomodoro fresco, oppure riso saltato con indivia belga. Addirittura la domenica patatine fritte, o frittura di pesce...». Rocco aveva sorriso e si era incamminato verso l'ufficio. Appena entrato donò la dieta a Casella che si lamentò subito. «Dotto', se mi toglie gli zuccheri, che mangio?».

«Ma che ne so, Case'? Fa' un po' come te pare». Un mondo ipernutrito, carico di cibo vomitato da vetrine e supermercati e per sopravvivere doversi recare da un medico, era una contraddizione in termini che innervosiva Rocco e lo allontanava sempre più dalle logiche di quella società che cominciava a detestare più di se stesso.

Erano quasi i giorni di Pasqua, la città si stava riempiendo di uova, colombe e turisti, il sole aveva deciso di affacciarsi a dare un'occhiata, il che aiutava il morale delle donne e degli uomini della questura. Di tutti, tranne del questore Andrea Costa che da qualche tempo viveva in costante tensione per un trasferimento che non arrivava. Il vicequestore riempiva le giornate passeggiando con Lupa fino al limitare della città senza mai avventurarsi per i boschi, non vedendone la necessità. Aveva sentito i suoi amici di Roma, se la cavavano; Stella s'era messa di traverso e voleva essere impalmata da Brizio, Furio invece continuava a saltellare di fiore in fiore. Al momento aveva rimediato una bielorussa di 32 anni che a suo dire valeva tre donne. Rocco non chiese approfondimenti, tanto sarebbero stati confusi e surreali. Furio neanche ricordava il nome. «Vera... Yanira... Varvara... 'na cosa così, Rocco».

«Che te frega come se chiama, Furio, quando c'è l'amore...».

Arrivò al parcheggio della questura. Lupa mollò una pisciata sugli pneumatici della macchina del questore, poi lo seguì in ufficio. «Brava Lupa» le disse Rocco, «però ogni tanto pensa pure alle gomme posteriori...». Sulle scale c'era il solito odore chimico di lavanda e limone o forse era arancia, insomma un agrume, che persisteva nonostante fossero le tre del pomeriggio. Aveva saltato il pranzo, senza accorgersene. Chissà se Pallini Eugenio sarebbe stato contento. Ora aveva fame ma di tornare giù in strada non aveva voglia. Pensò che la cosa migliore fosse chiudersi lo stomaco con una ciofeca del distributore. Così fece. Il sapore rancido e acidulo misto alla puzza del latte in polvere che proveniva dalla macchinetta lo sfamò chiudendo gli apparati gastrici e digestivi e dandogli la certezza che con quel sentore di muffa nel palato sarebbe arrivato senza problemi fino all'ora di cena. «Perché non ti sei fatto un caffè come Dio comanda? Hai la macchina in ufficio» gli chiese Scipioni in corridoio. «Prendo il ciofecone per un altro scopo. Novità?».

«Venivo per quello. Abbiamo una donna aggredita stamattina in casa che ora è in coma».

Rocco guardò Antonio per sei secondi, aprì la bocca, stava per parlare, ci rinunciò, lo squadrò meglio. «E da quando mi porti una notizia così di merda come se stessi parlando del tempo?».

«Perché non è una rottura di coglioni vera e propria».

«Ah no? Una donna in coma aggredita in casa come la chiami?».

«Ma non è morta!».

Rocco scosse la testa incredulo. Spalancò le braccia. «Su di te contavo, Antonio. Sembravi svettare sugli altri. Invece te stai a rincojoni' pure tu!» e a capo chino si avviò per le scale.

La donna stesa sul letto ad occhi chiusi si chiamava Linda Micciarelli, aveva 53 anni, una fascia vistosa intorno alla testa, tubicini di flebo che partivano dal braccio destro e sulla bocca una medusa di plastica che si appannava ad ogni respiro. «È in coma vigile, non risponde a stimoli verbali ma qualche timida reazione a quelli fisici c'è. Diciamo che è un coma di secondo grado».

«Che le è successo?».

«Quando l'hanno portata qui aveva una ferita allo sfenoide destro» precisò il medico, un volto di quelli che si dimenticano appena voltato l'angolo, a forma di uovo, con i capelli radi e un principio di barba solo sul mento.

Rocco guardò prima Antonio, poi tornò a concentrarsi sul medico. «Secondo lei?».

«Ce la dovrebbe fare. È stata fortunata. Ma siamo tutti nelle mani di Dio, no?» disse il dottor Morlupo allargando sconfitto le braccia.

«No, in questo caso Linda è nelle sue mani. Mi stia bene dottore» e Rocco insieme ad Antonio lasciò la terapia intensiva.

«Guarda l'aspetto positivo» gli disse Antonio mentre raggiungevano il soccorritore e l'infermiere che avevano portato Linda Micciarelli in ospedale con l'ambulanza.

«E quale sarebbe?».

«Potevi parlare con il dottor Fumagalli dentro l'obitorio, invece...».

«Hai ragione, Antonio. Chi ha chiamato l'ambulanza?».

«La signora Colitti».

«Al secolo?».

«Un'amica di Linda, collega di lavoro. Oggi è passata a prenderla, quella non ha risposto e si è allarmata. È salita a casa e l'ha trovata riversa sul pavimento del salone».

Che era più o meno la scena descritta anche dal soccorritore e dall'infermiere. A Rocco e Antonio non restava che andare a via Donatori di Sangue e dare un'occhiata all'appartamento di Linda Micciarelli.

«Ma come ci comportiamo, come fosse un omicidio?» chiese Scipioni.

«Come fosse un omicidio, Antonio. Speriamo si svegli e ci racconti tutto così sappiamo chi è stato e la chiudiamo lì».

«E se non si sveglia?».

«Sono cazzi più ardui da affrontare».

«Ma noi li affrontiamo, vero?».

«Abbiamo forse una sola zozza alternativa?».

D'Intino e Casella erano davanti al civico. D'Intino mangiava un panino grosso come una padella, Casella invece si limitava a ruminare. «Che fate qui?».

«Siamo venuti nel caso dovesse servire... per la stampa, o se arriva la Gambino».

«Cazzo rumini, Case'?».

«Una gomma, dotto'... sennò mi viene fame. Ho cominciato la dieta che m'ha dato lei».

Rocco lo guardò con profondo schifo. «Ma da ragazzino non hai imparato a tenere la bocca chiusa mentre mastichi? Fai un rumore orrendo, pare che stai a schiaccia' delle lumache... per favore, Casella, quando sei al lavoro, o sgranocchi civile oppure ti metti un fazzoletto davanti alla bocca».

«Anche una mascherina, no?» suggerì Scipioni.

«Bravo Antonio, anche una mascherina da infermiere... ma chi ci apre?».

«L'amica».

Era al terzo piano che li aspettava. Rossa di capelli, e a Rocco parve il suo colore naturale, la carnagione chiara, le efelidi sul naso e sugli zigomi irrobustivano l'intuizione. Aveva gli occhi chiari, ma nella penombra della tromba delle scale Schiavone non riusciva a distinguerne il colore. 38, massimo 40 anni, era bella da rubare un sacco di sguardi. Le labbra piene piegate in una smorfia di ansia turbavano la regolarità del viso. Non era truccata, leggins e scarpe da corsa, una felpa che la ingolfava. Ma nessuna felpa o cappotto o stivale o guanto avrebbe potuto nascondere a Rocco le forme e le linee di una donna. Schiavone aveva una qualità, di quelle che non servono a niente, insomma non è che ci potesse guadagnare soldi o sfruttarla per il bene dell'umanità: sapeva riconoscere nelle donne curve, magrezze, abbondanze come se posse-

desse dei raggi X installati nei cristallini dell'occhio. Fin da bambino, a scuola, con le professoresse o le compagne o le madri delle compagne, Rocco era in grado di giudicare se una donna aveva le caviglie grosse anche se indossava stivali, intuire la portata di un seno sotto il montgomery, prevedere la solidità o meno dei glutei avvolti in un cappotto lungo al polpaccio. Doveva smettere di guardare l'amica di Linda perché ancora pochi secondi e se ne sarebbe accorta.
«Mi chiamo Neva Colitti».

«Neva come il fiume?» chiese Rocco. La donna annuì. «Lei è russa?».

«No. Papà amava la letteratura di quel paese».

«Allora le è andata bene. Avrebbe potuto chiamarla, che so? Dnepr».

Era riuscito a farla sorridere. «Sì. Anche Pecora».

«Pecora?».

«È un fiume che sta a nord, sfocia nel Mar Glaciale Artico».

«Ci fa vedere la casa?» chiese Rocco.

«Sì. È qui» e indicò una porta blindata. Aperta la quale ci si ritrovava in un disimpegno di un metro quadrato scarso sul quale si aprivano altre due porte. «Ecco, Linda abita qui a destra» e girò la chiave nella serratura.

«E a sinistra chi c'è?».

«Il marito» rispose. «Quando si sono lasciati hanno diviso l'appartamento. Che già era un buco... prego».

Entrarono. L'abitazione era un monolocale con un divano, l'angolo cottura e la porta a soffietto che nascondeva un piccolo bagno. «Ecco, tutto qui. La casa di Davide accanto è uguale. Sempre una stanza».

Era graziosa, Linda era stata attenta a ogni oggetto dell'arredamento, le applique a parete, i due candelabri di legno, dei piccoli manifesti di gallerie d'arte francesi. Rocco saggiò il muro che avevano tirato su per la divisione. «Carton gesso» disse Neva. «Costava di meno. Ma non è che le altre pareti siano molto meglio... queste case le hanno costruite con la carta velina. E d'inverno sono fredde».

Rocco e Antonio si guardarono intorno. «Era qui per terra» e indicò un punto ai piedi del divano. C'era del sangue sulle mattonelle.

«Ha toccato qualcosa?».

«No».

«Bene! Ha visto se i soccorritori hanno smanacciato in giro?».

«Smanacciato?».

«Il vicequestore intende se anche loro hanno toccato mobili o suppellettili» corse in aiuto Scipioni.

Neva ci pensò su. «No, non mi sembra. Sì, la porta, le maniglie, poi hanno caricato Linda sulla barella e sono usciti».

«Sarà felice la dottoressa Gambino» disse Rocco.

«Non... la conosco» fece Neva.

«Non si preoccupi, non è un suo problema. Ma da questo momento evitiamo di toccare cose» e si infilò i guanti di pelle. «Ora ci racconti un po'».

«Ero passata a prenderla come ogni mattina per andare alla clinica. L'ho chiamata, ma non mi ha risposto.

Quando sono salita, l'ho trovata per terra. Ero convinta fosse morta».

«Si ricorda a che ora l'ha chiamata?».

«È facile, controllo sul mio cellulare». Neva controllò. «Ecco, erano le otto e trentanove, per la precisione».

Rocco guardò Antonio. «Da casa sua è venuta direttamente qui?».

«No, prima un passaggio veloce al supermercato qui sotto, due sciocchezze per il pranzo...».

«Di solito fate colazione insieme?».

«No. Ci prendiamo un caffè una volta arrivate in clinica».

«E in clinica non avete diritto al pranzo che lei deve passare al supermercato?».

«Lasciamo perdere, dottore. Diciamo che è argomento di litigio da mesi con la direzione».

«Ha parenti oltre al marito Davide che vive qui dirimpetto?» chiese Antonio.

«Sì. Stefano, suo figlio. Sta a Londra».

«E che fa?» chiese Antonio

«Lavora in un ristorante. Credo lavori in cucina... poi ci sarebbe Ornella, la sorella di Linda, che ha 50 anni e sta a Donnas. Mai capito che lavoro faccia».

«Bene, Davide?» intervenne Rocco. «Chi è? Che fa? Ci racconti un po'».

Neva fece una smorfia. «Davide è un disgraziato. Fa lavoretti, quando li trova. Piccoli trasporti, a volte lo chiamano per qualcosa di più sostanzioso come sgomberare una cantina. Ma...».

Mentre parlava, lenta, Neva guardava in basso e si passava di continuo le mani fra la folta chioma rossa, movimenti e incertezze di chi sta per svelare un dettaglio. E quando si bloccò sul «ma...» Rocco ne ebbe la certezza.

«Ma?» la incoraggiò offrendole una sigaretta che la donna rifiutò con un rapido gesto della testa.

«Ma... Linda manteneva sia lui che la sorella. Tutti. Erano sempre lì a chiedere soldi, come se la mia amica fosse una miliardaria. Ornella non s'è mai sposata e mai ha fatto un lavoro degno di questo nome, Davide avrebbe dovuto esser lui a pagare gli alimenti quando otto anni fa si sono separati, Stefano era ancora minore, ma se n'è guardato bene. Tutti senza il becco di un quattrino».

«E Linda?».

«Pagava...».

«Le posso chiedere che lavoro fate lei e Linda?». Rocco si accese la sigaretta.

«Lavoriamo alla Clinica Santa Teresa, in cucina».

«Cuoche?».

«Sì, cuoche. Linda è la capo cuoca, io diciamo una specie di sous chef».

«E due cuoche non possono mangiare nella loro cucina» fece Antonio. «Roba da matti».

«È tutto contingentato» disse Neva. «Controllo ferreo, sono un po'...».

«Stronzi?» suggerì il viceispettore.

«Diciamo così».

«Insomma, sia Linda che il figlio lavorano in cucina, una famiglia di ristoratori». Neva alzò le spalle. Rocco fece un tiro e sputò il fumo verso il soffitto. «Lavorate alla Clinica Santa Teresa... che sta?».

«A Settimo Vittone, tre quarti d'ora da qui...».

Rocco si avvicinò alla finestra, la aprì. Gettò la cicca di sotto. Per poco non colpì Casella che alzò lo sguardo e si limitò a salutare il superiore. «Neva, ha provato ad avvertire i parenti?».

«Certo. Ho chiamato Ornella, Stefano, Davide. Stefano arriva appena può col primo aereo, Ornella e Davide cellulare staccato».

Rocco fece una smorfia come se avesse inghiottito una medicina amara. «Lei è venuta spesso qui? C'è qualcosa fuori posto?».

Neva si guardò intorno. Si avvicinò al frigorifero, uno Smeg con la Union Jack dipinta sopra, di quelli senza il freezer. Guardò in un cestino poggiato sopra. Poi si diresse verso una piccola cassettiera che sosteneva il televisore. Stava per aprire il primo cassetto ma Rocco la bloccò. «Stop!». Si avvicinò lui che indossava i guanti. «Lasci stare, faccio io». Neva guardò all'interno del tiretto, poi scosse la testa. «Sono spariti i pochi gioielli di Linda» disse. I poliziotti si guardarono. «Lei è l'unica ad avere le chiavi di casa?».

«Sì. E Linda ha le mie» rispose Neva. Poi arrossì. «Non penserete che io...».

«Non pensiamo niente» disse Rocco avvicinandosi alla porta. L'aprì. «Davide, il marito?» chiese mentre osservava attento la serratura e ci passava sopra il pollice.

«No, figuriamoci. Si parlano a stento. Meglio, le parla lui quando ha bisogno di soldi».

Rocco tornò alla finestra. L'aprì ancora una volta. Si affacciò. «Non c'è balcone?».

«No, non c'è».

Rientrò nel monolocale. «Un'ultima domanda, Neva, poi la libero da 'sta gran rottura. Lei sa dove può essere il cellulare di Linda?».

Neva fece una smorfia e scosse la testa. «Di solito lo mette in carica qui» e indicò il comodino accanto al divano. Il caricabatterie era inserito, ma del cellulare non c'era traccia. «Dovrei cercarlo» disse. Rocco le passò i suoi guanti. «Prego, faccia pure con comodo. Le staranno larghi ma servono allo scopo».

La donna li infilò. Cercò in un paio di cassetti, anche quello del tavolino sopra il quale c'erano ancora i resti della colazione, una tazzina di caffè e delle molliche. «Guardo nella giacca» fece la donna. Era appesa dietro la porta di casa. Trovò solo il portafogli che aprì ad un cenno di assenso del vicequestore. «Ci sono i documenti, il bancomat e anche 70 euro».

«Lo rimetta a posto». Neva obbedì. «Ora mi restituisca i guanti e provi a chiamarla, per cortesia».

Neva obbedì, prese il cellulare dalla tasca della felpa e richiamò il numero dell'amica. Attese. «Dice che non è raggiungibile».

«Bene. Cioè, bene un cazzo. Allora, per favore Anto', telefona alla Gambino, mi piacerebbe si lavorasse un po' il monolocale. Ripeto, trattiamo la cosa come un omicidio... e richiama qui anche Deruta, voglio che sentano tutti i vicini dello stabile. E digli che quando dico tutti, intendo tutti!». Lasciò la stanza seguito da Neva mentre Scipioni era già al cellulare.

Sulle scale la donna si avvicinò a Rocco. «Un omicidio? Ma perché dice così? Linda è...».

«Linda è in coma. Ma se non è un omicidio poco ci è mancato. Anzi, le dico la verità, che non lo sia, intendo un omicidio, è ancora legato alla bravura dei medici e alla tempra della sua amica. La trovo alla clinica?».

«Sì, certo. Fra poco vado».

«Bene. Grazie per l'aiuto». La osservò andare via. Da dietro era anche meglio. Poi scosse la testa per distogliere lo sguardo. Da un po' di tempo non si sopportava più quando sbirciava le donne in quella maniera. Una cosa da ventenni, che un uomo di quasi 50 anni non avrebbe dovuto neanche pensare, per serietà, si diceva, rispetto e soprattutto senso del ridicolo. Ma era un riflesso automatico ormai, per estirparlo dalle sue abitudini avrebbe dovuto lavorarci. Scendendo le scale però sorrideva all'idea che l'avrebbe rivista, anche solo per proseguire un'indagine noiosa. Ancora uno sguardo alla casa. Sul fornello c'era la moka della Bialetti, con un'occhiata Rocco la battezzò da sei, dentro solo un velo di caffè. Le presine e i canovacci appesi a degli appendipanni di legno, una fotografia che ritraeva Linda accanto a Neva sulle rive di un lago di montagna. Sorridevano abbracciate. Aprì i due pensili della cucina. C'erano piatti, bicchieri, tazzine, sotto invece pasta, barattoli. Accanto le pentole. «Anto', cosa c'è che non torna?».

«Non lo so» fece il viceispettore.

«Una cosa viene subito in mente. Com'è che c'è una moka da sei sul fornelletto e una sola tazzina piccola sul tavolo?».

«Se lo sarà bevuto tutto in più riprese».

Rocco fece una smorfia. «Per farti diciamo... quattro caffè uno dopo l'altro prima di andare a lavorare, non so, ma io metterei il caffè in una tazza più grande». Rocco osservò la tazzina sul tavolo. Sul fondo insieme a una goccia di caffè c'era qualche rimasuglio di zucchero. «In pratica te bevi quattro tazzine e quattro cucchiaini di zucchero in una mezz'ora. Non sarebbe più normale, se ti vuoi sparare una moka da sei da solo, mettere due cucchiaini una sola volta nella macchinetta?».

«È un'opinione. Ma dove vuoi arrivare?».

«Non era sola a fare colazione».

In ufficio Rocco era rimasto con Scipioni. Gli altri, come da ordini ricevuti, erano nel palazzo di Linda Micciarelli a porre domande ai vicini, pratica considerata spesso inutile dai colleghi di Schiavone, ma che a lui invece rivelava qualche dettaglio interessante. «Io devo vedere i parenti di questa Linda, li abbiamo convocati?».

«Il figlio Stefano verrà da Londra appena può. Il marito non riusciamo a contattarlo, la sorella Ornella dovrebbe arrivare a momenti».

Rocco si mise a tagliuzzare distratto con un paio di forbici le carte che teneva sulla scrivania. «Non ti sembra strano? Questa va in coma e ci fosse un familiare, dico uno, che si preoccupi, che la vada a trovare, niente?».

«Più che strano mi sembra che questi stronzi hanno scambiato quella poverella per un bancomat». Antonio si sedette sul divanetto accanto a Lupa.

«Che poi, quanto può guadagnare una che lavora in una cucina di una casa di cura? Duemila?».

«Se le va bene. Che stai tagliando?».

«Boh...». Rocco guardò i fogli ridotti in coriandoli. «Era una circolare...».

«Che magari dovevi pure firmare».

«Che magari dovevo pure firmare». Cercò di rimettere insieme qualche frammento del puzzle, ma il testo del documento restava oscuro. Alla porta spalancata si affacciò Casella. «Dottore, giù c'è la signora Ornella Micciarelli per lei».

«Bene». Rocco si alzò dalla poltrona. «Avete interrogato i vicini?».

«Dello stabile e dei due civici accanto, dottore... niente di fatto. Nessuno ha sentito grida stamattina o altri rumori». Rocco annuì. «Va bene, Case', bravi» e mollò una pacca sulla spalla dell'agente.

«Se posso assentarmi una mezz'oretta dovrei andare a fare la spesa. La mia compagna, Eugenia, è sempre più convinta...» aveva il viso triste e sconfitto. «Insomma la ringrazia perché vuole che mi metta a dieta».

«Fai pure, Case', non me ne frega un cazzo» e sparì in corridoio seguito da Antonio. Ugo Casella guardò con nostalgia mista a rancore la carta del forno di Federico, quella che avvolgeva i preziosi tramezzini dell'ora di pranzo. Doveva andare a comprare una sogliola, patate e insalata, quello gli sarebbe toccato per cena.

Ornella Micciarelli era piccola e il suo era un corpo tondo, come tondi erano i capelli, uno strano caschetto tinto di rosso mogano a strisce nere; una serie di sfere sovrapposte in perfetto equilibrio. «Salve» disse il vicequestore sedendosi.

«Salve, io...».

Rocco alzò la mano col palmo rivolto verso la donna come un vigile che ordina lo stop a un guidatore. «Qui lei parla se interrogata, altrimenti tace. Ha capito?».

Fece sì con la testa un po' spaventata.

«Bene. A lei frega qualcosa che sua sorella sia ricoverata in coma all'ospedale?».

Ornella si morse le labbra. «Posso parlare?».

«Non ha percepito il punto di domanda alla fine della mia frase? Ne ha facoltà».

«L'ho saputo solo un'ora fa, stavo andando quando mi avete convocato».

«E come l'ha saputo?».

«Chiamavo mia sorella dall'ora di pranzo e non mi rispondeva. Allora ho telefonato alla clinica, mi hanno passato Neva che mi ha dato la notizia».

Rocco si accese una sigaretta. Guardò fisso la donna. «E questa è la prima cazzata. Neva l'ha cercata e lei pare avesse il telefono staccato. Posso chiederle come si è svolta la sua giornata di oggi?».

«Cioè che ho fatto?».

Rocco guardò Antonio sconsolato. «Mi sto esprimendo in italiano, viceispettore?».

«Direi di sì, e anzi mi pare anche che stia facendo uno forzo per restare su un tono il più possibile calmo e distaccato».

Rocco tornò a occuparsi di Ornella. «Esatto, quello che ha fatto. Dica...».

«La mattina spesa al supermercato. Tornata a casa ho messo tutto a posto. Poi sono andata dal dentista».

«A che ora?».

«Erano le 11 e 30. Poi sono tornata di nuovo a casa, avevo invitato a pranzo una mia amica».

«Sia più precisa».

«Precisa nel senso che devo dirle che abbiamo mangiato?».

Rocco strinse i pugni. Antonio era pronto a fermarlo. «No, mi deve dire il nome!».

«Della mia amica?».

«No, di questo cazzo, signora. Certo, della sua amica!» e batté la mano sulla scrivania.

Ornella saltò sulla sedia. «Paola Benelli».

«Fornisca al viceispettore il recapito di questa sua amica».

«Certo, certo». Antonio avvicinò foglio e penna, Ornella trascrisse il numero di telefono. «Ecco fatto, poi nel pomeriggio mi sono presa un antinfiammatorio perché mi facevano male i denti e mi devo essere addormentata. Alle sei sono andata a ritirare una gonna, mi hanno rifatto l'orlo, ed ora eccomi qui».

«Ci interessa?» chiese Rocco ad Antonio.

«Per niente. A noi interessa sapere dov'era fino alle otto e mezza del mattino» specificò Scipioni.

«Al supermercato».

«Lei è andata alle otto e mezza al supermercato?». Antonio prese possesso di una sedia per accomodarsi alla sinistra di Ornella.

«No, era più tardi».

«Dunque prima?».

«Stavo a casa».

«Lei vive sola?».

«Sì».

«Nessuno allora può confermare che lei fosse a casa».

Ornella ci pensò su. Poi esplose in un sorriso. «Sì. Mi ha chiamato l'Enel, erano le otto».

«L'ha chiamata a casa?».

«No, al cellulare».

Stavolta fu Rocco a bloccare Antonio che stava per aggredire la donna, poggiandogli una mano sul polso. «Ci ha preso per dei cretini? Secondo lei una telefonata sul cellulare è una prova che lei fosse a casa?» chiese il vicequestore.

«No?».

«No!» e Rocco menò un altro cazzotto sul ripiano. «Quanti soldi si è fatta prestare da sua sorella? Quanti gliene ha restituiti? Ne voleva ancora ma quella non sganciava? È andata a casa sua, avete litigato, lei l'ha colpita, poi siccome è arrivata l'amica è scappata a gambe levate? È andata così?».

Ornella aveva le lacrime agli occhi. «No, non è... io non ho fatto niente. Io a mia sorella le voglio bene!».

Ornella mentiva, ma il motivo non era chiaro. Ce la vedeva picchiare quasi a morte la sorella? Chissà, ormai aveva imparato che l'essere umano è capace di cambiamenti radicali. Sotto pressione Ornella crollava, non aggrediva, e questo deponeva a favore della sua innocenza.

Rocco cenò al Grottino, il suo ristorante preferito. Ma memore dei consigli del nutrizionista, evitò il vino, il pane, si accontentò di un risotto agli scampi. Lupa si avventò sui resti di una grigliata di pesce e due patate al forno. «Lupa, che ha detto il dottore? La sera carboidrati! Me magni le proteine, me magni!» e la carezzò mentre divorava il pasto sotto al tavolo.

La mattina dopo, Schiavone decise di affrontare tre rotture di coglioni in un solo colpo, impresa spavalda per la tenuta dei nervi ma che avrebbe accorciato tempi e modi di quell'indagine noiosa come le festività pasquali. La prima, aveva chiamato il magistrato Baldi per incontrarlo, insieme alla Gambino; seconda rottura, a casa di Linda, la vittima. E come terza doveva sentire il marito Davide che di cognome faceva Capa, sperava di trovarlo a casa ma ci contava poco.

«Che mi dici?».

Michela Gambino non alzò la testa concentrata sull'angolo del mobile accanto al divano letto. «Non entrare se non hai soprascarpe». Rocco restò sull'uscio. «Capirai, ce so' passati quelli dell'ambulanza, io, Neva e pure Scipioni». La sostituta non alzò lo sguardo. «Allora?» le chiese.

«Non c'è stata effrazione».

«Lo so, che altro mi racconti?».

Michela alzò una scatolina di un medicinale. «Questo. Coumadin, è un farmaco anticoagulante. Scatola nuova».

«E che c'è di strano?».

«Se lo prendeva lei, dimmi perché l'ho trovato sotto il materasso del divano letto? Non è proprio un posto dove lasciare un medicinale, no?».

«No. Riflettiamo su 'sta cosa. Altro da dirmi?».

«Sono nervosa perché Alberto è fuori per tre giorni».

«E diciamo Miche' che questo è un dettaglio di nessun conto...».

«E che la vittima non ha battuto la testa su nessun mobile. Il sangue lo trovo solo sul pavimento, sicuro è quello colato dalla ferita. Poi sono stata ieri sera da Linda; a proposito, ancora nessuna novità, sempre in coma, e ho ispezionato le unghie. Nessun residuo di tessuti, quindi escluderei anche la colluttazione. Ho mandato le radiografie ad Alberto sul cellulare, è a Lione a un convegno. Lui dice che il colpo è stato inferto da un oggetto piatto, senza angoli». Michela si alzò e si tolse gli occhiali.

Rocco si guardò intorno. «Altro?».

«Sì, ha fatto colazione con il caffè però la macchinetta...».

La interruppe. «Sì, l'ho notato anche io. Troppo grande per una sola».

«Già. Poi credo fette biscottate, stiamo controllando i resti. A occhio niente tracce di zucchero sul tavolino, solo sul fondo della tazzina».

«Pare sia la droga del secolo».

La Gambino sorrise. «Se non sapete niente sullo zucchero, non parlate...». Rocco alzò gli occhi al cielo. «Lo sai da dove proviene lo zucchero?».

«Dalla canna?».

«Sì, non quella che ti fumi, e dalla barbabietola».

«E allora?».

«La polarizzazione della radiazione magnetica serve, tanto per farti un esempio, all'invio del segnale televisivo, no dico, non so se mi sono spiegata».

«No, per niente, mica te sto a capi'».

Michela sbuffò. «Saprai però che lo zucchero ha potere rotatorio per la luce polarizzata, almeno».

«Cazzo sì, ne parlavo proprio ieri sera con D'Intino».

Michela lo guardò seria. «Inutile, con te perdo tempo».

«Buongiorno», il magistrato apparve sull'uscio e salutò freddo, distaccato. «Abbiamo notizie della vittima? Si è ripresa?».

«Buongiorno dottore. No, credo sia ancora in coma».

Baldi annuì. «Bene. Sul conto poca roba. Novecentocinquanta euro, ci accredita lo stipendio che ammonta a duemilacentotrentatré euro mensili. Voi che mi dite?».

«Devo sentire il marito» rispose Rocco. «Che vive nella porta qui di fronte».

«E dov'è?».

«Per ora è sparito» e Rocco uscì dal monolocale superando il magistrato che invece cercò lo sguardo della Gambino. «Dottoressa Gambino, mi vuole fare un riassunto?».

«Prima di rispondere al magistrato, Miche', cerchiamo di capire dov'è la tazzina dell'ospite o degli ospiti. Che Linda abbia mangiato da sola è una cazzata. Ci vedo lo zampino di qualcuno che s'è dato da fare a mettere su un po' di scena».

«Anche io, Schiavone» rispose Michela.

«Con permesso» e Rocco uscì ritrovandosi sul disimpegno. La porta del marito di Linda era una normale porta di casa. Decise di attendere che il magistrato tornasse in ufficio.

«Allora io vado» gli disse Baldi sul pianerottolo. «Mi fa sapere lei, Schiavone. Cos'è 'sta storia dello zucchero?».

«Lasci perdere, dottore, se comincia a addentrarsi nella mente di Michela Gambino, c'è serio rischio che non ne esca più».

«Pare lo si possa usare anche per curare le ferite. Dice che elimina i batteri».

«Sono entusiasta della cosa. Lo terrò a mente, la prossima volta che mi taglio ci metto un paio di bustine».

«Raffinato o di canna?».

«Non saprei. Farei di canna».

«Pensa che l'aspartame avrebbe gli stessi benefici?».

«Non lo so. Vuole provare col Dietor?».

«O col succo di agave. Ma di che cazzo stiamo parlando, Schiavone?».

«Come sempre, non lo so».

Baldi si avviò verso la rampa delle scale. «Senta un po', lei esclude la caduta accidentale?».

«Sì. Linda è stata ritrovata svenuta, supina. La ferita è sul lato destro del cranio. Se la ferita fosse sulla fronte e lei pancia a terra, oppure sulla parte posteriore del cranio e lei supina, allora sarebbe una possibilità. E dove ha battuto poi? Tracce di sangue sui mobili non ce ne sono. Solo sul pavimento, ma è quello gocciolato dalla lesione».

«Insomma c'è aggressione. Sono in procura se serve».

«Servirà di sicuro».

Poi Baldi aggrottò le sopracciglia. «Dov'è Lupa?».

«In ufficio. Non ama girare a vuoto come faccio io».

«Sta girando a vuoto?».

«Per ora sì» rispose Rocco.

«Ah, un'ultima cosa. Mi costringono ad andare da un nutrizionista. Lei può suggerirmi un nome?».

«Glielo mando sul cellulare. Ci sono appena stato. Problemi di linea?».

«No. Analisi del sangue. Che mondo curioso, ci riempiono di uova di Pasqua e poi ci dicono: occhio che a mangiarle ci lasciate la pelle».

«Come con l'alcol, il gioco d'azzardo, le macchine».

«Sì. E sa cosa le dico? Sta a noi diventare più adulti».

«Questa la segno, dottor Baldi».

«Vada a cagare» e il magistrato sorrise scendendo le scale. Rocco tornò all'appartamento di Davide Capa. Michela era ancora intenta a cercare tracce sui cuscini del divano. Aprì con facilità la porta del monolocale di Davide. Se la casa di Linda era messa su con amore, i colori intonati e in accordo, gli oggetti studiati, quella di Davide era un covo di terroristi in latitanza.

Grigia, un letto e un vecchio tavolo, la cucina consisteva in un fornelletto a due fuochi da campeggio. Rocco pensò a Santo Domingo e Haiti, stessa isola, due mondi diversi. Lussureggiante il primo, desertico il secondo. Davide il suo appartamento l'aveva sfruttato e abbandonato, e anche l'igiene era una chimera in quei pochi metri quadrati. C'era il televisore della Mivar col tubo catodico, un oggetto che Rocco credeva ormai estinto. Il frigo era vuoto, su quello non trovò niente da ridire, somigliava al suo. Nel freezer una sola scatola di pizzette coperta da un velo di ghiaccio. Nel lavello bicchieri e due pentolini. Le credenze con un pacco di pasta, biscotti vecchi e due scatolette di tonno. Stava per uscire quando ci ripensò, come fanno i cani che sentono un odore migliore da seguire. Tornò al frigorifero. Aprì lo sportello del freezer. Il ghiaccio ammucchiato intorno alla scatola Findus era troppo poco. Afferrò la confezione, la strappò. Non uscirono pizzettine, ma qualche orecchino, due anelli, delle catenine. «Bene...» disse e afferrò il cellulare per richiamare il magistrato. «Dottor Baldi? Scusi, mi servirebbe un mandato di perquisizione per la casa di Davide Capa».

«Cos'ha trovato dentro?» disse il magistrato che ormai conosceva Schiavone a memoria e sapeva che il poliziotto la perquisizione l'aveva già effettuata.

«Dei gioiellini nascosti. Molto probabilmente rubati alla vittima».

«Mandi un agente da me fra mezz'ora. Schiavone, mi sembra pleonastico aggiungere che non mi piace come lavora. Cazzarola, ero lì, perché non me l'ha chiesto?».

«Non lo so, dottore. Forse il brivido del rischio di essere beccato?».

«L'ho già mandata a cagare, vero?».

«Neanche mezz'ora fa».

Richiuse la porta facendo girare la serratura. Si riaffacciò nel monolocale di Linda. «Com'è la casa di Davide Capa?» gli chiese Michela che aveva orecchie troppo raffinate per non essersi accorta del traffico di Schiavone intorno al nottolino.

«Sembra un covo delle BR. Almeno Linda ha messo una serratura vera alla porta».

«Si vede che il marito non teme i ladri, non avendo una beata minchia».

«Proprio una beata minchia no» e Rocco mostrò la refurtiva. «Nel freezer».

Michela infilò i gioiellini in una bustina di plastica. «Chi la troverà visto che il mandato non l'avevi?».

«Diciamo... Casella! Si prende lui l'encomio del questore».

«Bene, intanto li metto via».

Rocco le sorrise. «Se hai novità...».

«Ti chiamo» concluse la frase Michela.

Si incamminò verso la questura. Casella era già partito per la procura, istruito sul da farsi, avrebbe trovato il tesoretto nascosto, Davide Capa sarebbe stato ufficialmente accusato dell'aggressione. L'aria s'era riscaldata, provò il desiderio di togliersi il loden e restare solo con la giacca. C'era bisogno di un caffè vero, fece tappa da Ettore. «Vuole mangiare qualcosa?» chiese il barman.

«L'avrei chiesto» rispose Rocco.

«Anche oggi l'allegria ha avuto la meglio».

«Certo, si sente la primavera che prima o poi non arriverà. Conosci una tale Linda Micciarelli?».

«No. Dovrei?».

«Lavora alla Clinica Santa Teresa... a Settimo Vittone».

«Quella la conosco. È un'ottima clinica. Costosa, badi bene. Ma perché, si deve operare?». Poggiò la tazzina di caffè sul bancone. «Dottore, la sa la storia del caffè e dello zucchero? Che se metti un cucchiaino e non scende significa che la qualità è ottima. Provi!» fece con un certo orgoglio.

«No. Primo perché il caffè lo prendo amaro, e secondo lo sapevi che lo zucchero ha potere rotatorio per la luce polarizzata?». Ettore guardò Rocco con gli occhi vuoti. «Allora, 'sta clinica... è per benestanti?».

«O per chi ha una buona assicurazione».

«Grazie Ettore, mi tiri su la giornata».

«Per così poco. Ma io la storia dello zucchero che polarizza mica l'ho capita».

«Manco io» gridò Rocco uscendo.

All'ora di pranzo arrivò prima il pacco di Deruta con i panini del forno del suo compagno, ai quali tutti fecero onore tranne Casella che per protesta andò a consumare l'insalata col tonno nel suo ufficio. «Complimenti Ugo» gli dissero D'Intino e Deruta non appena tornò in ufficio per prendere il caffè, senza zucchero, nella stanza di Rocco. «Ottima acchiappata quella dei gioiellini».

Uno sguardo duro di Rocco fece desistere l'agente Casella dal dare una risposta ai colleghi. Salutò con un cenno Rocco e lasciò la stanza.

«Dove sta quel cazzo di Davide Capa? Lo ha capito che c'è un mandato sulla sua capoccia?» chiese Rocco masticando. Antonio allargò le braccia. Lo stesso fece Deruta, D'Intino invece concentrato sul panino con crudo e fontina era immerso nelle sue riflessioni. Rocco guardò il toast e ne lanciò metà a Lupa che lo deglutì senza masticare, poi scarabocchiò qualcosa su un foglio della questura, ci sbatté sopra un paio di timbri e lasciò la stanza. «Io vado a 'sta clinica. Annamo Anto'?».

«Subito». Il viceispettore si pulì le mani sui pantaloni e prese il giubbotto poggiato sulla sedia. «Voialtri avete i seguenti compiti. Oltre a portare qui Davide Capa, D'Intino dai un po' di crocchette a Lupa, fra un'ora magari. Portala sulla terrazza. Le piace pisciare lassù».

«Ricevuto, dotto'» rispose l'agente abruzzese a bocca piena.

«Deruta, tu invece contatta la Gambino e vedi se ha qualche novità. In più di' all'uomo a dieta...».

«Intende Casella?» chiese Deruta.

«La tua intuizione è sbalorditiva, Miche'. Esatto, chiedi a Casella di chiamare l'ospedale e raccogliere novità sulla nostra Linda...», schioccò le dita, non ricordava il cognome.

«Micciarelli» intervenne Antonio.

«Micciarelli, esatto, e riferiscimi. E ripeto, portatemi 'sto cazzo di Davide Capa. Statevi bene». Uscì dall'ufficio seguito dal viceispettore. Scendendo le scale incrociò Caterina che invece le risaliva verso la sua stanza al terzo piano. «Ciao Rocco».

«Ciao ispettore Rispoli».

«Ciao Caterina...». Antonio la superò diretto all'auto saltando i gradini a due a due preferendo lasciare da soli i colleghi.

«Si configura un caso di violenza domestica?» chiese la viceispettrice poggiandosi sul corrimano e guardando da sotto in su il vicequestore.

«Non lo so. Sto cercando di capire. Intanto se mi vuoi dare una mano a rintracciare il marito».

«Davide Capa...».

«Lo conosci?».

«Mi sono informata» e sorrise.

«Non dà segni di vita. Sparito».

«Vedo che posso fare. Lavorano tutti su questa storia?».

«Tutti. Le informazioni le trovi su da me, sempre che becchi un Deruta o un Casella».

Caterina sorrise. «Tu stai bene?».

«Sto col cinque quando si gioca a sette e mezzo. Tu?».

«Non so giocare a sette e mezzo. Che significa?».

«Che potresti chiedere carta ma rischi lo sballo. Se

però stai con cinque hai un sacco di probabilità di perdere col banco».

«Dunque?».

«Una merda. Invece tu?».

«Vivacchio».

Rocco accennò un sorriso e scendendo le diede una mezza carezza sulla spalla. Questi incontri con Caterina gli lasciavano sempre uno strascico al quale non sapeva dare un sapore. Amaro, ma a fine degustazione restava sulla lingua una punta di miele. «Che cazzo...» disse a bassa voce.

Per capire che si era davanti a una clinica e non a un'ambasciata data l'eleganza del palazzetto c'erano tre indizi: il primo, la difficoltà che un'ambasciata sorgesse a Settimo Vittone; il secondo, la mancanza di bandiere; il terzo, il nome della clinica, Santa Teresa, incisa in eleganti caratteri sulla targa d'ottone nascosta dai rami del glicine. Antonio fermò l'auto nel parcheggio riservato ai clienti, coperto di brecciolino. La costruzione era in stile floreale. Un palazzetto verde salvia, col tetto di tegole rosse protette da un cordolo di ottone che sembrava ricamato. Sui parapetti dei balconi in pietra correva il bassorilievo di un tronco di vite intrecciato con pampini e grappoli d'uva, sotto il tetto si snodava un affresco verde e oro di palmizi e agavi. Intorno alle finestre erano dipinte canne lacustri che ne disegnavano il perimetro. Il parco curato da un giardiniere pignolo non aveva un filo d'erba più alto dell'altro, faggi abeti e salici trapiantati si alternavano a cespugli di lauri e ligustri. Mossero due passi sui sassolini che scricchiolavano sotto le suole delle scarpe e un'infermiera che pareva uscita da un nosocomio degli anni '20 andò loro incontro. «Buongiorno, in cosa posso aiutarvi?» chiese scendendo i primi due gradini.

«Vicequestore Schiavone, questura di Aosta» e Rocco la superò senza aggiungere altro. Scipioni le sorrise appena. La donna rimase spiazzata. «Scusate, io...».

«Lei si deve limitare a portarci dal direttore. Ce ne sarà uno, o una, no?».

«Faccio strada» disse risentita e aprì la porta di legno e vetro, anche lì spiccava il logo della clinica, stesso font elegante della targa fuori il cancello.

Tanto l'esterno era un tardo Art Nouveau che alleggeriva il cuore, quanto l'interno era moderno, un brutto albergo a 4 stelle della riviera adriatica. Specchi e legni dappertutto, monitor, divani in pelle. «Da questa parte». Regnava un silenzio ovattato, una ragazza in giacca blu dietro la reception sorrise ai poliziotti, ma illuminata dal basso dai led pareva il personaggio di una pellicola horror coreana. C'era una coppia sui 40 seduta nel saloncino che parlottava. Attraversarono un androne che immetteva in un lungo corridoio in fondo al quale c'era l'ufficio del direttore. L'infermiera bussò con grazia. Un «Avanti» seccato risuonò. La donna aprì l'anta giusto per infilare il viso. «Dottore, ci sono due persone dalla questura per lei».

«Permesso» fece Rocco e scansò l'infermiera. Insieme a Antonio invasero la stanza. «Salve» disse abbracciando l'ambiente con un'occhiata. «Schiavone, questura di Aosta».

«Viceispettore Scipioni».

Il direttore mise giù il telefono e si alzò dalla poltrona. «Prego...» disse con un filo di voce, «a che debbo la vostra... visita?». Era troppo facile. Gli occhi vicini e spalancati, il muso sporgente, la bocca grande e senza labbra e un ciuffo di capelli neri superstiti sulla sommità del cranio ascrivevano il direttore nella grande famiglia dei Macaca radiata, una delle specie di macaco che vive nell'India meridionale. Fu Antonio a rispondere dal momento che Rocco si era perso nella contemplazione del viso di quell'uomo. «Abbiamo un ordine della procura» e consegnò il foglio che Rocco aveva scarabocchiato in ufficio.

«Abbiamo bisogno di sapere chi è ricoverato in questo momento nella clinica» aggiunse il vicequestore. «Dottor?».

«Carezza» disse il macaco alzando gli occhi dal documento. «Bene, e volete un elenco?».

«Perché no?».

«Lo faccio preparare subito». Alzò il telefono e diede l'ordine a una segretaria, tale Melina. «Ecco, si tratta di una stampata veloce. Posso fare altro per voi?».

«Sì, certo, dottor Carezza. Da quanti anni lavora qui Linda Micciarelli?».

«Oddio, così su due piedi non lo so. È da un po'... vi faccio avere tutto in un attimo». Rialzò il telefono. «Melina, sempre io, mi serve la scheda di Micciarelli Linda. Grazie» e riabbassò la cornetta.

«Lei ha saputo quello che è successo?».

«Certo, è stata aggredita in casa e ora è ricoverata in ospedale. A proposito, si sanno novità?».

«Le sembriamo due medici, dottor Carezza?» chiese Rocco. Il direttore restò in silenzio. «A proposito, quanti medici lavorano qui da voi?».

Il direttore socchiuse gli occhi. «Dunque...» sembrava contasse su una mano. Poi si arrese. «Un momento...», rialzò il telefono. «Melina? Mi serve una lista del personale sanitario...».

«Mi sa che facevamo prima ad andare da Melina» commentò sottovoce Antonio.

«Posso essere ancora utile?» fece Carezza.

«Non lo so, direttore. Chiediamo a Melina?».

«Vogliate seguirmi» disse fredda l'infermiera, e li condusse fuori dalla reception. Attraverso un sentiero che si snodava nel boschetto, giunsero sul retro della clinica, all'entrata di servizio. Un uomo stava caricando delle cassette di legno su un furgoncino. Gettò appena un'occhiata ai due poliziotti, poi riprese a lavorare. «Prego, da questa parte». Passarono per un corridoio con due porte semichiuse, Scipioni sbirciò per scoprire che una era una stanza con degli armadietti, l'altra un ripostiglio con attrezzi per la pulizia. La cucina occupava una sessantina di metri quadrati, cinque persone erano al lavoro con cuffietta, grembiule, guanti e soprascarpe di plastica blu, come quelle che Michela Gambino faceva indossare a tutti. C'era chi tagliava verdure, chi le lavava, un uomo corpulento stava attento a qualcosa che sobbolliva nella pentola. «Neva!» gridò l'infermiera. La donna alzò lo sguardo. Con i capelli nascosti dal copricapo Rocco non l'aveva riconosciuta. Sorrise, posò il coltello e si tolse i guanti di lattice. Si avvicinò ai due poliziotti. «Mi raccomando, Neva, una cosa rapida» disse l'infermiera.

«Signora... come si chiama lei?» intervenne Rocco.

«De Cesari Simona».

«Ecco, De Cesari Simona, qui la durata del colloquio la decido io, non lei. E durerà quanto cazzo pare a me. Spero di essere stato chiaro».

La donna guardò Rocco con occhi severi.

«E poi me la toglie una curiosità? Perché cuochi e inservienti non possono mangiare quello che mangiano i pazienti?».

«Non sono tenuta a rispondere» fece la donna strizzando gli occhi e restò lì ferma, a guardare il vicequestore.

«Embè? Non ha un pappagallo da cambiare? 'Na padella da sciacquare? Vada, De Cesari Simona, vada...». Senza rispondere, offesa, l'infermiera uscì dalla cucina. «Cara Neva» disse Rocco. «Come si sente?».

«Male. Non faccio che pensare a Linda».

«Usciamo da qui?».

«Certo».

«Ah, posso chiedere una cosa prima?» intervenne Antonio Scipioni. «Avete un mobiletto, un guardaroba dove vi spogliate?».

Neva capì al volo. Allungò una chiave a Antonio.

«Questo, il 36, è l'armadietto di Linda».

«Vado» e uscendo scambiò un'occhiata con Rocco. «È il migliore che c'è nella squadra» commentò il vicequestore. «Sorvolo sugli altri componenti».

In giardino Rocco si accese una sigaretta. «Davide Capa è sparito. Questo non depone a suo favore» riassunse guardando Neva negli occhi. Stava bene anche con la cuffietta di protezione.

«Ciao Neva!» urlò l'uomo che impilava cassette vicino al furgone.

«Ciao», poi la donna percepì lo sguardo indagatore del vicequestore. «Paolo. Ci prova con me da due anni. È un bravo ragazzo, non è il mio tipo. È troppo vecchio».

«Vecchio? Ma quello non ha manco 35 anni!».

«E che ci vuol fare? Mi piacciono molto più giovani di me» e sorrise al poliziotto.

Se la delusione provocasse un rumore, nel giardino della Clinica Santa Teresa si sarebbe sentito il muggito di una frana terrosa provenire dal cuore e dalla testa di Rocco, che invece sorrise. «Linda s'era messa in qualche pasticcio?».

«Che io sappia no. Faceva una vita normale».

«Allora cambio pista. Aveva un compagno?».

«No...», poi ci pensò un attimo. «A parte l'amico di Paolo. Quello lì» e indicò l'uomo che chiudeva lo sportello del furgoncino. «S'erano fissati a fare un'uscita a quattro. L'amico si chiama Benedetto. Lavora ad Aosta, ha un bar tabacchi in via Brocherel».

«Bene. Piaceva a Linda?».

«Mi sa di no. A Linda non piaceva più nessuno. Stava bene da sola, ogni tanto uscivamo, o sentiva Stefano, il figlio. Era contenta così. Oddio, ne sto parlando come fosse... è contenta così!».

«Mi dice in che consiste il lavoro?».

«Qui? È un po' delicato. Abbiamo per ora 12 ricoverati, ognuno ha una dieta particolare. Chi iposodica, chi proteica, un celiaco, solo due per ora sono liberi di mangiare quello che vogliono, alla carta... sì, siamo una specie di ristorante, poi abbiamo un degente appena operato che a nutrirlo ci pensano le flebo».

Rocco vide arrivare Antonio Scipioni alle spalle di Neva. Aveva in mano un cellulare. «Che cos'è?».

Antonio mostrò l'oggetto a Neva. «È il cellulare di Linda!» disse. Rocco lo afferrò. «Bene. Che ci faceva nel suo armadietto?».

«Non lo so proprio!» rispose Neva. Rocco provò ad accenderlo. «È scarico».

«Be', se l'ha lasciato lì dentro la sera prima dell'aggressione, per forza».

Il vicequestore lo intascò. «E lo andiamo subito a controllare. Succedeva spesso che lo dimenticasse nell'armadietto?».

Neva scosse il capo. «Che io sappia no. Ma io spesso la chiamavo a casa invece che al cellulare. Forse non ne faceva un uso smodato come tutti noi».

Il sole tramontato, gli uffici della questura svuotati tranne quello di Rocco. Insieme a Casella e Antonio guardavano la lista dei ricoverati. «L'unica persona che può interessarci è 'sto Danilo Morucci, operato, dovrebbe uscire domani» disse Rocco. «Abbiamo tre mogli di avvocati di Alessandria, Novara e Biella, due periti di assicurazioni, due dirigenti di banca... l'unico è questo Morucci».

«Perché?» chiese Antonio.

«L'ha segnalato Baldi. È un trafficone. Sposato, ha due figli, Clemente e Donata. Produce mangime per animali ma qualche tempo fa ha avuto una causa penale con tre allevatori. L'ha vinta. E si potrebbe configurare una vendetta».

Casella scosse la testa. «No, mi scusi, ma come c'entra Linda Micciarelli?».

Rocco si lasciò andare sulla poltrona. «Allora, che lavoro fa Linda? Prepara da mangiare. È la cuoca della clinica. E tu lo sai, Case', che il cibo può essere sano, nocivo, naturale, chimico, dannoso, ma soprattutto può essere velenoso. Ci hai mai pensato?».

«Cioè, se ho capito bene, sospetti che qualcuno abbia potuto contattare la nostra Linda per eliminare 'sto Morucci o chissà chi attraverso un pasto?».

«Ti vedo sbigottito, Antonio. È un'ipotesi. E mica la possiamo lasciare sul tavolo».

I due poliziotti lo guardarono senza dire una parola. «Quella medicina che serve per il sangue trovata dalla Gambino nel materasso del divano letto. Lo sapete che ha lo stesso principio del veleno per i topi? Cioè usata in quantità superiori può causare la morte per emorragia?».

«Non lo sapevo» disse Antonio.

«Le dobbiamo pensare tutte, no? Case', come va la dieta?».

«E come deve andare? Appena cominciata, ma tengo sempre fame. Poi voi vi mangiate i panini a pranzo e i dolci a colazione che fa Federico...».

«Tu dovresti stare a pane e acqua» disse Rocco e puntò lo sguardo sulla scrivania. Antonio e Casella restarono in silenzio per cinque minuti, poi Rocco sembrò risvegliarsi di soprassalto «Be'...? A casa, per oggi abbiamo finito».

«Veramente no» si era affacciato Deruta col viso raggiante. «Abbiamo Davide Capa, il marito...».

«Il merdone è arrivato? Bravo Deruta. Fallo accomodare. Antonio, resta con me. Così ce lo guardiamo bene in faccia».

Faccia che non era un granché. Sopracciglia folte che quasi nascondevano gli occhi piccoli e distanti. Il naso a punta piegava verso la bocca senza labbra; i denti che facevano capolino viravano al grigio. In compenso i capelli erano tanti, neri, e parevano i fili di ferro degli spazzolini per pulire le candele dei motori. «Dove cazzo era?» fu la prima domanda che Rocco gli rivolse appena quello si accomodò.

«Ero in Svizzera per un trasporto».

«Dati alla mano?» chiese Rocco.

«Non ho capito».

«Avrà un contratto, bolla d'accompagnamento, qualcosa che dimostri che ci dice la verità?».

«Dottore, era per svuotare una cantina di un tizio a

Lugano... diciamo che non ho fatto ricevuta. Per favore, non mi...».

«Nome e cognome del tizio a Lugano?».

«Adesso così? Oddio, non mi viene in mente. Giovanni qualcosa».

«L'indirizzo?».

«Vicino alla stazione».

«Signor Capa, dov'era lei ieri mattina?» la voce di Schiavone s'era fatta d'improvviso dolce, comprensiva.

«Ero già in Svizzera. Sono partito verso le nove».

«Quindi alle otto e mezza era a casa».

«No. No, no, ero a fare colazione al bar».

«Sicuro? Se andiamo dal barista se lo ricorda?».

Davide guardava ora Rocco ora Antonio. «Oddio, lo spero proprio».

«La può sempre aver fatta dopo» suggerì Antonio.

«Infatti. Non costituisce alibi» disse Rocco.

«No, guardi, io ero al bar».

«Alle otto e mezza?» chiese Antonio che ancora non era convinto degli orari.

«Più o meno».

«Vede signor Capa, col più o meno non ci facciamo un emerito cazzo. Deve essere preciso. A che ora è partito per la Svizzera?».

«Non me lo ricordo. Oh porca miseria, ma che cosa pensate, che abbia aggredito mia moglie? La mia ex moglie, anzi? E perché?».

«Non lo so. Vuole un'ipotesi? S'era stufata di fare il bancomat...» attaccò Antonio.

«E lei voleva soldi, Linda glieli ha rifiutati, e zac! L'ha colpita. Poi l'ha vista cadere a terra, non sapeva che fare, in quella è arrivata Neva e lei è scappato. Ci abbiamo preso?».

«No, no. Proprio no. Io Linda neanche l'ho vista!».

Rocco aprì un cassetto. Gettò la bustina coi gioielli sul tavolo. «E 'sta roba? Com'è che era a casa sua?».

Davide Capa si chinò sulla scrivania per guardarla.

«Che è?».

«Sono i poveri gioielli di Linda. Pensi, erano nel suo freezer, dentro una scatola di pizzette Findus».

«Io? No... non è roba mia. Io non... oh cacchio, proprio no».

«Per ora noi la sospettiamo di tentato omicidio. E la tratteniamo qui per un po'. Deruta!» chiamò il vicequestore a voce alta. Il poliziotto si affacciò, era evidentemente dietro la porta.

«Dica, dottore».

«Porta via» e indicò Capa come fosse un ingombrante oggetto d'arredamento.

«Sissignore. Prego, mi segua».

«State sbagliando di grosso!».

«Può essere, intanto lei segua l'agente Deruta senza rompere troppo i coglioni e se ci crede, preghi Dio che Linda esca dal coma, altrimenti da tentato passiamo subito all'omicidio. E so' venti anni come minimo».

Davide Capa fu spinto fuori dall'ufficio da Deruta. In corridoio Casella si unì per dare una mano al collega. Antonio si avvicinò alla finestra. «Ma tu hai individuato l'arma del delitto?».

Rocco alzò le spalle. «Una bistecchiera o simili».
«Una bistecchiera?».
«Sai quelle di ghisa? Pesanti?».
«E perché?».
«Perché sul tavolo c'erano tracce di pane abbrustolito. Ma nessun tostapane. E nessuna padella o bistecchiera o simile sul fornello della cucina. Come l'ha abbrustolito Linda secondo te? Io se non ci sono altre notizie me ne vado a casa. E ci vai pure tu».
«No, io no...» e sorrise. «Ho un appuntamento...».
«Viceispettore Scipioni, non alluda. Sa quanto me ne frega che lei ha rimorchiato qualche scappata de casa?».

Forse fu il vento leggero che quella sera portava profumi di fiori intensi e mielosi, però si ritrovò al mare, una notte di 35 anni prima, un bacio con la figlia del gestore del bar, Myriam, lo stomaco che si strizzava, l'impaccio delle mani. «A me m'è sempre piaciuto di più il cremino del cornetto» gli aveva detto quella appena le labbra si erano staccate. «Ma non me li posso magna' i gelati. So' allergica al lattosio» e poi se n'era andata a casa, senza neanche guardarlo mentre si chiudeva il cancello alle spalle. Rocco allergico non lo era e per calmarsi andò a prendersi un cornetto Algida alla faccia di Myriam. «Che dici Lupa? S'annamo a fa' un gelato? E sticazzi degli zuccheri?».
Lupa abbaiò.

Il bar tabacchi era deserto. Un uomo sui 50 anni coi capelli grigi, corporatura minuta, trafficava alla cassa.

«Buonasera. Scusi l'ora. Un pacchetto di Camel e un cornetto Algida».

«Il cornetto lo può prendere da lei» e indicò il frigorifero alle spalle del vicequestore.

«Grazie Benedetto».

L'uomo restò per un attimo col pacchetto di sigarette in mano. Poi lo poggiò accanto all'espositore di caramelle. «Ci... conosciamo?».

Rocco gli allungò una banconota da dieci euro. «Io conosco lei ma lei non conosce ancora me». Benedetto batté lo scontrino e allungò il resto a Rocco. «Mi chiamo Schiavone, e faccio il vicequestore alla questura di Aosta».

Benedetto impallidì. «Che ho fatto?» chiese. Rocco scoppiò a ridere. «Spero niente. Lei ha una moglie, una fidanzata, una compagna?».

«Io? Non direi. Cioè, ogni tanto mi vedo con una persona. Ma una settimana fa abbiamo litigato, e mi sa che anche lì...».

«S'è chiuso Frascati» disse Rocco.

«Come?».

«Niente, un modo di dire. Perché avete litigato?».

L'uomo chiuse il tiretto del registratore di cassa. «Era strana da un po'. Fredda, per una cena dovevo sudare sette camicie. Stava sempre nei guai, ora con la sorella, ora con quello stronzo... pardon, con il marito... alla fine mi sono seccato, abbiamo discusso e come le ho detto, fine».

«Peccato, perché è una donna piacevole».

Benedetto sorrise. «Sì. Lo è. Ci sto male...», poi rapido cambiò espressione. «Mi scusi, ma da quando un poliziotto si occupa degli affari di cuore?».

«Da quando qualcuno ha cercato di uccidere Linda Micciarelli» rispose tranquillo il vicequestore. La mascella di Benedetto cedette. «Co... cosa dice?».

«Lei non lo sapeva?».

«Che cosa dovrei sapere?».

«Che è ricoverata in ospedale in terapia intensiva in coma farmacologico?».

Con un gesto rapido Benedetto si infilò la giacca, schizzò via dal bancone, uscendo gettò le chiavi a Rocco. «Chiuda lei, per favore» e scappò in strada. Rocco si ritrovò al centro del bar con il cornetto e un mazzo di chiavi. «E come se chiude un bar?». Scartò il gelato. «Intanto magnamoselo sennò capace che se squaglia». Lupa accucciata accanto al frigorifero sembrava si fosse addormentata. Dopo il primo morso chiamò Deruta. «Miche', senti un po', devo chiudere un bar. Non mi fare domande. Te che sei pratico col forno di Federico, come devo muovermi? Vieni tu? Sei un angelo. Sì, poi te spiego. Via Brocherel. Sì, sto mangiando un cornetto. Ma che ci hai il sesto senso? Lo so che è buono. Dai, vieni che te ne offro uno. Manco io potrei, Deru', però sticazzi!».

«Sono molliche di pane abbrustolito» gli disse Michela al telefono. Erano le otto del mattino e Rocco aveva dormito ben sei ore, un ottimo risultato. Fece l'ultimo tiro alla canna mattutina. «Questo lo so. Dimmi altro». «Ce n'erano quattro grandi e sei piccoline sul tavolo più un'altra decina, sempre di briciole, ma di fette biscottate».

«Grazie, Michela. E dimmi un po', hai trovato il tostapane in casa di Linda da qualche parte?».

«No».

«Una bistecchiera? Una piastra?».

«No, niente. Dici che quella è l'arma del quasi delitto?».

«Non ci vuole un genio. Senti, è pane normale?».

«Vuoi sapere gli ingredienti? Farina integrale, sale, semi di cumino, sesamo e papavero».

«E lo zucchero?».

«Idiota, è nella farina, no?

«Tutta 'sta roba dentro al pane?».

«Anzi, pure pochi. Di solito c'è più roba».

«E le fette biscottate?».

«Integrali, normali».

«Grazie, dottoressa Gambino. Vado in clinica».

«Non stai bene?».

Rocco non le rispose.

Danilo Morucci, il produttore di mangime per animali, alloggiava al secondo piano. Quando Rocco entrò nella stanza lo trovò vestito di tutto punto, seduto sul letto, la sacca di Gucci accanto al cuscino, pronto per uscire. «Ah, pensavo fosse mia figlia» disse appena vide entrare Rocco.

«Spiace deluderla. Schiavone, questura di Aosta. Come va?».

L'uomo restò perplesso nel sentire che un dirigente della polizia gli facesse visita. «Bene. Mi sento un leone. E non vedo l'ora di tornare al lavoro».

Rocco sorrise. «Chi la porta a casa?».

Una leggera smorfia passò come una nube veloce sulle labbra dell'uomo. «Mia figlia Donata. Avevamo appuntamento per le dieci, ma ancora non si vede. Le posso offrire un caffè?» e si avvicinò alla peretta per chiamare l'infermiera.

«No grazie, come se avessi accettato. Senta Morucci, dritto per dritto, lei può ritenersi un uomo fortunato. Ha una bella azienda, un ottimo fatturato...».

L'industriale guardava Rocco cercando di capire dove volesse arrivare quel poliziotto. Strizzava gli occhi neri e piccoli, troppo distanti fra loro, un paio di volte si accarezzò la chioma bianca della quale, si capiva, andava molto fiero. «Sì, potrei dire di sì. La mia azienda è leader nel settore della...».

«So tutto. Ma forse lei è più fortunato di quello che pensa. Mi dica, c'è qualcuno che la odia?».

La domanda cadde nel silenzio. Morucci sorrise. «Una fila, dottor Schiavone».

«E a suo giudizio, chi di questa fila avrebbe la disperazione o il coraggio o l'odio di volerla morto?».

Morucci deglutì. «O per... ma che... che succede?».

«Per ora nulla. Ma qualcosa non quadra».

«Qualcosa non quadra dove?». Aveva artigliato la sovraccoperta blu con le dita della mano destra. «Che significa tutto questo?».

«Significa che stiamo indagando su un fatto avvenuto giorni fa ad Aosta che in qualche modo può essere collegato a lei. Ha mai conosciuto Linda Micciarelli?».

«Chi?».

«Linda Micciarelli. Fa la cuoca in questa struttura».

«Mai sentita nominare».

«Scusa papà». Entrò la figlia, sui 35 anni. Somigliava al padre, stessi occhi, stesso naso e ovale del viso. «Ciao Donata... tuo fratello?».

«Sì, quello» fece la ragazza prendendo la valigia. «Ma figurati se Clemente poteva scomodarsi». Il padre scosse la testa. «Se andavamo al San Giuliano saresti già a casa da un pezzo. E con qualche migliaio di euro di più in tasca. Ma tu non mi ascolti mai! Intanto ecco chi viene a prenderti. Mica lo stronzo!».

«Mamma mia, Donata, quanto borbotti... Questo signore è il vicequestore Schiavone».

La figlia sorrise e strinse la mano a Rocco. «Mi scusi, ma ho un diavolo per capello. Il traffico e ho lasciato il lavoro. Dottor Schiavone, non sono così antipatica come sembra».

Il padre scoppiò a ridere. «Sei una precisina un po' rompina, ma per il resto» e con un gesto quasi ieratico allargò un braccio, la figlia come una cucciola si avvicinò e il padre la baciò sulla fronte. «Comincia a scendere, io ti raggiungo subito». Donata annuì e uscì dalla stanza. «Dottor Schiavone, non sono abituato a lasciare le cose a metà. Che significa che potrebbe esserci un fatto collegato a me?».

«Sto indagando su un'aggressione».

«A questa Linda Micciarelli?».

«Esatto».

«E perché sarebbe collegata a me?».

«È quello che sto cercando di capire. Ma ho ancora pochi elementi. Posso avere il suo cellulare nel caso?».

«Certo, certo. Comunque mi trova sempre in fabbrica». Aprì il portafogli e consegnò un biglietto da visita a Rocco. «L'azienda è a Casalgiate. Io abito a Novara».

«Con i figli?».

«Macché. Mio figlio sta ad Aosta, e le dico la verità? Non so neanche a fare che... Donata sì, abita con me e sua madre nello stesso palazzo». Si intristì e appoggiandosi alla pediera del letto si alzò in piedi. Una piccola smorfia. «I figli. Sono come i punti che mi hanno messo. Importanti, direi fondamentali, ma ogni tanto ti ricordano che se fai un movimento sbagliato riaprono le ferite. Buona giornata, dottor Schiavone».

Mentre osservava dalla finestra della stanza l'imprenditore salire sul Mercedes della figlia, che sollecita teneva aperto lo sportello reggendo la sacca del padre con l'altra mano, Rocco chiamò il viceispettore Scipioni. «Anto'. Sono alla clinica. Voglio che dai un'occhiata al figlio di Danilo Morucci, Clemente Morucci. Abita ad Aosta, più cose sai di lui meglio è».

«Ricevuto».

Chiuse la telefonata, scese le scale per trovarsi al piano degli uffici. Evitò quello del direttore, entrò diretto nella segreteria. «Buongiorno», salutò una donna che alzò la testa, portava occhiali con la montatura nera. Con uno sguardo talpigno arricciando il naso inquadrò Rocco. «Salve. Che cosa posso fare?».

«Lei è Melina?».

«Sissignore» e si aggiustò i capelli biondi. Rocco si avvicinò. La donna si tolse gli occhiali. Gli occhi erano azzurro ghiaccio, le labbra carnose, gli zigomi alti, tutto denunciava origini slave, anche se il nome doveva essere un diminutivo di Carmela, roba che dalle parti di Minsk non è facile da trovare. «Signora Melina, sono Schiavone...».

«Lo so chi è lei» disse con un sorriso. «Cosa posso fare?».

«Mi può aiutare e molto... però deve essere un accordo fra me e lei. Vede, sto indagando su un caso di omicidio» esagerò Rocco, ma l'esperienza gli aveva insegnato che un morto valesse molto di più di un coma farmacologico nella scala delle emotività, e lui con l'emotività ci lavorava. Infatti Melina sgranò gli occhi. «Un... un omicidio?».

«Esatto. Pensa di poterlo fare?».

«A disposizione» e scattò come un militare.

«Posso avere la cartella clinica di Danilo Morucci?».

Melina si bloccò. «Io non so se...».

«Non lo verrà a sapere mai nessuno. Glielo giuro. Magari se la fa stare più tranquilla, ne faccia una fotocopia, l'originale lo può anche tenere».

Sorrise, Melina, e si avventò su un enorme armadio vicino alla porta d'ingresso. Si rinfilò gli occhiali, poi aprì le ante e cominciò a cercare. Aveva le gambe magre, coi polpacci disegnati, le caviglie sottili, il culo proporzionato al resto del corpo aveva la rotondità di un marmo barocco. Si stava incantando di nuovo. Scosse la testa per distogliere lo sguardo. «Ecco. Le faccio subito copia». Calcolò che Melina era sopra il metro e settanta. «Posso aiutare in altro?».

«Sì. So che qui la preparazione dei cibi è importante».

«Fondamentale. Ogni paziente ha una dieta diversa, ci vantiamo di avere una cucina di ottimo livello».

«Chi si occupava di Morucci?».

«Facile rispondere. Linda. È la numero uno, e il direttore non ci ha pensato due volte a darle in cura Morucci. Sa, è un paziente molto, molto importante». Allungò le copie a Rocco. «Ecco a lei».

«Un'informazione. C'è stata mai denuncia di sparizione di farmaci qui in clinica?».

«Mi legge nel pensiero?». Si rimise seduta e preso un foglio da una cartellina lo allungò al vicequestore. «Non so come comportarmi, sarebbe mio dovere andare alla polizia ma...». Rocco la fermò con un gesto della mano. «Va bene così. Per ora non dica niente. Tenga questo documento. Chi ha le chiavi dei farmaci?».

«Il direttore, il primario di chirurgia, l'anestesista, ma lo sa? Spesso lasciano porta e armadietto aperti. È un'abitudine, quella di rubare i farmaci, che va avanti da un po'. Io continuo a dire: per favore! Tenete chiuso almeno l'armadietto! Ma quelli niente! Pare che parli l'ultima ruota del carro».

Durante la geremiade Rocco si distrasse a guardare il collo, i polsi e le spalle. «Che ne pensi, Furio?» chiese all'amico che mani intrecciate dietro le spalle gli era apparso accanto e osservava la segretaria.

«E che ne penso, Rocco? Gran pezzo di figa».

«Condivido».

«Ce provi?».

«Non lo so, che dici?».

«Che sei un poraccio se non lo fai» e Rocco annuì dando ragione all'amico che sparì dalla stanza. «Melina! Le lascio il mio numero. Mi chiami per ogni evenienza».

«Certo!».

«E pure se desidera una cena nel miglior ristorante di Aosta». Le sorrise. La donna arrossì, si infilò gli occhiali e tornò a lavorare sui fogli «Ci... ci penso».

«Io aspetto, non ho fretta. Melina?».

«Sì...?» disse quella alzando ancora una volta lo sguardo su Rocco.

«Aspetto, ma comincio ad avere un'età. Non ci pensi su troppo a lungo, che poi dovesse decidere per il sì chissà che ci ritrova» e sorrise, la donna ricambiò, infine Rocco uscì dalla segreteria.

Restò chiuso nella stanza a studiare i cellulari della vittima e del marito. Con lui Deruta, D'Intino e Casella, quest'ultimo davanti alla lavagna bianca con un pennarello in mano, scriveva cifre e parole che Rocco gli dettava. Dopo un'ora di lavoro surreale, fatto di silenzi e fumo di sigaretta che aveva formato una cortina nella stanza, tanto che Lupa schifata aveva preferito dormire in corridoio, spegnendo l'ultima cicca Rocco chiese a Casella di rileggere tutti gli appunti.

«Allora, messaggi da Davide Capa a Ornella... ci vediamo... ci vediamo... un abbraccio non basta... ho sbagliato sorella... Ornella, grazie, hai preso i miei biscotti preferiti del dottor Schär! Ti voglio bene...».

Rocco con un gesto della mano fermò la lettura. «Ora dimmi l'ultima telefonata ricevuta da Capa».

«È del giorno dell'aggressione, alle otto e trenta, dalla moglie, anzi ex moglie Linda».

«Benissimo. Ora leggimi i messaggi di Linda. Degli ultimi tre giorni».

«Da Linda a Neva: a cena no, per favore. Non me la sento. Da Neva a Linda: Ma smuoviti un po', sembri una vecchia ciabatta. Da Linda a Stefano, il figlio: Come stai? Dal figlio a Linda: Tutto ok ma', forse passo in cucina ai contorni. Da Linda a Stefano: Che bella notizia». Casella guardò i colleghi. «Perché è una bella notizia passare ai contorni?».

«Che cazzo ne so, Case', vai avanti» lo rimproverò Rocco.

«Allora, da Linda a Ornella, questa è tre giorni prima dell'aggressione: Ornella, io non ho più modo di aiutarti. Trovatevi un lavoro. Ornella risponde: Trovatevi chi? Linda risponde: Lo sai di chi parlo!».

«Di chi parla, dotto'?» chiese D'Intino.

«Dell'ex marito» fece Deruta che aveva chiara la situazione.

«Che cosa abbiamo capito?».

«Dottore, ma se l'abbiamo preso il colpevole, perché stiamo ancora qui a sbattere la testa?».

«Non torna, Case'. Allora ve lo dico io cosa abbiamo capito? È facile. Ornella e Davide se la intendono e tutti e due chiedono soldi a Linda!».

«Che puzziate crepa'!» disse tra i denti D'Intino.

«Poi abbiamo capito che...?».

Deruta alzò la mano: «Che Linda vuole bene al figlio e pure a Neva, l'amica che la invita ma lei non se la sente».

«Sì, ma negli ultimi due giorni, quanti messaggi abbiamo?» chiese Rocco. Guardarono tutti la lavagna.

«Pochi, dottore, solo due. Di Linda a Stefano e di Davide a Ornella».

«Esatto. Ma a noi interessano solo quelli di Linda che almeno un cinque sei messaggi al giorno li scriveva. Quindi abbiamo capito che?».

«Qualcuno li ha cancellati?» chiese Casella.

«Qualcuno li ha eliminati. Poi se andaste su internet e cercaste dottor Schär, cos'altro capireste?».

«Boh» fece D'Intino, «dotto', lei lo sa, ce lo dicesse».

«È una marca di prodotti alimentari per celiaci che Ornella ha comprato a Davide».

«Sta male, dotto'?».

«È celiaco, non sta male, D'Intino».

«È così. Chi non può mangiare lo zucchero, chi il glutine... ma a noi che ci frega?» chiese Casella.

«Ci frega abbastanza» rispose Rocco.

Antonio guardava da due ore la villa di Clemente Morucci, il figlio del produttore di mangimi. Le luci accese ma nessun altro movimento degno di nota. Dalla collina si vedeva tutta Aosta, e gli fu facile individuare la questura. Addirittura era certo di aver inquadrato la finestra di Schiavone. Da quando era seduto a bordo della Fiat di servizio, aveva scoperto solo tre cose: la sera Clemente andava in palestra, possedeva una Maserati Grecale, aveva una faccia di cazzo che metà bastava, almeno quella fu l'opinione di Scipioni. Era ricco grazie al lavoro del padre, non certo per quei video di merda che registrava su una piattaforma social. Dal cancello di ferro aveva visto uscire un filippino in livrea per gettare due sacchi di immondizia davanti all'abitazione. Il viceispettore scese dall'auto e si infilò i guanti di lattice. Si avvicinò al primo sacco. Conteneva resti alimentari. Ce n'erano per soddisfare almeno sei persone. Appena in tempo per accorgersi dell'arrivo di un'auto. Si nascose in mezzo ai cespugli di bosso piantati davanti alla recinzione. Non era un'auto, erano tre. Mercedes e due Bmw, tutti pezzi costosi. Il cancello si aprì, le auto entrarono insieme al rimbombo di una musica che proveniva dalla villa. Era da tempo che ci pensava, quello era il momento di arrampicarsi sull'abete davanti alla facciata, anche se la corteccia avrebbe riempito di resina i jeans. Tanto erano vecchi, si disse. Si graffiò il polso della mano destra ma riuscì a superare in altezza il muro di cinta. Vide gli invitati. Contò almeno dieci persone. Uomini e donne, e il padrone di casa che si era presentato con una specie di kimono bianco. La musica era cupa e potente, i bassi pompavano e tutti avevano già un bicchiere in mano. Un paio di tizi in maglietta e pantaloni bianchi avevano preparato le strisce sul tavolino del salone. Il filippino entrò dalla cucina e portò i piatti per la cena. Aragoste, ostriche, tartine di tutti i colori, seguito da una donna che si occupava del vino.

Che Antonio conosceva benissimo.

«Alberto, scusami, hai dato un'occhiata a quella cartella clinica?».

Fumagalli sbuffò così forte che Rocco dovette allontanare il cellulare dall'orecchio. «E che cazzo sei, un cavallo?».

«No, è che te mi rompi i coglioni anche quando 'un ti servo. Allora sì, ho guardato la cartella del Morucci, mica è difficile. Il tizio s'è operato di colecistectomia laparoscopica».

«Traduci?».

«Gli hanno tolto la cistifellea. Una sciocchezza, soffriva di calcoli biliari».

«Altro?».

«Sì, per l'operazione gli hanno sospeso il Warfarin sodico. È un medicinale, un anticoagulante del sangue. Qui leggo che ha qualche cardiopatia pregressa. Insomma il sangue anticoagulato anche se l'intervento è mini invasivo è sempre un rischio».

«Capito. Ci può essere il rischio di un'emorragia?».

«Cominci a piacermi, Rocco. Hai altro o mi lasci passare la serata con la mia compagna?».

«Ciao Rocco, basta lavorare!» sentì Michela gridare da lontano.

«Di' a Michela se si ricorda della scatola di Coumadin trovata a casa di Linda, nascosta nel divano letto».

«Ti sento Rocco, sei in vivavoce» fece Michela. «Certo che me lo ricordo. E allora?».

«E allora ho capito un sacco di cose».

«Beato te! Addio Schiavone!» e Fumagalli chiuse. Rocco si passò le mani davanti al viso. Era tardi, ora di chiudere con quell'ennesima giornata. Forse doveva richiamare Antonio e sollevarlo dal controllo della casa di Clemente Morucci, preferì invece, nonostante fossero passate le dieci di sera, chiudere la storia una volta per tutte. «Dottor Morlupo? Sono Schiavone. Immagino nessuna novità...».

«Niente di nuovo, no. Ma i parametri di Linda sono buoni».

«Mi toglie una curiosità? Linda prende anticoagulanti?».

«Direi proprio di no».

«Bene, dottore. Ora me lo fa un piacere?».

«Se posso...».

Antonio decise che per quella sera la vita da primate poteva bastare. Scese dall'albero graffiato e sporco di resina. Quello che aveva scoperto era importante. Decise di comunicarlo a Rocco. «Rocco? Io tornerei a casa. Ho scoperto una roba interessante».

«E dimmi un po'?».

«La nostra amica Neva, è molto amica del figlio di Morucci, lo sapevamo?».

«No, ma ora lo so. È a casa sua?».

«Sì. Un festino. Tirano coca, mangiano aragoste, insomma se la passano bene».

«Gli roviniamo la festa?».

«E come?».

«Sta' a vedere» e il vicequestore chiuse la comunicazione. Antonio non capì. Passarono cinque minuti scarsi quando vide Neva uscire di corsa dal cancello della villa insieme a Clemente che s'era infilato una maglietta e un paio di pantaloni al posto del kimono.

Presero la Cinquecento della ragazza e partirono sgommando sull'asfalto. Dentro la festa sembrava proseguire senza problemi.

Era in penombra, aveva spento la luce notturna per lasciare Linda quasi al buio, se si escludevano i led dei monitor che le coloravano la pelle di un blu verdastro, livido e mortifero. La fascia intorno alla testa era da cambiare, trasudava all'altezza della ferita formando una zona più scura. Le palpebre della donna ogni tanto tremavano, gli occhi si muovevano nel buio, forse nel disperato tentativo di riconquistare luce e vita. Aveva trovato il barista Benedetto al capezzale che aveva pianto e non aveva voglia di allontanarsi da Linda. L'amava, di questo Rocco ne aveva avuto certezza la sera che gli aveva portato la notizia terribile. L'aveva spedito a letto, doveva sgombrare la stanza. Gli serviva Linda e il buio.

Sentì un rumore dietro la porta. Era il momento di alzarsi. Fece due passi e la spalancò. C'era Neva in corridoio, illuminata a giorno dal neon, che sobbalzò appena lo vide. «Dottor Schiavone!».

«Neva! Come mai qui?».

«Mi ha chiamato il medico, mi ha detto che Linda s'è svegliata!».

«Sì. S'è svegliata. Ma non la si può vedere. Ora deve riposare» disse Rocco, dolce.

«Lei... è stato con Linda?».

Il vicequestore la guardò serio negli occhi. «Ti interessa sapere se mi ha detto qualcosa?». La domanda fu assorbita dal silenzio. «Sì, mi ha detto tutto».

Neva si morse le labbra. Poi scoppiò a piangere e si lasciò andare sul divanetto del corridoio. «È stato un caso, io non volevo, ma Clemente...».

«Dov'è Clemente? Ti aspetta sotto in auto?».

Neva annuì. Rocco prese il cellulare. «Anto', prendi quel coglione e portalo in questura» e tornò a guardare Neva. «Che fai? Vieni in ufficio e mi firmi una confessione? È meglio, prima che il magistrato lo scopra dalla bocca di Linda. Ne tengono conto di 'ste cose ai processi».

Neva si alzò pronta a seguire il vicequestore.

«Dottore, troppe cose mi insospettivano» disse Rocco mentre una lama di sole primaverile s'era incaponita a inquadrare il tappeto di Baldi e a far diventare d'oro tutta la polvere che svolazzava lì intorno. «Per prima cosa dobbiamo considerare che all'inizio Linda era complice di Neva. Poi deve aver cambiato idea. È stato allora che Neva è scattata. Mi segua. Intanto aveva le chiavi della casa di Linda. Ha architettato tutta la messa in scena, coi resti della colazione. Solo che non quadrava perché Neva ci vuol far credere che l'ospite era Davide Capa, il marito. Ma c'è un dettaglio importante. Capa è celiaco e i resti di pane e fette biscottate trovati sul tavolo sono normali, con glutine e tutto, come da esami della dottoressa Gambino. Poi mancava la tazzina di caffè del fantomatico ospite, infatti era lavata e messa a posto fra le altre, proprio per rafforzare la messa in scena di un aggressore che vuol fare scomparire le tracce. E poi su quella tazzina, se tracce c'erano, erano semmai di Neva o di qualcun altro, tipo di Clemente. Di corsa Neva e il complice hanno nascosto i gioielli in casa di Davide. Bella idea, voleva che li scoprissimo e addossassimo a lui la responsabilità, ma qui secondo campanello d'allarme. L'ha nascosti in un cartone di pizzette surgelate normali, con glutine e tutto. Difficile che Davide potesse averle in casa, allora fa supporre l'abbia prese in casa della ex moglie. Ma c'è un ma. La ex moglie in casa non ha il freezer. Quindi? Dove le avrebbe prese Davide Capa quelle cazzo di pizzette? È allora che mi sono ricordato che Neva mi ha detto che prima di venire da Linda era stata al supermercato, alle otto e trenta, a prendere due sciocchezze per il pranzo, così mi aveva riferito, perché alla clinica non possono mangiare il cibo della cucina. Non so se quelle pizzette fossero sue, ma certo non erano né di Linda né tantomeno di Davide Capa. E veniamo all'armadietto di Linda alla clinica, dove ci ha fatto ritrovare il cellulare. Solo che, cosa strana, il giorno prima dell'aggressione risultava che Linda non avesse quasi mandato messaggi, a parte quelli con il figlio e la sorella».

«Li ha cancellati Neva?».

«Esatto. Ha prelevato il cellulare. Ci ha dovuto lavorare per eliminare tutti i messaggi compromettenti e in casa ormai con la polizia non lo poteva più nascondere. Ecco perché ha preferito l'armadietto. E poi l'errore più grave. Dopo l'aggressione non ha trovato la scatola di Coumadin. Linda l'aveva nascosta nel divano letto e l'ha rinvenuta Michela Gambino».

«A che serviva?» chiese Baldi.

«Linda si occupava dei pasti di Morucci. Sciogli tre Coumadin in un brodo, il sangue si scoagula e te ne vai per emorragia».

«Allora erano Neva e Clemente che insieme...».

«Eliminare Morucci significava per Clemente entrare in possesso di un patrimonio che supera i 40 milioni di euro. A me sembra un buon motivo».

«E Davide Capa e la sorella?».

«Due deficienti. Erano amanti, cercavano di nasconderlo ma Linda l'aveva capito da tempo».

Baldi si alzò, si accese una sigaretta e aprì la finestra dell'ufficio. «Dunque i due vanno a casa di Linda che gli offre il caffè. Il piano è chiaro, ma Linda, come ha detto lei all'inizio, ci ha ripensato. È sempre a corto di denaro per via dei parenti sanguisughe, ma non se la sente di uccidere Morucci».

«Esatto. Alterco, Clemente l'ha colpita con la bistecchiera che Linda usava per tostare il pane per la colazione. Poi Neva ha messo su la scena della rapina. Ma è una messa in scena ridicola, a cominciare dal fatto che, pure se Davide non brilla per intelligenza, la vedo difficile che vada a nascondere i gioielli in casa, a un muro di carton gesso di distanza dalla scena del crimine».

«Concordo. La tizia ha reso confessione?».

«Sissignore. E pure il testa di cazzo».

«La prego, Schiavone. Ce l'ha un nome, o mi sbaglio?».

«Clemente Morucci».

Baldi spense la sigaretta. «E la nostra Linda?».
«C'è una bella notizia. S'è svegliata. Avessi aspettato qualche ora non mi sarei fatto un mazzo quadrato per arrivare alla fine di questa storia».
«Chiaro e diretto, Schiavone, come sempre. La lascio a godersi una giornata di riposo. Sa come impiegarla?».
«La giornata no. La serata sì».
«E con Davide Capa?».
«L'ho mandato a casa. Minacciandolo che se torna a rompere le palle alla moglie, se la vedrà con tutta la questura».
«Lo stesso dica a Ornella».
«Ci sta pensando Caterina. Sa, fra donne le minacce sono molto più incisive».

Mangiarono la sfoglia di funghi porcini con fonduta dop, il risotto al cavolo rosso con guanciale, il carpaccio di tonno marinato, finirono due bottiglie di Les Crêtes, due di minerale, chiusero con due semifreddi al Genepì sbattendosene degli zuccheri, dei carboidrati, delle proteine e dei lieviti. Fecero a piedi sei volte il giro di Aosta e poi si gettarono nel letto. E se Melina alla scrivania dell'ufficio o al tavolo del ristorante era apparsa timida e introversa, fra le lenzuola fu posseduta dalla personalità di una erinni in estasi vendicativa. Rocco ogni tanto pensava ai vicini e alle spiegazioni che forse avrebbe dovuto dare il giorno dopo per quelle urla belluine nel cuore della notte. Dormirono attorcigliati, Melina con le gambe intrecciate a quelle di Rocco, che riuscì comunque a prendere sonno in quell'ordito di pelle e sudore. E decise che avrebbe cominciato la dieta il giorno dopo perché, appesantito da zuccheri, carboidrati e lieviti, era riuscito a dare una prova amatoria appena sufficiente solo grazie alle abilità di Melina e aggrappandosi al solito inutile orgoglio maschile ferito da tempo, ma non ancora vinto. Ormai il binomio cibo e sesso era diventato un bivio davanti al quale era obbligatoria una scelta. Scontata per Rocco, dal momento che a lui il cibo serviva solo come mera sopravvivenza. E se l'umanità sembrava posseduta dal demone del cibo e della cucina, del finger food, dello street food, delle stelle Michelin, del chilometro zero, dei prodotti del territorio, della tradizione di nonna Giuseppina, delle eccellenze alimentari, del dop, doc, chef, sous chef, lui giurò che avrebbe proseguito col tenere il frigo vuoto, fumare maria, bere solo vino di livello mangiando dunque poco ed evitando con accuratezza tutti quei ristoranti dove si declamavano, con l'importanza di endecasillabi petrarcheschi, ingredienti, preparazioni, anni di invecchiamento e tradizioni secolari di famiglia di quattro zucchine mosce gettate su un piatto insieme a sbroffate di liquidi colorati e fastidiosi, forse più del conto finale.

Indice

Cucina in giallo

Questo volume è stato stampato
su carta Arena Ivory Smooth
delle Cartiere Fedrigoni
nel mese di novembre 2023
presso la Leva srl - Milano
e confezionato
presso IGF s.p.a. - Aldeno (TN)

La memoria

Ultimi volumi pubblicati

1201 Andrea Camilleri. La Pensione Eva
1202 Antonio Manzini. Vecchie conoscenze
1203 Lu Xun. Grida
1204 William Lindsay Gresham. Nightmare Alley
1205 Colin Dexter. Il più grande mistero di Morse e altre storie
1206 Stanisław Lem. Ritorno dall'universo
1207 Marco Malvaldi. Bolle di sapone
1208 Andrej Longo. Solo la pioggia
1209 Andrej Longo. Chi ha ucciso Sarah?
1210 Yasmina Khadra. Le rondini di Kabul
1211 Ben Pastor. La Sinagoga degli zingari
1212 Andrea Camilleri. La prima indagine di Montalbano
1213 Davide Camarrone. Zen al quadrato
1214 Antonio Castronuovo. Dizionario del bibliomane
1215 Karel Čapek. L'anno del giardiniere
1216 Graham Greene. Il terzo uomo
1217 John Julius Norwich. I normanni nel Sud. 1016-1130
1218 Alicia Giménez-Bartlett, Andrej Longo, Marco Malvaldi, Antonio Manzini, Santo Piazzese, Francesco Recami, Alessandro Robecchi, Gaetano Savatteri, Giampaolo Simi, Fabio Stassi, Simona Tanzini. Una settimana in giallo
1219 Stephen Crane. Il segno rosso del coraggio
1220 Yokomizo Seishi. Fragranze di morte
1221 Antonio Manzini. Le ossa parlano
1222 Hans von Trotha. Le ultime ore di Ludwig Pollak
1223 Antonia Spaliviero. La compagna Natalia
1224 Gaetano Savatteri. I colpevoli sono matti. Quattro indagini a Màkari
1225 Lu Xun. Esitazione
1226 Marta Sanz. Piccole donne rosse
1227 Susan Glaspell. Una giuria di sole donne
1228 Alessandro Robecchi. Una piccola questione di cuore
1229 Marco Consentino, Domenico Dodaro. Madame Vitti
1230 Roberto Alajmo. La strategia dell'opossum
1231 Alessandro Barbero. Poeta al comando
1232 Giorgio Fontana. Il Mago di Riga
1233 Marzia Sabella. Lo sputo
1234 Giosuè Calaciura. Malacarne
1235 Giampaolo Simi. Senza dirci addio
1236 Graham Greene. In viaggio con la zia
1237 Daria Galateria. Il bestiario di Proust

1238 Francesco Recami. I killer non vanno in pensione
1239 Andrea Camilleri. La coscienza di Montalbano
1240 Roberto Alajmo, Andrej Longo, Marco Malvaldi, Antonio Manzini, Francesco Recami, Alessandro Robecchi, Gaetano Savatteri, Fabio Stassi. Una notte in giallo
1241 Dominique Manotti. Marsiglia '73
1242 Claudio Coletta. In tua assenza
1243 Andrej Longo. Mille giorni che non vieni
1244 Alan Bradley. Le trecce d'oro dei defunti
1245 Emilienne Malfatto. Il lamento del Tigri
1246 Antonio Manzini. La mala erba
1247 Nicola Schicchi. Via Polara n. 5
1248 Roberto Alajmo. Notizia del disastro
1249 Jenny Erpenbeck. Il libro delle parole
1250 Marco Malvaldi, Samantha Bruzzone. Chi si ferma è perduto
1251 John Julius Norwich. Il regno nel sole. 1130-1194
1252 Andrea Camilleri. La guerra privata di Samuele e altre storie di Vigàta
1253 Ben Pastor. La Venere di Salò
1254 Graham Greene. Un Mondo tutto mio. Diario dei sogni
1255 L'isola nuova. Trent'anni di scritture di Sicilia
1256 Anthony Trollope. Il ritorno di Phineas Finn
1257 Alicia Giménez-Bartlett. La presidente
1258 Sergio Atzeni. Passavamo sulla terra leggeri
1259 Uwe Timm. Come mio fratello
1260 Dario Ferrari. La ricreazione è finita
1261 Giorgio Manganelli. Mia anima carnale
1262 Fabio Stassi. Notturno francese
1263 Alessandro Robecchi. Cinque blues per la banda Monterossi
1264 Alessandro Barbero. Brick for stone
1265 Franco Lorenzoni. Educare controvento. Storie di maestre e maestri ribelli
1266 Caterina Cardona. Un matrimonio epistolare
1267 Davide Enia. Così in terra
1268 Jane Gardam. L'eterno rivale
1269 Sonya Orfalian. Alfabeto dei piccoli armeni
1270 Andrea Camilleri. La paura di Montalbano
1271 Maria Judite de Carvalho. Gli armadi vuoti
1272 Roberto Alajmo. La boffa allo scecco
1273 Antonio Manzini. ELP
1274 Graham Greene. Brighton Rock
1275 Henry Cauvain. L'investigatore Maximilien Heller
1276 Francesco Recami. Colpo grosso ai Frigoriferi Milanesi
1277 Thornton Wilder. Il ponte di San Luis Rey
1278 Andrea Molesini. Non si uccide di martedì
1279 Santo Piazzese. Sei casi per Lorenzo La Marca
1280 Yokomizo Seishi. Il teatro fantasma
1281 Furio Scarpelli. Si ricorda di me, signor tenente?
1282 Hans Sahl. I pochi e i molti. Romanzo di un'epoca
1283 Marco Malvaldi. La morra cinese
1284 Giampaolo Simi. Il cliente di riguardo
1285 Dolores Hitchens. La gatta ha visto tutto
1286 Adriano Sofri. C'era la guerra in Cecenia
1287 Federico Maria Sardelli. Lucietta. Organista di Vivaldi
1288 Antonio Manzini. Riusciranno i nostri eroi a ritrovare l'amico misteriosamente scomparso in Sud America?
1289 Ben Pastor. La finestra sui tetti e altri racconti con Martin Bora
1290 Andrea Camilleri. Il giudice Surra e altre indagini in Sicilia